U0016697

色，戒

從張愛玲到李安

From Eileen Chang to Ang Lee
Lust/Caution

彭小妍 主編

序

彭小妍

　　2007年9月李安的電影《色｜戒》在臺灣及香港上映，造成轟動，也重新點燃讀者對張愛玲原著的興趣。電影同年11月在上海影城首映結束時，據說全體觀眾起立鼓掌，向李安致敬。沒想到旋踵間網路的集體攻訐排山倒海而來，電影被視為美化漢奸，女主角飾演愛上漢奸的女諜報員，也被污名化。一個前所未有的「《色｜戒》現象」，在華人世界鬧得沸沸揚揚。臺灣電影學界的友人，尤其是林建國，認為這個現象值得關注，於是在同行的熱烈期待下，我們申請科技部補助，於2008年8月在中央研究院中國文哲研究所召開「《色｜戒》：歷史、敘事與電影語言」國際學術研討會，會議成果經過多年的改寫修訂，編輯成英文書 *Lust/Caution: From Eileen Chang to Ang Lee*（Routledge, 2014）。朋友們認為《色｜戒》是電影史上的經典之作，然而不但原著小說寫得晦澀難懂，電影的迂迴曲折也遭受到許多誤解，實有必要出中文版，以饗廣大的華文讀者。2016年7月在宋以朗先生的支持下，中國文哲研究所召開「不死的靈魂：張愛玲學重探——張愛玲誕辰九十五周年紀念」國際學術研討會暨展覽，在會中我們宣布即將出版《色｜戒》研究的中文版，出版經費由宋先生提

供。本書能夠順利問世，中國文哲研究所、科技部與宋先生的鼎力贊助，功不可沒，謹此致謝。

張愛玲雖鼎鼎大名，其短篇小說〈色，戒〉卻一向乏人問津；區區不到三十頁的文字，如何改編成超過兩個半小時的電影？作為研究者，我們關注的是，李安為何對這個故事情有獨鍾，其影像詮釋是否「忠於」原著，其創新何在？根據與其長期合作的編劇夏慕斯（James Schamus）透露，對李安而言，電影想解決的問題是：女間諜為何在刺殺漢奸的關鍵時刻放走了他，連累自己及同夥丟了性命？小說僅暗示男女主角的性愛淋漓歡暢，李安為何露骨地把影片拍成三級片？排除了未成年的觀眾，事實上是不利票房收入的，更何況，後來的確飽受衛道人士及愛國主義者的攻擊。李安拍攝影片的心路歷程，是本書多篇論文的討論重點。

本書作者大多認為，李安透過《色｜戒》想表達的是：「王佳芝就是我」，有如法國小說家福樓拜（Gustav Flaubert, 1821-1880）透過《包法利夫人》（1857）宣稱：「艾瑪就是我」（Emma, c'est moi）。電影是1930、40年代的歷史劇，日據上海嬌嬈多姿的旗袍妝扮、Louis Vuiton行李箱、經典老爺汽車、古早家具等等，讓人恍若置身其境。然而，這些再現的歷史陳跡背後，隱藏的是一個藝術家的內心世界，不斷掙扎著質疑自我、超越自我。這本書謹獻給李安。

英文版的導言誤認為李安持有美國護照，其實他僅持有美國綠卡，一直使用中華民國護照，特此藉中文版更正。本書多數作者認為，解讀《色｜戒》必須將李安的臺灣出身背景放在視野中，良有以也。彭小妍的第十章原刊於《戲劇研究》第2期（7

月），頁209-236，已大幅修改；張小虹的第十一章原刊於《中外文學》第38卷3期（2009年9月），頁9-48。感謝《戲劇研究》與《中外文學》允許轉載。本書使用的影像截圖，感謝 Mr. Yee Productions 提供。英文版使用的截圖，有些因授權公司指定不能使用，只好忍痛割愛；讀者不妨參考英文版的截圖。中國文哲研究所近現代文學研究室的助理黨可菁小姐為本書出力甚多，催譯稿、提醒校訂、修改格式、行政支援等等繁瑣業務，不可或缺。感謝其多年來協助研究室的工作。

最後，對於本書的翻譯，身為編者我必須說幾句話。作者們交來的譯稿，最初均由學生、助理翻譯，簡直難以卒睹，完全無法出版。教授們日常教學研究繁忙無比，情有可原。然而，對編者而言，要修訂譯文的工程龐大無比，自己翻譯還沒這麼困難。中國文哲研究所同仁大力推薦一位年輕譯者來協助修訂，我請她試著校訂一篇，結果還是無法使用。最後情非得已，想到外子王道還已經退休，他長期關注翻譯問題，加上其本身也是演練多年的譯者，只能硬著頭皮情商他跳下來善後。道還幾乎是重譯，他自己本身的授課、演講及寫稿工作已經夠忙，還要抽空處理譯稿，一年餘的時間每天抱怨，編者也只能概括承受。尤其，建國的第九章談黑色電影與「流變」概念，牽涉到文學與電影理論問題，道還盡力嘗試了一半，終於放棄。我只能回頭要求建國自己來修改，最後建國花了將近十個月時間抽空修改譯稿，其實等於是重寫。因此，我認為原來的譯者均不應掛名，作者們審閱了重譯稿後也同意。所有的重譯稿，編者校訂後均由原作者修訂、認可，最後付梓。這個漫長的修訂過程，已然超過兩年半。二十年前我主編《楊逵全集》時，四年的時間中修訂翻譯吃足苦頭，今

天依然如此。

學者若不關注翻譯問題，翻譯品質如何提升？學術的傳承如何可能？最令人憂心的是，學生對西方理論及西方學者的研究求之若渴，但由於沒有好的翻譯作品參考，不僅理論概念上莫名其妙，甚至影響及學生的中文表述有如拙劣的翻譯。大學及科技部等單位若不以翻譯為學術成績，學者怎願投注時間在翻譯上？在此，對願意抽出寶貴時間投身翻譯的研究者，謹致上最高感謝及敬意。

目次

（一）改編作為翻譯、背叛或消費

圖片說明

色，戒

從張愛玲到李安

From Eileen Chang to Ang Lee
Lust/Caution

彭小妍 主編

導言

彭小妍

　　李安執導的間諜驚悚片《色｜戒》，2007年上映後備受各方爭議。首先，這部電影結合了李安的電影美學與張愛玲（1920-1995）的文學才情。1940年代中期，張愛玲以精雕細琢的小說在日據上海嶄露頭角，日後因緣際會聲名大噪，從臺灣、香港到中國大陸，都有死忠的張迷。李安這部電影改編自張愛玲的短篇小說〈色，戒〉，已經讓無數張迷以最高標竿殷殷期盼。更引人非議的是電影中的「情慾政治」——女間諜和漢奸的狂熱性愛。雖然張愛玲的小說僅就此隱晦指涉，但電影卻拍了三場赤裸裸的性愛戲，極度刺激觀眾的視覺和情緒。女主角正面全裸，引發中國大陸網路排山倒海而來的批判，有如野火燎原。在神聖的對日抗戰中，女主角竟自甘墮落愛上漢奸，導演李安顯然寡廉鮮恥。李安因此被羅織為「漢奸」，連張愛玲也蒙受「不論是非，不辨忠奸」的罵名[1]。區區一部改編電影，竟能如火如荼地在兩岸

---

* 本書導言乃根據2014年英文版的導言重寫。感謝與本人共同編輯英文版的柯瑋妮（Whitney Crothers Dilley）教授。

1 參見北京烏有之鄉網站及黃紀蘇的網路文章，例如黃紀蘇，〈中國已然站著，李安他們依然跪著〉，http://blog.voc.com.cn/sp1/huangjisu/093426390318.

三地激起性愛、國族主義及叛國的論爭，令人始料未及。我們集結了國內外知名的文學、電影研究者，全面探討此值得關注的「《色｜戒》現象」。2014年英文精裝本首度問世，是英文學界第一本相關著作[2]，2017年英文平裝本出版。中文學界雖已有不少針對《色｜戒》的著作，本論文集涵蓋全面，尤其是各學者嚴謹論學，諸多創見具有突破性，值得提供給中文讀者參考。

　　1950年代初期冷戰期間張愛玲正居住香港，創作了短篇小說〈色，戒〉[3]。在港期間她就反覆修改這篇小說，到1955年移居美國直至終老仍持續修訂，時間長達二十餘年。1977年12月這篇作品終於付梓，由當時頗受歡迎的文學雜誌《皇冠》在臺灣推出。早從1960年代起《皇冠》就開始大量印行張愛玲的作品，她在華文世界的名氣因而炙手可熱[4]。〈色，戒〉後來多次修訂重印，然而張愛玲雖鼎鼎大名，這篇作品卻少人注意，直到李安

---

shtml，2007年10月24日。2008年1月3日閱覽。針對網路上國族主義論述的詳細討論，可參見本書中蘇文瑜及彭小妍的文章。

2　Hsiao-yen Peng and Whitney Crothers Dilley, ed., *From Eileen Chang to Ang Lee: Lust/Caution*（London and New York: Routledge, 2014）.

3　本篇小說撰寫的確切年分難以確認，因張愛玲每次提供的資訊皆不一致。1983年《惘然紀》小說選集前言中，張愛玲指出〈色，戒〉寫於1950年。但在1988年的《續集》中，她說小說的概念始於1953年。無論如何，至少可以確定這篇小說最早創作於1950年代初期。參見張愛玲，《惘然紀》（臺北：皇冠文化，1995），頁7-9；《續集》（臺北：皇冠文化，1988），頁5-7。

4　張愛玲，〈色，戒〉，《皇冠》，48: 4（臺北版，1977年12月），頁60-83。根據蔡登山的說法，其他早期的版本包括《皇冠》的重印版（美國版，1977年3月），以及《中國時報‧人間副刊》中的重印版（1978年4月11日），但後者並不存在，前者也無法取得驗證。參見蔡登山，《色戒愛玲》（臺北：印刻出版社，2007），頁20。

改編成電影，才突然點燃了讀者對這篇作品的興趣。最令人驚訝的是，2008年3月，聞所未聞的〈色，戒〉英文版竟刊登於香港文藝雜誌《瞄》（*Muse*），篇名為 "The Spyring; or, Ch'ing K'ê! Ch'ing K'ê!（請客！請客）!" [5]。中英文版在關鍵處有顯著差異，例如珠寶店一幕和結尾。李歐梵認為英文版可能在先，乃後來數個中文版的雛形；另一個可能是，中英文版根本就是兩個不同的原著[6]。張愛玲顯然對這篇小說相當介意。評家猜測，極可能因為小說的男主角易先生影射她的第一任丈夫胡蘭成──有如易先生，胡蘭成是通日的漢奸。他與張愛玲結縭兩年後狠心拋棄了她。一般認為，〈色，戒〉中易先生冷酷情人及無恥漢奸的形象，實際上洩漏的是張氏對花心前夫的怨恨[7]。

　　小說女主角是在上海念書的大學生。內地中日戰爭烽火連天時，學校遷移至香港。她先是在學校劇團的愛國劇中擔任主角，迷上了演戲。之後，她的演出恍如延伸至現實生活，竟和一幫同學策畫暗殺汪精衛魁儡政權的漢奸易先生。由於易先生突然離開香港轉赴上海，暗殺計畫流產了。王佳芝回上海繼續學業，卻因國民黨特務吸收，真的成了間諜，任務就是色誘易先生並暗殺

5　張愛玲，"The Spyring; or, Ch'ing K'ê! Ch'ing K'ê!"，《瞄》（*Muse*）14期（2008年3月），頁64-72。參見 "Rediscovering Eileen Chang"，《瞄》14期，頁63。

6　李歐梵，"Spying on the Spyring"，《瞄》14期，頁75-76。

7　關於張愛玲與胡蘭成間的關係，以及〈色，戒〉出於真人實事的議題，參見蔡登山，《色戒愛玲》。描寫兩人關係的英文論文，參見 Julia Lovell, "About Eileen Chang and Translating 'Lust, Caution,' the Story," in Eileen Chang et al., *Lust, Caution: The Story, the Screenplay, and the Making of the Film* (New York: Panetheon, 2007), pp. 229-238。本書中孫筑瑾的文章將更進一步探討此一主題。

他。珠寶店一幕，易先生奉送她一枚鑽戒時，她的同夥正埋伏在店外預備狙殺他。王佳芝眼看著那枚鑽戒，一時衝動，突然警告易先生「快走」，結果連累她自己和同夥被捕，同遭處決。小說女主角因何不顧自身及同夥的性命，放走漢奸？實為難解之謎。在一次訪談中，李安提及張愛玲及電影的原著小說，說道：「她所有作品僅這篇指涉她自己——寫的是什麼毀了愛情。」李安透露，這個故事之所以吸引他，是因為它和張愛玲的其他小說截然不同。其他小說中，作者總是擁有最後發言權，「猶如神諭」。相較之下，這個間諜故事「寫得十分精練，幾乎和老派的『黑色電影』異曲同工，極其奇特、殘酷，幾乎讓人難以承受」。根據李安的說法，他希望在電影中延伸張愛玲的文本，嘗試「填補空隙」[8]。換言之，李安創作電影時，是想讀出小說字裡行間的暗示，解開其中懸而未決的謎。

《色｜戒》之前，李安嘗試過形形色色的電影類型和技術，頗獲國際好評；父親三部曲（1992-1994）、《理性與感性》（*Sense and Sensibility*, 1995）、《冰風暴》（*The Ice Storm*, 1997）、《與魔鬼共騎》（*Ride With the Devil*, 1999）、《臥虎藏龍》（*Crouching Tiger, Hidden Dragon*, 2000）、《綠巨人浩克》（*Hulk*, 2003）、《斷背山》（*Brokeback Mountain*, 2005）。《色｜戒》之後又拍了《胡士托風波》（*Taking Woodstock* , 2009）及《少年Pi的奇幻漂流》（*Life of Pi*, 2012）。無論英美時代劇、中國武俠電影、西部片、超級英雄電影、同性戀電影、紀錄片或是描寫老虎

8　Nick James,"Cruel Intentions: Ang Lee," *Sight & Sound* 18.1（January, 2008）: 46-50.

的 3D 奇幻故事，李安總是在每部片中注入一些變化，顛覆每一種類型電影的成規，屢獲世人讚賞。然而，《色｜戒》這部間諜片和討論愛國主義的電影，他所加入的顛覆元素和創新手法卻費人猜疑，引起正反兩極評價。《色｜戒》無法歸類於任何單一類型；既非間諜驚悚片，也非時代劇；不是歷史劇，又不是真人真事電影；既非愛情電影，也不是色情片；不算成長電影，又不純粹是黑色電影。它是所有這些類型的總和，又不專屬任何一種特定類型。這部電影超越了任何單一類型的限制，完全無法分類。

《色｜戒》上映後，歐美反應大致平淡。舉世可能僅臺灣和香港兩地，不但李安影迷忠誠一如往昔，更引發前所未見的熱潮。相較之下，中國大陸網站則是全面攻訐，片中女間諜和漢奸的性愛戲更是飽受詆毀。這類攻擊不但讓李安震驚，也導致女主角湯唯被官方禁演兩年，直至 2010 年才得以藉一部香港電影《月滿軒尼詩》重返銀幕，接著又加入一部韓國電影《晚秋》（2010）的陣容。

電影及原著牽涉到通敵和背叛的主題，引發全球華語媒體在國族認同及政治忠誠議題上的熱烈爭論。儘管歐洲、美國、日本反應冷淡，有諸多理由可以解釋《色｜戒》何以在華語界獲得熱烈迴響。眾多中國大陸觀眾以尖酸刻薄的言語攻擊這部電影，和李安選擇改編了張愛玲這篇講述戰時叛國行為的小說無關。他們對《色｜戒》的憎惡，是因為這部電影面對八年抗日戰爭，竟不忠於中國國族主義：漢奸似乎不夠陰險，而女間諜顯然極度享受性愛，最後還忝不知恥地背叛了自己的國家。大陸學者戴錦華認為，李安身為好萊塢國際導演，有如大多數移民，當然欠缺對母

國的「國族主義」認同，「忠誠」不足[9]。但這種說法可能錯失了重點。首先，國際化與個人認同並不互相衝突。出身巴勒斯坦的薩依德（Edward Said, 1935-2003）於1951年移民美國就讀，後於美國大學任教，他提倡的後殖民主義引領全球文學界、理論界數十載，但是他始終認同巴勒斯坦的民族運動，這是我們都耳熟能詳的[10]。其次，對中國大陸觀眾而言，李安背叛了對中國國族主義的忠誠。但李安出生、成長於臺灣，雖在美國擴展電影事業，對「國族主義」可能有不同的體認。即使他自1979年起便定居美國，但是始終並未歸化為美國公民；他一直使用臺灣護照。在臺灣的童年、青少年記憶以及臺灣政治話語的變遷，對他而言，「『何去何從』的身分認同問題一直是個糾結與迷惑」，如同所有臺灣人。2002年李安的自白透露他對臺灣的感情深厚，更充分顯示臺灣的日本殖民、國民黨、民進黨政權更迭及旅居美國的文化衝擊，使他「在國家認同上有著飄零的迷惑感」[11]。因此「國族主義」並非不假思索的問題。

臺灣百年來歷經政權更迭，對臺灣人而言，忠誠或愛國主義是複雜的問題，不是那麼理所當然。日本據臺於1945年結束之後，國民黨統治下的國民政府遷臺。到了2000年，宣揚臺獨理

9　戴錦華，〈《色，戒》身體‧政治‧國族──從張愛玲到李安〉，2007年11月10日為北京大學學生擔任講座的紀錄。http://pkunews.pku.edu.cn/zdlm/2007-12/24/content_119527.htm。2008年1月29日閱覽。

10　Edward Said, *Out of Place: A Memoir*（New York: Alfred A. Knopf, 1999）; *Reflections on Exile and Other Essays*（Cambridge, Mass.: Harvard University Press, 2000）.

11　張靜蓓編著，《十年一覺電影夢》（臺北：時報文化，2002），頁100-102。

念的民進黨開始執政。國民黨力圖抹除前代政權遺留下的殖民記憶，同樣地，民進黨也想方設法擺脫國民黨大聲疾呼的國族情懷。對李安同代人而言，他們才剛邁向成年，童年起被灌輸而深信不疑的國族主義突然間遭到強烈詆毀，失去了合法性。信仰全盤幻滅之餘，幾乎一夜之間，對中國和對臺灣的忠誠分化為兩種截然對立的意識形態，人人被迫選邊站。這種認同危機是許多臺灣人的夢魘，揮之不去，特別是李安同代人。他們見證到以愛國之名，新的信仰體系如何被強加在大眾身上；新政權時時刻刻對民眾洗腦，促使民眾折磨傷害那些難以遺忘過去信仰的人。此時所謂「忠誠」或「愛國主義」的問題本身便充滿爭議。這種內部加害造成的創傷，不可言說。要尋求救贖，可能唯有透過藝術；李安的《色｜戒》如此，侯孝賢的《悲情城市》（1989）亦如是。

　　臺灣政治光譜在歷史上的屢屢更迭，對人民心靈的衝擊無以復加，反映在《色｜戒》所探討的複雜議題上，包括「愛國主義」及「反愛國主義」。然而，電影處理愛國主義及認同的手法曖昧幽微，對中國大陸憤怒的觀眾而言卻是莫大挑釁[12]。相較之下，《色｜戒》於2007年9月24日於臺北首映，當時還是總統候選人的馬英九觀影後，回想起父輩為抗戰拋頭顱、灑熱血，以及自己滿懷愛國熱血的青少年時代，在媒體前潸然落淚。翌日，李安亦在一群記者面前放聲大哭，但這是因為雖然電影批判愛國主義，在臺灣卻仍獲得熱烈迴響；這是近鄉情怯、感激共鳴的淚

---

12 針對《色｜戒》在兩岸獲得的不同迴響，參見彭小妍於本書所著章節。

水[13]。儘管電影主題為1940年代中日戰爭時期的上海，並由跨國公司製作發行，但《色｜戒》所展示的臺灣獨特的國族情感及情懷，不容忽視，正如本書所展現的。

本書各章探究並分析李安對張愛玲原著小說的改編，集結了臺灣、香港、美國、英國及澳洲等地學者的研究。李安的電影嘗試解讀張愛玲的原著小說，並填補其中空缺；我們身為文學及電影評論者，則設法探究他如何以影像為張愛玲的小說添加血肉，並判斷他在電影中因何添補、甚至「扭曲」原著。即使作者們的觀點不盡相同，但均不約而同地關注國族情懷、集體記憶、認同政治及全球文化經濟操演的整體脈絡。我們分析的主題包括翻譯及改編、忠誠及背叛、通敵及操弄、角色扮演及表演性，此種種都與國族認同及政治忠誠的議題互相交織，難解難分。電影中露骨的性愛戲如何引發慾望及性別議題，也是重點。

首先感謝李歐梵院士提供2008年秋他在 *boundary 2* 上發表的英文文章，讓我們翻譯出來，為本書打頭陣。2008年8月文哲所舉行《色｜戒》研討會之前，這篇文章已撰寫完成，應是有關《色｜戒》的第一篇英文學術論文。文章指出，由於文化背景的差異，中國大陸及西方學界對李安這部電影有許多誤解，根本無從理解電影的真髓。李歐梵認為電影所傳遞的訊息，必須從李安那一代臺灣人的「心理組成」特色著手；這正是本書導言及多位作者的主張，例如彭小妍針對李安「生存歷程」的討論，以及張小虹針對「情感政治」的討論。李歐梵提出許多有關李安電影改

---

13 針對著名的流淚事件報導，雙城主義，〈《色，戒》之臺灣萬象〉，http://www.wretch.cc/blog/linyijun/19893282，2007年9月28日。2008年2月1日閱覽。

編張愛玲小說的關鍵問題，認為要真正了解電影，必須探討這些問題。而英雄所見略同，研討會作者們嘗試探討的正涵蓋了這些議題。他的問題包括：1）為何電影開場以陰鬱蕭殺的遠景刻畫傀儡政權的特務總部，而非如原著以打麻將開場？葉月瑜的文章處理的就是此議題；2）電影中露骨的床戲是否深入女主角的主體性？陳相因、蘇文瑜、柯瑋妮的文章均就此詳細討論；3）電影《色｜戒》改編張愛玲的小說是否成功？葉月瑜、孫筑瑾、寇致銘、戴樂為這方面的觀點相當分歧而有趣，出人意表；4）如何解讀張愛玲小說中晦澀曖昧的自由間接敘述？彭小妍對珠寶店一幕的自由間接敘述有仔細的分析；5）電影為何要一再回顧女主角學生時代的舞臺劇經驗？電影如何評價汪精衛政權的歷史地位？林建國、彭小妍及張小虹的文章都探討了這些問題；6）李安的電影總是認同「輸家」，《色｜戒》是否刻意與中國現代史上受到「壓抑」的一方對質，或者是李安釋放自己在臺灣成長經驗中長久以來的壓抑？這正是林建國、彭小妍所關注的問題。

　　本書第二章開始的各章，依主題可分為三部分：（一）改編作為翻譯、背叛或消費；（二）表演性如何展現愛慾、主體性及集體記憶；（三）認同政治及全球文化經濟。

（一）改編作為翻譯、背叛或消費

　　自布魯斯東（George Bluestone）1957年的《從小說到電影》（*Novels into Film*）開始，小說的電影改編就一直公認是棘手的議題。根據布魯斯東的說法，小說是一種「概念及話語」形式，而電影則是「感知和呈現」的形式。因此，若要比較電影及其原

著故事並期待找到兩者相似之處，結果只會「徹底宣告兩者的差異」[14]。赫哲仁（Linda Hutcheon）提到，其中差異可視為「再詮釋」（re-interpretation）、「再創作」（re-creation）及「互文性」（intertextuality）[15]。依循此思考脈絡，本書第二章開始的四篇論文將改編詮釋為「翻譯」、「背叛」甚至「消費」。

　　葉月瑜援用克莉斯蒂娃（Julia Kristeva, 1941-）的「互文性」理論及巴赫汀（Mikhail Bakhtin, 1895-1975）的對話理論概念，將《色｜戒》解讀為原著小說的對話文本。她分析有關《色｜戒》的中文評論，認為這些文獻展現了三種截然不同的解讀方式：《色｜戒》是間諜驚悚片，是對愛國主義的嘲弄，或是進一步演繹張愛玲原著的自傳成分。葉月瑜引用俄國理論家艾森斯坦（Sergei Eisenstein, 1898-1948）的蒙太奇理論，指出李安電影開場以德國狼犬陰沉警覺的眼神為焦點，加上電影中複雜的性愛戲，顯示出這部電影是原著小說的「翻譯」：它超越了改編，並為原著小說帶來新的解讀方式，不但拓展了小說的界限，也為小說本身平添新意。葉月瑜提供的附錄，羅列2007年8月至2008年2月間，共六十四筆討論《色｜戒》的中文文章及專書，有助於讀者進一步閱讀。從這些作品，我們可以清楚了解《色｜戒》上映前後，觀眾對這部電影的立即反應。

　　相對的，孫筑瑾指出，張愛玲的小說和李安的電影都背叛了它們的源頭，惹人爭議。首先，張愛玲和李安的作品都欠缺想傳

14　George Bluestone, *Novel into Film* (Baltimore and London: The Johns Hopkins University Press, [1957] 2003), p. vii.

15　Linda Hutcheon, *A Theory of Adaptation* (New York and London: Routledge, 2006), p. 8.

達的清晰概念。故事本身是以真實歷史事件為基礎，但張愛玲的小說卻扭曲了某些最關鍵的部分。而李安的電影雖然試圖貼近張愛玲的原著，卻增加不少原著中不存在的場景及角色。孫筑瑾認為張愛玲身為作者，應該提供線索，多多少少讓讀者有心理準備，好面對王佳芝在珠寶店突如其來的驚人轉變；並且文本中至少要透露出，她究竟如何反省自己的作為所帶來的後果及嚴厲懲罰。至於李安的電影，孫筑瑾指出，最後王佳芝和老吳的對話中，雖然性愛和戰爭間的戲劇張力昭然若揭，但可惜的是，電影並未充分探討。而李安企圖結合電影中最重要的兩條故事線，也就是性／慾及暗殺的情節，也終告失敗。

寇致銘（Jon Eugene von Kowallis）將電影改編文學作品視為翻譯行為。他指出，在改編張愛玲的〈色，戒〉時，李安的詮釋將一個地域性的奇特故事轉變為一個全球性的藝術作品。寇致銘提到現代中國最突出的兩位作家魯迅及張愛玲的相似之處，並暗示張愛玲在某些方面延續了魯迅暴露中國人物「陰暗底層」的傳統。張愛玲亦熱衷於探索壓迫者及其受害者的心靈深處。寇致銘主張，李安的電影揮灑創意，重寫了劇本，並重新演繹了故事。他以藝術的方式，重新詮釋了小說，並令人信服，而這正是原著小說欠缺的。寇致銘認為，這部電影具有全球地位，於歐洲上映時反應不惡便是證明，美國則票房慘澹。他認為在歐洲，民眾具有類似的國族歷史經驗，他們自己也曾因外國勢力佔據，必須忍受在魁儡政權下生活的恥辱。此外，寇致銘討論電影在大陸、臺灣、香港及全世界華人離散社會中引起的爭議與辯論，同時讚許李安以真正布萊希特（Bertolt Brecht, 1898-1956）的方式直指問題核心，討論當前的政治「通敵」議題，使得觀眾也不得

不反思此議題。

　　戴樂為（Darrell William Davis）試圖從主題解讀張愛玲的小說，說明李安的電影改編，並分析一連串的消費課題，包括改編作為消費的議題。根據他的說法，消費等於一種華麗化妝舞會式的偽裝及生產，掩飾了從演員到角色、從表演到真實的過渡。他認為傳記性的細節是這種凸顯／掩飾過程的一部分，模糊了小說和回憶錄之間的界線。戴樂為展示「消費」的概念，認為王佳芝修了一門消費課，但她也被自己的表演所消費及吞噬：王佳芝模仿上流人雖然維妙維肖，但她卻假戲真做，陷入了真正的情感陷阱。戴樂為引用晚近探討改編的研究，認為從文字轉換成影像是一種轉譯訊息的性愛表演。李安改編張愛玲的小說時，簡直是透過誘惑和征服，「暴露」出張愛玲的血肉，殘忍地將她的隱晦指涉赤裸裸地具象化了。戴樂為認為，李安的詮釋比易先生對王佳芝的消費更令人不安：這種詮釋直接挑戰觀眾，讓人質疑。歸根結柢，階級、族裔、消費及誘導都是表演，也是個人癖性不自覺傳遞出的訊號。

（二）表演性如何展現愛慾、主體性及集體記憶

　　本部分的三篇論文以表演或表演性概念為中心，檢視愛慾蠱惑人心、令人難以自拔的強大力量，它不僅象徵禁忌與逾越，也是自我認同及集體認同的追求。表演是愛慾、自我及國族認同的根源，所謂「真實」令人質疑。本部分的文章主張，由於不同層面──舞臺、間諜遊戲及文化記憶──角色扮演的糾結，使得自我的真相撲朔迷離，令人難以承受。

　　陳相因檢視《色｜戒》中佛洛依德式愛慾的不可能性，正是這種不可能的愛慾導致王佳芝放易先生一條生路。陳相因分析王佳芝和劇中多位男性角色的關係，包括鄺裕民、初次性經驗的對象梁閏生以及易先生。她主張，李安的電影中愛慾是一種「表演」，但終究不可得，也因此使得愛慾的力量變得更堅定，終至牢不可破。王佳芝深入虎穴扮演蛇蠍美人的角色之時，鄺裕民、梁閏生、其他學生、老吳、甚至國族愛國主義都紛紛出賣她，她心知肚明。因此易先生一句「妳跟我在一起」讓她感受到愛，進而失控；他的愛慾征服了她的心，結果她情不自禁，放走了他。電影中強調父親缺席所造成的親情失落，折射出「妳跟我在一起」這句話所代表的意義：王佳芝渴望獲得的是信任與安全感，而非個人的虛榮（彭小妍指出原著中王佳芝是個虛榮女子）。

　　自我究竟如何與表演連結？這個難題是蘇文瑜（Susan Daruvala）文章的中心。電影的編劇之一夏慕斯指出，李安和他的團隊受到張愛玲小說吸引，是因為他們認為這是一次「演出」。根據蘇文瑜的說法，雖然張愛玲的小說不盡然是「吶喊抗議」，但小說和電影都闡釋了「宰制結構」如何在個人及國族層次自我複製。演出和表演的問題一直與二十世紀中國的政治史息息相關，特別是1948年初期毛澤東執政，表演與主體性被政治化之後。蘇文瑜引用了巴爾（Mieke Bal, 1999-）定義下的「文化記憶化」過程，指出文化記憶實際上是「表演」出來的。電影並非僅探索現代中國歷史中「受壓抑」的一章，也深究了人際關係的結構以及表演的模式，這些都是戰時黨國體制的人民熟悉的，以父權、專制的路線進行。因此，愛國劇的演出成為角色傳輸內在情感的管道，也讓他們得以透過表演與自我的真相妥協。

柯瑋妮（Whitney C. Dilley）認為，要釐清誰是「真實的」王佳芝並不容易，因為電影的女主角在戲中戲裡面也扮演女主角——該如何真正理解她的動機及心理？柯瑋妮援引巴代伊（George Bataille, 1899-1962）有關禁忌及逾越的理論，探究什麼是「真實」，分析王佳芝的角色中哪些部分是「真」的。巴代伊從冷戰歷史的角度描述禁忌與逾越。他的理論奠基於歷史事實，和日據時期上海的戰時政治心理顯然密切關聯：逾越的個人等同於敵人。巴代伊的理論展現愛慾的逾越價值在於錯置主體經驗，並與「神聖」的世界合一，正如同宗教的犧牲儀式導向個人性的泯滅及死亡。電影特別強調王佳芝化身為已婚的麥太太時，所經歷到的斷裂與割離。她進入一個大都會，周旋於上流社會、豪奢、消費以及西方文化影響中。李安於數次訪談中透露，他拍攝這部電影的動機，主要是探究王佳芝迷上表演魅力時突然轉化的瞬間，以及探究人如何透過扮演發現真相。其中隱藏的訊息是，李安始終透過說故事、戲劇及拍電影的方式發現真相。欲蓋彌彰的祕密則是：「真正的」王佳芝就是李安本人。

（三）認同政治及全球文化經濟

本部分的三篇論文分析了《色｜戒》現象展現的認同政治及全球文化經濟。電影中傳達出的曖昧訊息，模糊了忠誠與背叛、道德與不道德、色情與愛情故事、表演與真實間的界線，引發了兩極化的反應——從怒不可遏到傷感落淚，不一而足。林建國由黑色電影的角度，解讀其中複雜而難解的現象；黑色電影可視為一種類型或運動，處理的正是道德的曖昧性。彭小妍認為李安為

張愛玲原著的加筆，將張愛玲對愛國主義的嘲諷，轉化為對受害的愛國青少年的同情。張小虹則借助情感「縫合」及「縐摺」理論，解讀電影如何透過攝影鏡頭與角色視線的交織，苦心經營情感政治的複雜面向。

林建國認為《色｜戒》是黑色電影，正流露了李安身為臺灣人的身份認同：他深刻了解一個人失去社會政治根源的痛苦。林首先指出，李安總是挑戰主流意識形態，熱衷於探索「輸家」的複雜情境，因此常遭妖魔化。例如在《與魔鬼共騎》（1999）中，他以美國內戰的聯邦軍為主角。林接著分析王佳芝的衣著，認為旗袍穿在軍用風衣內的組合十分曖昧，既是誘惑，也是威脅，讓人聯想起黑色電影的套式——黑色電影中出現的眾多女人個個都是難解的謎，既是蛇蠍美人，又是楚楚可憐的女子。林建國對黑色電影的分析頗具卓見，他指出迄今學界普遍對黑色電影的定義（類型或運動？）仍意見分歧，使得要將《色｜戒》視為黑色電影，難上加難。他援引德勒茲（Gilles Deleuze, 1925-1995），指出黑色電影本身的歷史一直在流變當中，因為新的表達方式需要新的分類、新的解讀以及新的體驗電影方式——觀眾也在流變中。透過克魯尼克（Frank Krutnik, 1956-）針對1940年代「黑色現象」的研究，林指出，將克魯尼克對黑色的定義運用於《色｜戒》上可能遭遇兩個困難：首先，評論者往往會忽略電影的黑色面向，反而聚焦在它的驚悚片形象上；其次，克魯尼克反對「黑色神祕（noir-mystique）的誘惑力量」。

為了驗證《色｜戒》的黑色元素，林建國引用各評論家的敏銳觀察，例如對電影肅殺氛圍及壓抑情感的描述。《色｜戒》並非單純的悲劇，因為女主角並非為一個崇高的目標而死，而是莫

名其妙地為了一枚鑽戒而死。根據林建國的說法，中國極端國族主義者寧可選擇看一部單純的驚悚片，而不是黑色電影，這也就是為何李安在中國評論界失利，被抨擊為讓國族歷史蒙羞，而女演員湯唯也因拍攝這部電影付出代價，被官方禁演也不能出現於其他媒體。林建國的結論是：「歡迎來到一個已經成為黑色電影的國家。」

　　彭小妍以《色｜戒》在華人世界引發的爭議為出發點。她探討電影如何以女人作為隱喻，折射出歷史的建構和解構本質，也體現出愛國主義和愛情的「覺醒」及破滅過程。彭分析電影中女主角因同夥的召喚「王佳芝，上來啊」，而慨然獻身救國；因愛情電影的薰陶而為愛獻身。這充分顯示電影暴露了愛國主義及愛情的建構本質：女主角一旦愛上漢奸、拒絕合作，愛國主義的神話就瓦解了；同時女主角因為迷信愛情，也讓自己步入了萬劫不復的情境。彭探討李安的改編究竟忠實傳達了、或背叛了張愛玲原著小說的精神？例如，原著小說中王佳芝喟嘆「演出」間諜出不了名，正暴露出她個性中的虛榮，與電影中的王佳芝大相逕庭。電影中王佳芝脆弱而多情善感，是純真的化身；天真爛漫的情懷使她注定成為愛國主義與愛情的犧牲品，無所遁逃。李安以女人作為隱喻，悼念他們那一代人年少無知歲月的純真與多情——在那個年代，愛國主義是理所當然、毋庸置疑的。

　　彭小妍分析張愛玲原著中珠寶店高潮戲一幕所使用的自由間接敘述，說明王佳芝對易先生的誤解；她誤以為，贈送鑽戒對易先生而言代表愛情。彭指出 Lovell 英文譯本錯把敘事者的心理敘述看成是王佳芝的獨白，因此沒有傳達出原著所要表達的訊息：愛的致命吸引力全來自於王佳芝對易先生表情的誤判。彭引用薩

依德（Edward Said）的「邊緣狀態」概念及荷米・巴巴（Homi K. Bhabha, 1949- ）的「交錯空間」概念，從李安身為外來者的「生命歷程」解釋其藝術成就。彭指出，力爭上游而「成功」的外來者，擅於轉化壓抑與焦慮為創意的來源，以藝術作品為出口。李安個人世界觀的源頭來自於身為「外來者」的發聲位置：他一直遊走於不同語言、不同文化、不同思想、不同歷史及不同傳統之間。這種邊緣狀態及移民意識雖然造成壓抑與焦慮，卻也讓他得以看見及感知常人會錯失的事物，創作出獨特的藝術。

　　張小虹的第十一章並非收入本書英文版的論文翻譯本，為了避免翻譯的麻煩，張提供其於2009年9月在《中外文學》上發表的中文論文。此篇論文撰寫於文哲所於2008年8月舉行的《色｜戒》研討會之後，會中發表的多篇論文想必啟發了她操演理論的靈感，例如葉月瑜有關開場時德國狼犬陰沉警戒的眼神鏡頭處理與蒙太奇理論的連結；陳相因有關「愛慾的不可能」及三場性愛戲鏡頭處理的討論；彭小妍指出舞臺上、舞臺下鏡頭的快速切換及「王佳芝，上來啊」等同儕壓力場景，如何塑造出愛國主義相互感染的氛圍；李歐梵有關電影中色與戒的辯證結構，張文中亦多所鋪陳（請見本書第1、2、6、10章）。張小虹納入本書多位作者的原創觀點，以阿米德（Sara Ahmed, 1969- ）的情感「縫合」（suture）理論、班雅明（1892-1940）及德勒茲（Gilles Deleuze, 1925-1995）的「縐摺」（Folding或the fold）理論為主軸，透過反覆討論影片各重要場景的鏡頭切換及眼神交換，進一步敷演情感的流動如何建構愛國主義、集體認同、自我認同與愛慾，等於為貫穿本書的重要議題做了一個小結。當前文學與電影學等領域「縐摺」理論風行，張以熟練流暢的中文顯示了以「縐

摺」理論分析愛慾及政治情感的力道，是一次成功的操演。本書
各篇論文均討論操演或表演性（performance 或 performativity），
張將此概念翻譯為「踐履」或「踐履性」。為了尊重她在理論上
的用心，我們不予改動。

　　本書十一篇論文的作者為臺灣及國際知名的文學及電影學
者，透過現代文學及電影理論的視角，詳盡分析李安《色｜戒》
及張愛玲原著小說的異同，並縝密探討小說與電影的對話及場
景、原作者與導演的抉擇及意圖等。我們引用佛洛依德、拉岡、
德勒茲、巴代伊等的理論，釐清電影所引發的性別、愛慾、權
力、操弄及背叛等相關議題。本書將色、戒主題與當代政治意識
並置，牽涉到的議題攸關愛國主義與中日戰爭盤根錯節的關係，
而兩岸分裂的歷史經驗與微妙關係則使得這些議題更形錯綜複
雜。本書探討《色｜戒》敘事的關鍵手法，如何面對並回應當前
華人社群──包括臺灣、中國、香港及全球離散的華人社群──
分歧糾纏、難以釐清的政治情感。影片不僅挑戰重大的歷史爭
議，而正因為原作者張愛玲為中國現代文學史上祖師奶奶級的人
物，也引發了改編及翻譯等諸多學術議題。本書各篇論文充分顯
示《色｜戒》所帶來衝擊和議題性；就此角度而言，電影是成功
的。

　　本書的十一篇論文從不同角度探討《色｜戒》，涉及電影研
究、性別及性象研究、文學及文化研究、跨區域及跨文化研究。
讀者若對現代中國、華人社群及現代東亞感興趣，也能從中獲得
啟發。《色｜戒》是華語電影的經典之作，無庸置疑。張愛玲的
〈色，戒〉晦澀難懂，李安的改編作品，迂迴曲折亦不在話下。
本書對原著及電影的解讀嚴謹細膩，讀者若有意深入《色｜戒》

的世界，不可錯過本書。就電影教學而言，本書亦為必讀作品。
我們的解讀召喚讀者及觀眾發揮超越文字及銀幕影像、甚至超越
常規的思考。這是挑戰，也是挑釁。讀者閱讀本書等於打開了一
扇窗，能進一步理解《色｜戒》豐富的歷史、政治及文化背景。
我們解析小說及電影在種種複雜層次上的歧義面向，將張愛玲及
李安充滿爭議、挑釁讀者及觀眾的知性，及炫麗迷人、情感幽微
的世界，栩栩如生地帶到讀者眼前。

1

李安的《色｜戒》及其迴響[*]

李歐梵

---

* 本文 "Ang Lee's *Lust, Caution* and Its Reception," 原載 *boundary 2* 35:3 (Fall 2008): 223-38。

　　李安執導的《色｜戒》，美國媒體的評價褒貶不一，在大陸、臺灣及香港等大中華地區卻引起數量龐大的評論，一方面使它成為票房贏家，另一方面，也成為近幾十年來最具爭議的電影。意見分歧，乍看之下也許並不稀奇，可是一旦讀過網路上以中文發表的大量評論、專欄、抨擊，以及如火如荼的辯論，我們的印象就會改觀。相形之下美國的情況和華文世界成了強烈對比。《色｜戒》在美國的成績平平，大致而言票房並不突出。最難堪的是，雖然《色｜戒》在2007年威尼斯影展贏得金獅獎，在臺灣的金馬獎也抱走包括最佳劇情片在內的七個獎項，卻無法擠進2008年奧斯卡最佳外語片的提名推薦名單。

　　比較《色｜戒》在大中華地區和美國引起的迴響（我並沒有研究日本、歐洲或其他地區的反應），很容易發現品味和先入之見的差異：美國的評論無論正反，僅將這部電影視為一位知名導演的最新作品，他的上一部作品《斷背山》引起過熱烈反應。由於李安以《斷背山》贏得奧斯卡最佳導演獎，加上他過去執導過好幾部好萊塢電影，所以被視為好萊塢導演。然而幾乎沒有美國影評人會為李安冠上「作者」封號，如王家衛等人，因為李安的電影缺乏個人的獨特印記；充其量他只是個優異的電影技匠，總是選不尋常的題材拍片。

　　相對的，大中華地區的觀眾和評論者，似乎都把李安當做在美國功成名就、並享譽國際的「華人」導演。評論李安作品時，他們往往會對他的早期作品如數家珍，如《推手》、《囍宴》及《飲食男女》，對於他在美國的失敗作品《冰風暴》、《與魔鬼共騎》及《綠巨人浩克》則略而不提。對李安的突破之作《理性與感性》，他們並不驚豔，對《斷背山》的評價雖然正面，卻難以

讚一詞。《臥虎藏龍》在西方大獲成功，大中華地區的反應則褒貶不一。有些人贊許它表現的視覺美感與浪漫愛情，但也有人質疑它是贋品：電影改編自一部受歡迎的武俠小說（至少已入列為「準經典」），結果看起來頗為虛假。換言之，那是迎合西方品味的好萊塢產品。李安的處境因而很難堪，他跨越東方與西方，卻跌入東與西之間的裂縫。他的電影就像「融合料理」，一開始爽口開胃，但終究缺乏道地的「地方」味（或許他早期以臺灣為背景的作品除外）。

　　西方評家有時會將李安與張藝謀、陳凱歌相提並論。這兩位中國導演最新的武俠電影可以視為對《臥虎藏龍》的直接回應。雖然《時代雜誌》（Time）和其他美國媒體都為張藝謀的《英雄》做了特別報導，他的電影大多數在中國遭到嚴厲批判，北京主流藝文圈往往斥之為商業贋品。陳凱歌過去以《霸王別姬》揚名立萬，最近的電影得到的評價比張藝謀更為慘澹。然而歐美學者仍然當他們是首屈一指的中國藝術大師，不吝熱烈評論他們的作品。李安從未受到同樣的「學院」榮寵，儘管他籌拍電影時表現了一絲不苟的研究精神，反映他的學者氣質。這是因為他來自臺灣，而非中國嗎？倘若如此，為何同樣身為臺灣導演的侯孝賢贏得評論家的盛讚，儘管他的作品票房一向低迷？電影學者認為，侯孝賢是藝術家也是「作者」，李安僅為技匠，不可相提並論。本文無意為李安平反。我認為，李安既是華人導演也是美國導演，這一特殊的流離（diasporic）位置值得注意；事實上，這一流離位置可能與李安作品引起的迴響有關，特別是在大中華地區。筆者撰寫本文並不從理論立場出發。我只是在大量閱讀針對

《色｜戒》的中文資料與評論之後，提供一些反思[1]。我期盼拋磚引玉，激盪想法，促進研究。

就觀眾集體的一般反應而言（相對於極為思辨性的學者評論）[2]，作者與觀眾共享的文化背景的確有舉足輕重的地位。依我之見，評論李安的作品，這個文化起源論點不但相干而且關鍵，李安本人也同意。雖然他成年後大部分時間定居美國，他仍然認

---

1 請參閱中文拙著《睇色，戒：文學·電影·歷史》（香港：牛津大學出版社，2008）。感謝 Lindsay Waters（出版商、評論家、朋友及熱愛中國的人士）的熱心支持，沒有他的一臂之力，這篇論文絕對無法完成。也感謝 Arif Dirlik，我目前在香港中文大學的同事，他的評論觀點面面俱到。同時也要感謝 Paul Bové 及本文的匿名審稿者。他們鉅細靡遺、認真細心的評論及建議，提供了本論文修正的方向。

2 討論大中華地區「跨國電影」的學術著作數量甚為豐富。最新四個範例為 Sheldon H. Lu, ed., *Transnational Chinese Cinemas: Identity, Nationhood, Gender* (Honolulu: University of Hawai'i Press, 1997)；Sheldon H. Lu and Emilie Yueh-yu Yeh, eds., *Chinese-Language Film: History, Poetics, Politics* (Honolulu: University of Hawai'i Press, 2005)；Meaghan Morris, Siu Leung Li, and Stephen Chan Ching-kiu, eds., *Hong Kong Connections: Transnational Imagination in Action Cinema* (Durham, N.C., and London: Duke University Press, 2005)；Chris Berry and Mary Farquhar, eds., *China on Screen: Cinema and Nation* (New York: Columbia University Press, 2006)。目前我可以找到討論李安電影唯一的英文專書為 Whitney Crothers Dilley, *The Cinema of Ang Lee: The Other Side of the Screen* (London and New York: Wallflower Press, 2007)。這些著作沒有任何一部特別討論文化接受的脈絡議題，也未特別討論李安作品，視其為主要例證。特別針對李安的討論請參見 Emilie Yueh-yu and Darrell William Davis, *Taiwan Film Directors: A Treasure Island* (New York: Columbia University Press, 2005)，這本著作花了一章的篇幅討論李安（頁177-216），並顯然將其視為和楊德昌、侯孝賢及蔡明亮足以並駕齊驅的重要臺灣導演。當然，《色｜戒》為新作，並未列入這些著作的討論範圍之中。

為自己是來自臺灣的華人。接受美國媒體的採訪時，他一再表明他的忠誠仍屬於出生地臺灣[3]。在2007年12月初《華爾街日報》（*Wall Street Journal*）刊出的訪問稿中，李安一口氣討論了自己的臺灣經驗與美國拍片的經歷：「我成長於臺灣，我們總是輸家……我們總是輸的一方。我的父母被共產黨打敗，逃到臺灣。臺灣是一個小島，幾乎沒有人會注意。」因此，他說他選擇拍片題材時，總是「選擇輸家：有人死，有人輸，還有同志牛仔——他們不會贏的。」[4]

這種對於「輸家」的自覺與執迷似乎是李安所有作品的主題。要是人生是一場贏不了的戰役，你只能強顏歡笑、逆來順受。翻譯成電影語言，不妨說是「壓抑」（repression），不僅是佛洛依德所謂的「性壓抑」，那太狹窄了，還包括文化、倫理負擔，那是來自傳統、再長期內化的東西。李安的電影中，「輸家」心態是以委婉與間接的形式表達的——沒有爭論、沒有抗議，也沒有反叛。在中國文化脈絡中，這可以容易地理解為「傳統」的包袱，這在李安的早期電影中特別明顯（《推手》、《囍宴》及

3　他對臺灣的情感，也獲得臺灣的回報：2007年11月李安返臺，獲得了英雄式的歡迎。群眾真情流露，他也數度在公開場合落淚。但即使在臺灣他也發現自己在政治上處於「輸家」陣營。他生於臺灣南部臺南市（同時也是臺灣前任總統陳水扁的故鄉）的外省家庭。擁護獨立的情緒浪潮方興未艾，衡量此一趨勢，李安在意識形態上是可疑的，因為他不是本省人，而是「局外人」。但國民黨總統候選人馬英九最近勝選（編注：2012年1月14日中華民國第13任總統選舉），他公開宣稱自己是臺灣的子民。勝選的結果可能會略微改變臺灣的政治趨勢。

4　Emily Parker, "Man without a Country," *Wall Street Journal*（December 1-2, 2007），讀者投書頁。這個標題有誤，而且過於誇張。

《飲食男女》）。這個主題以父親角色呈現，在一個看似正常的中國家庭背景中，迴避了直接的對抗，伊底帕斯式的緊張給中華文化薰陶出來的自制情感取代了。直到最後的結局，情節才透露了現代的逆轉：是父親打破了傳統模式（《飲食男女》），或接受兒子同性戀的傾向（《囍宴》），而不是兒子。許多華人評家指出，父親角色銘印著李安對自己父親的印象，他隨國民政府避難臺灣，在臺南做過高中校長。

這種中國模式也移植到李安的第一部外語電影《理性與感性》中。艾瑪·湯普遜（Emma Thompson）是這部電影的主要演員與編劇，在她的鼓勵、甚至可能直接引導之下，李安揭露了維多利亞道德與儒家倫理之間的共通之處。即使《斷背山》的主題是同志愛情，也是在家庭脈絡中處理的（兩位男同志各自的婚姻皆失敗），家庭的傳統束縛成為壓抑的源頭。有些人認為，增添家庭負擔的情節或許可視為某種「東方式的」轉折（Annie Proulx原著中僅略微觸及）。儘管如此，這部電影並沒有在華人世界激發多少興趣。

在《臥虎藏龍》中，贏家仍然是傳統中國倫理觀。影片中，感情壓抑的典型特徵遭到一位個性突出的女俠顛覆：她年輕任性（由章子怡飾演，她的性格大幅改變了原著對這個角色的塑造）；她與沙漠巨盜半天雲的戀情（一種跨族裔的激情）破壞了李慕白／俞秀蓮之間安詳又細心控制的情緒平衡，李／俞雖然最後互訴衷曲，為時已晚。《臥虎藏龍》之後的作品就是《色｜戒》，因此可視為李安的轉折點。《臥虎藏龍》中情感無論壓抑還是奔放，到頭來都輸了。那麼《色｜戒》必須提供一個新的宣洩管道，就理所當然了。於是李安接受挑戰，與自己過去的模式決

裂，不再溫柔、一貫的壓抑，把張愛玲一篇仔細算計又極為憤世的故事轉化為一齣愛情劇。

《臥虎藏龍》的時代背景模糊籠統，《色｜戒》就極為明確，主要劇情發生於1942年初的幾天之內，地點是日本佔領的上海，由汪精衛「偽」政權（1940-1945）執政。時間、地點顯然都處於混亂中——那是現代中國史「大敘事」中見不得光的一章，中國史學家鮮少探索[5]。不過，對西方人而言，這幾無意義可言；大多數美國評家完全無視於電影的歷史脈絡[6]。

且不提西方的反應，大陸、臺灣及香港的華人觀眾，對這部電影的反應也大不相同。眾所周知，大陸上映的版本將床戲刪剪

---

5 美國也未有足夠的學術研究討論此一主題。最近一本Timothy Brook撰寫的 *Collaboration: Japanese Agents and Local Elites in Wartime China*（Cambridge, Mass: Harvard University Press, 2005）有一章討論上海，但並未提及其在日本統治下的城市文化。Po-shek Fu的書 *Passivity and Collaboration: Intellectual Choices in Occupied Shanghai, 1937-1945*（Stanford, Calif.: Stanford University Press, 1993）仍是與電影處理主題相關唯一的英文學術專書。但其研究並未探討「叛國」政權的心理狀態，也就是小說及電影的中心主題。探討電影在日本引起的迴響會很有趣，但這超出了拙文討論範圍，筆者也力有未逮。

6 這是甚受歡迎的影評人Roger Ebert的意見。他宣稱電影呈現了許多「感性」，但少有「理性」。只有一位英國影評人Nigel Andrews認為應該將《色｜戒》與其他以同一座城市為背景的好萊塢電影《上海特快車》（*Shanghai Express*, 1932）、《太陽帝國》（*Empire of the Sun*, 1987）及《異國情緣》（*White Countess*, 2005）互相比較，召喚老上海的背景。他還提出一個中肯的論點：「東方電影導演總能捕捉到上海的真實面貌」，但西方導演卻無法辦到：諷刺的是，他們「以越不刻板的方式呈現，也就是說不赴實地拍攝，越能忠於這座城市」。參閱Nigel Andrews, "Shanghai Highs," *Financial Times*（January 5, 2008）。Andrews參觀了上海電影製片廠後當場提出這樣的言論。《色｜戒》大部分精心製作的場景都在上海電影製片廠建造。

了，因此香港戲院裡湧入了許多陸客，專程來看一刀未剪版。在北京，幾位評論者及電影工作者痛批李安「背叛」，向美式資本主義下跪。在上海，張愛玲的故鄉與故事發生的城市，本片獲得的迴響較佳，但也免不了來自藝文知識份子領導階層的批評聲浪。《色｜戒》在我居住的香港大受歡迎，好幾個月都是流行的話題。用不著說，觀眾和評家的重點都是那三段辛辣的性愛戲：有些人認為太超過，其他人則認為不夠露骨，不足以深入女主角的「主體性」。（有關電影中性愛戲的討論，請參看本書陳相因、蘇文瑜、柯瑋妮的文章）只有在臺灣，這部電影叫好又叫座，還贏得七個金馬獎獎項。當時還是國民黨總統候選人的馬英九出席了電影首映會，據稱紅了眼眶。正如預期的，一些最具洞見的評論出自臺灣評家與學者。臺灣為李安的出生地，而張愛玲在此地享有傳奇性的盛名，作品很受歡迎。（張氏作品在大陸重見天日，不過是最近的事。）因此，討論李安以及這部影片的改編的專書皆在臺灣出版，再自然不過了 [7]。

　　《色｜戒》大部分在上海實地拍攝，劇本出自臺灣劇作家王蕙玲（她也是公視《她自海上來：張愛玲傳奇》〔2004〕連續劇的編劇）與夏慕斯（James Schamus）之手。夏慕斯是李安的長期搭擋，參與過其他多部電影。《色｜戒》的國際團隊包括來自香港的藝術指導與兩名助理導演，來自墨西哥、目前於好萊塢工作的攝影師 Rodrigo Prieto，以及法籍作曲家 Alexandre Desplat。

7　我從討論這部電影的專書《睇色，戒：文學・電影・歷史》中，引用了一些重要的文章及書籍，全都是在去年出版，尤其是蔡登山，《色戒愛玲》（臺北：印刻出版社，2007）。

身為海外華人，李安獲得大陸導演少有的特權，包括在上海電影製片廠搭建大型街景，不受任何限制。來自大陸的投資占製作預算很大一部分。然而，電影在大陸上映後，不僅李安必須刪除所有的性愛戲，大陸媒體也不許報導這部電影。最新的打擊降臨在扮演女主角王佳芝的新演員湯唯身上：禁止她今後演出任何的中國電影，據說罪名是她飾演的角色污衊了真正的女主角；中共宣稱，真正的女主角曾是中共地下黨員！簡直是莫須有。

　　任何觀眾只要留意，便會發現李安對於重現老上海的繁華風貌不遺餘力，鉅細靡遺──特別是上海租界的靜安寺路和西摩路。王佳芝坐在一家咖啡店裡等候──凱司令咖啡館（Julia Lovell從中文將其直譯為Commander K'ai's Café）[8]。從咖啡館往外看，是平安戲院和相鄰的三家店：西伯利亞皮貨店、綠屋夫人時裝店（女裝店）、以及印度珠寶店。這家珠寶店是虛構的，情節的高潮轉折便在那裡發生。假如這部電影意在譁眾取寵，或如某些人主張，只是好萊塢黑色電影的蒼白版，何苦要在重建歷史場景上經之營之，一再琢磨？為何電影以一個陰鬱肅殺的遠景開場，刻畫「傀儡」政權特務頭子的總部；而不是打麻將的場景，如原著小說？（請參看本書中葉月瑜文章有關警犬與蒙太奇的討論）而且，又何必將特務頭子易先生刻劃成「戒」與壓抑的化身呢？李安將易先生當做主角，像小說一樣，他很清楚他處理的是中國政治上的輸家──民族大義的叛徒，以及這場戰爭中的真正

8　*Lust, Caution: A Story by Eileen Chang*, trans. Julia Lovell（New York: Anchor Books, 2007）, p. 32. Lovell還直譯了幾條知名的街道名稱，例如將知名的霞飛路譯為Hsia-fei Road，因此完全失去了這種街道名稱的殖民地根源。小說中並未出現印度珠寶店的名字，但電影加了進去。

輸家；他是背叛者，同時也是戰爭真正的輸家。李安真的同情
「輸家」，還是他想跨越民族主義者／叛徒的分野？無論答案為
何，李安都踏入了意識形態的危險場域。

　　美國的評論者幾乎都沒有考慮到這一背景因素，他們可能看
多了處理「通敵」議題的歐洲電影，例如在納粹佔領期間的法國
維琪政府、義大利法西斯政府、或荷蘭反抗軍，所以忽略了這一
點[9]。或許歷史的確是美國大眾意識中的「缺席前提」──但在中
國顯然並非如此。李安的電影在中國激起了一波民族主義怒潮，
李安被當做叛徒：「中國已然站著，李安他們依然跪著」，而且
是向美國磕頭──典型的愛國論調就這樣流傳著。相較之下，美
國《紐約客》影評人Anthony Lane簡慢地將這部電影貶抑為以陳
腔濫調的通俗劇公式拍成的間諜片。他指出，影片中女主角愛看
電影是很奇怪的，「因為任何好萊塢通俗劇的愛好者都知道，女
間諜必然會愛上她們的男性目標」[10]。根據同樣的邏輯，我們還可
以補充：這樣的女間諜同時也是蛇蠍美女，就像葛麗泰‧嘉寶

9　最近兩部電影便是如此：《黑書》（*Black Book*, 2006）是一部在好萊塢工作的
　　荷蘭導演保羅‧范赫文（Paul Verhoeven）執導的荷蘭電影；另一部是義大利
　　電影《烽火驚情》（*Al di là delle frontiere*, 2004），Maurizio Zaccaro執導。兩
　　部電影皆為真實故事改編。我們應可列出維斯康堤（Luchino Visconti）的《納
　　粹狂魔》（*La caduta degli dei*, 1969）及貝托魯奇（Bernardo Bertolucci）的
　　《同流者》（*The Conformist*, 1970）相比較。特別是《同流者》的主角便是
　　「叛徒」，最後刺殺的場景也與《色｜戒》笨拙的暗殺場景有幾分相似。我與
　　李安曾在2007年9月底於香港電影首映會見面，我當時直截了當地問他，他
　　也承認如此。

10　*New Yorker*, October 22, 2007, p. 187.

（Greta Garbo）飾演的馬塔哈莉（Mata Hari）一樣[11]。但湯唯飾演的王佳芝顯然不是。這部電影真的是廉價的（或沒那麼廉價的）好萊塢產品或複製品嗎？教人啼笑皆非的是，北京和紐約的上流評家從全然不同的立場出發，卻做出了相同的負面評價。

　　我認為，《色｜戒》無論是原著小說還是電影，都不是通俗諜報片或黑色電影，雖然原作者和導演可能從它們借用了一些元素，以塑造更為嚴肅的藝術、歷史觀點。故事大綱脫胎於真實的歷史事件，說的是一個來自上海的年輕女性，在香港大學念書，對戲劇表演產生了興趣，因而被吸收，加入一個由愛國學生組成的業餘諜報網。她回到上海，參與了一個任務，就是滲透到汪政府特務頭子的家裡，以刺殺那位特務頭子。但是陷身間諜遊戲的純真少女，先是肉體，接著是感情，受到刺殺對象的吸引，最後背叛了同志與任務。他們全都被捕、槍決。

　　電影版有長篇倒敘，描寫女主角在香港的往事，以強調女主角王佳芝和張愛玲在背景上的相似之處。張愛玲於1939至1941年間就讀香港大學，並於1943年在日據上海一夕成名。有些大陸評論者聲稱男主角易先生的原型，至少有一部分是胡蘭成。胡蘭成當時是汪精衛政權中知名的文藝人士、花花公子、與文化官僚；張愛玲與他相愛、結婚、離婚。因此，這一「叛國」的雙重系譜使得電影在中國放映之前，便處於意識形態的深水熱火之中。張愛玲早已是港臺兩地的傳奇作家，作品多是長銷書，版本

11　馬塔哈莉（Mata Hari）出生於荷蘭，為知名舞孃，第一次世界大戰中在巴黎被捕、受審，罪名是德國間諜，後遭槍決。1931年，美國米高梅公司將她的故事搬上銀幕，由葛麗泰・嘉寶飾演馬塔哈莉，是為嘉寶最成功的作品。

眾多，而且一再重印，這讓情況更為複雜。2000年以來，已故的張愛玲名聲也遠播中國，即使官方的審查制度依舊運行，仍有大量作家、知識份子及一般讀者自詡為「張迷」[12]。甚至對電影的一些非難完全以張愛玲的藝術成就為焦點，抨擊電影比不上原著精采；而過去以張著改編的電影，從未成功過[13]。（請參考本書葉月瑜、孫筑瑾、寇致銘、戴樂為文章的觀點）

張愛玲於一九五二年離開大陸，短暫旅居香港之後，定居於美國。她想以英文寫作打入美國文學界，並不成功。儘管她在華文讀者中享有傳奇般的名聲，在西方，學術圈外卻鮮為人知，直到李安的電影問世，大家才注意到她這位原作者，誰想得到呢？Julia Lovell的〈色，戒〉小說英譯本，與《色｜戒》劇本的英譯本都已在美國上市[14]。張愛玲的其他作品也有英譯本，最近的是《流言》（散文選集）[15]、《傾城之戀》（短篇小說選集）[16]。然而，美國影評人評論《色｜戒》時幾乎沒有人提到張愛玲的小說——正好與《斷背山》形成強烈對比。《斷背山》改編自美國女作家Annie Proulx的知名作品，大部分美國影評人都讀過或提過這部

---

12 安排在2006年於上海舉行的張愛玲國際學術研討會在最後一刻因官方命令而取消。

13 這些電影包括《傾城之戀》（1984）、《怨女》（1988）、《紅玫瑰白玫瑰》（1994）及《半生緣》（1997）。

14 Hui Ling Wang and James Schamus, *Lust. Caution: The Story, the Screenplay, and the Making of the Film*（New York: Panetheon, 2007）.

15 Eileen Chang, *Written on Water*, trans. Andrew Jones（New York: Columbia University Press, 2005）.

16 Eileen Chang, *Love in a Fallen City*, trans. Karen Kingsbury（New York: New York Review Books, 2007）.

小說。

〈色，戒〉並不是張愛玲最受歡迎的小說，因為它的主題引人爭議，敘事技巧又極為晦澀。張愛玲是在香港聽說這個真實故事的，據說她興奮莫名，立刻著手寫作——有證據顯示一開始她可能是以英文撰寫的，題名〈間諜網〉（Spyring）[17]。但是接下來二十多年，她不斷修改，直到1977年才在臺灣正式發表。為何需要不斷的修改呢？

當然，一個可能的原因是故事本身在政治上太敏感：男主角既是「漢奸」，又是壞蛋。張愛玲可能因而更加謹慎。也可能是，張愛玲為了某個理由一直對成品不滿意，因此要設法把它「寫好」。個人的、政治的、以及藝術的考量，成就了一篇晦澀的小說，充滿了曖昧之處，必須一讀再讀，才能發幽闡微。更重要的是，其中的性暗示都隱藏在一層又一層的意象及隱晦的指涉之下。角色的內在情感藉由一種敘事手段傳達出來，那就是讓一個疏離但全知的聲音偶爾闖入角色的心扉，它「展示」但絕不會「訴說」他們的思維或感覺過程。英譯者Lovell在小說導言中，使用了一個半技術性的詞「自由間接冥想」（free indirect meditation）來描述張愛玲的風格，然後評論道：「張愛玲鬼魅般的嘲諷笑聲，不只嘲笑她的女主角軟弱、自欺，也嘲笑自己居然天真的愛上了花心、無節操的政治動物。」[18]（請參看本書中彭小妍文章有關自由間接敘述的討論）

17　英文版一開始名為 *Ch'ing Ke, Ch'ing Ke*（「請客，請客」的音譯），原來的打字版還有手寫的標題「Spyring」印在篇名之下。張愛玲在香港的摯友宋淇之子將打字版小說放上網路分享。

18　Eileen Chang, *Lust, Caution: A Story by Eileen Chang*, trans. Julia Lovell, p. xviii.

　　這一自傳動機也啟發了李安，將電影的感情負擔幾乎完全加
諸於湯唯飾演的王佳芝身上。如此一來，李安也將小說的憤世稜
角磨掉了不少，將它變成一個浪漫而且充滿感情的故事，因此背
離了原著小說的兩個特色：對女主角擺出的高傲態度，以及敘事
情調的冷峻世故。電影將女主角浪漫化，也間接地為她的目標
易先生增添了一些光彩（梁朝偉刻意以內斂的方式演出這個角
色）。小說中的關鍵轉折——同時也是電影的結局——發生在珠
寶店裡，王佳芝引誘易先生到那裡為她買一顆六克拉的鑽戒。
這是設計來暗殺他的圈套，但在關鍵時刻，王佳芝被突然湧上
心頭的情感蒙蔽，犯下了背叛大罪，催促易先生逃走，讓他全
身而退。在那短暫、關鍵的一刻，光彩奪目的戒指（「戒指」的
「戒」和〈色，戒〉的「戒」是同一個字）蠱惑了女主角，使她
對男主角／漢奸產生浪漫幻想，心甘情願的破壞自己預定的目
標。

　　在電影高潮中的這種浪漫轉折可以視為李安導演風格的正字
標記。但在《色｜戒》中，情感與反覆出現的壓抑主題連結在一
起。在片中，壓抑不只限於情感與性，還延伸到電影中的上海場
景，因此納入了更大的歷史視野。在這樣的視野中，性和政治交
織在一起，前者顯然是後者的表現形式。女主角與漢奸那三場著
名的床戲中，兩人的軀體交纏，既痛苦又愉悅，從施虐式的強暴
進展到悲痛的狂喜，傳達的是兩位主角的性行為與身處的壓抑政
治環境相互交纏。但是，就漢奸——掠食者與愛國者——獵物都
陷身其中的歷史危機而言，這只是表象——超出個人控制的情勢
注定要毀滅他們。另一幕關鍵戲發生在上海虹橋區一家日本餐
廳中，王佳芝為老易唱了一首流行曲〈天涯歌女〉（出自1937年

抗戰前夕上演的知名電影《馬路天使》）。這一曲帶出了易先生壓抑的痛苦——身為日本軍閥控制的傀儡人物。他們意識到彼此皆是受害者，因此緊緊相擁，暫時逃避現實，沉浸於感緒之中。李安為這一幕注入了感傷情懷，一方面可視為他導演風格的典型特色（溫情主義），另一方面，特別是在這一部電影中，也是展現壓抑的間接方式。換言之，李安及其編劇（特別是他的臺灣同胞王蕙玲）為張愛玲的小說添加了感傷與浪漫元素——那是原著欠缺的——即使沒有消解壓抑，也舒緩了重負。某些評家認為這一感傷形式是軟弱的標誌，也是本片的主要缺點。然而，如果我們記得李安曾說過他從小到大最愛的電影就是《梁山伯與祝英台》，他年輕時看了無數遍，我們就不會驚訝了。那是香港邵氏公司出品的黃梅調電影，1963 年在臺灣上映，盛況空前。我甚至敢斷言，這一感傷特質是李安那一代臺灣年輕人心理組成的特色[19]。他們在 1950 年代、1960 年代初成長，正值蔣介石威權統治時期。

　　大多數美國評家對這些背景因素毫無興趣，只專注於電影的表面情節。然而表面情節雖然忠於原著，卻不足以提供女主角最後背叛的充分動機。張愛玲本人似乎注意到這項缺陷，因此增添了七百多字的篇幅，部分交代了王佳芝過去的情感生活與性史[20]。我認為，這段增添的敘述多少豐富了王佳芝這個角色的情

---

19 我所謂的心理組成，借用 Raymond Williams 的著名術語，就是塑造當時政治文化的「感知結構」（structure of feeling）。

20 張愛玲，《色，戒【限量特別版】》（臺北：皇冠文化，2007）。此版本包括小說出版的版本及手稿，並附上張愛玲反駁一位當代評論者對她政治指控的長文。

感內涵，但仍不足展現她的全貌。於是李安和編劇添加了更多篇幅（實際上是一個完整的倒敘），交代女主角在香港大學的往事。這一大段倒敘的關鍵情節是王佳芝參與了愛國劇演出，舞臺上的年輕大學生演員與香港大學大禮堂裡的觀眾似乎都真情流露。小說中，張愛玲對這件往事一筆帶過；電影卻仔細鋪陳，渲染著愛國情緒。對現在的香港觀眾來說，愛國劇那場戲看來實在造作，甚至可笑，但李安顯然對這場戲極為看重，甚至到了電影結尾處，還讓即將槍決的女主角心頭浮出那一場戲，彷彿她恍然大悟，那正是她沉淪的原因。為什麼要一再提起她學生時代的演戲往事呢？王佳芝生嫩的演技真的是她個性的致命缺陷，讓她陷入間諜遊戲，最後引領她走上死亡之路？（請參看本書林建國、彭小妍及張小虹的討論）

夏慕斯提出了一個不落俗套的解釋；他是《色｜戒》兩位編劇之一，也是李安的長年合作者。他在〈色，戒〉英譯本附錄的一篇論文中，提出了一個關鍵問題，同時也是一針見血的評論：「她為什麼要那樣做？……在珠寶店中，王佳芝在那決定命運的一剎那間，究竟在演哪一齣戲？按計畫刺殺愛人呢，還是怎的？」夏慕斯引用齊澤克（Slavoj Žižek）的學術理論，提供了明確的答案。他認為那正是「張愛玲問我們的教人苦惱的問題，我們在關鍵時刻所做的選擇、所做的決定、以及展現的自由意志，難道不都是演出（perform）嗎？」[21] 此外，依夏慕斯的觀點，王佳芝扮演的菜鳥間諜令人起疑，正是易先生想得到她的理由，於是「色與戒在張愛玲的作品中相互為用」。夏慕斯進一

---

21 James Schamus, "Why Did She Do it?" In *Lust, Caution*, pp. 63-68.

步說，「張愛玲的作品吸引李安以及我們一班工作人員的因素之一，就是我們感覺到她的書寫本身就是這種『表演』（act）──向相互敵對的支配結構發出深沉抗議，那些支配結構為二十世紀中的中國帶來了大災難，也把她的人生變成一串流離的故事。」[22]

但是夏慕斯並未說明「相互敵對的支配結構」所指為何。要是置於另一個脈絡中，這樣的觀點無論多麼吸引人，即使不顯得膚淺，也會滋生疑竇。王佳芝是一個具有自由意志，因此能夠視處境的需求做明智選擇的女主角嗎？更別提她的性格弱點了。李安真的同意他的美國合作者的觀點，認為張愛玲的書寫是一種表演，或者說表達她對現代中國史上不公不義情事的抗議？李安會像張愛玲一樣，將自己置於中國政治史的混亂漩渦之外，以完全疏離的態度回顧那可恥的一章？還是他與張愛玲不同，選擇以自己的方式與那些「支配結構」交手？為什麼在張愛玲的十幾篇小說中，他選擇了〈色，戒〉搬上銀幕？根據我以上的論述，我認為，是李安而不是電影的女主角做了選擇──而且李安刻意與他的燦爛偶像張愛玲分道揚鑣，正是因為他們來自截然不同的文化背景，對這個故事與故事的歷史脈絡具備不同的理性與感性。

我先前提到過，〈色，戒〉的主題接近張愛玲自己的背景。即便她的書寫行動的確有針對「相互敵對的支配結構發出深沉抗議」，小說也沒有把那些「支配結構」交代清楚。在極為緊湊的故事架構中她反而使用晦澀的指涉，而且幾乎沒有提供歷史背景。儘管她在敘事技巧上煞費功夫，她採用了完全疏離的寫作姿態，使小說喪失了中國歷史的真實感。她並沒有交代這樣做的理

22　Schamus, "Why Did She Do It?" pp. 64-66.

由，無論理由可能是什麼，她花了那麼長時間寫這篇小說，又多次修改，依我之見，完全不是因為她意圖做更多的研究，以探索在汪精衛政權下生活的各種陰暗面。李安就不同了，從我跟他的簡短對話來判斷，他的確對故事的陰鬱歷史背景著迷，並念茲在茲、嗟嘆不已。他做了詳盡研究，還指示主要演員讀好幾本有關那個時代的書，包括胡蘭成的回憶錄。我覺得，這樣的準備工作超越了電影技匠追求歷史真實性的努力；這些工作透露的是出於個人的執迷，因為電影中「相互敵對的支配結構」不只是中國（國民政府）與日本，或是國民黨與共產黨——大陸官方大敘事的中心主題——還有國民黨的兩個敵對派系：陪都重慶的國民黨與南京的汪精衛傀儡政權。

此外，導演對兩個次要角色（易先生不苟言笑的秘書與重慶諜報網的實際領導人老吳）給予的關注，並不是為了戲劇效果而已。這兩個人都是國民黨官員，衣著與行為相似到驚人的地步。對我而言，愛國青年（包括王佳芝在內）都成了這兩個國民黨敵對政權的受害者：國民政府利用他們做諜報員與殺手，日本支配的傀儡政權則殺害這些人。然而這兩個政權都宣稱自己是正統，是中華民國國父孫逸仙的嫡系。電影中到處可見政治符號——孫逸仙頭像、旗幟、以及雙方官員穿著的制服。易先生這位專橫的反派男主角，是國民黨父權體制的化身，涉世未深的女主角成為他的色慾獵物。小說中的易先生從頭到尾都很冷酷、謹慎，結尾完全留給他做事後的合理化，不帶一絲感情；而在電影中，李安將他塑造得比較脆弱——過度壓抑的受害者。在張愛玲的小說中，所有的愛國情緒都遭到嘲笑，李安的電影就不是這樣，從愛國歷史劇那幕戲就可以看出。

　　作家與導演之間的這些差異，大小不拘，證明他們的觀點與感性有很大的歧異，涇渭分明，無法以形式分析或風格分析消解。簡言之，李安只是利用張愛玲的小說作為靈感來源及創作起點。他是否成功地達成自己以影片還原歷史的願景，仍待辯論。以目前大陸的政治氣候而言，這部電影已經踩到一顆地雷，只是還沒有爆炸。《色｜戒》在華語地區引起的爭議，使我相信這部電影必定同時觸及了個人的以及「集體的神經」，箇中原因必須在電影或小說文本之下與之外求索。換句話說，我認為成問題的是華人集體心態中的「政治無意識」，而李安拍攝這部電影時對這一點了然於心。

　　總之，《色｜戒》在各地引發不同的迴響，在局外人眼中或許並無特異之處。然而本文已經證明，即使在三個不同的華語地區，都有強烈的差異，而且不時暴發激烈爭論。這當然與電影引人爭議的主題有關：「漢奸情結」激起大陸評論者與觀眾根深柢固的愛國憤慨；那些狹隘的民族主義怒吼透露的是：對於八年抗戰的集體失憶——那可是中國現代史上陰暗的一章。（至於是不是完全無知，另當別論）在香港，這部電影引發了一些冷靜的呼聲，主張重新評價那段歷史，但是一般觀眾與影評人似乎都被電影呈現的性、欲吞噬了，心無旁鶩。只有在臺灣，我們可以找到大量的評論與相關材料，討論李安的電影和張愛玲的小說，顯然是因為兩人都是名人。儘管如此，很少人觸及汪精衛政權這個歷史問題；他們對影片重建的歷史「真相」，不怎麼做政治判斷也沒什麼意識形態興趣，不置可否。（請參看本書中彭小妍文章分析電影中麻將政治的部分）就一個被蔣介石威權統治過幾十年的島國來說，這令人有點意外，看來代表獨派的陳水扁政府正在掃

除威權統治的遺跡。

本文已經顯示，無論李安最初的動機是什麼（通俗劇的潛力？愛情的元素？老上海的懷舊魅力？），電影本身在意圖與製作上展現的一絲不苟，甚至在李安的導演事業中也是前所未見的。布景與擺設精雕細琢；劇情重心放在女主角的角色，而不是反派男主角；為歷史背景增添血肉，包括交代女主角往事的大段倒敘；更重要的是，突顯了中日戰爭期間國民黨兩個敵對政權的相似程度——所有這些元素都使我相信，李安是想親自與中國現代史上受到「壓抑」的這一章對質。這部電影還有另一個作用，就是釋放他自己長久以來的壓抑——或許源自他對父親的記憶（李父在《斷背山》開拍之前去世），以及他在國民黨統治下的成長經驗。這麼說來，李安是一位胸中自有丘壑的華人 23 藝術家，文化感性與大陸、臺灣的主旋律都不同。在大陸，主旋律通常由「中國民族電影」播放，系譜通常上溯至1930年代的中國；臺灣則是從侯孝賢到蔡明亮的本土電影。這種自居「輸家」的角色必然會讓他處於中國論述的邊緣嗎？他現在的流離位置必然會剝奪他受到學者認真對待的機會嗎？（請參考本書中林建國的黑色電影討論與彭小妍對李安的「生存歷程」的分析）特別是主流的西方評論家，他們只當李安是一個好萊塢技匠罷了。那麼中國的電影研究學者呢？我無法回答這些問題。

---

23 李安是在美國工作的華人導演，但未必是像王穎（《尋人》〔*Chan is Missing*〕、《喜福會》〔*The Joy Luck Club*〕）一樣的華裔美籍導演。

（一）
改編作為翻譯、背叛或消費

2

誘力蒙太奇

戒｜色 *

葉月瑜

---

* 本文獻給李歐梵教授，他對電影、文學、與音樂的分析啟發了我，讓我重新評
  價李安。

電影《色｜戒》或許是華語電影中受到多重因素影響最鉅的文本之一，原因有三：張愛玲作品的改編；描繪性愛引起的倫理問題；以及愛國主義的政治爭議。忠實的「張迷」對李安的電影引頸翹望，已近十年了。過去以張愛玲小說改編的電影反應皆不熱烈，如《傾城之戀》（1984）、《怨女》（1988）、《紅玫瑰白玫瑰》（1994）、《半生緣》（1997）等。因此張迷更是心急如焚，想知道經驗豐富的李安是否能如實呈現出張愛玲華麗魅惑的文學風格。

然而，讓《色｜戒》的話題不斷延燒的，並非兩大高手較量的火花，而是其題材涉及性與政治的敏感問題。張愛玲的小說本就引人爭議，李安的改編更是火上加油，因為電影赤裸地展現了「真實的」性愛，以及對漢奸的曖昧態度。由於電影對於性事的露骨刻畫，例如正面全裸、男性生殖器等畫面，大陸官方下令電影必須遵照廣電總局指示進行自我檢查並通過審查，方能在中國上映。後續的懲處行動包括：中止了幾個進行中的海外合作計畫[1]、禁止女主角湯唯公開亮相（詳述於本書導言）[2]。而電影對於男主角——日據上海期間，在南京汪政權情報機構擔任首長的易先生——寄予同情，使得指控電影道德淪喪的聲浪更加激越。本書彭小妍的章節對於這個主題有更深入的探討。

對原著忠實（與否）、政治立場、還有影像的真實性等，都是建構《色｜戒》文本意義的多重因素。雖然李安一再聲明他的

1　Patrick Frater, "China Blocks 'Shanghai' Shoot," *Variety.com*, online posting, http://varietyasiaonline.com/content/view/5482/53/（accessed on Feb. 11, 2008）.

2　Clifford Coonan, "*Lust* Scenes Earn Tang a Caution," *Variety.com*, online posting, http://varietyasiaonline.com/content/view/5646/53/（accessed on March 7, 2008）.

電影不是張愛玲小說的複本，而是以小說為創作靈感[3]，觀眾仍然禁不住想要檢視、盤問、並鑑定李安的再創作，斷言其成色。從2007年8月到2008年2月，我蒐集了六十四篇關於《色｜戒》的文章（見本篇附錄），作者包括學者、影評、記者、專欄作家、還有歷史學家，其中十八篇關注歷史再現的問題，二十六篇討論性與政治，十篇是李安與張愛玲的比較，其他則是影評及電影工作人員的訪談。這些評論顯示了諸多敏銳的並置：小說與歷史、政治與電影、張愛玲與李安，以及他們處理相同題材的不同手法。在李歐梵《睇色，戒：文學‧電影‧歷史》一書中，這三組主題相互交疊，彼此激盪。李歐梵從文學、電影、歷史切入這兩個文本，提供了極有見地的分析方式，以評價「兩位天才」的創作。他的分析將電影與小說、導演與作者、歷史與虛構並置，產生豐富的指涉，既能用以探測兩個文本的深度，又能增進我們對戰時上海的政治、愛慾的理解。

　　我採用李歐梵的進路，對《色｜戒》的興趣並不在電影對小說忠實與否，而是電影與原著小說的互文性。電影與文學的關係一直是文學改編研究者既著迷、又困擾的問題[4]。然而在電影改編批評的領域裡，文字版本往往是衡量電影版本的主要判準。主因是學者偏重文學，因此對於改編作品的評價，總是從文學而非電影的角度切入，認定一部好的改編作品應當忠於文學原著。改編研究的另一個謬誤則是「本真性論述」：將銀幕改編視為次於原著

3　李歐梵，《睇色，戒：文學‧電影‧歷史》（香港：牛津大學出版社，2008），頁59。

4　Thomas M. Leitch, *Film Adaptation and Its Discontents: From Gone with the Wind to the Passion of the Christ*（Baltimore, MD: Johns Hopkins University, 2007）.

的拷貝[5]。換句話說，大部分研究將重點放在銀幕改編是否忠實於原著，放過了探索電影和文學對話的可能性。基於此，許多學者[6]已開始檢視忠實性批評，例如羅伯特・史坦（Robert Stam）說道：

> 如我在他處所言，針對自小說改編的電影，傳統的批評語言往往過於武斷，充斥意味著影片對不起小說的詞語。如「不忠」、「毀容」、「蹂躪」、「俚俗化」、「私生子」、「褻瀆」，每一個詞都代表一特定罪名。[7]

朝改編批評所使用的「武斷」語言開槍之後，史坦進一步質疑「忠於原著」這個方法論原則是否恰當：

> 由於媒介的改變，改編作品**必然與原著不同，並具有原創性**。從單軌的語文媒體，如小說，到多軌的媒體，如電影，不只可以用語文（口語與書寫）操作，還能利用音樂、音效、動態畫面，因此忠實的改編是不可能的，我甚至認為那是不可取的。[8]

5　Andrew Higson, *English Heritage, English Cinema: Costume Drama Since 1980s* （London: Oxford University Press, 2003）, p. 42.

6　Brian McFarlane, *Novel to Film: An Introduction to the Theory of Adaptation* （London: Oxford University Press, 1996）; Robert B. Ray, *How a Film Theory Got Lost and Other Mysteries in Cultural Studies* （Bloomington: Indiana University Press, 2001）.

7　Robert Stam, *Literature through Film: Realism, Magic, and the Art of Adaptation* （Malden, MA: Blackwell, 2005）, p. 3.

8　Ibid., pp. 3-4.

　　史坦主張，利用克莉斯蒂娃（Julia Kristeva）的「互文」理論和巴赫汀（Mikhail Bakhtin）的對話論（dialogism），我們更能理解改編電影和小說之間的關係。兩者都強調「文本痕跡的不斷重組」而非先後文本之間的「忠實性」，因此促成了較不武斷的研究方法[9]。同樣的，在電影與文學研究中，近來的理論發展偏向互文進路，討論兩種藝術形式之間的緊張與關係，強調電影與文字的相互作用，而不像過去只著重個別文本的純粹性[10]。

　　此外，我與後結構主義者同調，對「偏重原典」抱懷疑的態度，因此我對於《色｜戒》的興趣，聚焦於增添、變化、拆卸重組、還有表演（見本書戴樂為的章節）。我關心的並不是忠實與否的比較、判斷（許多人評斷李安的電影，似乎只在意這一點），而是張愛玲原作產生的改變、驚喜、與美學表現。本片運用電影特性為文學添加血肉的嘗試，以及以電影藝術與文學對話的嘗試，吸引了我。以巴赫汀的概念來說，我感興趣的是：《色｜戒》如何與文學原著對話？我認為，《色｜戒》這部影片，除了內容引發的政治、倫理爭論，還值得作為對話文本研究的實例。

　　在我閱讀過的評論中，似乎有三種解讀電影故事的方式：本片一是情色諜報片；二是嘲諷愛國主義的影片；最後，它是張愛玲的自傳演出。「色戒」這個故事在個人、政治、與情色交織的網絡中展開，因而已經引發了好幾個論證路數。因此對李安這位

9　Ibid., p. 4.

10　Mireia Aragay, *Books in Motion: Adaptation, Intertextuality, Authorship*（New York: Rodopi, 2005）.

電影翻譯者／對話者來說，若想開啟這一 The Spyring（間諜網；張愛玲為這篇小說起的英文題目）系統，需要的不只是理解小說，還得拿出更深刻的詮釋，甚至尖銳的剖析也說不定。我特別感興趣的是，李安認為張愛玲小說的核心是色與戒的辯證，那麼他要以什麼方法說明這一點呢？我的問題是由本片的第一個畫面觸發的：一條德國狼犬，與領著牠的警衛。

　　一部好的電影，開場畫面便為主題定了調。經過精心設計，開頭的主要意指（signifier）構成了視覺母題，或是解謎的鑰匙，像威爾斯（Orson Welles）《大國民》（*Citizen Kane*, 1941）中的「玫瑰花蕾」（Rosebud）。《色｜戒》的開場鏡頭則是一條德國狼犬的特寫。這個畫面在電影的第二場性愛戲之前，以略為不同的構圖再次出現。張愛玲小說中根本沒有的德國狼犬，為什麼佔了這麼顯著的位置？牠重複出現的畫面有什麼意義？這些問題涉及電影和文學原著、影像和文字之間的互動。解答了這些問題，我們或許還能在李安電影的作者研究上發展出新方向。

　　以下各節我將仔細分析本片的鏡頭關係，以回答上面的問題。艾森斯坦（Sergei Eisenstein）的蒙太奇理論出人意料地非常適合分析李安的風格選擇，因為它以辯證的方式處理鏡頭關係，並追求視覺衝擊與心理效果──兩者在張愛玲的小說裡皆為受壓抑的元素。下面我將利用艾森斯坦的「辯證蒙太奇」（dialectical montage）、誘力蒙太奇（Montage of attractions）來檢視這些假設。

一、蒙太奇啟動：德國狼犬

　　電影的片頭字幕之後，《色｜戒》以一隻德國狼犬來開啟其

敘事。德國狼犬以聰穎、服從、力量著名，常用以擔任警犬、軍犬。根據「狗的世界」（World of Dogs）的網頁資料，德國狼犬不只聰明，更有「忠誠、忠實、多才多藝、冷靜、無畏、果敢、自信、可靠、服從、護主、機伶、警惕、不黏人、不容易與陌生人親熱起來」等特質。其他用以描述牠們的詞還有：「羞怯、焦慮、緊張、好鬥、可怕」。換句話說，這種狗既多疑又警覺。這麼看來，李安選擇德國狼犬作為全片的起始畫面絕對不是無所用心的。畫面中，德國狼犬陰沉而警戒的雙眼生動地演示了片名第二個字的意思：戒（見圖2.1）。

　　這裡李安將「戒」以乾淨利落的視覺形象展現出來，「戒」的概念因此貫穿李安的故事——政治上敵對的男女在日據上海的婚外情。李安藉警犬的形象為片名做了一個獨特的詮釋：警犬傳達的是主角易先生與手下的角色特質。這一片名的視覺翻譯，向

圖2.1　正在巡邏的德國狼犬

上擴展讓警犬的控制者現身，他充滿警戒的面孔左右巡視，搜尋可疑人物。接著是幾個短鏡頭，顯示易先生宅邸的周邊環境，有守衛、司機、更多的警犬。「戒」的主題持續到下一場景：麻將桌上勾心鬥角的太太們。

在表意的內涵或「基層結構」層面上（"infrastructural" level），警犬畫面讓李安進入張愛玲的諜報世界。對李安來說，「戒」是整個故事的基本要素，意思是必須不計代價地保持警覺，因為在無情的政治無常中，人的感情太脆弱了。在這個架構下，「戒」並非佛教概念，指為悟道而遵守的紀律與戒律，而是一堵道德、情感、心理不斷遭受到威脅的防火牆。由於威脅來自四面八方，從簡單的食、色等肉欲，到難以捉摸的意識形態移轉如不忠、變節，我們必須保持警覺，常存戒心。「戒」之母題貫注全片，始於警犬，意指顯豁，再以精心規劃的陰謀與疑慮實施，以深藏不露為要。

二、德國狼犬的再度現身

單用「戒」無法建構精采的道德故事。它必須有個伴，互相敵對，才能完成充滿動態掙扎的故事。「色」便扮演了這個角色。張愛玲對「色」的處理含蓄、又掐頭去尾：「事實是，每次跟老易在一起都像洗了個熱水澡，把積鬱都沖掉了，因為一切都有了個目的。」[11]這是王佳芝的自述。然而，對這一簡短而重要的描寫，李安安排了三場露骨煽情的床戲，挑戰禁忌與電檢。第一

11　張愛玲，〈色，戒〉，《惘然記》（臺北：皇冠文化，1995），頁21。

場床戲是王佳芝為了能扮演好情婦角色的試驗。第二場、第三場床戲，則露骨的描繪了王與易激烈的性愛過程。

　　第二場床戲發生在易先生的宅邸，易太太出門探望臥病的朋友。易先生出差返家，兩人小別數日，充滿激情，很快便發展成情欲奔流的交歡。但這場戲可分為前戲與交媾兩個部分，中間穿插了十秒鐘德國狼犬在守衛帶領下於宅外巡視的畫面（見圖 2.2 及 2.3）。

　　長達三十五秒的前戲（1:40:13-1:40:48），是兩人裸身愛撫擁吻的畫面。王佳芝的舌在易先生胸膛上游移，她的面龐從畫面左側推進到右側，接著是一個構圖一致的相似畫面：一隻德國狼犬走向景框左側的中距離特寫，然後牠停下腳步、轉頭、面朝觀眾的方向張望。影像切回臥房，這時床戲已進展到易先生正在王佳芝體內的中距特寫，以兩人纏繞的肢體為焦點。交媾的戲長

(hand-drawn illustration)

圖 2.2　「色」（本圖為繪圖，非電影截圖）

圖2.3　「戒」

達兩分鐘（1:40:48-1:43:28），其中王佳芝開始「忠實的」進入
角色，享受情慾的洗禮──「像洗熱水澡」。在激情如火如荼之
際，「戒」心並未鬆懈，依然近在咫尺。它像一個沉默的、全知
的監督者，以權威的外貌與冷靜的自信打斷了這場性交。戒與色
並置在一起，使性交更為激越，也為故事添加了一層心計與猜忌
──王佳芝會忠於她的任務嗎？易先生會相信她嗎？以及（撇開
角色不談），這場性愛戲到底是真是假？

三、辯證蒙太奇：並置（juxtaposition）與撞擊（collision）

　　蒙太奇是1920年代才華洋溢的艾森斯坦提出的剪輯概念與
方法。電影在二十世紀成為重要的藝術形式之一，蒙太奇是主要
的推手。起先艾森斯坦將蒙太奇概念運用於他的戲劇創作，不太

成功[12]。但是，他的第一部電影《罷工》（*Strike*, 1925）以及接下來的《波坦金戰艦》（*Battleship Potemkin*, 1925）證明，「蒙太奇」顯然是讓俄國電影在世界影壇佔一席之地的關鍵，對1920年代的跨國藝術運動也是一重要貢獻。艾森斯坦在影響深遠的論文〈電影形式的辯證方法〉中，將蒙太奇定義為「獨立——甚至彼此牴觸——的鏡頭相互撞擊後產生的概念」[13]。艾森斯坦的蒙太奇概念核心是：藝術的本質即衝突，是表達對抗的方法，是促成社會變遷的工具。在衝突中藝術創造動力，是艾森斯坦認為電影與其他（比較靜態的）藝術媒體的根本差異。在另一篇文章〈文字與影像〉中，艾森斯坦將他的蒙太奇理論總結為：「拿任何兩段影片放在一起，都會組合成新的概念，從那個並置中都會出現新的質地。」[14]在〈感官同步〉中，艾森斯坦補充：

> 蒙太奇定義如下：A片段（來自主題的元素），以及B片段（來自同樣的源頭），並置後產生將主題表達得最清楚的影像。

或者：

> 再現A與再現B，必須在發展中的主題之內，從所有可能

12　Marie Seton, *Sergei M. Eisenstein* (New York: Grove Press, 1960), pp. 61-63.

13　Sergei M. Eisenstein, *The Film Form: Essays in Film Theory*, trans. and ed. Jay Leyda (New York: Harcourt Brace Jovanovich, 1949), p. 49.

14　Sergei M. Eisenstein, *The Film Sense*, trans. and ed. Jay Leyda (New York: Harcourt Brace Jovanovich, 1942), p. 4.

的影像中選出來，選擇的判準是：它們並置後會在觀眾的知覺與感覺中激發最完整的主題影像。換言之，選擇的關鍵在並置產生的效果。[15]

根據以上的說明，蒙太奇包括至少以下四個操作性質，才能發揮作用：兩種元素；這兩種元素的並置；因並置而產生撞擊與動力；最後，從這一辯證過程中誕生新的知識。雖然最好使用性質針鋒相對的元素，艾森斯坦卻補充道，以對主題產生的效果（新概念）為優先考量。

我們能將「戒」與「色」的並置視為蒙太奇的基本功嗎？警犬與其戒備森嚴的周遭，與一個不食人間煙火的世界（舒適、奢華，太太們戴著鑽石打麻將）相對照，產生什麼樣的效果？外面是憂慮、冷酷的影像：充滿戒心的黑棕犬、令人生畏的黑衣警衛、以及藍灰色調的建築物。裡面則是重重護衛下的鋪張：厚重的簾幕、浮華的珠寶，配以僕人、美食。兩者在對比的場面調度中相互撞擊，兩者的並置創造了緊張、伏筆和懸疑的弦外之音。

李安在一個訪問中指出，電影故事在意的並不是禁止性慾，而是「色」、「戒」並置所暗示的警惕。為了說明這一點，李安捻出了一些二元對立詞組用在他的電影上：「色」意指情感或感性，而「戒」與理智、理性有關。理性相對於感性，戒與色相沖——它們各自滋生了辯證關係[16]。這些詞組不只使本片及李安過

---

15 Ibid., p. 69.

16 李安，〈李安說《色｜戒》〉，收入鄭培凱主編，《色｜戒的世界》（桂林：廣西師範大學出版社，2007），頁26。

去的作品——《理性與感性》、《臥虎藏龍》、《綠巨人浩克》、
《斷背山》——產生有說服力的關連：它們也都是個人對抗社會
規範的故事。這些詞組也是打開李安風格之祕的鑰匙。「理性」
（戒）與「感性」（色）構成對比強烈的結構組。將它們並置在
一起，就能創造辯證的力量，產生新的概念，轉化原來的對立組
的意義。

　　李歐梵分析《色｜戒》，也使用並置而不是分隔的概念。他
追究片頭字卡《戒｜色》中那一豎的含意：為什麼李安要以一
個直豎記號分隔「色」「戒」這兩個關鍵字，而不用逗號？為什
麼李安要將這兩個字互換位置，成為「戒｜色」，顛倒了原著片
名？李歐梵解釋道：

> 《色｜戒》這個題目本身就大可研究：為什麼原先張愛玲
> 在色和戒兩字之間用逗號而不是句號？而在影片中李安故意
> 由右向左寫，中間是一條線（｜），既不頓又不逗！我認為
> 李安的解釋甚有洞見：二者之間其實有點辯證的關係，起先
> 是互相強烈的對比，但也互為表裡，在情節中互動，到了故
> 事最後的高潮，卻落實在一只鑽「戒」上，二者合而為一。[17]

　　李歐梵敏銳的觀察到片頭字卡細微的改動，結果發現了故
事的辯證建構。更重要的是，色與戒結合後注定指向那只鑽戒
——公認為導致王佳芝最後背叛同志的催化劑——讓人驚訝地
想起艾森斯坦著名的辯證蒙太奇公式：「合成源自正與反的對

---

17 李歐梵，《睇色，戒：文學・電影・歷史》，頁23-24。

立。」[18]因此戒與色並置後，動搖了各自的慣性，摧毀了原有的含意。色蛻變為憐與愛，戒崩塌為自毀。而那只鑽戒，正是這兩種特性的合成，不再是一顆昂貴的石頭；它囊括了理性抗拒肉慾（比感性更進一步）、愛國抗拒情欲的痛苦掙扎。第二場性愛戲之中插入的警犬畫面，因此可以視為一刻意、主動建構的辯證蒙太奇。這十秒鐘的插曲不是用以顛覆激烈情慾表演的視覺把戲；它強有力地凸顯了情色影像的「反」面。在這裡李安提供的是對張愛玲小說的重新閱讀：色、戒不能當做一對互相分離的對立物，而是互相對話的二元組。此外，李安的重讀是以電影翻譯原作，為文學作品中被壓抑的部分增添了血肉。這無疑是李安運用蒙太奇美學重寫了張愛玲的文本：警犬與性、鏈條與戒指、警戒與淫慾、看與被看這幾個二元組。引出了更多問題：誰釋放了，什麼束縛，為何懷疑？

四、誘力蒙太奇：真刀真槍的性？

　　鮑伯・布魯克（Bob Brooker）：這不是一場競賽……那對男女，當他們單獨在一起時……所以要等到假戲真做時，才來真的。

　　——《穆荷蘭大道》（*Mulholland Drive*, 2001）片中，好萊塢導演布魯克（Bob Brooker）指點新人埃姆斯（Betty Elms）試鏡時給的建議。[19]

18　Sergei M. Eisenstein, *The Film Form: Essays in Film Theory*, p. 45.

19　David Lynch dir., *Mulholland Drive*（Los Angeles: Universal Pictures, 2001）, DVD.

　　表面看來，李安與張愛玲最大的不同是他對性的過度描繪。大膽的性愛戲（在美國，十七歲以下禁止觀看；香港，三級片；臺灣，限制級）在中國大陸引起官方對影片與女主角的撻伐。影片中的性究竟是不是「真刀真槍」？毫無疑問，這樣的問題使它成為近年華語影史上讓人最想看的影片。以「性」為賣點，是最老套的行銷手法。但是以性打造「誘力電影」（cinema of attractions），不能只限於暴露的裸體以及酣嬉淋漓的動作。在《色｜戒》中，李安創造了一系列誇張的性愛遊戲，在張愛玲作品中從未出現過；他以撩撥人的誘惑與賣點將陰沉的諜報故事轉變成教人激動的觀影經驗。性愛場面的大膽與長度令觀眾震驚。這些「額外」的戲碼，對於電影的主題有什麼貢獻？艾森斯坦的早期作品「誘力蒙太奇」提供了另一個分析洞見。

　　「誘力蒙太奇」是艾森斯坦第一篇出版的文章，1923年刊登於莫斯科的《左》（Lef）雜誌。雖然「誘力蒙太奇」是為了劇場的一個新實驗而作，它清楚展現了艾森斯坦對電影與劇場藝術的精采會通。「誘力蒙太奇」的特點如下：一、誘力是系統建構的動作，不是事件的靜態反映；二、誘力依賴觀者的反應，而不只是表演者的技巧；三、觀者的反應應當源自情感的震撼。總之，「誘力蒙太奇」旨在鋪陳邏輯連貫的敘事，那一敘事同時也「包含最大程度的情感與刺激力量」[20]。

　　誘力不是花招或兒戲，而是主動的創作物，就是找出影片中最刺激觀眾的元素，將它們組合成一個整體，以產生最大程度的情緒反應或震撼。如波德維爾（David Bordwell）所說：「每一個

20　Sergei M. Eisenstein, *The Film Sense*, p. 4.

藝術決定都取決於影片對觀眾的影響。」[21]根據安德魯（Doudley Andrew）的進一步闡釋，為了達到這個目的，艾森斯坦要求每一個電影元素都必須「像馬戲團的個別節目一樣，雖然與遊樂場裡其他的娛樂項目不同，但是它們的功能一致：都能精確地影響觀眾心情。」[22]我們可以利用這個觀點來討論《色｜戒》中的性愛戲「是否真刀真槍」的問題。以下便是以「誘力蒙太奇」對《色｜戒》第二場床戲所做的分析：

（一）、誘力是系統建構的動作，不是事件的靜態反映。

　　這一場戲（1:40:13-1:43:28）是逐步累積的挑逗，結果便是用不著任何交代的情慾高漲。第一個部分，前戲，自尋常的接吻、撫摸開始，但是警犬的蒙太奇畫面打斷了這個過程，戲劇張力驟然湧現、升高。電影的配樂也表現了這一點：定音鼓逐漸加強，滑入敘事，逐漸取代原來的背景音樂。定音鼓一槌又一槌地落在巡邏警犬的動作上；鼓聲一槌比一槌強。最後鼓聲停止，代之以老易的抽送、王佳芝的呻吟，揭開這場戲的第二部分：赤裸裸的交媾。這一部分的特色是女性正面裸體、兩個糾纏的人體表現出的高難度體位、費力的抽送、老易面部的收縮（表示射精）等。所有這些畫面的細節——剪接、動作（身體與攝影鏡頭的運動）、音效（從一個神祕的旋律到雷鳴般的定音鼓到呻吟的女聲）、顏色（緞子似的紫色床單）、體液（淚水、汗水）——目

---

21 David Bordwell, *The Cinema of Eisenstein*（Cambridge, MA: Harvard University Press, 1993）, p. 113.

22 J. Dudley Andrew, *The Major Film Theories: An Introduction*（London: Oxford University Press, 1976）, p. 47.

的都不是寫實再現，而是對一場激烈而不倫的性愛做強有力的建構。

　　李安對原欲強有力的建構，也可以從他背離了張愛玲公認的「自由間接」敘事風格再做解釋。為了展現兩者的差異，我們不妨以原著小說的高潮——王佳芝突然改變了心意——為例：

　　　陪歡場女子買東西，他是老手了，只一旁隨侍，總使人不注意他。此刻的微笑也絲毫不帶諷刺性，不過有點悲哀。他的側影迎著檯燈，目光下視，睫毛像米色的蛾翅，歇落在瘦瘦的面頰上，在她看來是一種溫柔憐惜的神氣。

　　　這個人是真愛我的，她突然想，心下轟然一聲，若有所失……「快走，」她低聲說。[23]

　　在這個轉折處，張愛玲使用的正是自由間接手法，在王佳芝、易先生、與全知敘事者的觀點之間轉換[24]。「陪歡場女子買東西，他是老手了……」透露了易先生的沾沾自喜。接著是王佳芝凝視自己即將要殺的人：「此刻的微笑也絲毫不帶諷刺性，不過有點悲哀。」「這個人是真愛我的」是「內在語言」（inner speech），是王佳芝的觀點。「內在語言」是艾森斯坦為了描述辯證蒙太奇後期的發展所發明的概念。「『快走，』她低聲說」則回到了敘事者。用不著說，這種「自由間接」的敘事手法創造了時間暫停的感覺，拖延，創造了懸疑，直到王佳芝出乎意料地放走

_____

23 張愛玲，〈色，戒〉，《惘然記》（臺北：皇冠文化，1995），頁30。
24 同前註，頁30。

了易先生。但是在電影裡，這些對角色細緻入微的描述都以比較直接的方式處理，透過客觀、第三人稱的觀點，彷彿這一變化早在預料之中。（本書中戴樂為對這部分有更深入的討論。）

（二）、真正的誘力仰賴觀者的反應，而不只是表演者的技巧。

這場戲為了刺激觀眾反應而精密設計過，包括觀眾的驚奇、訝異、奇觀、還有令人困窘的不適，這些都不是觀看色情電影的常態反應。李安的電影與色情電影不同，並不僅以撩撥為能事，而是以性愛的辯證吸引觀眾注意，最終目的是困惑觀眾。如前文所述，定音鼓聲、警犬蒙太奇，加上老易與王佳芝糾纏的身體，它們並置在一起創造了教人驚異的奇觀。整個系統受到的衝擊，來自各個元素逐步累積的建構基礎，而不是赤裸裸的視覺呈現。這場床戲可以劃分為前戲、巡邏的警犬、酣暢淋漓的交媾三段，是整部影片中的對立力量的精華。

（三）、觀者的反應應該源自情感的衝擊。

觀眾對這部片子覺得不安，是因為他們看見了不可思議的事，無論是電影敘事之內還是之外的事。電影將小說中的曖昧性事直接露骨的描寫，這點令人覺得不可思議。張愛玲的小說裡，少的就是這些元素，讓讀者對王與易的情慾發展不甚了了。在小說裡，性只是褪色的記憶，是欲迎還拒的回憶，是羚羊掛角的既成事實。但是在影片中，性是既期待又怕受傷害的激烈演出，高難度的身體糾纏。對王佳芝來說，這個經驗既是肉體的、也是心理的：「他不但要往我的身體裡鑽，還要像條蛇一樣的往我心裡面越鑽越深……」對觀眾而言，電影中令人瞠目結舌的奇觀或許

太激烈、太誘惑人心，教人受不了。看得爽，又覺得不像話；連想都自覺無顏。這個辯證過程製造了與文學原著的讀者完全不同的觀眾。

　　在電影情節之外，《色｜戒》也達到「驚世駭俗」的效應，因為在華語通俗電影文化中它對性的露骨展現太罕見了。在美國，《色｜戒》列為 NC-17，通常是用來分級外國片、情色片，或怪雞（cult film）導演的作品。蔡明亮的限制級《天邊一朵雲》（2005）是對色情電影業的諧仿，在臺灣締造了票房佳績。我在其他地方討論過，李安過去的作品以儒家倫理為基礎，講究謙抑、和解，而非激進、放肆[25]。因此，《色｜戒》因性愛噱頭而成為大眾先睹為快的電影，是始料未及之事。許多與電影睽違已久的人都買票進場。看完電影之後，觀眾真的驚嘆不已，因為他們對銀幕上的強烈刺激絲毫沒有心理準備。

結論：重寫張愛玲

　　艾森斯坦相信，為了在觀眾心中留下深刻印象，每一個電影元素都必須平等對待，每一種電影道具（演員、道具、音效、服裝、化妝，等）皆不可或缺。它們是原料，必須重新組織、重新建構才能創造新的意義，因為「藝術作品是一具曳引機，犁的是觀眾的心」。[26]這個原則與長鏡頭美學不同。長鏡頭美學講究的是

25　Emilie Yueh-yu Yeh and Darrell William Davis, "Confucianizing Hollywood: Films of Ang Lee," *Taiwan Film Directors: A Treasure Island* (New York: Columbia University Press, 2005), pp. 177-216.

26　David Bordwell, *The Cinema of Eisenstein*, p. 116.

觀眾自行從電影的場面調度中發現意義。蒙太奇與長鏡頭之間，是沉思性的場面調度與激盪情緒的「場面驚異」之間的撞擊。

　　作為美學實踐，辯證蒙太奇鮮少與華語電影正典產生連繫，但是專業電影人都懂蒙太奇，也會利用蒙太奇以達成特定目的。李安正是其中一個例子，事實上他早期的《飲食男女》[27]（1994）就精準地運用了蒙太奇，將烹飪與性（食與色）、動物與人並置，產生了靈肉互補的敘事元素[28]。李安所有改編自文學作品的電影（包括《理性與感性》、《冰風暴》、《與魔鬼共騎》、《臥虎藏龍》、《綠巨人浩克》、《斷背山》、《胡士托風波》），是不是都運用了蒙太奇仍有待研究，但已有足夠的證據顯示，在李安重寫的張愛玲故事中，蒙太奇是主要技法。正如貝雅（Morris Beja）所說：「電影從書中的取材很重要，但是電影對原著的回饋同樣重要。」[29]筆者對於電影開場與第二場床戲的鏡頭關係所做的分析，證明《色｜戒》或許是從模仿原著出發，但是歸根結柢，它遠遠超過了「改編」。李安的版本是對原著的重新閱讀，擴張了原著的邊界，並補足了故事裡的必要（但遺失的）成份。透過重寫張愛玲的故事，李安深入色慾與倫理的不確定，完成了一趟危險的旅行。

---

27 《飲食男女》是翻拍自1957年香港拍攝的華語電影，而這部電影則是改編自女作家鄭慧的同名原著小說，《四千金》（香港：環球圖書雜誌出版社，1954）。

28 Emilie Yueh-yu Yeh and Darrell William Davis, "Confucianizing Hollywood: Films of Ang Lee," p. 203.

29 Morris Beja, *Film and Literature, an Introduction*（New York: Longman, 1979), p. 88.

附錄

作者	年分	篇名	出版資訊	頁
	2007	〈色‧戒的真相〉	《新華澳報》，10月23日。	
	2007	〈色‧戒〉	《看電影》15期。	12-17
	2007	〈獨家專訪李安　色相李安〉	《看電影》15期。	18-22
	2007	〈色‧戒〉	《看電影》18期。	22-25
	2007	〈獨家專訪李安　色戒是一種人生〉	《看電影》18期。	26-31
	2007	〈獨家專訪梁朝偉　色戒是一種精神〉	《看電影》18期。	32-33
	2007	〈獨家專訪湯唯　色戒是一種態度〉	《看電影》18期。	34-35
	2007	〈獨家專訪王力宏　色戒是一種理想〉	《看電影》18期。	36-37
	2007	〈性與侵略　色‧戒〉	《電影世界》18期。	18-21
	2007	〈張愛玲與胡蘭成的色與戒〉	《電影世界》20期。	14
	2007	〈入戲太深：張愛玲式的淪陷〉	《電影世界》20期。	22-23
蔡登山	2007	〈色戒愛玲〉	《印刻文學生活誌》3卷12期。	69-87
陳嘉銘	2007	〈還是要看床上戲——《色‧戒》的情慾戲碼〉	Hong Kong Film Critics Society Website http://www.filmcritics.org.hk/ 香港電影評論學會網站／電影評論／會員影評／10月10日	

張俊銘 黎寶蘋	2007	〈色，戒港臺日收 713 萬〉	《蘋果日報》，9 月 27 日。	C2
張小虹	2007	〈大開色戒——從李安到張愛玲〉	《中國時報・人間副刊》，9 月 28-29 日。	E7 版
潔塵	2007	〈巨大且濃密的緘默〉	《看電影》22 期。	81
陳之嶽	2007	〈舊上海美麗間諜哀婉傳奇〉	《亞洲週刊》21 卷 37 期，8 月號。	
鄭培凱	2007	〈李安《色・戒》幕後一瞥〉	《明報月刊》41 卷 10 期。	26-28
稻草人	2007	〈《色・戒》在臺灣：歷史記憶！〉	《電影世界》21 期。	43-44
黃海鯤	2007	〈李安風格——《色・戒》的美術設計〉	《印刻文學生活誌》3 卷 12 期。	46-50
黃海鯤	2007	〈《色・戒》外景現場解祕〉	《印刻文學生活誌》3 卷 12 期。	52-56
黃以曦	2007	〈床沿的一些影子《色，戒》筆記〉	《電影欣賞》132 期。	120-126
James, N.	2007	"uel Intentions Ang Lee"	Sight and Sound, 18（1）	48-50
擊散人	2007	〈一個漢奸的山河歲月〉	《電影世界》20 期。	16-17
擊散人	2007	〈一個漢奸的情史〉	《電影世界》20 期。	18-20
家明	2007	〈七嘴八舌論盡《色・戒》〉	《明報》，10 月 7 日。	
黎敏茵 馮國康	2007	〈《色，戒》靈慾催生悲情　李安光影透視張愛玲〉	《蘋果日報》，9 月 26 日。	C8-C9
黎敏茵	2007	〈李安錘鍊《色，戒》男女〉	《蘋果日報》，9 月 29 日。	C16

林沛理	2007	〈李安是狐狸不是刺蝟〉	《亞洲週刊》21卷39期，10月號。	54
Lam, P. 林沛理	2007	〈李安未解放性壓抑〉	《亞洲週刊》21卷39期，10月號。	45
林沛理	2007	〈她將自己釋放出來〉	《亞洲週刊》21卷43期，11月號。	50
林沛理	2007	〈張愛玲的警世寓言〉	《亞洲週刊》21卷47期，12號。	45
藍祖蔚	2007	〈藍祖蔚看色戒〉	開眼電影e週報網站 http://app2.atmovies.com.tw/eweekly/EX1352223222/	
朗天	2007	〈李安將王佳芝說扁了！〉	Hong Kong Film Critics Society Website http://www.filmcritics.org.hk/ 香港電影評論學會網站／電影評論／會員影評／9月27日	
老晃	2007	〈太陽、色戒和中國電影的自宮〉	《電影世界》18期。	12-13
李焯桃	2007	〈《色，戒》的改編與性愛〉	《明報》，9月9日。	
李歐梵	2007	〈說《色，戒》：細讀張愛玲〉	《亞洲週刊》21卷38期，10月號。	
李歐梵	2007	〈談《色，戒》：細品李安〉	《亞洲週刊》第21卷39期，10月號。	53
李歐梵	2007	〈《色，戒》再現歷史情境〉	《亞洲週刊》第21卷40期，10月號。	50
李歐梵	2007	〈場景調度下的歷史〉	《亞洲週刊》第21卷41期，10月號。	42

李歐梵	2007	〈遲暮的佳人：談《色，戒》中的老上海形象〉	《蘋果日報》，12月30日。	
李歐梵	2007	〈《色，戒》與老電影〉	《蘋果日報》，10月7日。	A12
婁軍	2007	〈張愛玲和中國電影〉	《電影世界》20期。	24-27
呂永佳	2007	〈《色，戒》：倉卒、扭曲至淪陷〉	Hong Kong Film Critics Society Website http://www.filmcritics.org.hk/香港電影評論學會網站／電影評論／會員影評／10月9日	
龍應台	2007	〈貪看湖上清風—側寫《色，戒》〉	《亞洲週刊》21卷37期，8月號。	
龍應台	2007	〈如此濃烈的「色」，如此肅殺的「戒」〉	《中國時報》，9月25日。	
馬靄媛	2008	〈《色，戒》英文原稿曝光〉	《蘋果日報》，3月2日。	A14
馬靄媛	2007	〈張愛玲色戒心結自辯手稿暴光〉	《亞洲週刊》21卷37期，8月號。	
McClintock, P.	2008	"ShoWest celebrates Lee's Freedom"	www.varietyasiaonline.com, Feb. 29, 2008	
邱立本	2007	〈文學與歷史交纏的因緣〉	《亞洲週刊》21卷37期，8月號。	
邱立本	2007	〈2007年最被誤讀的人物〉	《亞洲週刊》21卷51期，12月號。	42-44
Ritter, P.	2007	"Infernal Affair. In Ang Lee's latest elegy -- a sultry World War II spy thriller -- the bedroom is the battleground"	*Time*, 15, Oct. 15, 2007	48

詩銘	2007	〈《色‧戒》在香港：最愛足本〉	《電影世界》21期。	42-43
Thomson, P.	2007	"Emotional Betrayal"	American Cinematographer, 88（10）	48-54
湯禎兆	2007	〈《色‧戒》：論盡王佳芝的權力慾〉	Hong Kong Film Critics Society Website http://www.filmcritics.org.hk/ 香港電影評論學會網站／電影評論／會員影評／10月24日	
聞天祥	2007	〈聞天祥看色戒〉	開眼電影 e 週報網站 http://app2.atmovies.com.tw/eweekly/EX1352034203/	
吳翊菁	2007	〈專訪湯唯：被色戒迷惑臺前幕後〉	《亞洲週刊》21卷46期，11月號。	76-77
小龍	2007	〈胡蘭成眼中的張愛玲〉	《電影世界》20期。	21
杏仁豆腐	2007	〈李安填補張愛玲的留白——《色‧戒》〉	《電影世界》18期。	14-16
尹亮	2007	〈《色‧戒》在美國：兩極爭議！〉	《電影世界》21期。	44-45
余斌	2007	〈《色‧戒》考〉	《印刻文學生活誌》3卷12期。	61-67
鑄秦	2007	〈色是感性，戒是理性——李安談《色‧戒》〉	《印刻文學生活誌》3卷12期。	25-36
鑄秦 Lena	2007	〈《色‧戒》風韻——攝影師普瑞托獨家解說〉	《印刻文學生活誌》3卷12期。	38-50

3

〈色，戒〉的兩個版本

評張愛玲小說兼談李安的電影

孫筑瑾

　　〈色，戒〉這篇故事其實有三個版本。第一個當然是最原始的史料，即國民黨中統局以鄭蘋如為餌，策畫謀殺汪精衛特工總頭目丁默邨，結果美人計失敗的真人真事。第二則是張愛玲脫胎於史實，並全面改寫的短篇小說。第三才是李安據張著〈色，戒〉拍攝的電影。

　　張愛玲有心且大膽地顛覆史料，把正氣凜然從容就義的鄭蘋如換成了在最後關頭動心而自取滅亡的王佳芝。鄭、王之間豈可以道里計？張之改寫歷史自有其用意，容後交代。從文藝的角度來看，張之〈色，戒〉是純創作，而李安的電影即使費盡心思將張之虛筆坐實，旁白正寫，刻意敷演張著之所未寫，卻絕非改弦易「張」，或藉張著而另闢疆場的創作。創新並不保證品質優劣；因襲亦大可青出於藍。作品優劣之關鍵不在素材來源，而是素材的選用與安排。細審張愛玲的小說與李安的電影，不難看出他們在素材的取捨調度上都有問題。而李安的問題尤甚於張，因為他完全沒有看到張在材料處理上有先天不足的缺陷。因此他再悉心調養也只落了個虛不受補的後果。儘管其聲色俱作，得獎連連，只合莎翁所謂「一切喧譁咆哮（榮耀），到頭來總歸是虛空一場」[1]。

　　先談張愛玲的問題。張不僅坦承鄭丁的故事為〈色，戒〉的素材，更在近三十年一再改寫後仍不能忘懷初獲此素材的驚喜與震動[2]。鄭女如此青春美麗、如此剛烈果敢為國捐軀，怎不令人震

---

[1] 今將莎士比亞《馬克白》名句，"All that sound and fury, signifying nothing" 中之「咆哮（fury）」改為「榮耀（glory）」以便貼切說明李片之盛名實屬虛妄，了無意義。

[2] 見張愛玲《惘然記》自序「這三個小故事（〈色戒〉為其中首篇）都曾經使

撼扼腕？但令張愛玲動心的絕不在此，否則她就不會全盤顛覆史料而重新塑造一個與鄭全然不同的王佳芝了。那麼鄭丁故事對張的吸引力到底在哪裡？使張念茲在茲推敲近一世而不悔，甚至拋下一句「愛就是不問值不值得」[3]的執著又來自哪裡？我認為，這個謎可從張對史料的取捨看出端倪。比對鄭丁史料和張愛玲的小說，不難發現，張所取者只有兩處：一、清純少女與汪偽政權漢奸的故事；二、清純少女慘遭漢奸犧牲的悲劇下場。質言之，鄭丁史料只為張愛玲提供了這樣的大框架而已，張只是以這個框架說自己的故事，全然不理會史實。這樣的取捨意味著什麼？她為何要全面改寫史實卻又緊守其框架？這矛盾糾纏莫非就是〈色，戒〉的敗筆所在？這糾纏的矛盾也許可帶我們進入張的內心世界，一探其對鄭丁故事框架的執著所為何來？

追究這些問題，且看張是如何顛覆史料的內容來說故事。現就其中至關重要之兩處說明之。兩處皆關乎命名：一為男女主角的姓名；另一是小說的題目。張愛玲比其他小說家更重視人物、故事的名字，深諳名實之間的關係。名乃實之相，而實必藉名方能彰其意。命名之事非同小可，關係整個故事，人物性格、角色的定位，和內容梗概重心的揭示。先看〈色，戒〉男女主角的姓名。男角易某只得其姓而不知其名，焦點就落在那個「易」字上。「易」如《易經》之易有多重含意。「易」為變易，暗指整個故事是史料的更變而非其重現；「易」當然昭示男角易主而

我震動，因而甘心一遍遍改寫這麼些年，甚至於想起來只想到最初獲得材料的驚喜，與改寫的歷程，一點都不覺得這三十年的時間過去了。愛就是不問值得不值得」（臺北：皇冠文化，1995），頁4。

3　張愛玲，《惘然記》（臺北：皇冠文化，1995），頁4。

事的變節行徑；「易」更可能意味男角改變了女角的整個生命情況。男角有姓無名亦標示張在男女兩角中對女角的偏重，視之為整篇故事的中心人物。而女主角王佳芝，好一朵王者之香空谷幽蘭。如此絕妙佳人遭變才是張愛玲要說的故事。

至若這故事的命名，張更是極盡巧思，務使名實相符又表裡雙關。首先，〈色，戒〉二字點明了小說的定位，並非從大處著眼描寫抗日愛國青年謀殺漢奸的奮勇事跡，而是把焦距縮小，鎖定在男女情欲的掙扎上。乍看這似乎是專指男角易某為色所誘而有殺身之虞的主題。但從整個故事的發展看來，易是情場老手，色對他的戒惕微乎其微；清純而未經人事的王佳芝，才是在色與戒之間戒慎恐懼、徘徊逡巡至不能把持的悲劇主角。為了說這樣的一個故事，張愛玲做了細緻的布局。她先挪用鄭丁事件中鄭誘丁為其買皮草的一節，並大肆刪改[4]，把皮草店改成珠寶店，再把誘物定在有「色」的鑽「戒」上，以之貫穿故事，成為整個情節發展的樞紐。君不見故事一開始便是眾太太們在牌桌上談有價無市的有色鑽戒，最後在千鈞一髮之際使王佳芝動了不忍之心的也是有色鑽戒，以致使她放走了易某，終遭殺奸未成反被其誅並牽連同志之禍。

以有色的鑽戒穿針引線，使情節前後呼應、內容表裡雙關，固見張之匠心獨運，但綜觀全篇故事的發展，尤其是人物內心的

4　關於鄭丁事件事發當日的情況，按今人王一心的描述是這樣的：「這天，丁默邨到滬西一個朋友家赴宴，臨時打電話給鄭蘋如，約她同去。鄭蘋如立即向中統做了匯報，商定由她以購買皮大衣為由，將丁默邨誘至戈登路與靜安寺路交叉口的西伯利亞皮貨店，讓預先埋伏的中統特務將其擊斃。」見王一心，《張愛玲與胡蘭成》（北京：北京文藝出版社，2001），頁287。

刻畫，這匠心卻不免成了雕蟲小技。問題在這主角王佳芝為何寫得這樣撲朔迷離，蒼白貧弱？她既愛國又不愛國，不然怎麼會在最後關頭，罔顧一切，包括同學同志，輕易放走了要誅殺的易奸？她真的愛易嗎？愛他的什麼呢？精神上的？物質肉體上的？作者都未仔細交代。所謂交代並不是要把王佳芝寫得黑白分明，立場清楚，非此即彼。人心惟危，掌握人物內心世界本是小說家最大的挑戰。重要的是要使讀者看到主要人物在關鍵時刻面臨兩難抉擇當兒內心的徬徨、掙扎和事後的痛楚。王佳芝最後放走了易某，充其量是即興式的輕浮狂妄。因為先前並不見其對易之感情日益深厚而引起的矛盾，有的只是一鱗半爪對情欲的渴望。而在抉擇的剎那，亦不見其內心有任何的掙扎，之後更不見些許的痛楚；有的只是一片倉皇與迷糊。我無意苛責王佳芝臨陣脫逃，但我絕對要求塑造王佳芝的張愛玲讓讀者看到人性在緊要關頭的顫動和力道。少了這一層次交代的故事是沒有質感和深度的，這和抉擇本身的取向無關。

　　像王佳芝這樣臨陣把持不住的年輕女子其實經常出現在我們生活的周遭，本不足奇。涉世未深的少女在不明就裡的情況下委身於人，情竇初開不能自拔慘遭悲劇下場的，更是無日無之。張愛玲筆下的王佳芝正是這樣的人物。以張的細緻筆觸、飛揚文采，絕對可以把王在情欲上的迷離懵騰寫得傳神入微。讀者絕對不會責怪張那樣描述，因為這原是少女情懷的一種啊！張最大的敗筆就是把這樣的少女放在鄭丁事件的抗日刺奸框架裡，除非她要凸顯的是中統局的無能昏聵，竟用這樣的女子做特務，或者是要揭示人性在敵我、公私、理智和情感交戰時所表現的張力。顯然兩者都不是張的選擇。擅長人物布局的張愛玲，為何選了這樣

一個下下策的搭配，把王佳芝這樣一個女子放在鄭丁事件的歷史框架裡，而且一再改寫了近三十年？所謂「愛就是不問值不值得」，說穿了，是自己對這篇故事不滿的遁詞。冰雪聰明的張愛玲哪會沒有自知之明，不知自己的敗筆所在？令人費解的是，為何她會這樣見獵心喜、緊抓著鄭丁事件的框架不放，以至於做繭自縛；另一方面，又要全盤顛覆史實，寫那王佳芝的故事？

　　張愛玲如此矛盾的心態，不計成敗地寫王佳芝和漢奸悲慘情事的偏執，不禁令人想窺探她的內心深處。她和漢奸胡蘭成昏天黑地的短命愛情，後遭胡變心拋棄的下場，眾所周知。以她這段傷心羞辱的往事對照〈色，戒〉女角王佳芝的遭遇，以及小說套用的鄭丁歷史事件，我們發現三者有個最大的共同點：清純少女遭漢奸犧牲。順著這思路，我們便能理解張為何在史料的取捨上有這樣大的矛盾和糾纏。為了吐露自己和胡奸的情事，她不得不借用鄭丁故事中的丁奸；為了交代自己和胡某的這段交往，又非得把烈女鄭蘋如改頭換面不可。張的矛盾是雙重的。除了這層在史料取捨上有借「史」「換」魂的困難外；如何換魂也有欲語還休的矛盾。畢竟寫自己遭漢奸遺棄犧牲的慘事，是羞於啟齒的，因而只能用偏筆、藏筆、曲筆吞吐閃爍，既想和盤托出，又要顧及顏面，結果便是〈色，戒〉這樣一篇畏首畏尾、語焉不詳的故事。那句借別人之口說王佳芝對情欲頗感興趣的曲筆：「到女人心裡的路通過陰道」[5]，正是一個鮮明的例子。曲筆的效果有時是欲蓋彌「張」的，也許張要透過這樣的筆法，輾轉吐露她對胡的感覺也未可知。因為做了歹事糗事或不願人知的事，往往會有想

5　張愛玲，《惘然記》，頁29。

盡法子要把自己的隱祕抖出來的衝動。端看這句不倫不類的話語突兀的擺在故事裡，就不由得引人如此推測。

以文逆志本是最困難的，稍不留意就變成無聊機械的對號入座。上述的推理式的解讀就是要避免落入這樣的窠臼。《詩》無達詁，《易》無達占，《春秋》無達辭，更遑論虛虛實實的小說？關鍵是要有通情達理的說服力。把〈色，戒〉解讀為張愛玲影射自身和胡某難以啟齒又不吐不快的一段孽緣，非但立足於情理，更能幫助我們了解張取捨、顛覆史料的緣由，故事結構與內容之間矛盾糾纏的敗筆也真相大白。我們恍然大悟，〈色，戒〉寫的只是一位自詡高潔若幽蘭的少女和一個變心漢奸郎的故事。易（姓）之為用，在其小（變心）而非其大（變節）！一如張愛玲其他的小說，〈色，戒〉關注的是人物的七情六欲，而非人物所處時空的大格局。硬把抗日和汪偽政府等塞在故事裡，已如上述，只不過是暗指女角所遇之不淑之人為一漢奸而已。無獨有偶，這樣解讀的讀者，包括李安在內，不在少數。所謂人同此心，心同此理。

〈色，戒〉是篇介乎中下乘的小說。僅就故事的編寫而論，作者不善掌握大時代與小人物之間有機的結合和其中應有的互動與張力，以至虛綁著一個抗日背景的大架子，出脫不清，語焉不詳。若以自傳的角度閱讀〈色，戒〉，我們只見女角當時惘然的一面——無怪乎這篇故事收在她題名《惘然記》的集子裡，而不見日後追憶時應提升到的妙悟境界，更何況那可是近一世的歲月啊！春秋責備賢者。對張愛玲這樣優秀的作者，讀者的標準和要求應該嚴格，切「戒」戴著有「色」眼鏡一味喝采。若只是隔靴搔癢，讚又何益！

　　而李安拍〈色，戒〉，就是戴了這樣一副有色的眼鏡。他曾一再強調張的〈色，戒〉是完美無缺的。他的責任就是用電影的語言盡其所能展現小說裡的故事。他也認為對王佳芝的詮釋應該以張愛玲為準，不厭其煩的叮嚀湯唯演戲時要把自己想像成張愛玲，飾演其他角色的演員也要熟讀張的許多小說，以營造一個逼真的張愛玲世界。問題是小說〈色，戒〉究竟在說一個什麼樣的故事？愛國天真的王佳芝謀刺易某的故事？還是要藉這個虛架子吐露張胡之間的孽緣？李安和張愛玲一樣的含糊。張的含糊有其不得已的苦衷，但是李安完全沒有這層顧忌。他可不必像張一樣硬背著這虛幌子說一個言不由衷的刺奸故事。既然李安已經意識到〈色，戒〉要寫的是張胡之間的事，而且要湯唯假想自己是張愛玲，那他為何不能拋棄張的虛架子，從男女私情的這個角度切入，重新定位〈色，戒〉的主題？

　　我無意要求李安非得這樣拍〈色，戒〉不可；我只是要指出李安的盲點。他既沒有看出張情非得已的苦衷，更不知因此之故，〈色，戒〉在內容和結構之間生硬浮泛的關係乃是張最大的敗筆。他只知亦步亦趨，用立體具像之聲光敷演原著平面抽象之敘述。因此，張小說裡的缺點和敗筆，電影幾乎都繼承了。而原著含蓄隱晦的，電影裡繪影繪聲繪色刻意的鋪陳展現，並沒有使故事增色加分。畢竟，原本虛弱的底子，若不能從正本清源下手，是越補越糟的。今舉兩個關乎整部電影內容的例子說明：一為李之「歷史觀」；另一為男女二角之關係。

　　的確，李安為重現三、四十年代上海、香港的風貌，竭盡所能，舉凡街景、店招、家具、服飾，乃至當時流行麻將的類別和牌桌上的餐點等等，鉅細靡遺，求其真切。甚至為了尋覓港城尖

沙咀等地舊時景象，不惜到新馬地區四處探訪。其敬業細緻若
此，令人感動。他也將張愛玲三言兩語提及的留港青年演抗日愛
國劇的一節，鄭重敷演成舞臺戲，讓觀眾聽到看到臺上臺下一片
激情，振臂高呼「中國不能亡！」他還加添了這些青年斬殺漢奸
混混以洩仇日情緒的浴血場景。他更特意用陰暗的燈光，狼犬陰
森的眼神，易某陰霾緊繃的嘴臉快步出入日偽辦事處，來營造汪
偽政權之陰毒奸險。的確，李安在鋪陳張愛玲小說裡對抗日時期
上海淪陷區未言或言之未到的大時代背景著墨較多。但是假如李
安以為，這些支離零星的鏡頭畫面就可以重現抗日時期汪偽政權
賣國求榮、心黑手辣的漢奸勾當，和愛國青年奮不顧身如鄭蘋如
者高昂的仇日情操，那未免把重如萬鈞的歷史，尤其是抗日時期
的歷史，看得太輕了。以為輕輕的四兩就可以挑起苦難大時代的
千斤重擔，是輕浮而輕率的。端看李安在電影結尾處，特意在易
某批准槍斃王佳芝等人用「默成」二字簽署，是有其歷史企圖
的。據李安自己的解釋是，這兩個字取自丁默邨之「默」與胡蘭
成之「成」，意指易某是兩者的合型，既是張的愛人，又是鄭丁
事件裡的漢奸丁默邨[6]。姑且不論這戲尾唐突地暗示易某之原型究
竟有何意義與效果，但這最後的表白，一如戲裡其他所謂歷史場
景的重現與塑造，彰顯了李安這份對歷史的企圖心只從小處浮面
落目，失之輕妄，不足為取。李安本人和臺灣的文化評論家龍應
台等都認為這部電影的終極宗旨是在「搶救歷史」[7]！哀哉！李安

---

6 筆者於2008年尾參加中央研究院中國文哲研究所邀約李安討論《色｜戒》聚
　會，親聞李安對易某署名做如是解釋。

7 見龍應台，〈我看《色，戒》〉，《亞洲時報》在線，2007年10月9日。龍文
　敘述其與李安在香港一酒店的對話，以激賞李安拍床戲成功為開場白：「性愛

以輕筆鋪陳的歷史和張愛玲以虛筆扛著的歷史架子，雖有五十與百步之別，但其與故事內容沒起有機交集，則一也，徒亂人意耳！

所謂亂人意者，首先是以虛浮瑣碎的影像權充歷史，誤導觀眾，尤其是未經抗戰艱辛的觀眾。其次，李安節外生枝為易某所加添的「默成」名字，亦同樣誤導觀眾，不知搬上銀幕的究竟是張愛玲筆下晃著胡蘭成影子的易某，還是歷史上的丁某。畢竟李安是張愛玲的信徒，他和張一樣把重頭戲放在男女主角的關係上，而且定位在張蓄意要寫的張胡關係上。因此歷史上的丁某，只得在戲尾暗示而不能正式亮相。但這戲尾多此一舉的敗筆卻暗示了李安貪心的徬徨：他既要拍刺奸的史實，又要拍張胡的情欲故事。這徬徨的貪心在李安處理男女要角關係上亦顯露無遺。電影《色｜戒》最令人爭議的莫過於那幾場床戲。我的看法是李安拿了張愛玲在小說裡幾句曖昧的話語當令箭，大做文章，並想藉此把刺奸和情欲兩個主題串聯起來。這本來也未始不可，而且可以善加發揮，將情場和戰場緊密糾纏在一起，把私欲和公義的張力拉到最高點。可惜李安功力不到，無法抓到其中最要害最富戲劇張力的交集點。他在男女雲雨情戲中刻意安排的道具與特寫，諸如牆上懸著的長槍和房外虎視眈眈的狼犬，固然暗示色情裡的

可以演出這樣一個藝術深度，Bravo，李安。」以「搶救歷史」為第一大標題，末了以「我突然發現了《色，戒》是什麼」為結語。文中不時以驚嘆號讚揚李安對諸如辦公桌、梧桐樹、電車等道具務求真切的努力，並推崇李安要求演員熟悉張愛玲作品裡每一個字的良苦用心。唯其如此，龍曰才能「進入一有縱深的，完整的歷史情景。」此時，李安說他「很深的『浸泡』在那個歷史情境裡」，「拍到後來，幾乎有點被『附身』的感覺」。

火藥味，但這些零星的鏡頭，又是從小處浮面著眼的雕蟲小技，絕不能如李安自己所認為的，可以把情欲和戰爭互相結合[8]。而全片最顯著的交集處，也是李安苦心經營的一場印證床戲效應的對話，卻是一個顧此失彼的大漏洞。王佳芝向國民黨老謀深算的地下工作頭目老吳吐露苦水的一番話，觀眾應言猶在耳吧！她毫不諱言的告訴老吳她已心力交瘁到無以復加的地步，因為易某已經從她的身子進入了她的心裡去了。這是王佳芝的告白，更是李安向觀眾說明這幾場床戲絕不能以色情戲視之，因其威力非同小可，具直入美人計核心的作用。但是最讓人錯愕的是，這位被李安塑造成足智多謀的資深特務在聽了王佳芝的告白後，連最基本應有的反應都沒有。他完全沒有覺察王犯了間諜工作者的大忌。他不但沒有當場撤下王佳芝，竟然掩耳盜鈴，一味的叫她不要再說了，繼續讓她去色誘易某。老吳這樣反常的反應，是任何最糟的間諜片都不可能有的大漏洞。我們當然不能怪罪老吳。這個不可原諒的大漏洞是導演的大敗筆，而且是個無可奈何的敗筆。之所以如此無可奈何，當然是因為既已決定要拍張愛玲的小說，就不能撤下王佳芝換人。李安的困境就是來自上述的貪心徬徨，又沒有超越困境的智慧和魄力，找到刺奸與情欲間的槓桿支點。因此只能陷在顧此即失彼的兩難困境。美國小說家史考特・費茲傑羅（Scott Fitzgerald, 1896-1940）曾說過，智者的標誌是能夠同時容納兩個完全相反的意見。真正的智者，我認為還應該能夠洞察兩者的關係。雖南轅北轍形同胡越亦可視之如肝膽，端看個人

8　筆者親聞李安於2008年尾聚會時（見注6）特別提到這兩個鏡頭，並對其作用做如是說明。

有無識事體物於人所未見之才情耳。莊子之天地一指者，是何等境界！

　　李安是細緻而唯美的，但稱不上是個智者的導演。這部電影，雖不是他最典型的作品，卻也揭示了他這一貫的傾向。張愛玲有超凡的犀利和文字上獨特的風格，但絕不是位偉大的作家。〈色，戒〉不是她最具代表性的小說，但暴露了她在宏觀架構上常有的缺陷。兩位都同樣成了大名，李安更名揚世界。這是我們當今文化水平淺陋，器局狹隘的反映。哪一天我們能擺脫遮眼的浮名，不讓盛名蒙蔽我們的鑑賞，不作人云亦云的耳食之徒為名人錦上添花，那一天我們的文化才能夠腳踏實地的邁向深廣，遠離貧乏。

4

施受虐狂、雲雨酣暢、
浮華滬上凡此種種，與愛何關？
一個「文字學家」眼中的《色｜戒》
及其原著文本

寇致銘（Jon Eugene von Kowallis）

　　將文學作品轉換為叫好又叫座的電影，可謂高難度的翻譯，等於從一種媒介轉換至另一種媒介，幾乎是不可能成功的艱鉅任務。有一句英文格言 "Translators: traitors!"（譯者，叛徒也！），巧妙地從義大利文翻譯過來的，有些張愛玲迷或許深有同感。在當今全球化的世界，翻譯的地位漸形重要，隨著視覺文化日益普及，文學作品轉譯和改編而成的電影及電視劇勢必層出不窮。張愛玲本人在1960年代便曾積極投入這種工作，將小說改編成電影劇本。雖說改編電影成功者幾希，但導演李安的作品多次證明，還是有大師能將不可能化為可能。其六部風格迥異的電影就是明證，包括《理性與感性》（1995）、《冰風暴》（1997）、《與魔鬼共騎》（1999）、《臥虎藏龍》（2000）、《斷背山》（2005）及《色｜戒》（2007）。正如李導本人指出，其中《色｜戒》明顯在歷史架構和背景上皆非常「中國」。然而筆者欲在本章論證，《色｜戒》的關注重點與主題絕非專屬中國。也就是說，李安將一個在地化、相當獨特的故事，轉換成一部具有全球影響力的藝術品[1]。

　　就《色｜戒》而言，要了解原著小說如何為電影提供靈感來源，最好從審視小說作者張愛玲（1920-1995）所關注的議題開始。張愛玲與魯迅（1881-1936）都是最傑出的現代中國作家，

1　美國媒體對這部電影的負面評論主要源於文化短視（cultural myopia）以及評論者自身的局限，而這絕非首見。參閱 Jon Kowallis, "The Diaspora in Postmodern Taiwan and Hong Kong Film: Framing Stan Lai's *The Peach Blossom Land* with Allen Fong's *Ah Ying*," in *Transnational Chinese Cinemas: Identity, Nationhood, Gender*, ed. Sheldon Hsiao-peng Lu (Honolulu: University of Hawai'i Press, 1997), pp. 179-180。

兩人常被並列比較：魯迅公認是左翼作家代表，或者至少是積極參與政治的作家（engagé writer）；而張愛玲則是「去政治化」（apolitical）的商埠資產階級代表[2]，其作品主要以女性為預設讀者群，關注個人生活以及家庭內部的矛盾衝突。然而，在我看來，兩位作家的相似之處實際上相當驚人。由一九七三年臺灣作家及學者水晶（楊沂的筆名）的張愛玲訪談，便可得知。水晶說：「談到魯迅，她〔張愛玲〕覺得他很能夠暴露中國人性格中的陰暗面和劣根性。這一種傳統等到魯迅一死，突告中斷，很是可惜」[3]。張愛玲關注魯迅作品的「陰暗面和劣根性」，但如說「這一種傳統〔……〕突告中斷」，則未必精確。因為在魯迅去世（1936）之前，張愛玲已經開始在學生期刊上發表初期作品了。誠然，直至六、七年後張的作家生涯才在日據上海展開，然而若說是繼承魯迅傳統，就某種意義而言日據上海無疑是寶地。日本佔領下的上海恐懼、憎恨瀰漫，或許任何其他時空背景都不可能如此讓她充分醞釀〈色，戒〉的角色及素材。〈色，戒〉可說是張的巔峰之作，她曾反覆修訂這篇作品長達三十年，直至完全滿意才終於定稿，可見在其中傾注了濃烈的情感。

---

2 李歐梵，《睇色，戒：文學‧電影‧歷史》（香港：牛津大學出版社，2008），頁47、98、100。標題的第一個字普通話讀作〔di〕，粵語方言讀作〔tei〕：因此「看」電影在粵語中就變成「睇」戲〔"tei" hei〕。李歐梵在書中先是強調張愛玲思想以及作品的「去政治化」本質，但在頁100又將其與文化保守主義以及「反五四運動」（即新文化運動）聯繫起來，在筆者看來，這本身便表達了一種意識形態上的立場。

3 水晶，〈蟬〉，《張愛玲的小說藝術》（臺北：大地出版社，1973）。重印在水晶著，《替張愛玲補妝》（濟南：山東畫報出版社，2004），頁21。

　　正如《二十世紀》（*The XXth Century*，汪偽政權時期上海的英文雜誌，由通曉多種語言的德國人克勞斯‧梅涅特〔Klaus Mehnert〕創辦）的一則廣告中所說：全世界再沒有其他地方像上海這樣，在這裡「法國〔傀儡政權〕『維琪政府』支持者（Vichy men）會遇見反納粹的戴高樂支持者（Gaulists），而中國國民黨黨員與大東亞共榮圈的支持者往來」，也就是說，這裡是戰爭時期不同政治派別的人士交流往來的地方。夏志清即是在這種環境成長並接受教育，他於二十年之後，即一九六一年，稱頌張愛玲為「當今華語世界中最優秀最重要的作家」，讚譽她的作品《金鎖記》為「中國文學史上最偉大的中篇小說」[4]。夏的評語將張愛玲視為與魯迅同等，甚至高於魯迅。如此評價不由讓人想到張愛玲和魯迅兩人相似的特殊家世背景：兩人祖上均曾是清代高官，家族於清末權勢盡失，家道中落[5]。眾所周知，魯迅在《吶喊》自序中便曾寫下一名句：「有誰從小康人家而墜入困頓的麼，我以為在這途路中，大概可以看見世人的真面目」[6]。筆者認為張愛玲的許多作品其實也揭露了這樣的「世人真面目」[7]。

4　C. T. Hsia: *A History of Chinese Fiction*（Bloomington: Indiana University Press, 1999），pp. 389, 398.

5　魯迅的祖父周福清（1838-1904）曾獲選翰林院庶吉士。張愛玲的曾外祖父是晚清軍政重臣李鴻章（1823-1901）。

6　魯迅，〈《吶喊》自序〉，收入《魯迅全集》（北京：人民文學出版社，1981）卷1，頁415。

7　單是小說〈色，戒〉中便有數句這樣的旁述：「說中國人不守時刻，到了官場才登峰造極了」，摘自張愛玲，〈色，戒〉，《惘然記》（臺北：皇冠文化，1988），頁23。或「戰時上海的孤立倒促使其發展出自己的時尚，在當時的官場尤為流行。當時黃金是非常貴重的，這麼粗的金鍊子要花一大筆錢。一

　　就魯迅而言，過去的經歷讓他成為一位肩負使命的作家，希望藉由可能激發社會變革的文藝創作來推動改造國民性。而張愛玲，則對探究壓迫者及受害者的心靈深處更感興趣。至少有一位學者認為魯迅的世界觀是以「愛」為基礎[8]，而若說張愛玲描繪的大多是一個沒有愛的世界，或許並非誇張之言。不過這並不意味著那樣的世界是她想要的，正如魯迅所說：「我的取材，多采自病態社會的不幸的人們中。意思是在揭出病苦，引起療救的注意」[9]。兩位作家均因對民國政府日益不滿，而投身當時有爭議的事業。魯迅與共黨人士過從甚密，而張愛玲則與二戰時期日據上海傀儡政府下的出版界人士往來密切，並與汪偽政府官員胡蘭成結婚，而胡後來為了另一個女人拋棄了她。一九四九年後張被共產黨文藝界吸納，並為其創作了兩部中篇小說。一九五〇年代中期張與美國駐香港總領事館新聞處關係密切，並為其創作了描寫竹幕（Bamboo Curtain）後生活的三部曲。夏志清認為，這一切

定級別以上官員的老婆不披斗篷，不戴金鍊子是絕不會出門的」（譯自張愛玲的英文原稿："The insularity of war-time Shanghai encouraged it to develop its own fashions, especially among the official circles. Gold being very expensive, a chain as thick as this cost a small fortune. No wife of an official above a certain rank would ever go out without her cloak and chain." 見張愛玲，"The Spy Ring; or, Ch'ing K'ê! Ch'ing K'ê!"，《瞄》（*Muse*）14期（2008年3月），頁64。不僅僅是文學作品，張的繪畫作品中也流露此種傾向，例如她的諷刺漫畫「小人物」系列，參見張愛玲，〈小人物〉，收入止庵等編，《張愛玲畫話》（天津：天津社會科學出版社，2003），頁194等。

8　William A. Lyell, *Lu Hsun's Vision of Reality*（Berkeley: University of California Press, 1976）, pp. 59-60; 242-246.

9　魯迅，〈我怎麼做起小說來〉，《南腔北調集》，收入《魯迅全集》（北京：人民文學出版社，1981）卷4，頁512。

導致張愛玲早期寫作職涯失敗，但對魯迅來說，卻導致他的寫作職涯徹底失敗[10]。即便如此，魯迅力求透過揭露社會壓迫和不公來改變中國，「引起療救的注意」。張愛玲則探究人的心靈深處，因為她堅信那裡埋藏著解決問題的答案，或者至少是人性黑暗所在之地。因此，或許可以說，儘管兩人在寫作動機，甚至某種程度上在寫作內容方面有相似之處，但是他們選擇的方向並不相同。筆者在其他文章中曾指出，迄今為止根據魯迅作品改編的電影皆告失敗，與中國電影人不願像魯迅那樣完全投入對社會的批判有關[11]。本章中筆者將析論，李安電影之所以成功，和他對這個故事的藝術詮釋（artistic interpretation）有關。透過這樣的藝術詮釋，李安得以對原著故事進行創造性的重寫與重現，賦予故事一種原著中缺乏的，能夠引起我們所處時代以及觀眾共鳴的真實性。

　　更耐人尋味的是，我們現在至少有四個已出版的〈色，戒〉版本，筆者將予以並置考察。正如本書簡介中所指出，小說最早的版本很可能是張以英文寫成的八頁短篇小說[12]，該小說的題

---

10 夏指出：「如果張愛玲的天才是夭折了（is a failure），那魯迅更加失敗（is more of a failure）。」括號中的英文係夏原句，但中文「夭折」有早亡之意——年少而亡或者事情中途失敗。見夏志清，〈講評：張愛玲與魯迅及其他〉，收入劉紹銘等編，《再讀張愛玲》（濟南：山東畫報出版社，2004），頁62。

11 Jon Eugene von Kowallis, "Lu Xun on Film: The True Story of Governmental and Independent Filmmakers," *Problemii Literatur Dalneho Vostoka* vol. 1（St Petersburg: St Petersburg State University, 2006), pp. 105-27.

12 在1983年的短篇小說集《惘然記》序中，張愛玲說她於1953年開始動筆寫〈色，戒〉。其實小說集的題目中「惘然」一詞會讀者聯想到〈色，戒〉這個故事，這突顯了作者心目中這篇小說在該小說集中的重要性。

目 *"Ch'ing-k'e! Ch'ing-k'e"* （「請客，請客」）頗具反諷意味[13]。張
的朋友、資深翻譯家宋淇（Stephen Soong, 1919-1996）建議張加
上正標題 "The Spyring"（間諜網），張顯然接受了這一建議。蘇
文瑜（Susan Daruvala）對二人此一合作的意義有更詳盡的論述
（見本書第七章），在此不贅述。我想強調的是，張的原標題以
韋式拼音寫作："Ch'ing-k'e! Ch'ing-k'e!"，"The Spy Ring or..."
（「間諜網或……」）則是後來手寫加上[14]。小說中張將漢語普通
話中的「請客」一詞譯作英式英文 "stand us for dinner"，意即聽
者，此處指小說的女主角王佳芝（麥太太），在社交圈中有責任
請所有牌搭子到高檔餐廳吃晚餐（作為其提早離開麻將桌的「懲
罰」，這不無諷刺）。而易太太那句「這回非要罰你」[15]，則套用了
施受虐狂（sadomasochistic）的語彙。

　　實際上這本小說最初可能是張愛玲受美國駐香港領事館文化
官員麥卡錫（R. M. McCarthy）之託所寫。張一九五二年離開共
產黨統治下的大陸來到香港之後，曾受麥卡錫聘僱。小說為何最
初以英文寫成，原因尚待釐清，或許是為了方便麥卡錫評閱，麥
此前曾固定評閱張的小說《秧歌》。正如本書簡介以及前面其他

---

13 筆者認為「具反諷（ironic）意味」，是因為突顯了這些汪偽政府官員妻子的
　　虛榮膚淺、惡毒冷酷。

14 根據與英文原稿有關的報導，宋淇為張愛玲提供了不少寫作素材，並和張討
　　論暗殺計畫的動線，因此宋淇或可被視為小說的合著者；參閱宋淇之子宋以
　　朗的ESWN部落格 http://www.zonaeuropa.com/culture/c20080302_1.htm，以及
　　馬靄媛，〈《色，戒》英文原稿曝光：私函揭示真相——張愛玲與宋淇夫婦的
　　真善美情〉，《蘋果日報》線上版，2008年3月2日。2008年7月12日閱覽。

15 張愛玲，〈色，戒〉，《惘然記》（臺北：皇冠文化，1995），頁13。

篇章所提，李安的電影上映之後，香港雜誌《瞄》（*Muse*）重新發掘這個故事的文本原型，並首先刊載出來[16]。筆者個人的猜測是，麥卡錫認為，考慮到冷戰政治以及張愛玲本人與汪偽政府的關聯可能引發爭議，這個作品「太過棘手」。冷戰時期人道主義宣傳的主要策略之一便是保持自身相較於敵人的道德優勢，而張愛玲既與軸心國的爪牙關係密切，公開發表此作品可能有損自由世界的這種優勢。

上述英文版本是第一個版本，第二個版本是張愛玲1977年首次以〈色，戒〉為題發表，後來收入1983年《惘然記》的中文本。第三個版本是Julia Lovell長達五十四頁的英譯本，為軟精裝的小書，名為 *Lust, Caution*[17]。Lovell為這一譯本寫了前言，李安寫了後記，另收入了一篇哥倫比亞大學教授詹姆斯・夏慕斯（James Schamus）的一篇專題文章，夏慕斯是李安的長期合作夥伴，也是電影《色｜戒》的兩位編劇之一。Lovell的英譯本讀起來雖通順，但有將主角王佳芝與敘事者混淆之嫌。

第四個版本，也是現今最為人所熟知的版本，當然是2007年李安執導的獲獎影片《色｜戒》。事實上正是由於這第四個版本的推波助瀾，其他三個版本才躍升成為大眾矚目的焦點。儘管各個版本之間存在顯著差異，不過我將著重比較小說中文版和李安的電影版，因為最早的英文版本直至最近才出版，還是將之視

---

16 參閱《瞄》（*Muse*）14期（2008年3月）。

17 《《色｜戒》：故事、劇本及電影製作》（*Lust, Caution: The Story, the Screenplay, and the Making of the Film*）（New York: Pantheon Books, 2007）一書中的重印版作為研究素材其實更為實用，因為書中提供了劇本的英譯本；劇本的中文版尚未出版。

為1977年版的故事原型為佳。儘管如此，在有助於闡明本文觀點的地方，仍有必要參照最早的英文版本。

電影版與小說版最顯著的區別在於故事中人物的動機。在最早的英文版以及1977年的版本中，動機基本上是權力、物慾與虛榮，這與張愛玲許多其他作品的主題一致：這個世界是一個黯淡、乏味、悲慘的地方，人們得不到愛的救贖。而電影版雖然犧牲了一部分小說中老於世故的世界觀，但同時卻創造了另一個世界，一個愛情實際上可能會發揮作用的世界。換言之，李安打開了一扇實質上被張愛玲關起了的大門。李安與他的兩位編劇Schamus及旅居加拿大的臺灣女作家王蕙玲，透過添加素材，巧妙地改編了小說。如果我們將這部電影視為獨立的藝術作品，而不僅僅是小說「改編」，就會發現那些添加的素材中絕無冗餘。這其實是李安能夠成功將文學作品改編為電影的一種技巧：他經常選擇短篇小說，而非長篇，來進行改編，潤色同樣由短篇小說改編而成的電影《斷背山》即是此技巧的另一例證。

電影《理性與感性》的原著為中篇小說，片中李安運用了寫意的手法[18]：通過概現原作傳達一種感覺，而不迷失在細節裡，片中就不至於出現從文學作品「改編」的英美電影中常有的敗筆。我們在電影《色｜戒》中也能看到寫意的元素，例如影片中這組鏡頭片段，某種程度上恍如夢境：走過日本兵嚴密把守的橋；看到中國人被迫在槍口下低頭；王佳芝在日本酒館遭遇喝醉酒的士兵；以及她腦海中浮現的最後的記憶畫面——同學喊她的名字，

---

18 在2008年12月8日由中央研究院中國文哲研究所舉辦的《色｜戒》座談暨餐會上，李安在與筆者的談話中同意筆者的這一分析。

要她到舞臺上去。這組鏡頭的成功很大程度上應歸功於該電影的攝影技術，其高超程度間或達到張藝謀現實主義電影最高峰時期的水準，能夠將觀眾帶回神祕陰暗、有如黑色電影場景的日據時期上海。影片中更具爭議的，是那些只出現在電影版裡的性愛場景（正如本書中一再論及，任何短篇小說版本中都未描述佳芝與易先生的性愛場景，不過李安認為，小說中有這樣的暗示）[19]。

第一個性愛場景發生在一間空置但裝潢精緻的公寓裡。男女主角的第一次性愛遠非你情我願，乍看更像是施虐行為（本書中多位學者認為是「強姦」），易先生野蠻地撕破了佳芝的衣服，露出了她的金銀色絲質內衣及黑色吊帶襪，易粗魯地用皮帶抽打了王小姐赤裸裸的屁股兩下，然後從她背後霸王硬上弓。這個場景讓人依稀想起《巴黎最後的探戈》（*Last Tango in Paris*, 1972）中的一幕。最後佳芝筋疲力盡地側躺在床上，而易先生則穿好衣服，抽了一支菸之後才離開。這一場景當然暗示了佳芝遭受的羞辱，但二人之後的性愛便復歸傳統式了，其中一次更以她在（他的）上面結束。戴樂為（Darrell William Davis）認為（見本書第5章），易氏最初對佳芝的施虐行為意在考驗她，為了看她是真的愛他還是僅僅為了將他引入圈套。但是在筆者看來，這種施受虐行為其實反映了人物內心的恐懼。正如易氏後來在車上跟佳芝承認的那樣，作為汪偽政府的特務頭子（兼審訊官），使用暴力簡直是家常便飯，顯然他害怕自己終有一天會淪為受害者[20]。

19　1977年版中有對於情色的含蓄指涉，例如間接寫佳芝與易先生的性愛「像洗了個熱水澡」，或對易的肘彎拂過佳芝乳房時感覺的描寫。

20　易的歷史原型丁默邨便是這樣的下場。丁曾短暫取得國民黨的信任（國民黨

如此一來，施虐行為便成為一種搬演和「面對」恐懼的方式[21]。
王佳芝亦是如此，她一直面臨遭揭穿的威脅[22]。事實上，兩者的
名字都暗含交換位置或欺騙的意味。「易」，正如孫筑瑾在本書
第三章所指出，意為「改變」；而「佳芝」（美好的瑞草），雖然
表面上有秀美與誠正（如在《離騷》中）之意，實則與「假之」
（假冒或假裝）諧音。有趣的是，在最早的英文版小說中，女主

曾利用丁長期積累的有關上海人事的情資），但最終被國民黨以叛國罪於
1946年處死。胡蘭成則逃到了日本，後來在蔣介石歡迎之下受邀來到臺灣，
以寫作和教書為業，曾獲中國文化學院（中國文化大學前身）聘為教授
（1974-1976），不過之後因受到余光中撰文攻擊，羞愧返回日本。

21 參見Havelock Ellis, *Studies in the Psychology of Sex*（Philadelphia: F. A. Davis,
1933），及Caroline and Gerald Greene, *S-M: The Last Taboo*（New York: Grove
Press, 1973），這兩本書均指出「施虐狂」與「受虐狂」之間存在一種共生關
係，他們之間的互動與痛苦無關，而是有關信任、控制（通常由受虐狂者直
接或間接將其慾望告知性夥伴）以及共享的肉體性快感或精神性快感，這在
這一圈子中通常被稱為 "play"（角色「扮演」，或「遊戲」、「戲耍」）。此
處，身為文學研究者，我再次想到柯瑋妮（Whitney Crothers Dilley）在本書
第八章中關於電影裡的戲中戲以及戲劇與現實生活之間相互作用的探討。

22 對於佳芝來說，服從懲罰可以減輕與易先生的性愛帶給她的罪惡感（或與漢
奸在一起的罪惡感）。甚至可以說，打屁股這個動作暗示了她一直渴望得到
卻一再被生父拒絕的父女關係。雖然任一個版本皆未提及，但是張愛玲本人
曾在十八歲時被她父親毆打和禁閉，或許會希望藉由再現創傷經歷中的某些
部分來獲取對這些事件的「控制權」。張的第一任丈夫胡蘭成曾在其回憶錄
中暗示了這一點。胡寫道：「她的世界裡是沒有一個誇張的，亦沒有一個委
屈的。她非常自私，臨事心狠手辣。她的自私是一個人在佳節良辰上了大場
面，自己的存在分外分明。她的心狠手辣是因她一點委屈受不得。她卻又非
常順從，順從在她是心甘情願的喜悅。且她對世人有不勝其多的抱歉，時時
覺得做錯了似的，後悔不迭，她的悔是如同對著大地春陽，燕子的軟語商量
不定」（胡蘭成，《今生今世》〔臺北：遠行出版社，1976〕，頁173-74）。

角名叫"Shahlu"（僅以羅馬拼音標註），這可以是「殺戮」（大屠殺）或「殺鹿」的諧音，讓人聯想到《詩經》中的意象——荒野中一隻死去的雌鹿，《詩經》中常以此比喻女性純真的喪失[23]。

　　然而欺騙之中必然總是蘊有一分真實，反之亦然。隨著遊戲繼續，兩位主角逐漸意識到，他們都已被各自投身的事業所背棄，一如魯迅和張愛玲最終均對他們曾信仰的事業心懷不滿[24]。王佳芝此前已經被她父親拋棄，她父親離開中國赴英時只帶走她弟弟，卻拋下了她，後又再婚。之後佳芝暗戀上鄺裕民，但這段單相思最終並無結果，佳芝被拋棄的感覺益深。當大家決定讓佳芝與梁閏生——同夥中唯一有過性經驗的男人（「當然是他，只有他嫖過」）[25]——上床以學習男女之事的時候，鄺站在一旁，未置一詞。對佳芝而言，被迫獻身與梁、忍受梁的性啟蒙是極度的犧牲。相關的兩場戲李安拍得極具說服力，充分突顯那種笨拙與尷尬。與電影不同，小說中作者只是簡單地告訴我們：「於是戲繼續演下去」[26]。之後，作者告訴我們佳芝擔心她從梁身上得了

23 「野有死麕，白茅包之；有女懷春，吉士誘之。林有樸樕，野有死鹿；白茅純束，有女如玉。舒而脫脫兮，無感我帨兮，無使尨也吠。」見〈國風·召南·野有死麕〉，《詩經今注今譯》（臺北：臺灣商務印書館，1971），頁30。當然，《詩經》這首詩中的女子是心甘情願受到「誘惑」的。

24 魯迅晚期的一些信件顯示，上海地下共產黨領導階層對待他的方式引起他的強烈反感。張愛玲最終選擇的第二任丈夫是甫德南·賴雅（Ferdinand Reyher, 1889-1967），賴雅雖然也比張年長（這次兩人相差三十一歲），但他與胡有很大不同。賴雅是美國左派小說家、劇作家，與當時最著名的德國劇作家貝托爾特·布萊希特（Bertolt Brecht, 1898-1956）很熟識。

25 張愛玲，〈色，戒〉，頁20。

26 同前注。

「髒病」:「有很久她都不確定有沒有染上什麼髒病」[27]。而電影中暗示了佳芝因心碎而揮之不去的痛。最後也遺棄佳芝的，是她那未能及時採取行動的政治家長，即國民黨，影片中具體表現在佳芝與重慶政府特務、策畫了第二次暗殺的老吳的交鋒中（這仍舊只是電影裡才營造出的高潮橋段）。老吳似乎在聽了佳芝講述她「為暗殺事業」（the cause）所做的犧牲之後羞愧難當，當她要求他們趕快採取行動時，老吳受不了，因為不想再聽，他幾乎抽身就跑。

在這「亂世」之中，我們的「佳人」迫於境遇與一種責任感（無論是對同夥或民族），與易展開一段純粹的肉體關係。但也正是這亂世，而非性愛帶來的歡愉，逐漸削弱了這層關係的純粹互相利用的本質，促成了兩位主角的彼此相知。我認為，影片中日本酒館一場最能突顯出兩人關係的轉折。易先生約王佳芝去酒館幽會。她到酒館後被一個喝醉酒的日本兵誤認為歡場女子。在酒館女侍幫助下脫身之後，她來到易氏的私人包廂，半引誘、半嘲諷地說道:「我知道你為什麼約我來這裡。你要我做你的妓女。」易答道:「我帶妳到這裡來，比你懂怎麼做娼妓。」易的話有些出乎佳芝（無疑還有一些觀眾）的意料。

聽著醉酒的日本兵荒腔走板的歌聲，易告訴佳芝:「他們轟炸了珍珠港，美國人已參戰──失敗是不可避免了。你聽他們唱歌，像哭，聽起來像喪家之犬。」聽到這句佳芝應道:「我給你唱支歌吧，我唱得比他們唱得好聽。」接著站起身，唱起1937年電影《馬路天使》中著名歌手及演員周璇演唱的〈天涯歌女〉。

---

27 同前注，頁21。

歌中唱的是一對戀人因戰亂別離後對彼此的思念之情，在電影《馬路天使》中暗示了日本侵佔滿洲後中國人民的困境，然而在李安的電影裡，這首歌似乎象徵著戰亂以及佳芝及易氏對各自事業的失望。他們開始意識到他們很可能只擁有對方，兩人的感情也因此更加緊密。在這樣相互陪伴慰藉的時刻，就像白居易的〈琵琶行〉中所說：「同是天涯淪落人，相逢何必曾相識」[28]。她唱完歌後，他刻意鼓掌鼓了很久，之後他們一起坐他的車回「家」。我們會發現從這以後他們的關係發生了變化。我們還注意到，影片中的性愛場景自此也變得更傳統些。其中一場，易半躺著身體，側躺著面對她，姿勢近似胎兒，這讓人想起約翰·藍儂（John Lennon）與小野洋子（Yoko Ono）的照片[29]。

　　此後不久易要佳芝完成一個看似祕密的任務，將一個信封交給一家珠寶店的印度老闆[30]。在珠寶店樓上，老闆出乎意料地要她看一些鑽石，她謹慎地拒絕了每一顆之後，老闆才拿來了一顆碩大耀眼的鑽石，她看中了這顆鑽石，並要老闆將其鑲好。這一幕與最早的英文版小說中截然不同，英文版小說中是佳芝纏著易要他買戒指給她。在1977年中文版小說中，是兩人去珠寶店修耳環時易臨時起意為她買的[31]。而在影片中，易顯然打算給她一個驚喜，正如前面提到的，易還要求她保守祕密（而她並未守

28　在《琵琶行》中，詩人白居易與一名歌妓同病相憐，歌妓成為詩人的化身，也成為所有自感遭到放逐、孤單寂寥或不容於世之人的象徵。

29　安妮·萊柏維（Annie Leibovitz）於1980年12月8日拍攝。

30　誠然，她先將信拿給她的同夥祕密檢查。這表明她仍在完成任務的責任感與對易可能開始萌生的同情之間搖擺不定。

31　張愛玲，〈色，戒〉，頁24。

密）。但是，當易陪著佳芝回到店裡試戴鑽戒，她問他鑽戒看起來好不好看時，他答道：「我對鑽石不感興趣，我只想看到它戴在你手上。」決定要買這枚戒指之後，她將戒指從手上摘下來。「戴上」他堅持地說。她應道：「我從來不戴這麼貴重的東西上街。」然後易回答：「妳跟我在一起。」在影片中正是這句話觸發了佳芝之後的舉動，因為這句話讓佳芝確信她終於找到了她一直在尋找的男人：一個承諾在戰亂中會跟她在一起的男人。她看了下他，又看了下戒指，之後又看他，然後滿含愛意地低聲告訴他：「快走。」他又看她，一時間未領會她的意思，她又重複了一次。這時他突然明白了，站起身，連跑帶撞下了樓，衝向街邊等他的汽車，幾乎以四十五度角跌進車內，汽車迅即開走了。那一瞬間，她的愛救了他。

之後佳芝鎮定下來，帶著戒指離開了珠寶店。在街上她試圖攔一輛三輪車，但似乎所有車上都載了人。在她失落沮喪的時刻，很可能也是影片中最具張力的時刻，她尋求著短暫的逃避——轉身望向一家百貨公司的櫥窗。她凝視著玻璃窗內那些精心裝扮的假人模特兒。這裡觀眾可能會稍微停頓，開始思索現實與假象、事實與虛構之間竟如此接近，不過一線之隔，這正是小說和電影極其重要的一部分——但這些細節都只存在於電影中，顯示出李安如何以極富創意的方式洞悉故事，並以高超的手法運用視覺媒體。突然間，彷彿有意強調現實與幻象之間的相互影響，佳芝看到一輛空三輪車映在櫥窗中的倒影。她好像一下子如夢初醒，轉過身，招來那輛三輪車。李安在電影中加入此一原著小說中沒有的細節，增加了電影的深度與哲學意涵。

三輪車夫是來自社會底層的年輕人，有些藝術天份（車把

上有一個紅、綠、白三色紙紮成的風車），他熟練地轉過頭來接她[32]。佳芝上了車之後告訴車夫："Ferguson Road!"「福開森路」，他應了一聲之後飛快地啟程，似已知道她在想什麼，然後以輕快的語調問：「回家啊？」他猜測這個上流社會的年輕太太剛剛逛了一下午的街。「欸！」，電影中她答道，語調中透露出的自信不無反諷。福開森路是她與易會晤的公寓所在地，但是考慮到方才發生在兩人之間的事，將此處視作她的新家很可能具有象徵意義。電影中這一細節也與小說版不同，小說中她去了愚園路，在那裡她有個親戚，「可以去住幾天，看看風色再說……」[33]。據說每部經典的美國電影都有一場追逐戲，這一手法李安很可能也認同：乘三輪車這場戲無疑酷似追逐，儘管事實上王佳芝與車夫這兩個年輕人只是暫時同一陣線，與隱形的敵人──時間和命運而非其他車輛賽跑。他們的速度越來越快，車把手上的風車也隨之越轉越快。警笛聲響起，眼見前面正在設路障，員警正拉起繩子準備攔住他們前面的路，車夫奮力一搏欲突破封鎖，但還是晚了一步。他轉頭衝她無奈地笑笑，幾乎像在致歉。

　　電影中的這場追逐戲與最早的英文版形成了鮮明的對比。在

---

32 這一細節在兩個小說版本中都有，在張愛玲自己的英文版中如此描繪："The pedicab driver wheeled around and peddled swiftly towards her. He was young and he had tied a little red-green-and-white paper windmill on his handlebar so that it whirled prettily when he went fast."（三輪車夫轉了個彎，迅速朝她奔來。是個年輕人，車把上綁了一個用紅綠白三色紙紮的小風車。他騎得快時，風車便輕巧地轉起來。）參見張愛玲，"The Spy Ring; or, Ch'ing K'ê! Ch'ing K'ê!"《瞄》（*Muse*）14期（2008年3月），頁70。

33 張愛玲，〈色，戒〉，頁32。

最早的英文版小說中，佳芝快步走過中低階層上海人居住區的後巷及後門。小說中有一段看似對於一些用中藥治病之人的迷信行為的描述，看似與主題無關，但或可解讀為傳達了某種有意或無意的，與魯迅作品的互文性，同時也是對中國人國民性的再次批判。當佳芝快跑以逃脫追捕時，張的英文版本中這樣描述：

She skidded over a little heap of herbal dregs just outside the door. Somebody was sick in this house and they had thrown the black dregs of the medicinal brew out in the lane, hoping that passers-by would tread on it and catch the disease, thereby curing the patient. She just managed to recover her balance and run straight out of the lane. She kept running even when the shouts and the footsteps seemed to have died down behind her...

（她被門外的一小堆中藥渣絆得滑了一下。這戶人家有人生病了，便將黝黑的藥渣丟到巷子裡，希望路人踩到之後染上病，這樣自家的病人就會好起來。她好不容易才恢復平衡，便拔腿跑出巷子。身後似乎再聽不到喊聲和腳步聲，但是她仍不停地跑……）34

　　這一段在1977年的中文版以及電影中被完全刪除。當然，1970年代，中藥一如傳統與宗教，重又流行起來。這並不是說

---

34 張愛玲，"The Spy Ring; or, Ch'ing K'ê! Ch'ing K'ê!"，《瞄》（*Muse*）14期（2008年3月），頁70。

張愛玲是潮流追隨者，而是說她是位能夠改變以因應時代潮流的作家。此外，她也是善於建構及運用多種文類的天才。

在這個意義上，〈色，戒〉可說是充分展現張的寫作技巧的典範之作。〈色，戒〉的內容相當豐富：它既是愛情故事，也是間諜故事，還是探索「國民性」的故事，既是關於恐懼與憎惡的故事，也是關於「信任」的敘事。故事中的張力大多因信任而生，信任或許是張愛玲一直渴望，但在她自己的生活中卻一直難以得到的東西。我們從王與易在易家的一段對話中可以清楚地看到這一點：

> 王佳芝：你相不相信我恨你？
>
> 易：我相信。（然後易親吻王，撫摸她的乳房）
>
> 王佳芝（喃喃自語）：我恨你！
>
> 易：我說我相信。我已經很久不相信任何人說的話。你再說一遍，我相信……
>
> 王佳芝：那你一定非常寂寞。
>
> 易：可是我還活著！[35]

最後一句話意味十分深長。易先生一直忍受孤獨，才得以保全自己性命。在日據上海這個亂世縮影中，人與人之間的信任極其珍罕。在這樣的環境中這對戀人對彼此的信任更顯珍貴，但也

---

35 Hui Ling Wang and James Schamus, "*Lust, Caution*: A Screenplay," in *Lust, Caution: The Story, the Screenplay, and the Making of the Film*, Eileen Chang et al. （New York: Pantheon Books, 2007）, pp. 179-80.

更顯得天真痴傻。易信任王佳芝，即便之前曾有相好的女子欲置他於死地。後來，王佳芝開始相信易先生信任她，所以想保全他的性命。但易對死亡的恐懼以及對苟活下去的渴望迫使他重又回歸孤獨，而至少在電影中，易後來是心懷悔恨的，從電影最後一幕中易望著空盪盪的床的景象可以看出。李安告訴女主角湯唯要將她自己想像成張愛玲。在某種程度上，張愛玲可能以這個故事來反思她自己與胡蘭成的關係，在與胡的關係中張感覺自己遭到了背叛。沒有愛的人生是否值得活下去，每個人最終必須自己做出決定——王佳芝選擇信任易，表示她得出的結論是這樣的人生不值得活下去，她在懸崖邊臨刑前轉身背對鄺裕民的舉動，再次強調了她的抉擇。而王佳芝的最終選擇是電影和小說的交會所在。

　　然而電影中對於易未能救出王佳芝的動機的描繪與小說不同。在小說中，易似乎對此很少甚至沒有遺憾：

　　他一脫險馬上一個電話打去，把那一帶都封鎖起來，一網打盡，不到晚上十點鐘統統槍斃了。

　　她臨終一定恨他。不過「無毒不丈夫」。不是這樣的男子漢，她也不會愛他。

　　當然他也是不得已。日軍憲兵隊還在其次，周佛海自己也搞特工……。

　　他對戰局並不樂觀。知道他將來怎樣？得一紅粉知己，死而無憾。他覺得她的影子會永遠依傍他，安慰他。雖然她恨他，她最後對他的感情強烈到是什麼感情都不相干了，只是有感情。他們是原始的獵人與獵物的關係，虎與倀的關係，

最終極的佔有。她這才生是他的人，死是他的鬼。[36]

然而在李安的電影中，當手下人將王佳芝的那枚粉紅鑽戒拿給他的時候，梁朝偉飾演的易先生看來心事重重的臉上，流露一股縈繞不去的憂傷（他甚至大聲對他的助手張祕書，又似對自己說：「（那）不是我的……」）。之後，在她被處死當晚，他回家後面對空盪盪的床時臉上再次流露出憂傷[37]。

李安此處運用的技巧或可稱為因景生情。筆者認為這種區別歸因於導演與作家世界觀的不同。胡蘭成曾寫到：

> 愛玲的種種使我不習慣，她從來不悲天憫人，不同情誰，慈悲佈施她全無，她的世界裡是沒有一個誇張的，亦沒有一個委屈的。[38]

影片中，王佳芝死了，對鄺裕民沒有歉意；小說中，易先生對佳芝的死同樣沒有歉意。然而，電影中有一種揮之不去的感傷，是一齣易實際上根本無力干預的悲劇[39]。易的一舉一動都處

---

36 張愛玲，〈色，戒〉，頁34。

37 Hui Ling Wang and James Schamus, "*Lust, Caution*: A Screenplay," p. 222.

38 胡蘭成，《今生今世》（臺北：遠行出版社，1976），頁173。

39 儘管小說中對易只稱姓，但在電影李安予其全名：易默成。默成指「默默成功」或「默默完成」，但亦與「莫成」同音，意為「未完成」，即未成功。從這個意義上講，易的名字是對其未能救下愛他的女人這一結果的評論，充滿諷刺意味。李安說這個名字是從丁默邨（默）和胡蘭成（成）的名字各借一字，筆者作為或至少有人稱為"philologist"「文字歷史考證學家」，卻從這個新創的名字中讀出沉重的諷刺。

於他的手下、他的敵人，甚至實質上更在日本人的監視之下。即使是上海這一從各方面看來皆為遠東戰區最重要的戰略要地，其特務頭子、情報機關首腦易默成，歸根結柢只是個無力的木偶而已，可憫復又可悲。

　　這樣一部令評論家感到困惑，而在美國票房成績也不佳的影片，我們為什麼還要力排眾議主張它具有全球意義呢？我注意到，在同樣經歷過外來勢力侵佔，曾在本國傀儡政權下屈辱生活的歐洲多國，這部影片受到的歡迎比美國熱烈[40]。我也注意到這部電影在中國大陸、臺灣、香港及世界各地華人社群引發了空前的討論。讀者可參閱本書中陳相因及彭小妍所著篇章（第6章及第10章）。儘管該影片所引燃的怒火，有部分可歸因於影片上映時中國和臺灣之間的緊張關係，但是所有爭論的解決之道，在於無論海峽兩岸或是太平洋兩岸，都能體悟在二十世紀曾共享同樣的人道及歷史經驗[41]。李安作為一位跨文化的電影創作者，為了實現這一目標可說已經煞費苦心。

　　最後一個問題：如同彭小妍在本書中指出的，這部電影探討了，或者該說確實啟發我們重新思考，關於如何理解忠誠的多重

---

40 即使在兩個前南斯拉夫國家，對這部電影的興趣亦有顯著差異：克羅埃西亞的票房高，而塞爾維亞的票房低。電影在克羅埃西亞更受觀迎，或許與該國觀眾新近意欲重新審視二戰期間惡名昭彰的傀儡政府當權的那段歷史有關。

41 在上述2008年12月8日臺北召開的座談暨餐會上，李安於回答林建國教授的提問時指出，他想以這部影片挑戰傳統的民族主義觀念。「人民的愛國心應該是自發的。」李說：「無論任何一個國家，如果是由政府來告訴人民應該要愛國，這個國家就有問題」（此為筆者親聞，無正式中文紀錄）。

定義的重要議題。而從後殖民觀點對於二十世紀戰爭及其後果進行重估，更是學術界特別感興趣的主題。儘管如此，近來的中國觀眾又再度流行起將時空背景設在近代的電影和電視劇解讀為「借古諷今」。從這個意義上來說，這部電影帶出的問題，比起誰代表真正的中國政府、當時誰是通敵的漢奸，引發的爭議或許更加激烈。影片以真正布萊希特式的手法，藉由暗示觀眾思考另一串問題，打開了一道潛在的閘門。這些問題是：誰是今時今日的傀儡和通敵者（collaborators）？他們現在打著什麼旗號掩飾自己？他們在1990年代以及二十一世紀初訴諸哪些口號、原則和理由？或許這才是這部電影背後真正的擾攘所在。

5

食人，階級，背叛

張愛玲和李安

戴樂為（Darrell William Davis）

　　看了電影出來，像巡捕房招領的孩子一般，立在街沿上，等候家裡的汽車夫把我認回去，（我沒法子找他，因為老是記不得家裡汽車的號碼），這是我回憶中唯一的豪華的感覺。[1]

　　這個段落，張愛玲是在說自己的事，透露了她年輕時在上海及香港的優渥家境，同時也將之陌生化，以伏筆（電影、街沿、等候、汽車）指涉他事，而不是句末出人意表的「豪華的感覺」。原來這個孩子正在想著其他的事（招領、巡捕房、記不得車牌號碼），無所措意於「豪華」，成年後追憶才恍然大悟。本文擬將幾件事編織一起：對張愛玲〈色，戒〉的主題分析；對李安電影版本的解析；以及對〈色，戒〉的超文本分析，以闡明「消費」的得失。所謂消費（consumption），是精心妝扮後的假象與產品，卻把從演員到角色、從表演到不由自主的修煉過程遮蔽了。張愛玲小說中的傳記細節，是這個展現／遮蔽過程的一部分，模糊了小說與回憶錄的分別。〈色，戒〉的消費模型，與通常見於文化研究的主流消費論述不同，點出了消費、扮演（impersonation）、與勾結（collaboration）之間的連續性。

　　〈色，戒〉探討的是陷阱、激情、背叛，還有「炫耀性消費」（conspicuous consumption）[2]。張愛玲從報紙頭版新聞取材——一群學生企圖暗殺漢奸，結果功敗垂成——改寫成一個火熱

1　張愛玲，〈童言無忌〉，《流言》（臺北：皇冠文化，1968），頁9。

2　Thorstein Veblen, *The Theory of the Leisure Class: An Economic Study in the Evolution of Institutions*（New York: Macmillan, 1899）.

的扮演故事。小說中的所有人物都在從事各種角色扮演，如同那個正在等司機來接的小女孩，卻想像自己正在巡捕房被監禁，等著被領回家。張愛玲的敘事像黑色電影裡的故事一樣，時而是心理，時而是溜滑的社會處境，三不五時洩漏了臺風、表演、與裝扮的細節。就這個故事的展演目的而言，消費是關鍵，透過形象與屬性以展示階級、背景和在匱乏時期的神通廣大。然而，消費是雙向的，演員難道不會**被角色消費（吞噬）**（*being consumed*），在角色中發現自己的另一面？

在文化研究中，消費並不只是生活必需品的流通與用途，而是別具一格、別開生面的社會行動。消費即身分形成，出自個人的選擇──自我表現、歸屬、與肯定。既然個人與集體的身分都被商品與服務取代，那麼對衣服、飾品、食物、生活方式的選擇就會塑造我們的個性[3]。消費品也許是科技產品，如挑一輛車或手機[4]，或者透過大眾文化（如電視、電影）的傳達[5]。在〈色，戒〉

3　參考 David Bell and Joanne Hollows eds., *Historicizing Lifestyle: Mediating Taste, Consumption and Identity from the 1900s to 1970s*（London: Ashgate, 2006）；*Food, Drink and Identity in Europe*, ed. Thomas M. Wilson（Amsterdam: Editions Rodopi, 2006）；*Drinking Cultures: Alcohol and Identity*, ed. Thomas M. Wilson（Oxford and New York: Berg, 2005）and Juliana Mansvelt, *Geographies of Consumption*（London: Sage, 2005）。

4　Gerard Goggin, *Cell Phone Culture: Mobile Technology in Everyday Life*（London and New York: Routledge, 2006）.

5　參考 Geraldine Harris, *Beyond Representation: Television Drama and the Politics and Aesthetics of Identity*（New York: Manchester University Press, 2006）；*Teen TV: Genre, Consumption, Identity*, eds. Glyn Davis and Kay Dickinson（London: BFI, 2004）；Raymond Knapp, *The American Musical and the Performance of Personal Identity*（Princeton: Princeton University Press, 2006）。

中，王佳芝覺得自己身在電影當中：「在這幽暗的陽臺上，背後明亮的櫥窗與玻璃門是銀幕，在放映一張黑白動作片⋯⋯」[6]。

作家張愛玲很善用電影語言創作，往往拿它們當文學母題。抗戰勝利後，她因為嫁給漢奸受到排斥、撻伐，轉而寫作電影劇本[7]。她的劇本與小說，仔細觀察，可以發現是對消費、歸屬與認同的象徵展示與情感處理。黃心村提及，「她對日常經驗的描寫充滿細節──目的在發掘物質世界的文化意義──透過那些細節，讀者除了觀察到一個生氣勃勃的內在世界，還有一個正在成形的新社會身分。」[8]消費者行為媒合了內與外；一方面表達外界對我們的看法，也許是刻意的、算計過的[9]。有時消費也是無意識的，和消費指南一點關係都沒有。

但是在張愛玲的故事與李安的《色｜戒》中，「消費」更為原始，是赤裸裸的、回歸動物的行為。在其中，消費隱約浮現，教人擔憂又難以抗拒，結果是激烈的、懲罰的、甚至野蠻的。除了有閒階級式的炫耀性消費，還有一種消費是策略性的、別有所圖的。在小說中，消費是為了競爭、掠奪，旨在欺騙、轉移注意力。這也不同於韋布倫的另一個概念「招嫉性消費」（invidious

---

6　張愛玲，〈色，戒〉，《惘然記》（臺北：皇冠文化，1995），頁27。

7　Nicole Huang, "Introduction," in Eileen Chang, *Written on Water* (New York: Columbia University Press, 2005), pp. ix-xxvii; 以及參閱 Poshek Fu, "Telling a Woman's Story: Chang and the Invention of the Woman's Film," in *Transcending the Times: King Hu and Eileen Chang* (Hong Kong: Twenty-Second International Film Festival, 1998)。

8　Nicole Huang, "Introduction," p. xix.

9　Dick Hebdige, *Subculture: The Meaning of Style* (London: Routledge, 1988).

consumption），那是為了煽動妒火而花錢，表示消費與賺錢能力有一定關係。〈色，戒〉是以戰爭為背景的間諜故事，其中的人物挑了另一種能力，誘導對手產生錯誤的臆測。在故事裡，他們必須冒充另一個人才能進入禁區。此外，他們以消費和消費行為裝扮自己。

在這個故事中，消費模式是刻意經營的、表演用的，為角色安排的客觀對應物都是為了達到最大效果而偽造的。扮演、面具、臺風皆為顯性的、自覺的、誇張的。窮學生王佳芝扮演寂寞、有閒的麥太太，幹的營生是跑單幫走私奢侈品。易先生則有錢、好色，不憚炫耀品味、權力、以及雄風。但是，即使是小角色、旁觀者、或漫不經心的路人甲，都有銳利的眼神。在〈色，戒〉裡，先登場假扮他人的是那些大學生，但是，別忘了那些牙尖嘴利又自私的太太們，即使打麻將都不忘爭奇鬥豔。那可不輕鬆，與其說是打牌，不如說逢場作戲：欲擒故縱、賣友求榮、笑裡藏刀、以及皮裡陽秋。看似隨興的麻將牌局，其實暗潮洶湧、言語刻薄、流言蜚語，神態、言語都不容閃失。

這種做作的表演，充滿誇張的圖像感。一言以蔽之，〈色，戒〉是個欺敵的故事。王佳芝的猩紅口紅、手套、衣裝、香氣、以及肢體語言，都必須先通過漢奸看守的消費檢查哨，才能被接納，打入他們的圈子。王佳芝麻將功力可能不怎麼樣，扮演起麥太太卻十足入戲。她會講八卦、血拼、品評飯店；她能勾引有婦之夫想入非非。要是成功了，她就色誘了一個漢奸（接他打出的牌），領他享受魚水之歡，然後刺殺他。如果失敗了，不但自己死路一條，還壞了任務。最後王佳芝成功了，也失敗了。〈色，戒〉的場景是家居客廳，情節卻危機四伏，波瀾壯闊的抗

戰大業彷彿稀釋為無關緊要的麻將桌遊戲。英譯者藍詩玲（Julia Lovell）指出，「其他作家對革命往往誇誇其談，但張愛玲天生就不信這些」[10]。反之，她描寫的是布爾喬亞講究的首飾行頭、事後諸葛亮、以及洩漏天機的細節。要冒充必須先消費，但是消費者的冒充也是一種投降：由於維妙維肖，演員不由自主，結果任憑角色擺佈。

　　因此，本文別開生面，根據消費圖像，檢視消費行為如何與時俱進，越來越扭曲陰晦，難以自拔。時尚和上流生活永不饜足，胃口越來越大，變成上癮，甚至被吞噬：階級身分的追求，翻轉為自戀式的自欺欺人。小說題目〈色，戒〉中的逗號，不妨視為「食人課」中的標點，是一種情報員的訓練手段：王佳芝上了一堂消費課，結果自己被消費掉了；她被自己的演出所召喚出來的關係吞噬了。〈色，戒〉講的是被吞噬的激情，教人忘其所以的強大力量。王佳芝因為熟習上流社會的做作而未能達成任務，她假戲真做，動了真情。一開始，當她還是新鮮人時，如此的感情轉移讓她沉醉於舞臺表演。王佳芝發現透過物件、道具、行為和幻想。自己點燃了觀眾（以及自己）的愛國情操，覺悟到情緒傳染的力量。鄺裕民在劇幕升起前對王佳芝說：「一旦上了妝，你就不再是你自己了。」（上臺前緊張，幕一開就好）[11]因為

---

10 Julia Lovell, "About Eileen Chang（Zhang Ailing）and translating 'Lust, Caution,' the story" in Eileen Chang, et al., *Lust, Caution: The Story, the Screenplay, the Making of the Film*（New York: Pantheon, 2007）, p. 232.

11 Hui Ling Wang and James Schamus, "*Lust, Caution*: A Screenplay," in *Lust, Caution: The Story, the Screenplay, and the Making of the Film*, Eileen Chang et al.（New York: Pantheon, 2007）, p. 84.

你像被什麼東西控制住了，它潛藏在造作的舞臺伎倆之下，永遠無法祛除或馴服。根據最近的改編研究，我們可將這種感情流動與改編（從書頁過渡到銀幕）做比較，感情流動本身就是以肉身從事的翻譯轉變行動。我們也可以跳出張愛玲的故事，拿王佳芝與同時代的真實冒牌貨李香蘭（山口淑子，1920-2014）做比較。李香蘭是出生於中國東北的撫順的日本人，抗戰期間卻以中國人身分周旋於世，成為滿洲國的著名演員、歌星；王佳芝也因具有同樣的本領，才能自由進出不同的社交圈。

在這一背景中，消費意味著佔有、合併、進駐。這比文化研究的「認同消費」（identity-consumption）更緊迫、更饒富趣味。後者指的是，個人由商品架上的流行款式塑造，那些款式以大小、色系按部就班地安排在貨架上。〈色，戒〉另闢蹊徑，它更詭譎難測，也更要命。消費攸關生死。在這一誘殺遊戲中，消費導致難以控制、莫名其妙的情愫。

一、動物的吸引力

動物的吸引力瀰漫在故事裡：「他們是原始的獵人與獵物的關係，虎與倀的關係，最終極的佔有。她這才生是他的人，死是他的鬼。」[12]李安特別重視這段文字，提到「為虎作倀」這個成語——獵物的鬼魂（倀）跟著老虎，為老虎引誘新鮮獵物[13]。要是鬼魂只是過往殺戮的殘餘，那麼這個「犧牲」概念的內涵就是吞

---

12 張愛玲，〈色，戒〉，頁34。

13 Ang Lee, "Preface," in *Lust, Caution*, pp. vii-viii.

噬帶來力量，吞噬者獲得獵物的心、腦、與肉。正如葉月瑜在本書的論文所指出的，電影的開場鏡頭是一隻德國牧羊犬的特寫，那是擅長偵查入侵者的警犬。本能、跟蹤、掠食、獵殺，與監視、設陷、審訊、以及「慢慢逼供」[14]的技巧徹底結合。

吃人衝動潛伏在故事中，不是吃就是被吃。王佳芝是臥底的誘餌，冒著被吃掉的風險，打入目標的親近圈子，無論成敗都可能被吞噬。跟老易在一起，或打麻將、或購物，回到他家總是筋疲力盡。王佳芝面對易先生與多疑、難搞的易太太，都可能露餡。對王佳芝、易先生、牌搭子，易太太都必須全力以赴。易太太和這位年輕的新朋友，競爭的態勢不僅明顯，還充滿惡意。王佳芝沒有珠寶只有青春魅力，那是她吸引獵物、甚至攻擊獵物的本錢。肉體的吸引力只是投降、佔有戲碼的開端。王佳芝的最後一個行動，要老易「快走」，暴露了她的身份；於是她在這一致命的背叛遊戲中露出了真面目。然而，這個背叛遊戲不發生在婚約中，而是在生與死之間。王佳芝在珠寶店拿起那枚戒指時，自己也成了囊中物，釋放出絕不能發出的訊息。幾個小時後，王佳芝與同謀就「統統鎗斃了」。王佳芝的致命錯誤，果真是個錯誤的話，就是相信了為了冒充他人而捏造的故事。她內化（消費）了用以誘殺老易的託辭。她獻身給那個託辭，想像自己在一部電影之中，愛上敵人，也贏得敵人的愛：「這個人是真愛我的，她突然想，心下轟然一聲，若有所失。」[15]讓王佳芝做出這個抉擇的「小道具」，是一只六克拉的鑽戒，故事開場的麻將牌局中提

---

14 張愛玲，〈色，戒〉，頁34。

15 同前注，頁30。

到過（「鴿子蛋」）。收下鑽戒啟動了王佳芝對老易的信賴，那句簡短的真情流露──「快走」──突如其來地告訴我們遊戲結束了。

由於珠寶店裡的這場戲沒有對白，在李安的電影中，這一大轉折是以剪輯完成的。剪輯師史奎雅斯（Tim Squyres）指出，這場戲的困難之處在於，要讓：

> 觀眾在心理上完全認同王佳芝，也就是說，讓鏡頭裡的易先生看來像是王佳芝眼中的易先生，而王佳芝的觀點就成了觀眾的觀點。在易先生「立刻明白了」的那一刻，我們看見他「臉上一呆」，然後是非常短暫的倉皇行動，我希望觀眾覺得像是標點符號，而不是調子變了。[16]

剪接師以語言學譬喻描述影像流，值得注意，因為正如葉月瑜在本書指出的，蒙太奇一向用來強化電影語言的模型。然而這場獻祭，王佳芝將真正的自己獻給老易，沒有用語言傳達，幾乎只有衝動。

階級也很重要。王佳芝必須讓易先生、易太太、還有麻將牌友當她是一個布爾喬亞的「花瓶妻子」。前面說過，消費是這個圈子的入場券，但是階級也表現在教育上。王佳芝是個學生，即使借港大教室上課的日子已經過去，她回到淪陷的上海依舊上學──居然是學日文（這至少為她與老易在日本酒館約會那場戲埋下了伏筆）。張愛玲在日據香港學過日文，但是她的小說裡並沒

16　Tim Squyres, "Go, Now!" in *Lust, Caution*, p. 267.

有這些情節。英文 class 這個字，指一群學生（「班」），也可以指社會階級、影響力、與裝扮。

對於王佳芝的出身，李安的編劇王蕙玲和夏慕斯（James Schamus）巧妙暗示她在上海淪陷區的家失去了生計、不再優裕：

> 麻將牌友（看了王佳芝的舅媽一眼）：你還給她唸書？
>
> 舅媽：我把她爸爸留給她的房子賣了。我答應讓她把書讀完。我是講信用的人。
>
> 舅媽嘴裡叼著菸，手腕上掛著玉鐲，不急不徐的把弄著手中的麻將。從她的外貌、舉手投足看來，曾經是富裕過的人。[17]

編劇用這些品味、舉止、教育透露的線索，展現已經逝去的榮華。王佳芝展現了相似的細節——來自重慶特務提供的一只箱子——是為了使老易夫婦放心，讓他們覺得自在。張愛玲和李安使用了同一個敘事策略，那就是，外在的消費者細節是用以表現角色的（「內心生活」），也是角色用以發送虛假訊號、誤導他人，甚至蒙蔽觀眾的手段。物質消費和個人外表之間，不是直截了當的因果關係，而是變動不居、視情境而定，以至於我們像任何能動者一樣，開始質疑表現與人格之間有任何穩固不變的連繫。這個故事將兩者裂解，最後拆解了個人、情感、內心生活，

---

17 *Lust, Caution*, p. 151. 這是電影上映後釋出的劇本，內容和李安拍攝時使用的腳本不同，所以有所出入。

使它們成為隨日常物質生活的消費細節（物件）而改變的項目。
這是張愛玲荒涼美學的一部分，許多學者都注意到。周蕾討論
張愛玲對細節的處理，便提到這一美學：「對細節的戲劇化處理
——如電影的特寫——是一種解構。它摧毀的是人本主義，而中
國現代性修辭往往天真地以人本主義作為理想與道德原則。」[18]於
是這便成了去人本論的技術，以細節、物件、產品占據人所處的
中心位置，「目的似乎是讓這些人物不再位居中心、尊嚴也挖空
了。」[19]

　　無論消費、階級、種族背景，張愛玲的故事都在文化流動的
滑溜斜面上發展。她探討外在的策略與內在的理路，質疑兩者的
貞潔。在電影中，天真的學生一步步走上布爾喬亞經驗與消費之
路：在一次成功的演出之後，喝酒慶祝，然後抽菸（賴秀金說：
「搞藝術菸不會抽是不行的……演戲用得上。」），再學習以流行
服飾裝扮角色，不久便是性（一開始是和替身梁閏生，然後是老
易），最後是殺人。不久，這些成了習慣、日常必需品。故事的
稜角巧妙遮掩了起來，把行刺陰謀隱藏在層層婚外情之中。相較
於個人身份與效忠義務逆轉的滔天罪惡，肉體背叛似乎只是微不
足道的瑣事。從愛人到殺手，親信到敵人，都發生在一觸即發的
幾個瞬間，而且是在一間不起眼的小店裡。在這之前，愛國學生
中間也發生過幾次教人不安的轉折：從演話劇到職業身手，從青
澀懵懂到老練世故。那是他們在香港發現漢奸汪精衛的情報頭子

---

18 Rey Chow, *Woman and Chinese Modernity: The Politics of Reading between East and West* (Oxford: University of Minnesota Press, 1991), p. 114.

19 Ibid., p. 113.

易先生之後。

　　黃磊：汪精衛號稱是搞和平運動，可實際上就是給日本人幹走狗──漢奸！賣國賊！

　　鄺裕民：沒錯，汪現在正在招兵買馬，聽說香港就是這個姓易的負責。我遇到的老曹──這是個機會。（充滿疑惑的沉默）

　　歐陽靈文：什麼機會？（鄺裕民一頓）

　　鄺裕民：這回不是演話劇，我們賺觀眾的眼淚，把嗓子喊啞了，也不比殺一個貨真價實的漢奸來得實惠。現在正放暑假，學校不會知道，最好是偽裝身份，然後想辦法混進易家去，我去跟老曹套個交情，請他介紹個差事什麼的，然後弄把槍。（眾人交換眼色，既恐懼又興奮）

　　梁閏生：可是我們有誰知道殺人怎麼殺啊？我們只有在舞臺上殺過！

　　鄺裕民：等你親眼見到一個漢奸，一個出賣國家和同胞尊嚴的人，你就會知道殺人一點也不難。我們只怕殺得不夠多、不夠快。這是玩命的事，大家想清楚。要，就一起幹到大！引刀成一快，不負少年頭！

　　黃磊（將手重重放在鄺裕民的手上）：我上！

　　賴秀金：算我！

　　這場戲旨在把學生改造成革命者，把話劇表演推升成政治行動。這個轉折點教人覺得有點天真得可笑，彷彿是把教室裡的角色扮演生吞活剝地搬到社會上。富家子弟梁閏生是唯一有性經驗

的人，負責帶老曹逛香港窯子。然後他受命一對一傳授王佳芝床笫之道，萬一易先生入彀她才知道怎麼做。王佳芝還擔心自己從梁閏生那兒染上什麼髒病，甚至懷疑「大家起鬨捧她出馬的時候，就已經有人別具用心了」[20]。

在香港，老曹的死擴大了這群學生的劇場訓練，張愛玲小說裡沒有這幕戲。易先生離開香港後，老曹現身威脅學生，勒索封口費。學生情急之下攻擊老曹，但是演出破綻百出：鄺裕民以雕刻刀刺入老曹腹部，可是傷了自己的手，老曹拔出刀，大夥兒手忙腳亂、歇斯底里，梁閏生撿起刀連續猛刺，他倒下樓梯，居然仍有生氣。王佳芝在一旁看著，老曹「像豬一樣的咆哮」，屢仆屢起，就是不死。老曹是不速之客，闖入學生的戲，像個道具，成為學生彩排「刺易」這一齣戲的不良客體（a bad object）。於是老曹成了替死鬼與人牲，代表真正的壞蛋，他罪大惡極，讓真正的愛國者義無反顧。然而，老曹不是漢奸，只是個普通的壞蛋，學生殺害他的行動，既不自然、也教人倒胃口。這群男生殺人殺得那麼笨拙，不僅嚇壞了大家，也拆穿了他們色屬內在的本相。老曹運氣不好，成了在祭儀中被屠殺的豬，他的死暴露了學生的愛國謀劃其實破綻百出。這是一場荒唐的豪舉，以活人獻祭取悅眼不能見的神祇，只為暖身，以面對仍然未知的力量[21]。

把這場戲視為黑色幽默儀式，我們就可以討論改編了，就是把故事從一種媒材轉移到另一種。直到老曹死亡，學生都活在一

---

20 張愛玲，〈色，戒〉，頁21。

21 於2008年8月中央研究院中國文哲研究所舉辦：「《色｜戒》：歷史、敘事與電影語言」國際研討會與蘇文瑜（Susan Daruvala）的私下對談。

個無害的浪漫幻想中，有目標、無行動。但是，易先生突然離開、老曹又死了，殺老曹的戲陡然轉軌，改變類型（從間諜片變為鬧劇），也轉變了消費者的格調，從上流社會的優雅變為滑稽、殘酷的打鬧。電影加入這場戲，凸顯了學生的天真、外行、技窮。他們刺殺易先生的計畫無以為繼，在兩位心靈遭到極度震撼的現場女觀眾（王佳芝和賴秀金）面前，這場戲是模擬考，也是嘲弄。

在改編研究中，針對文字—圖像、形式—內容的二分法教條而做的辯論由來已久，自十九世紀起就困擾學界，艾略特（Kamilla Elliott）想重新思考那些辯論，於是將歷來的調停理論做了一番整理。她發現，文字和影像逐漸分化成各自獨立的領域，最後成了「不可互相化約、不可翻譯的先驗元素，彼此衝突、永不休止」[22]。學界投注了巨大的心力建構那一範疇鴻溝，興頭略無緩解之勢。然而，讀者、作者、藝術家、還有大眾都興高采烈地將文字翻譯成影像（再將影像轉化為文字），才不管幾個世紀以來學者的異議呢。這些「異端」令人好奇，因為它們與頑固得荒謬的正統理論牴觸，如安伯托・艾可（Umberto Eco, 1932-2016）堅持電影《玫瑰的名字》（*The Name of the Rose*, 1986）與他的小說，除了片名、書名恰好一樣，一點關係都沒有[23]。

艾略特勾勒了幾個流行的改編概念，其中一個是「賦予血肉」（the incarnational）：「暗示影像、聲音、碰觸、味道、氣味

---

22 Kamilla Elliott, *Rethinking the Novel / Film Debate*（Cambridge: Cambridge University Press, 2003），p. 64.

23 Ibid., p. 134.

的文字，會勾引讀者好奇它們的血肉化身，也就是更具象的形式」，像是電影[24]。與這個概念相關的概念是基督教神學的「道成肉身」（word become flesh），意指聖經對基督的預言——耶穌誕生實現了上帝的聖言。「賦予血肉」與其他改編概念，但是賦予血肉的改編也表明肉體的從屬地位。「成為肉身的文字，也是淪落為肉身的文字（道淪落為肉身）」[25]。屬意「賦予血肉」的改編理論，是因為它凸顯了李安在意張愛玲故事的「肉身」——張愛玲執迷於去中心的細節，李安將那些細節化為不折不扣的肉身，因而推翻了抗戰必勝的大敘事。此外，賦予血肉的改編有用，因為它讓我們看見虛構與歷史之間的中介，王佳芝與小說家張愛玲之間的相似之處引人入勝。

二、與李香蘭比較

在某些方面，我們可以拿王佳芝和李香蘭比較。李香蘭是抗戰期間走紅的滿洲國電影明星、歌星，可是她本名山口淑子（1920-2014），是出生於中國東北的日本人。張愛玲一定知道李香蘭。事實上，一九四五年上海《萬象》雜誌主辦的一個活動，張愛玲和李香蘭都出席了[26]。當年滿洲國的滿洲映畫協會拍了許多「親善映畫」，宣導日本帝國的大東亞共榮圈，這些電影混合了異國羅曼史、動作片、通俗劇等元素，為日本殖民者的方略說

24　Ibid., p. 161.

25　Ibid., p. 166.

26　唐文標編著，《張愛玲資料大全》（臺北：時報文化，1984）。

項，教化被殖民者。電影裡，日本的大東亞主義不只體面，而且值得信任，其目的不只是經濟共榮，還要建立「王道樂土」。電影將大東亞共榮圈描繪成從歐洲侵略者解放出來的新世界，一個充滿希望的新亞洲。美國電影學者巴斯奇（Michael Baskett）指出，這些親善映畫有三個基本原則：

一、大東亞帝國意識形態以日本為中心。
二、比起歐洲種族主義，大東亞帝國意識形態勝在靈活、變通、與和解。
三、大東亞帝國意識形態以爭取民心歸附（conversion）為靳向，而非壓迫手段。

巴斯奇稱最後一個原則為「轉變與啟蒙」（transformation-enlightenment）母題。他的分析以李香蘭為中心。李香蘭在電影中的角色與表演，例如《白蘭之歌》（白蘭の歌，1939），都是為了撫平日本人與其他亞洲觀眾之間的惡感：

李香蘭能像變色龍一般，表演外國風情，似乎受到電影雜誌的讀者與電影觀眾的歡迎……（她的）魅力不在於她能「裝扮」成外國人（如中國人、韓國人），而是她「皇民化」或者同化日本語言與文化的能力。[27]

---

27 Michael Baskett, "Goodwill Hunting: Rediscovering and Remembering Manchukuo in Japanese 'Goodwill Films'," in *Crossed Histories: Manchuria in the Age of Empire*, ed. M. A. Tamanoi (Honolulu: University of Hawai'i Press, 2005), p. 129.

　　史蒂文生（Shelly Stephenson）指出，李香蘭在大東亞親善電影中飾演的浪漫角色「象徵中國為日本利益獻身，以及仰賴日本指導的和平合作」，但她的明星形象也可能在一個癡心妄想的基礎上發生作用，因為電影「在銀幕上創造了一個奇幻世界，在其中她彷彿為不同國家、不同族群、不同政治立場的人民搭起了一座橋樑，他們因戰時的緊張局勢而分裂對立。」[28] 這些結構上的組合，以這麼有天分的演員扮演大東亞圈內的角色，以及明星角色本身，都由銀幕以外的表演者以令觀眾滿意的方式賦予形體。這強化了王佳芝、張愛玲、與李香蘭的相似之處。它擴充了洛佛爾勾勒過的王佳芝與張愛玲之間的自傳性聯繫：在日據香港做過學生、逃回上海、以及與漢奸交往[29]。它還為李香蘭提供了另一群「觀眾」：合併了報紙頭版新聞、作者（張愛玲）、角色（王佳芝）、以及銀幕明星（李香蘭）的文學視角。

　　在一個訪問中，李香蘭說，《白蘭之歌》以「日滿親善」、「五族協和」等口號宣傳，「但是對我來說，重要的是我能夠和大明星長谷川一夫合作，這讓我非常緊張。」[30]

　　1940年出版的一期中文電影雜誌《滿洲映畫》裡，以照片

28　Shelley Stephenson, "A Star by Any Other Name: The（After）Lives of Li Xiang-lan," *Quarterly Review of Film and Video* 19.1（2002）: 4, 7.

29　Julia Lovell, "About Eileen Chang（Zhang Ailing）and translating 'Lust, Caution,' the story," in *Lust, Caution*, p. 237.

30　Koran Ri, "Looking Back on My Days as Ri Koran," interview with Tanaka Hiroshi, *Japan Focus*, January 26, 2005. Online posting: https://zcomm.org/znetarticle/looking-back-on-my-days-as-ri-koran-li-xianglan-by-koran-ri/（accessed February 12, 2017）.

展現了李香蘭的多文化魅力：她成為「五族協和」口號的模範，分別穿著日本、蒙古、韓國、以及俄國的服飾拍照，每一張都註明了族名符號。而在右頁，是一張全頁的照片，李香蘭穿著中國旗袍，沒有註明族名的符號，暗示那是她的「真正」身份，其實是當時文化產業編造出來並小心維護的假象。李香蘭當然是日本人，在中國東北（滿州）出生、長大，父親是滿洲鐵路（滿鐵）的職員。巴斯奇寫道：「她是文化同化者，也是親善大使，使不同族群、文化在滿洲國這樣一個曖昧的空間裡和平相處。」[31]

　　我認為「曖昧」一詞會讓人產生誤解，它暗示李香蘭的處境有什麼不確定、猶疑不決的東西。其實這個現象並不「曖昧」，它凸顯的是多重編碼的跨文化流動性，為不同的觀眾提供一個熟悉的、有吸引力的人物，但是以彼此不相容的方式呈現（日本、中國、韓國、俄國等，同時出現）。史蒂文生認為，與其說中國觀眾被李香蘭「矇騙」了，不如說她這個角色太豐富、太廣泛、太富有彈性，因此她在不同國家的影迷都張臂歡迎她化身的大東亞混血種：「還有哪個人物更能代表東亞一體的意識形態（？）……那是基於合作與抗拒西方的未來亞洲社群。」[32]李香蘭在一次訪問中提到，在中日戰爭期間，她年輕、無知、擔心受到攻擊：

　　　那個年代有激烈的反日運動，所以我極力避免被認出是日本人。我是十足的日本人，我隱藏這個事實，小心自己的言

---

31 Baskett, "Goodwill Hunting: Rediscovering and Remembering Manchukuo in Japanese 'Goodwill Films'," p. 130.

32 Stephenson, "A Star by Any Other Name: The（After）Lives of Li Xiang-lan," p. 8.

行，唯恐洩漏自己的身分。[33]

　　李香蘭演了《支那之夜》（又名《上海之夜》，1940）後，又演了《蘇州之夜》（1941）。《支那之夜》裡的角色使李香蘭被視為「日本帝國主義的侍女」。電影中，她飾演極端的反日份子，可是最後愛上了長谷川一夫飾演的日本人。李香蘭演的年輕中國女子，雖然被長谷川打了一巴掌，依然對他心懷感激、傾慕，而不是仇恨。這在中國觀眾中引起了「辱華」的軒然大波，認為是對中國人民，特別是中國女性的侮辱。直到戰爭結束，中國傳媒都沒有發現李香蘭的真實國籍，事實上抗戰結束後她被中國政府以漢奸罪名逮捕。她設法拿出文件證明自己的日本國籍之後，方才獲釋返回日本。戰時她以中文名字「李香蘭」到日本表演的時候，日本媒體卻揭露了她的國籍，並稱她為「日滿親善大使」。

三、真實的性愛

　　上一節談到的族群同化、彈性、與混淆，都和這個重要的問題有關：**真實的**性愛。在電影中，李安企圖提升尺度，迫使我們質疑性愛戲的本質。觀眾不免要苦思：銀幕上的那一對究竟是誰，是湯唯和梁朝偉呢？還是他們扮演的王佳芝和老易？「他們

---

33 Koran Ri, "Looking Back on My Days as Ri Koran," interview with Tanaka Hiroshi, *Japan Focus*, January 26, 2005. Online posting: https://zcomm.org/znetarticle/looking-back-on-my-days-as-ri-koran-li-xianglan-by-koran-ri/（accessed February 12, 2017）.

是來真的還是假的？」這是電影上映之後，影評與辯論中反覆出現的問題。李安不願表態，他只會問：「你看過電影了嗎？」這與故事的重點若合符節：掩飾、偽裝、扮演皆是某種形式的剝削與攻擊。

李安斷言，張愛玲「認為扮演、模仿的本質就是殘忍、野蠻：動物用偽裝來躲避敵人、引誘獵物，如她筆下的角色」[34]。編劇夏慕斯引用齊澤克（Slavoj Žižek）進一步說明：易先生想得到王佳芝，並不是因為他對佳芝並無疑心，而是：

> 正因為他懷疑佳芝，才想得到她……於是在張愛玲的小說裡，色與戒相互依存不是因為我們渴求危險的東西，而是因為我們的愛，無論多麼真誠，都是表演（act），因此永遠是懷疑的對象。[35]

是的，電影中的性愛是真的，理由不外是玩假的遠比拍攝真的更困難。這麼說來，「他們是來真的」，便點出了中心問題，既然來真的永遠是表演[36]，那麼表演本身就是來真的，可以不涉及意圖、結果。大陸有關單位也這麼認定，所以對王佳芝（抱歉，我指的是湯唯）下了禁令，即使是冷霜與其他產品的廣告，都不得使用湯唯的影像。這個從角色到表演者的滑移（slippgage）不僅被中國官方否認，還讓女主角受到牽連；不過

34　Ang Lee, "Preface," in *Lust, Caution*, p. ix.

35　James Schamus, "Why Did She Do It?" in Eileen Chang, *Lust, Caution: The Story* (New York: Anchor, 2007), p. 64.

36　Ibid.

電影修剪版在大陸上映後幾個月，這個印象反而加強了。用不著說，湯唯飾演的角色（愛上漢奸）對於大陸的電影檢察員來說，比赤裸的身體更加陰險。王佳芝做愛時表露的狂喜，令她的愛國情操立即遭到質疑。於是湯唯受到懲罰，官方藉以發洩不滿，分明是柿子挑軟的吃。一年後湯唯成了香港公民，以為反擊。這又是另一個滑移，湯唯以她的中國公民身份交換香港特別行政區的身份，正如王佳芝在香港、上海之間的穿梭，以及在（不相容角色的）語言、表演、與消費之間的移動。

　　然而，如此露骨的性愛戲、搞不好就弄假成真，有可能是失策。床戲在一部關於戰時諜報工作的高雅時代劇中是不和諧的，教人大吃一驚。這對張愛玲或許是一種不敬，因為這些戲把表演的戲劇／文學主題轉移到解剖學、性交的臨床展示。李安的電影「自以為是」地對待張愛玲的小說，如所有的電影改編一樣，選擇、放大了一些細節，以揭露小說最深刻的意義。美國小說家索魯（Paul Theroux）對於以他的小說《蚊子海岸》（*The Mosquito Coast*, 1981）改編的電影，就是這樣說的：「它必須擁有十足的自由，這不是拍一部好電影的訣竅嗎？」[37]說來也怪，李安透過背叛，成就了張愛玲的故事，指引觀眾聚焦於故事裡可能有的元素——也可能沒有。英國作家麥克尤恩（Ian McEwan），《贖罪》（*Atonement*, 2001）的作者，認為將小說改編為電影是「一種拆除工程」[38]——將十三萬字的小說縮減為兩萬字的電影劇本。這

---

37 Paul Theroux, *Fresh-Air Fiend: Travel Writings 1985-2000* (London: Penguin, 2000), p. 333.

38 C. Lemire, "You've Read the Book, Now Make the Movie," *South China Morning Post* 20 January 2008, p. 7.

當然不是李安的作法，王蕙玲和夏慕斯擴充了一篇短篇小說，而不是拆除；他們增添了許多情節，像是在日本酒館的戲、殺老曹做犧牲、看電影的戲、赤裸的性愛。

英國作家伯吉斯（Anthony Burgess, 1917-1993）寫道：「每一部暢銷小說都必須拍成電影，我相信小說會令人巴不得見到實況——將文字的影子轉化為光，將文字轉成肉身。」[39]他的意思與法國電影理論家巴贊（André Bazin, 1918-1958）幾乎合拍，就是：從文字、影像、印象、觸覺一路朝向實體意義的一一彰顯（indexical signification）。巴贊這麼評論法國導演布列松（Robert Bresson, 1901-1999）：

> 對他而言，面容只是肌肉，當這張臉不用來表演角色的時候，就是一個人的真正標記，靈魂最明顯的特徵。於是面容成了記號……涉的不再是存在的心理學，而是生理學。[40]

既然《色｜戒》的主題是冒充（impersonation），便不難理解李安為何要暴露性愛的生理學了。

李安決定拍攝露骨的性愛戲，讓他內化而且消化了張愛玲小說的要旨，吞噬（消費）了它的靈魂，同時將結果引導到不同的意義層面。夏慕斯要觀眾記得他們是在拍電影，不要理會忠於原著的問題：「主要任務是要確保這是一部好電影，而不是忠於原

---

39 Elliott, *Rethinking the Novel / Film Debate*, p. 161.

40 André Bazin, "*Le Journal d'un cure de campagne* and the Stylistics of Robert Bresson," in *What Is Cinema?*（Berkeley, CA: University of California Press, 1967), vol. 1, p. 133.

作的任何部分。這不表示你不尊重原作，絕對不是。」[41]《色｜戒》是一部出色的電影，但是觀眾不由得認為電影團隊力求勝出，透過電影的指代實物（indexical substance）製作了情色饗宴為張愛玲含蓄的文字增色、補足。那麼以艾略特的說法而言，這部電影就成了一種「編造」（trumping），不是翻譯，而是對文學作品提出的批判性評論。她寫道，這麼一來，改編就成了「跨學科與理論大戰的砲灰」[42]。索魯也這樣大剌剌地以神學語彙來描述改編：

　　我（作者）早就夢到過這一切。如天父所說，他們必須讓它能夠捉摸。你必須同意上帝：太初有道（Word），道成肉身。這個轉變未必容易，但把小說改編成電影就是那樣。[43]

　　很明顯，對張愛玲的〈色，戒〉李安想做的就是為文字（word）創造肉身，但那是真槍實彈地展露著誘惑、征服手段的肉身。那些手段使張愛玲的故事變得可以捉摸，但是也吃掉了作者，向所有觀眾（或者說，幾乎所有觀眾，因為大陸的觀眾只看得到刪剪版）以無情的肉身與併吞展現張愛玲的含沙射影。易先生吞噬（消費）王佳芝，是比較個人的，因而是謹慎的；李安的改編，雖然教人不安，卻是一場戲，一場毫不掩飾、大張旗鼓的表演，逼得我們非將它視為「懷疑的對象」不可。說到底，階級、族群、消費、說服都是表演，因個人習慣而無意識地流露的

41　Lemire, "You've Read the Book, Now Make the Movie," p. 7.

42　Elliott, *Rethinking the Novel / Film Debate*, p. 174.

43　Theroux, *Fresh-Air Fiend: Travel Writings 1985-2000*, p. 338.

訊號也是。

我們只能想像，張愛玲對這部電影和引起的爭議會有什麼看法。《色｜戒》在美國票房失利（四百六十萬美元，只有亞洲的十分之一），但是張愛玲對這個事實不會感興趣。在紐約林肯中心的一場活動中，李安說美國觀眾「就是無法了解」這部電影在講什麼；他提到電影背景的歷史複雜性和微妙之處，即使有露骨的性愛戲為餌，西方人必然無法領會。這部電影在亞洲受歡迎，在美國被冷落，或許理由是它的傳記元素：不只是張愛玲小說的改編，而是她真實人生的寫照。別忘了張愛玲寫過電影劇本，雖然她的電影是輕喜劇，充滿機智的對話、妙語如珠。她十分欣賞德國喜劇導演劉別謙（Ernst Lubitsch, 1892-1947），而劉別謙的著名「風格」（touch）與李安電影的沉重偏執大有逕庭。張愛玲的散文集《流言》古靈精怪，和電影《色｜戒》完全不同，除了她對短暫事物的著迷：「回憶這東西若是有氣味的話，那就是樟腦的香，甜而穩妥，像記得分明的快樂，甜而悵惘，像忘卻了的憂愁。」[44] 張愛玲天生對短暫的事物留戀不捨，召喚它們的愛撫與冷漠的蒼涼，也許是因著迷而產生的細緻寒意。李安的電影的確有停格之處，如面對商店櫥窗裡木製模特兒沉思的美好片刻，一顆粉紅鑽的閃光，櫥窗玻璃上逐漸成形的人影。這些都是向張愛玲小說與散文的主題與技巧致意。張愛玲認為「寫文章是比較簡單的事」：

編戲就不然了，內中牽涉到無數我所不明白的紛岐複雜的

---

44 張愛玲，〈更衣記〉，《流言》（臺北：皇冠文化，1968），頁65。

力量。得到了我所信任尊重的演員和導演，還有「天時、地利、人和」種種問題，不能想，越想心裡越亂了。[45]

但是她好像也相信冥冥之中自有主者：

於千萬人之中遇見你所遇見的人，於千萬年之中，時間的無涯的荒野裡，沒有早一步，也沒有晚一步，剛好趕上了，那也沒有別的話可說，惟有輕輕地問一聲：「噢，你也在這裡嗎？」[46]

我們的作家沉思的事荒誕不經，連自己都不好奇，即使跳脫不可能的魔咒願望實現了，也安於平淡。

---

45 張愛玲，〈走！走到樓上去〉，《流言》（臺北：皇冠文化，1968），頁94。

46 張愛玲，〈愛〉，《流言》（臺北：皇冠文化，1968），頁75。

（二）
表演性如何展現愛慾、
主體性及集體記憶

6

「不可能的愛欲」與
「愛欲的不可能」
論《色｜戒》中的「上海寶貝／淑女」[*]

陳相因

---

[*] 本題的靈感來源為俄羅斯學者艾特金德（Александр Эткинд）的《不可能的愛欲：俄國心理分析史》（*Эрос невозможного: История психоанализа в России*, 1993）。俄文標題乃為雙關語，說明了蘇聯早期以下現象的矛盾：佛洛依德式愛欲在蘇聯意識下不可能被接受，可是心理分析卻又深深影響了俄國知識圈。至於副標題內，不論是「上海寶貝」（Shanghai baby）或「上海淑女」（the Lady from Shanghai）兩專有名詞，過去一世紀來皆有不少小說或電影再現與詮釋，具有多重的文學與文化視角以及象徵的意義。

一、「色戒現象」：後殖民臺灣、香港及中國的政治、媒體與票房

　　根據2009年全球票房統計，李安的《色｜戒》依次在中國、南韓、臺灣及香港等亞洲地區最為賣座（見表一）[1]。有趣的是，上述這些地區正好都在二戰期間曾為日本佔領區，使得區域間四地相互交織著錯綜複雜的歷史關係及社會發展。同時，此一區域亮眼的票房紀錄暗示著一種共享殖民記憶的可能性，儘管這段記憶經常被官方歷史刻意忘卻或抹殺，卻能透過該片內容被重拾召喚。這也是為什麼這部影片在此區域內，竟能在大眾媒體中引起正、反雙方如此兩極化的爭議，其中一個最重要的因素就在於殖民與被殖民的記憶。如此激烈爭辯，故而許多華語媒體頻道創造了「色戒現象」一詞來形容此一複雜狀況。

　　值得注意的是，截至2007年之前這部幾乎由李安自籌拍攝的電影《色｜戒》，無論究其首映抑或加總票房，都成為他在臺灣最成功的電影，首映票房甚至超越前期由索尼影視娛樂所投資的巔峰之作《臥虎藏龍》[2]。然而在香港影史中，《色｜戒》卻是榮登香港最賣座的華語「三級片」，甚至在同級中超越蟬聯票房十五年冠軍的好萊塢電影《本能》（臺譯《第六感追緝令》〔*Basic*

1　中國總票房為美金17,109,185，遠遠高過其他國家（包括美國）。參見"Lust, Caution," Box Office Mojo，網址：www.boxofficemojo.com/movies/?page-intl&id-lustcaution.htm。2008年8月12日閱覽。

2　〈《色，戒》：臺灣首映票房超《臥虎藏龍》〉，《南方日報》http://news.sohu.com/20070927/n252382357.shtml，2007年9月27日。2008年8月12日閱覽。

Instinct, 1992〕）[3]。《色｜戒》在中國審查制度下雖大量刪減情欲片段，但仍絲毫不減其群眾熱潮與亮麗的票房表現。此外，該片也為華人電影開創了嶄新的主題：影評人著迷的是華人電影該如何描述並檢視二十世紀的中國史，尤其是在中共建國一甲子、中華民國建國逾百年的文化與政治重要意涵之下，而能不讓相同主題的西方電影專美於前。中國共產黨和國民黨皆試圖從電影敘事的力量中擷取支持，兩黨競逐撰（改）寫和再現二十世紀中國歷史的權威性。關於這部份的討論，可參考本書彭小妍的篇章。

《色｜戒》各地票房

美國國內總票房：$4,604,982 發行商：焦點影業 類別：外語 MPAA分級：NC-17 美國以外各國總票房：$62,486,933 （2009/8/16）		上映日：2007年9月28日 片長：158分鐘 製作經費：$1,500萬	
國家	總票房	計算截止日期	發行日
阿根廷	$60,943	2008/6/22	2008/5/1
澳大利亞	$794,259	2008/4/27	2008/1/17
奧地利	$240,807	2007/12/16	2007/11/1
比利時、盧森堡	$295,633	2008/3/23	2008/1/30
波利維亞	$3,717	2009/4/5	2009/3/26
巴西	$299,932	2009/8/16	2009/5/15

3　〈《色，戒》逾億破香港三級片紀錄（圖）〉，《新浪娛樂》http://ent.sina.com.cn/m/c/2007-10-31/07561770599.shtml，2007年10月31日。2008年8月12日閱覽。

智利	$19,977	2008/9/14	2008/8/21
中國	$17,109,185	2007/12/16	2007/11/1
哥倫比亞	$50,087	2009/2/8	2008/9/26
克羅埃西亞	$29,267	2008/3/23	2008/1/31
捷克	$39,830	2008/1/20	2008/1/17
丹麥	$173,981	2008/4/6	2008/3/14
厄瓜多	$2,091	2009/3/8	2009/3/6
芬蘭	$87,618	2008/2/28	2008/2/8
法國、阿爾及利亞、摩納哥、摩洛哥及突尼西亞	$1,735,655	2008/3/25	2008/1/16
德國	$1,162,030	2007/12/16	2007/10/18
希臘	$430,438	2007/12/2	2007/11/8
香港	$6,249,342	2008/1/6	2007/9/26
匈牙利	$32,208	2008/3/2	2008/2/28
冰島	$15,020	2008/1/27	2008/1/11
印尼	$72,726	2007/12/23	2007/10/25
以色列	$121,446	Final	2008/1/10
義大利	$2,396,632	2008/3/9	2008/1/4
日本	$2,336,681	2008/4/13	2008/2/2
拉脫維亞	$28,571	2007/12/30	2007/12/14
立陶宛	$22,630	2008/2/17	2007/12/28
馬來西亞	$139,966	2007/12/2	2007/9/27
墨西哥	$208,626	2008/9/14	2008/3/28
荷蘭	$189,698	2008/2/6	2008/1/24
紐西蘭及斐濟	$89,244	2008/2/6	2008/1/17
挪威	$49,364	2008/3/9	2008/2/8
祕魯	$23,684	2008/12/14	2008/9/25

菲律賓	$104,536	2007/12/23	2007/11/7
波蘭	$472,514	Final	2008/1/18
葡萄牙及安哥拉	$100,056	2008/3/9	2008/2/1
俄國（獨立國協）	$206,535	2008/1/13	2007/11/15
賽爾維亞、蒙特內哥羅	$24,275	2008/7/6	2008/3/6
新加坡	$1,143,184	2008/2/3	2007/10/4
斯洛伐克	$6,446	2008/6/11	2008/5/15
斯洛維尼亞	$16,725	2008/3/23	2008/2/7
南非（全區）	$31,615	2008/7/31	2008/7/18
南韓	$13,085,178	2008/10/19	2007/11/8
西班牙	$2,115,646	2008/5/11	2007/12/14
瑞典	$380,142	2008/6/15	2008/2/1
瑞士	$336,842	2007/11/4	2007/10/18
臺灣	$7,940,104	2007/12/23	2007/9/24
泰國	$48,963	2008/2/10	2007/11/22
土耳其	$106,180	2007/12/16	2007/11/2
烏克蘭	$3,491	2007/12/23	2007/12/20
英國、愛爾蘭及馬爾他	$2,072,318	2008/3/30	2008/1/4
烏拉圭	$6,754	2009/6/14	2009/4/29
委內瑞拉	$36,872	2008/10/26	2008/10/3

備註：上映中的電影美國以外總票房大多每星期更新一次，各國的票房更新頻率較低，因此各國票房的總數不一定等同於美國國外總票房。資料來源為 Box Office Mojo: www.boxofficemojo.com/movies/?page-intl&id-lustcaution.htm。

　　《色｜戒》雖引起激烈的政治論爭，但一份調查臺灣、香港與中國三地的線上民調卻顯示，絕大多數觀眾並非因為導演、演員、情節或原著作者的名聲而進入影廳，而是在媒體大肆渲染之

下，衝著電影的情欲場面而買票入場[4]。色戒現象和民調結果之間的鴻溝不僅顯示出大眾、出版及政治文化間的差異，更說明了商業操作和文化建構的可能性。在當時的臺、港、中三地，進電影院看《色｜戒》成了最時髦的休閒活動，聊天和八卦的話題總離不開電影裡十分外放的性欲場景。

報導《色｜戒》的多數記者不是聚焦於愛欲的表面解讀，就是討論電影中男女身體的聳動表演，特別是湯唯的腋毛和梁朝偉的臀部[5]。這些評論僅關注貌似真實的「色」之場景，卻都忽略了貫穿全片的「戒」，及其背後的因素和意義：「戒」，意味著不可能的愛情，以及無法企及的「性愉悅（sexual pleasure）」。可惜了張愛玲苦心孤詣修改了二十餘年的原作，以及這部2007年威尼斯影展擒奪金獅獎的影作，兩者處心積慮創作的內容和其所蘊含之深刻意義，全在媒體炒作下被忽略了。

二、問題意識：電影的「完整性」與故事的「未完成性」

威尼斯影展的評審團主席張藝謀曾在會後受訪：「《色｜戒》

4　張軍昱，〈《色，戒》之色只為炒作〉，《新浪娛樂》http://ent.sina.com.cn/r/
　　c/2007-12-21/09001844681.shtml，2007年12月21日。2008年8月12日閱覽。

5　如文中例子所說，華人觀眾似乎驚訝於梁朝偉裸露的男性臀部，而美國評論
　　家多注意湯唯未刮除腋毛的女性軀體，並在評論中戲稱這次「裸露」的表演
　　為「一個恐怖的女性裸體」。見 Manohla Dargis, *United Daily News*（Sep. 12,
　　2007），及 *United Daily Evening News*（Sep. 12, 2007）的中國新聞報導，以及
　　New York Times（Sep. 28, 2007）的美國評論。

得獎，是因為它是所有參賽片中最完整、最完美的一部影片」[6]。
英國影評人克里斯多夫（James Christopher）也揭露，評審團一
致認為該片為「十足大膽的作品」[7]。然而，不論是張藝謀或者評
審團內的其他成員，都未曾在媒體上對於影片得獎的原因提供更
進一步的解釋。

　　由是，上述抽象之評論遂引發各方揣測及批評：《色｜戒》
是否夠格被歸類在「藝術片」的範疇內？或者，它充其量是一部
成人／情色片？當中的性欲場景對於電影，或對故事的中心主題
而言，是否有其必要性？更重要的是，張藝謀口中的「完整」和
「完美」又有何意涵？所謂電影的「完整性」和「完美」是否也
同樣出現在原著中？眾所皆知，張愛玲撰寫與修改此篇小說歷時
二十餘年，最後決定再現的形式為短篇。如此的寫作歷程與選
擇，是否映照著作者內心的諸多轉折？從手稿的修改來對照最後
出版的文本，我們是否能看出這其中暗藏之玄機？從電影劇本到
銀幕又是如何改編（參照、呈現、修改或重寫）原著？而原著、
劇本和電影之間又有何異同之處？這些異同又能說明什麼？這一
連串的問題，皆為本文關注的焦點。

6　〈《色，戒》得獎原因：最完整、最完美〉，《中國評論新聞》http://hk.crntt.
　　com/crn-webapp/doc/docDetailCreate.jsp?coluid=23&kindid=290&doc
　　id=100445682，2007年9月9日。2008年8月12日閱覽。

7　Christopher James, "Review: *Lust / Caution.*" *The Times*（Jan. 3, 2008）
　　http:entertainment.timesonline.co.uk.tol/arts_and_entertainment/film/film_reviews/
　　article3122621.ece（accessed on Aug. 12, 2008）.

三、從「愛欲」到「不可能的愛欲」：從原著、劇本到銀幕

筆者以為，李安的電影結構、呈現、主題等面向，盡皆脫離了張愛玲的原著。就結構而言，原著與電影之間的最大不同在於女主角的再現與呈現；她一路走來如何展演其「自由意志」，決定採取「自我防衛」，抑或放任「自我犧牲」[8]。雖然原著和電影在刺殺「漢奸」這一主要情節的處理上大致相同，但是電影比原著更完整地交代了這些事件的來龍去脈。舉例而言，電影更清楚完整地描述女主角的主體性和自我意識：複雜的動機、人際關係、決定、行為及其後果，這些重要的因素皆影響並左右了兩作的不同結局。電影雖保留了王佳芝警示易先生「快走！」的情節，但電影中的王佳芝最後甘願入甕，徹底顛覆了張愛玲於原著中為她塑造的形象。電影中的王佳芝，展現了十足的自我犧牲／奉獻意識，與原著中的她所呈現的模糊且無意識的自我防衛機制相迥異[9]。

更有趣的是，電影刻意刪去部分暗示佛洛依德式「性本能（sexual instinct）」和「唯樂原則（pleasure principle）」的幾個情節和對話，這些在原著小說及電影腳本（王蕙玲、詹姆斯・夏

---

8 有關電影劇本如何處理張愛玲原著文本的問題，更多細節可參考 James Schamus, "Introduction," in *Lust, Caution: The Story, the Screenplay, and the Making of the Film*, Eileen Chang et al. (New York: Pantheon Books, 2007), pp. xi-xv。

9 更多有關電影《色｜戒》中女主角自我意識／犧牲／奉獻的發展，筆者有更進一步的論述。詳見拙作〈「色」，戒了沒？〉，《思想》8期（後解嚴的臺灣文學）（2008年2月），頁297-304。

慕斯〔James Schamus〕編劇）中經常讓人與西方所謂「愛欲」
（Eros）的概念相連結。當鏡頭聚焦於女主角與兩位男角（梁閏
生和易先生）的性關係，或是當對話和鏡頭觸及男性性欲時，
愛欲就會被「精心地刪略」。以結局為例，電影劇本忠於原著，
都描寫易先生在下令槍決王佳芝後，「臉上憋不住的喜氣洋洋，
帶三分春色」。原著和改編劇本都著重於易先生逃跑後有多麼滿
意，認為這是美人愛他的證明，依此顯示易先生之殘酷；以及描
述易先生走進麻將間，在眾人面前微笑，尤其是對他的情婦馬
太太[10]。這兩作強調的母題都是男女間的原始關係，將之譬喻為
「原始的獵人與獵物的關係，虎與倀的關係」[11]。兩作中都將易先
生描繪成中年、強勢又貪欲的政客，冒著生命危險，甘願「得一
知己，死而無憾」，如張愛玲所強調[12]。在原著和劇本中的這種描
述，都符合佛洛依德心理分析中「自我生存本能的原欲特質」，
更可視為一種「作為愛欲的性本能」[13]。然而，李安並沒有依照原
著和劇本，他反而選擇讓男女主角演出劇中劇，展現易先生的性
情、多疑、無助及害怕的特性，而不把他塑造為張愛玲和電影編
劇之一夏慕斯筆下的「無毒不丈夫」[14]。

　　在一未公開的訪問中，李安解釋他在拍攝過程中經常會和演

---

10 本篇論文主要引用下列的中文版本：張愛玲，《色，戒：限量特別版》（臺
　　北：皇冠文化，2007），頁47。

11 張愛玲，《色，戒：限量特別版》，頁46。

12 同前注。

13 Sigmund Freud, *Beyond the Pleasure Principle*, trans. J. M. Hubback（London and
　　Vienna: The International Psycho-Analytical Press, 1992）, p. 67.

14 張愛玲，《色，戒：限量特別版》，頁45。

員討論，讓現場處在開放的氣氛，激發多種不同的情境和心理，讓角色更能入戲。原著和劇本中沒有寫到的，現場的各方詮釋有時反而會激起意外的火花。後製時期，角色命運的各種鏡頭處理，都會經過工作團隊選擇剪輯，最後的成品要最能緊扣電影的主題[15]。夏慕斯曾藉由拉岡（Jacques Lacan）和齊澤克（Slavoj Žižek）的理論論述英文劇本「演」（act）和「展」（perform）兩動詞衍伸的問題，李歐梵教授認為這並不盡人意，因為若是這樣詮釋張愛玲的原著，會完全忽略當時的中國文化和歷史背景[16]。

相對於李安與李歐梵的評論，筆者欲更進一步分析，電影內選擇用部分鏡頭，展示了易先生的性情、害怕和無助，以及王佳芝最後的自我犧牲，這樣的敘事策略不只打破漢奸和間諜（若用原著的詞，則為獵人和獵物）的刻板印象及其界線，也沖淡了愛欲的念頭，顯示易先生和王佳芝之間存在著某種超乎唯樂原則和性本能的情感。筆者認為，這一「情感」可以讓我們更深入探討個人與環境之間的牽連與相互關係，並清楚顯示，即使個人再強勢，也不敵中日戰爭期間迅速而巨大之變化。戰爭的殘酷無情更顯示出，個人在這種無能為力的情境中，顯得別無選擇，沒有一件事能完全在其掌控之中。不管是愛國的情報人員，還是叛國的漢奸，就像電影劇本和最後成品裡老吳這一角色所告誡的：「一旦上路，你就不能再回頭了。」[17]而電影結尾時，導演高明的深焦

---

15 筆者於2008年尾參加中央研究院中國文哲研究所邀約李安討論《色｜戒》聚會，親聞李安說明他如何拍攝電影《色｜戒》。

16 李歐梵，《睇色，戒：文學‧電影‧歷史》（香港：牛津大學出版社，2008），頁13。

17 "Once you're on, there's no turning back," please refer to Hui Ling Wang and

和長鏡頭，拍攝巨大又黑暗的行刑場，在當時的歷史文化背景下，揭示了謊言最終的淒慘後果，以及「愛國主義」及「國族主義」背後的陷阱，暗示獵殺這些大學生的，並不只是象徵性欲本能的角色易先生，更是他們堅信不移的、受制於政治環境的愛國主義和國族主義。若以此角度看待電影結局，就可看出導演重新建構中國歷史脈絡的意圖，並可理解其「搶救歷史」[18]的關懷；夏慕斯在電影劇本中實驗的西方心理分析反而不是導演的優先考量。

　　李安運用大量第三者視角（例如德國狼犬、守衛、牌桌上的太太們、張秘書、司機們），揭示在此歷史文化脈絡下，在極度懷疑與高度警戒的政治氣氛中充滿窺視。是故，任何公領域的愛欲聯想都不可能。王佳芝化身為國民政府情報員、執行暗殺計畫時，她和易先生之間就不可能有單純的柏拉圖式愛戀或純粹的佛洛依德式性欲。弔詭的是，正因各式各樣的外在壓力和心理壓抑，相形之下，私領域中性愛場面所揭露的男女主角雙方對愛情、愛欲、信任和安全的渴望就更為強烈。然而，儘管易、王兩個人在最親密的性愛姿勢與最激烈的性交動作中「展」「演」著這些渴望，鏡頭卻同時呈現了雙方在眼神（靈魂之窗）的交流上，以一種帶著毫無感情的審問／抗拒，以及多方猜疑的警戒心

James Schamus, "*Lust, Caution*: A Screenplay," in *Lust, Caution: The Story, the Screenplay, and the Making of the Film*, Eileen Chang et al.（New York: Panetheon, 2007）, p. 158.

18 龍應台，〈如此濃烈的「色」，如此肅殺的「戒」〉，《中國時報‧人間副刊》，2007年9月25日，A3版。另外，關於是誰的歷史被保存的以及相關問題，參見本論文集彭小妍的文章。

相互拉鋸，從而建構了最遙遠的距離。透過這些性愛場景的剪接鏡頭，只有觀眾方可看到男女主角眼中的真正情緒與情感，但是他們雙方卻無法看透對方的眼神，只能相互「監看」。

為了使公領域中不可能的愛欲與私領域內無所不在的性欲本能相互對照，張愛玲於是描述了易先生坐在王佳芝旁時，「他就抱著胳膊，一只肘彎正抵在她乳房最肥滿的南半球外緣」：

> 這是他的慣技，表面上端坐，暗中卻在蝕骨銷魂，一陣陣麻上來。[19]

然而論及王佳芝如何感受她與易先生的性關係，全知的敘述者則說道：

> 事實是，每次跟老易在一起都像洗了個熱水澡，把積鬱都沖掉了，因為一切都有了個目的。[20]

因此顯而易見，原著作者在一個沒有愛的故事中藉由「洗了個熱水澡」的隱喻來遮蔽了雙方愛欲的可能性。但是，李安卻是透過鏡頭來暗示：越是「展」「演」無所不在的愛欲，愛欲就越不可能真實存在。

誠如本書其他作者所論，張愛玲的原著中最具爭議的兩句敘述為：「到男人心裡去的路通過胃」，但「到女人心裡的路通過

---

19 張愛玲，《色，戒：限量特別版》，頁29。

20 張愛玲，《色，戒：限量特別版》，頁26。

陰道」。張小虹和李歐梵皆認為 [21]，李安完全吸收了女作家原著對這兩句話的含沙射影，同時顯示在這些性愛場景中要分辨「色欲」（lust）與「愛情」（love）是多麼不可能。然而竊以為，性欲場景在這部影片中之所以有其必要且佔據相當重要的位置，目的正是為了解構原著對那兩句話的「盲目的信念」或者「信仰」。如前所述，愛欲不可能存在於如此極度緊張的猜忌與警戒之中。基於張小虹的論證，各種性交姿勢確實是易先生拷問的扭曲形式 [22]，但是鏡頭下真正展現的卻是，女主角在各式「嚴刑拷問」之下如何能夠透過由「展」「演」色欲而激發愛情。許多學者曾針對第一場性愛中的施受虐狂（SM）提出見解，但他們都沒能清楚解釋，為什麼王佳芝在激情之後「臉上出現幾乎難以察覺的一抹微笑」（圖6.1）[23]。那一抹微笑顯然是因為她成功地讓情場老手易先生墜入了陷阱，並非SM帶來的性快感，這徹底顛覆了王佳芝受他人擺佈左右的學生間諜身分（見其在刑場的淒慘下場），也模糊了原著中獵人和獵物之間的界線。為反映出原著人物之間的作戲及作態，李安認為他們利用保護色，閃避敵人，誘捕獵物 [24]。易先生和王佳芝在第一次發生關係時，之所以能夠全

---

21 張小虹，〈大開色戒——從李安到張愛玲〉，《中國時報・人間副刊》，2007 年9月28-29日，E7版；李歐梵，《睇色，戒：文學・電影・歷史》（香港：牛津大學出版社，2008），頁21。

22 同前注。

23 請參照"an almost imperceptible smile to crease her face," Wang and Schamus, "*Lust, Caution*: A Screenplay," p. 175。

24 Ang Lee, "Preface," in *Lust, Caution: The Story, the Screenplay, and the Making of the Film*, pp. vii-ix.

裸上陣，是因為「色欲」扮演了相當重要的「保護色」，也因為動盪的時局阻礙了男女之愛。

　　電影中，王佳芝以退為進，設下另一場陷阱來誘惑易先生掉入這種「獵物—獵人」的關係中：她佯裝離開上海回到香港，誘使易先生採取動作，使其與王佳芝發生第二次關係。在第二場激情戲中，易先生用幾乎不可能的性愛體位交合，這可視為一種帶有酷刑的質詢。交合之後，當王佳芝要求住所時，鏡頭中易先生的笑容（詳見臺灣得利發行的DVD版本01:43:14處）意味著他相信了「到女人心裡的路通過陰道」這句話。不過，這個場景隱含著解構原著的意義，顯示「色欲」越深入陰道，女人心越能作戲。女人（王佳芝）內心充滿了殺機，而男人（易先生）滿是獵捕後的喜悅感。兩相對比下，就能看出認同這句話是多麼諷刺和可悲。

圖6.1　一抹幾乎難以察覺的微笑劃過她的臉龐

有趣的是，鏡頭下這些由王佳芝和易先生（或說是湯唯和梁朝偉）詮釋的隱藏意義，沒有出現在劇本中。

談到第三、四場激情戲，就必須將時間、空間、因果這些重要因素討論進去。王佳芝和易先生第一、二次交合發生在白天，他們對色欲的作戲和展演的意識仍具備清醒與戒備的基調。意即，男女主角都強迫自己，在演戲關係中不放入任何承諾和信任，顯露的是色欲，而不是愛情。然而，第三次交合發生在半夜，王佳芝和易先生先前壓抑的情感都一一釋放，尤其在易先生質問老同學後的這場激情戲。易先生向王佳芝講的這番話，無非顯示了自己對她已放下防備心，讓她進入自己的內心：

> 我今天想著你，張秘書說我心不在焉。他來跟我報告事情，我只看見他那張嘴一開一合的，我一個字也聽不進去。我可以聞到妳身上的氣息，我不能專心。我們今天在車站又逮捕到的兩個人，都是重慶方面的重要份子。其中一個已經死了，腦殼去了半邊，眼珠也打爛了。我認得另外一個是以前黨校裡的同學。我看著他兩手被吊在鐵棍上，我說不出話來，腦子裡浮現的竟然是他壓在妳身上幹那件事。狗養的混帳東西。血噴了我一皮鞋，害我出來前還得擦，妳懂不懂？

易先生自述因為迷戀王佳芝，對她產生性幻想而分了心，也因為強烈的嫉妒感而讓自己能夠毫不留情地攻擊老同學。種種的一切都讓他放下「戒」，讓浸滿先前色欲的愛神（Eros）之箭射入自己的內心。對日戰爭將他自己、同學和王佳芝分化成對立的派別，也讓他們感到壓迫又無力，特別是在他們被迫自相殘殺之

時。王佳芝情報員的角色所保持的警覺及敏感，使她察覺到易先生的心理狀態及改變，在最後一場激情戲時開始產生同理心。

對於激情場面的身心轉變，原著描寫得較為含蓄，其實這並不令人意外。女作家利用自由間接引語（free indirect speech），隱藏愛欲的成分：

> 上兩次就是在公寓見面，兩次地方不同，都是英美人的房子，主人進了集中營⋯⋯他是實在誘惑太多，顧不過來，一個眼不見，就會丟在腦後。還非得盯著他，簡直需要提溜著兩只乳房在他跟前晃。[25]

> 跟老易在一起那兩次總是那麼提心吊膽，要處處留神，哪還去問自己覺得怎樣。[26]

儘管張愛玲在處理愛欲時，已經顯得含蓄謹慎，但在1978年小說出版時，受到嚴厲批評，小說被認為是「歌頌漢奸的文學」，而女主角被編派為「色情狂」[27]。張愛玲在當時受到各方的嚴厲批評，所以不難理解她為何不斷修改小說情節。事實上，迂

25　張愛玲，《色，戒：限量特別版》，頁18-19。

26　同前註，頁39。

27　域外人（張系國），〈不吃辣的怎麼胡得出辣子？──評《色，戒》〉，《中國時報・人間副刊》，1978年10月1日。張愛玲為了捍衛自我，寫了以下文章反駁批評，張愛玲，〈羊毛出在羊身上：談〈色戒〉〉，《中國時報・人間副刊》，1978年11月27日。之後又在張愛玲，《續集》（臺北：皇冠文化，1995）重印，頁19-24。

迴的敘述是必要的，不只是要提防審查制度和批評，更是在當時
國民黨威權統治時代的寫作策略。張愛玲的寫作策略讓李安可以
加入更多細節，使李安對小說、角色和時代的詮釋更加合理。李
安在一次的採訪中，表示「我不是張愛玲的翻譯，我是受她的提
示去發揮……」[28]。

　　李安的《色｜戒》其實融合了現代和後現代的元素，既建
構出1930、40年代香港、上海的日常生活細節，於後現代之元
素中又解構了共產黨和國民黨政權下的集體記憶[29]。顯然，無論
在對日戰爭期間或是戰後官方歷史（如國、共的宣傳品或教科
書）中，愛國主義或國族主義都不允許與佛洛依德式的愛欲有
任何牽連。張愛玲以「犬儒主義」（cynicism）之姿處理潛藏於
故事文本下的「可能的愛欲」，藉此顛覆國共兩黨的官方意識。
而李安更趨精緻（sophistication）呈現激情戲中的「不可能的愛
欲」，不只要承續張愛玲小說的顛覆力量，還要建構、重構與解
構她筆下的角色[30]。除此之外，李安選擇用激情戲，演繹男性與
女性、個人與國家、佔領／壓迫者與被佔領／壓迫者之間的衝
突。這些衝突都在當時的社會歷史和政治背景下，一一映現觀眾
眼前，為的是要顯示「愛」與「欲」之間的辯證，絕非佛洛依德
式的愛欲，以及原著中兩段話來得如此簡單。李安在電影中使

28 李安，〈拍床戲比做愛更費氣力〉，收入鄭培凱主編，《色戒的世界》（桂林：
　　廣西師範大學出版社，2007），頁9。

29 此論點在拙作中已有討論，參見陳相因，〈「色」，戒了沒？〉，《思想》第8
　　期（2008），頁297-304。

30 在此，筆者引用李歐梵分析張愛玲《色，戒》，以及李安《色｜戒》所使用
　　的術語。見李歐梵，《睇色，戒：文學・電影・歷史》，頁54-58。

用「辯證」（dialectic）技巧，不只試驗「愛」與「欲」，也考驗了「色」與「戒」之間的界線[31]。李安最關注的是戰時背景下的「戒」，其重要性和意義大大深化了電影中的「辯證」。因此，為讓觀者理解「戒」在中國脈絡內之深重，貌似真實的色慾場景就有其存在之必要。

四、從「不可能的愛欲」到「愛欲的不可能」：上海寶貝／淑女的愛欲與性慾

《色｜戒》的研究多數聚焦於原著、劇本和電影中，王佳芝和易先生之間的關係。然而，筆者卻認為王佳芝和青年同謀們的關係更值得注意，因為電影至少有一半時間以上是在嘗試形塑他們的特色。電影一開始，李安就呈現了鄺裕民、賴秀金和王佳芝之間耐人尋味的模糊關係。當賴秀金在大庭廣眾下，對著士兵開玩笑地大喊只要他們能夠擊敗日軍並凱旋歸來，年輕女孩通通都會嫁給他們，這時卡車上的女學生都暗自竊笑[32]。然而，賴秀金在私底下卻告訴王佳芝，她將永遠回不了國，因為這次戰爭早已給她機會赴港，甚至出國見見世界[33]。賴秀金的公私舉動有極大的對比，再加上年輕女孩的竊笑，都暗示了他們所謂的愛國心和民族心只不過是玩票性質，絕非全心全意投入。賴秀金關心更多的是自我而非國家，這種心理可以從她之後的談話裡看到（原著

---

31 李安，〈李安說《色｜戒》〉（訪談），收入鄭培凱主編，《色戒的世界》（桂林：廣西師範大學出版社，2007），頁46。

32 電影腳本亦如此。Wang and Schamus, "*Lust, Caution*: A Screenplay," p. 76.

33 電影劇本亦如此形塑賴秀金。Ibid., p. 78.

和劇本中都沒有描寫）：她對王佳芝說希望鄺裕民不要從軍。她之所以參與鄺裕民的刺殺計畫，原因之一就是她和王佳芝一樣都喜歡鄺裕民。鄺裕民和王佳芝搭電車時，她看到他們對彼此似乎有好感，從她這時臉上的表情，可以明顯看出她愛慕著鄺裕民。（圖6.2）

　　更重要的是，賴秀金在電影的每個轉折處都扮演關鍵的角色，引導女主角進入每個「階段」，包括演出愛國戲碼、參與謀叛計畫，以及成為真正的女人。賴秀金活脫脫就是鄺裕民的特工：每當他需要王佳芝認同自己，或是要她展開行動時，賴秀金總是相當合作，扮演著執行者、遵從者和同盟者的角色。舉例來說，鄺裕民就曾藉由與賴秀金的對話，要求王佳芝演出他的愛國戲碼。如果沒有這個女性角色的陪伴和鼓勵，王佳芝可能就不會有那麼強的動機和決心，上演著她的處女秀。王佳芝在成功演出

圖6.2　賴秀金嫉妒王佳芝和鄺裕民之間的好感

愛國戲碼後，在臺上漫無目的地徘徊，與團體一同在劇場包廂的鄺裕民呼叫了她，賴秀金旋即附和鄺裕民並說「上來啊！」[34]。不僅如此，正也是賴秀金告訴王佳芝，團體決定要梁閏生奪走她的第一次，好為刺殺計畫做準備。

電影中，鄺裕民、賴秀金和王佳芝之間關係的處理再現了當時相當重要的社會文化現象——「浪漫愛情」（romantic love），這種概念於五四時期由西方傳來。1930年代末、40年代初的中國男女愛情觀並不像英美社會，他們鮮少在大庭廣眾下調情，因此鄺裕民若在團體中直接向任一女性角色示愛，似乎就成了逾矩的舉動。若從儒教經典和中國思維來看，鄺裕民代表了一種典型的中國知識分子，他們（對）身體的欲望因千年流傳的儒家「超我」而備受壓抑，在忠君愛國的集體意識下不容個人及女色[35]。鄺裕民只有在顧全愛國熱忱及作為正派朋友（特別是同性關係，但並非同性戀）時，才能取得賴秀金和王佳芝的關注、認同和參與。然而，兩位女性角色一開始會想參與共謀計畫，卻是源於她們對鄺裕民存有愛慕之心。由此來看，李安重新詮釋了這段三角戀，讓「獵人—獵物」、「虎—倀」的論證更加複雜，而這些都是張愛玲和兩位編劇沒能碰觸的深度。

當王佳芝演出愛國戲碼時，臺下觀眾熱烈的反應，以及始料未及的成功，顯然都使她相當享受虛榮心帶來的愉悅和榮耀。但

---

34 電影呈現與劇本相同。Ibid., p. 93.

35 見夏志清，《夏志清文學評論經典：愛情·社會·小說》（臺北：麥田出版，2007），頁15。居浩然，〈說愛情〉，收入王德威主編，《夏志清文學評論經典：愛情·社會·小說》（臺北：麥田出版，2007），頁247-55。亦見李歐梵，《睇色，戒：文學·電影·歷史》，頁60。

是，我認為這份虛榮心，即便加上她對鄺裕民的愛慕，以及背後
的愛國及民族心動機，都不足以讓她下定決心加入團體，確保與
其他青年同志的友誼，更不足以解釋她為何願意犧牲第一次，只
為了暗殺漢奸。在這裡，張愛玲為了解釋王佳芝心理狀態，又
使用了自由間接引語，交代了另一個原因——自我矇騙：「『我
傻。反正就是我傻，』她對自己說」[36]。張愛玲的解釋顯得隱晦，
但李安卻高超地結合了張愛玲的真人真事，以及王佳芝的命運，
推動王佳芝的行為，也合理解釋了為什麼王佳芝會在結尾時放過
易先生：電影中的王佳芝遭父親棄養，獨自一人住在香港，遠離
家鄉的她沒有家人的支持，自然也依戀家人。同時如編劇王蕙玲
在一次訪談時解釋道，特別在愛國戲碼獲得巨大成功後，王佳芝
的心理需要支持、慰藉和安全感，賴秀金的陪伴以及其他男性角
色（梁閏生、歐陽靈文、黃磊）對她顯而易見的愛慕，多少滿足
了她的這些渴望[37]。這就是為什麼在鏡頭內，這些男性角色（除
鄺裕民外）在電車上，都會搶著吸王佳芝抽過的菸（圖6.3）。

　　有趣的是，梁閏生第一個搶到王佳芝抽過的菸，這不只象
徵了他的男子氣概，更預示了他與王佳芝之後的關係發展。然
而，他卻是最後一個拿刀刺殺曹德禧（易先生在香港的司機和助
理）的人。除此之外，他的臺詞「我們有槍，幹嘛不先殺兩個
容易的，再不殺要開學了」[38]更顯示了他在劇本及電影中，都最
能代表佛洛依德式唯樂原則的角色，因而把「色欲」、「愛情」、

36　張愛玲，《色，戒：限量特別版》，頁25。

37　Wang and Schamus, "*Lust, Caution*: A Screenplay," p. 26.

38　Ibid., p. 115.

圖6.3　所有的男同學搶著第一個吸一口王佳芝抽過的菸

「賣身」和「暗殺」都視為一場好玩又刺激的冒險，讓他可以證明自己的男子氣概，趨樂而避苦（pain）[39]。事實上，除了鄺裕民之外，所有學生多少都把這次的刺殺行動視為一場青年冒險。離鄉背井的他們，很喜歡為一件要事共同打拚的感覺，因此當這群人聽到黃磊對鄺裕民說「今天晚上喝個痛快，明天再來憂國憂民吧」時，梁的表現也比其他人還開心[40]。

劇本多次描述梁閏生、歐陽靈文、黃磊三人的男性欲望，其中之一為三人在搬進公寓後，發現成人雜誌並在廁所裡閱讀，然而這一橋段卻沒有出現在電影裡[41]。故事裡也有一小段詳細描述

---

39 有關佛洛依德唯樂原則的心理分析和自我保護的性本能之細節，詳見 Sigmud Freud, *Beyond the Pleasure Principle*。

40 劇本亦如此描寫。見 Wang and Schamus, *"Lust, Caution*: A Screenplay," p. 89.

41 Wang and Schamus, *"Lust, Caution*: A Screenplay," pp. 100-101.

王佳芝的同志，不停在她背後討論她的性欲（sexuality）雖然電影版予以保留，但他們卻是以嚴肅的態度視之（圖6.4），並非像故事中「悄聲嘰咕兩句……有時候噗嗤一笑」。張愛玲為王佳芝的角色定位辯解，她透漏王佳芝疑心自己是否就上了當，掉進這場「死胡同的戲」裡。在她看來，同志（包括鄺裕民）對她失去童貞的事，態度都相當惡劣，毫無同情心。張愛玲為自己塑造的王佳芝辯護，指出「她甚至於疑心她是上了當，有苦說不出」。在王佳芝的印象中，「對於她失去童貞的事，這些同學的態度相當惡劣……連她比較最有好感的鄺裕民都未能免俗，讓她受了很大的刺激……不然也不至於在首飾店裡一時動心，鑄成大錯」[42]。然而，「溫情主義」如李安者[43]，自是摒棄原著和劇本中用佛洛依德的心理分析切入性欲的傾向，而是將較多的篇幅描繪這些年輕學生的衝動、輕率及天真。儘管如此，當他們面對王佳芝時，眼神又完全透漏他們的情緒——尷尬、不安、罪惡感，以及許多複雜情緒（請參見臺灣得利發行的DVD版本01:01:42處），因此刺曹的安排不僅象徵了「成為特工的入門儀式」[44]，更代表他們補償王佳芝童貞的共同心理。

在張愛玲的筆下，王佳芝自少女時期就是萬人迷，因此能夠拒絕任何追求，並抗拒情感依附，但是她從沒愛過人，更不知情為何物。接下來的情節發展就是依循女主角這種「正常」感知下的「不可能的愛欲」，著重描寫「殺，還是不殺？」的緊張

---

42 張愛玲，〈羊毛出在羊身上：談〈色戒〉〉，《中國時報・人間副刊》，1978年11月27日。之後又在張愛玲，《續集》（臺北：皇冠文化，1995）重印。

43 李歐梵，《睇色，戒：文學・電影・歷史》，頁43。

44 參見本論文集彭小妍的文章。

圖6.4　王佳芝的同志在背後討論她的性經驗

決定過程，這問題依循的不是「愛，還是不愛？」，而是「活，還是死」（to be or not to be）。許多分析者認為，王佳芝缺乏愛欲，經常被分析成一種心理疾病，源於某種自我本能，這在佛洛依德的研究中常與死亡驅力（death drive）、自我毀滅（self-destruction）、自戀（narcissism）做連結[45]。因此，當王佳芝竟然行動「不正常」──釋放獵物、讓老虎有反擊機會，易先生卻認為這是愛欲的魔力，由此產生了可疑的悖論和戲劇張力。易先生這種縱橫情場的中年人，擁有許多情婦和設下無數的性欲陷阱，照理說應能「控制」（「戒」的本意之一）「愛」、「欲」之

45　參見Sigmund Freud, "On Narcissism: An Introduction," in *The Standard Edition of Complete Psychological Works of Sigmund Freud*（London: Horgath, 2001），vol. 14, pp. 60-102.

間的界線，卻令人意外地失去控制，向王佳芝獻上珍貴且顏色稀有的鴿子蛋「戒指」（「戒」也象徵著「承諾」）。我認為，易先生這種「不正常」的舉止，更印證了他性本能的存在，也證實了為保自我而生「無所不在的愛欲」力量。同時，也讓他一如佛洛依德的理論所云：為了終極佔有的欲望，而殺掉所愛的對象（loved object）[46]。由此看來，張愛玲小說中的潛在主題之一，便是展現佛洛依德理論中「自我本能」（ego instincts）和「性本能」（sexual instincts），以及「不可能的愛欲」和「無法抵擋的愛欲」（invincible Eros）之間的衝突。

根據李歐梵的說法，李安的電影比張愛玲的小說更為出色[47]，因為電影的手法細膩，將角色的心理和前因後果都處理得相當成熟，精確地描述面對愛欲的男女關係，以及當時複雜政治及文化環境下的歷史意義。在原著中，張愛玲並未描述王佳芝和鄺裕民在上海見面後的關係發展，但是電影卻詳盡地呈現了兩人的動態發展。電影中新增的一個橋段，即鄺裕民擔心王佳芝會被發現，所以在她要離開時親吻了她，王佳芝推開他，並說：「三年前你可以的，為什麼不？」。劇本安排鄺裕民回答「妳知道為什麼，妳知道原因的，不是嗎？」[48]，但在電影劇本裡並未出現這句臺詞。

「愛欲」從一開始就在王佳芝和鄺裕民的關係中，但初戀的力量（更精確地說，應是王佳芝的迷戀和鄺裕民的欣賞）卻不敵

---

46 同前注。

47 李歐梵，〈《色｜戒》：從小說到電影〉，《書城》（2007年12月），頁57-62。

48 Wang and Schamus, "*Lust, Caution*: A Screenplay," p. 205.

超我（即愛國主義與國族主義）的壓抑，隨後這未發芽的愛欲就
面臨戰時劇變的重大挑戰。鄺裕民成了刺殺團體的領導者，需要
扮演抗敵英雄的角色。當黃磊甚至質疑他的領導能力（詳見臺灣
得利發行的 DVD 版本 00:40:50 處）之際，讓他更不可能和王佳
芝發展任何性關係。他們之間的愛欲不可能實現，亦無法企及，
僅存在他們的想像之中並受超我的壓抑。這種愛情更貼近於柏拉
圖式的愛戀，而非佛洛依德式。儘管如此，值得注意的是王佳
芝願意犧牲童貞的動機之一，乃因為這是鄺裕民所做的決定，
由於尊重他而同意。這也是為什麼她似乎屈從於他人對她的命
運安排，並與梁閏生發生數次性關係，在唯樂原則下而非性愛
（libidinous Eros）中縱容自己。一位與鄺裕民同時代的學者便下
了這般結論，他說中國男人都不懂得「做愛」，因為他們都被傳
統禮教給制約了[49]。電影裡的鄺裕民沒有性經驗，不懂做愛，為
國犧牲個人私欲，活脫脫是儒家父權禮教下的代表。

　　有趣的是，當鄺裕民發現超我說謊、自我和「性慾」
（libido）存在時，愛欲就越不可能實現、達成。他親吻王佳芝可
能是出於內疚、同情、愛情、性欲等等，但絕不可能像他的柏拉
圖式愛戀那般純潔。或許也因為如此，王佳芝才會拒絕他：在兩
人的關係中，他們對愛欲的渴望僅能在想像中被滿足，卻永遠無
法付諸實現。有些評論認為王佳芝之所以拒絕，是因為這個吻來
得太晚，已經無法挽回她的童貞，因此可以理解，王佳芝難以擺
平先前對鄺的愛情憧憬以及當下的悔恨，使她拒絕了鄺裕民。

　　王佳芝拒絕鄺裕民的原因除了上述之外，最殘酷的還是她和

---

49 居浩然，〈說愛情〉，頁247-55。

易先生產生了可能的愛欲。如同本書其他作者指出，王、易兩人的關係在居酒屋裡有了大轉折，他們顯然都在裝扮／演出在這慌亂時代下的愛戀、依戀、墮落（一種放縱的形式？）、無力感。原著、劇本和電影在描繪兩人關係時都強調了「知己」，卻是一個故事、各自表述：張愛玲的憤世嫉俗，李安的溫情感傷。鄺裕民在小旅館房間內的輕吻出現在易先生的熱吻之後，顯示前者的愛欲已經無力再說服王佳芝。

我們在電影中可以清楚看到，王佳芝放走易先生的關鍵因素在於「色」、「戒」、「愛」之間的模糊界線，其中摻雜了「不可能的愛欲」和「無法抵擋的愛欲」之間辯證的強烈對比，清晰的心理描寫，以及知己之間的關係。除了以上原因，一條解釋電影結尾的重要線索，是王佳芝想要拔掉戒指，堅持不要在街上戴著這個貴重的東西。易先生答：「妳跟我在一起」，寇致銘認為這話相當重要[50]。王佳芝察覺其他人（她的同志和老吳）都背叛她時，驚覺易先生是唯一真心愛她的[51]。易先生對王佳芝說的話具有如此強大力量，使李安鏡頭下的王佳芝失去了「戒」，讓易先生「無法抵擋的愛欲」擄獲她的心，救了他的命。在電影中，這些話滿足的並非張愛玲原著中暗示的王佳芝的虛榮心，而是她渴望的、原本應該得自於家人的信任和安全，這才是王佳芝的最主要動機。（請參看本書彭小妍對小說中王佳芝的虛榮心的討論）

---

50 請參考本書第4章。

51 關於王佳芝對現實的覺醒、態度以及在歷史文化脈絡下更深入的論述，詳見拙作〈「色」，戒了沒？〉。

結論

　　由上可知，李安電影的完整是建立在原著的不完整（或是李歐梵所謂的「空缺」〔lacunae〕）上。但是，原著的不完整其實是種寫作策略，身為女性的張愛玲為了讓小說能夠出版，必須與當時歷史背景、文化脈絡下的壓力協商。李安在情慾戲中，讓演員能夠自由發揮，詮釋自己的角色，沒有硬性要求按照劇本的指示，展現了1940年代的上海。雖然愛欲在公開場合中不可能，卻在私領域中無所不在。電影中幾場情慾戲，多變的體位暗示了當愛欲不可能時，那麼也就沒有什麼是不可能的。

　　比起原著，李安更能細膩處理「色」、「戒」、「愛」之間的辯證，提供更清晰的心理描寫，透過愛欲的多變概念和角色間相互的動態關係，創造出「不可能」的多重衍伸意義。舉例來說，鄺裕民和王佳芝的關係屬於不可實現、無法企及的愛欲：假設這一愛欲付諸實行了，也將會是修正的、或扭曲的愛欲。在第二個例子當中，王佳芝和梁閏生之間也不可能有愛欲，他們的性關係僅是唯樂原則而已。而王佳芝和易先生間，情況和情感的關係最為複雜，展示了愛欲的多變；無法真實、無法辨認、無法企及，到最後的無可置信。李安的電影完整、複雜又細膩地並置這些元素，暗示我們：愛欲越不可能，就越無所不能。

7

戰爭劇場上的演藝與背叛[*]

蘇文瑜（Susan Daruvala）

---

[*] 原譯凌蔓苹，王道還重譯。

　　自我和演藝如何發生關係是個謎，這個謎位居張愛玲小說〈色，戒〉的核心，也是吸引李安將它改編成電影的元素之一[1]。然而，無論小說還是電影都無意解決一個哲學問題，而且如本書其他作者所指出的，將這兩個作品引起的哲學或藝術反思和創作的歷史脈絡分開討論，是不可能的。一點不錯，劇本共同執筆人夏慕斯（James Schamus）就指出，李安與劇組受張愛玲小說的吸引，是因為他們將小說視為「一個『表演』———一個深沉的吶喊，向互相鬥爭的支配結構抗議，二十世紀中的中國飽受它們的蹂躪」[2]。雖然有人對這個看法不以為然，例如李歐梵反駁道其實張愛玲將自己置身於中國歷史變亂之外，小說裡對歷史只做了輕描淡寫（參閱本書第一章）。然而小說與電影都闡明了「支配結構」自我複製的方式，無論個人層面還是國族層面。

　　1970年代，張愛玲與摯友也是後來的遺囑執行人宋淇通信，對〈色，戒〉的修訂進行了冗長而詳細的討論[3]。這些信一個有趣的面向是，它們顯示張愛玲利用宋淇提供的資料寫這篇小說，不僅講究藝術水準，還力求符合人性。她描寫上海也要盡可能寫實與正確。在這個過程中，宋淇的貢獻很大，不僅提供有關具體細節的資料，連對話與情節發展都有建言。這批信件問世之後，多少糾正了流行的臆測，說這篇小說在心理層面上反映

1　Ang Lee, "Preface," in *Lust, Caution: The Story, the Screenplay, and the Making of the Film*, Eileen Chang et al.（New York: Pantheon Books, 2007）pp. vii-ix.

2　Ibid., James Shamus, "Introduction," p. xiii.

3　參閱宋淇之子宋以朗的ESWN部落格 http://www.zonaeuropa.com/culture/c20080302_1.htm，以及馬靄媛，〈《色，戒》英文原稿曝光—私函揭示真相，張愛玲與宋淇夫婦的真善美情〉，《蘋果日報》線上版，2008年3月28日。

了她與胡蘭成的情史。胡蘭成是汪精衛政府的官員，張胡兩人於1944年結縭，三年後離異。

〈色，戒〉的讀者普遍相信這篇小說是以真實事件為藍本，即國民政府年輕貌美的情報員鄭蘋如在上海謀刺汪政權特務頭子丁默邨，結果事敗槍決[4]，本書孫筑瑾、寇致銘兩位學者都討論過了。雖然我們不應輕率地認定故事中的人物是影射現實中人，但是張愛玲再三修改，以及宋淇的重要貢獻，可見張愛玲對於描寫抗戰期間日軍佔領區的漢奸念茲在茲，不把他們當樣板人物。張愛玲甚至在〈色，戒〉發表後，又添改多處，最重要的是在珠寶店的關鍵情節裡增添了七百多字，證明她致力於刻畫當年濁世的用心，始終如一。此外，正如李歐梵指出的，這七百多字讓王佳芝有了自己的「聲音」，否則整個敘事全都來自易先生的觀點，我們因而可以推測，張愛玲最後總算找到了機會，將她的故事從男性偏見中拯救出來（參閱本書第一章）。或許先前版本的男性偏見反映的不僅是張愛玲對年輕的「自我」毫不留情，還有寫作的困難──描寫日據上海時期的人與事，不流於公式，又要曲盡人情，是文藝的挑戰。研究過這段歷史的加拿大漢學家卜正民（Timothy Brook）指出：二戰中，中國與法國都遭到敵國佔領，可是中國人比起法國人，現在還沒有完全面對這個事實。不但臺灣海峽兩岸的政治菁英都使用「抵抗的神話」來「支持各自的獨裁政權」，而且「日本的侵華戰債尚未償還的感覺，一直讓中國

4　參閱龍應台，〈貪看湖上清風─側寫《色｜戒》〉，《亞洲週刊》21卷37期（2007）；〈《色｜戒》故事原型──鄭蘋如刺丁案（圖）〉，《新浪娛樂》，2006年7月27日。http://ent.sina.com.cn/m/2006-07-27/18121175476.html。

人無法好好研究自己國家後來的紀錄」[5]。

〈色，戒〉是收入《惘然記》的「三個小故事」之一，都是一九五〇年代寫的，張愛玲在序言中解釋她想完成的事：

> 在文字的溝通上，小說是兩點之間最短的距離。就連最親切的身邊散文，是對熟朋友的態度，也總還要保持一點距離。只有小說可以不尊重隱私權。但是並不是窺視別人，而是暫時或多或少的認同，像演員沉浸在一個角色裡，也成為自身的一次經驗。[6]

很明顯，張愛玲希望讀者能理解她創造的人物。她援引舞臺表演的經驗，與李安相信演藝的喚醒力量不謀而合，李安認為那是發現真相的途徑之一（如柯瑋妮在本書第8章所指出）。表演與演藝的問題和二十世紀的中國政治史緊密相連，因此也影響了主體性（subjectivity）[7]。

1947年7月，北京大學美學教授朱光潛發表〈看戲和演戲——兩種人生理想〉[8]一文。他認為戲臺這個比喻可以用來說明兩種「安頓自我」的模式。他發現在文藝中看戲的位階更受珍視，

5　Timothy Brook, *Collaboration: Japanese Agents and Local Elites in Wartime China* (Cambridge, MA: Harvard University Press, 2005), pp. 6-7.

6　張愛玲，〈色，戒〉，《惘然記》（臺北：皇冠文化，1995），頁3。

7　*Popular Protest and Political Culture in Modern China: Learning from 1989*, eds. Jeffery Wasserstrom and Elizabeth J. Perry (Boulder: Westview Press, 1992).

8　朱光潛，〈看戲與演戲——兩種人生理想〉，《朱光潛美學文集》（上海：上海文藝出版社，1982）第2冊，頁550-64。

雖然他的結論是：演戲與看戲各是人生的實現，不必強分高下。我不知道朱光潛的寫作初衷，但是這篇文章發表後半年，中共發動知識分子思想改造運動，抨擊這篇文章，演藝與主體性的議題便政治化了。1948 年初，毛澤東不顧史達林的建議發起運動，以郭沫若為傳聲筒[9]。郭沫若指控朱光潛影射當權的國民黨是「生來演戲」的，因此能為所欲為的宰治著老百姓，而老百姓則是「生來看戲」的，只能忍受人為刀俎我為魚肉。顯而易見的推論是：新秩序讓人人都能演戲；而演藝造就解放。回顧中華人民共和國的歷史，與社會、政治組織模式，不難覺察演藝受到的重視：人人必須參與自我改造的演藝。以改造意識形態為目的的舞臺戲裡，堅定不移的表演是成為新人的保證與證明。美國政治學者艾普特與賽區（Apter and Saich）令人信服地證明過當年延安成了「一座公共舞臺、一座表演場、一個戲臺、一幕戲的布景」，在其中毛澤東論述因為「人民鑽研……文本、藉以詮釋自身經驗、以結合稱呼者與被稱呼者的公開語稱呼自己」而成為日用自然（naturalized）。延安模式被推廣到各種不同的政治運動中，在那些運動中，人民的舉止「包括一個複雜的傳訊系統，在其中熱忱、光明、投入取代了堅持己見、沮喪、和恐懼」，而「任何疑慮都成為自我批判的理由」。一如在延安的發展，個人的自尊取決於團體，「情感受到規訓，因為在單位中無私密可言」[10]。

---

9 笑蜀，〈天馬的終結：知識分子思想改造運動說微〉，《中國報導週刊》線上版，2000 年 12 月 14 日。http://www.china-week.com/html/659.htm。

10 David Apter and Tony Saich, *Revolutionary Discourse in Mao's Republic* (Cambridge, MA: Havard University Press, 1994), pp. 224-25.

　　國民黨採用了同樣的技巧，知道的人並不多。1930年代遭逮捕的共黨嫌犯會送到反省院接受再教育，包括閱讀文本、參加講習、寫日記、以及坦白交代[11]。這一舉措並不出人意料，因為兩黨自1920年代中期以來即有一共同信念，即需要一個有紀律的群眾政黨，以動員國族、建立統一國家[12]。

　　在實踐上，毛澤東論述在中國已經式微。中國在內政上已放棄階級鬥爭和革命觀念。後毛澤東時期的改革動力與一九八九年的已經「迫使中國政府和民眾回首1930和40年代的經驗，以了解他們在當今世界的位置」[13]。歷史經過重新詮釋，產生一個洋溢國族主義的敘事，一方面宣稱中國是正在崛起的大國，另一方面將「中國刻畫成受害國，受全球社群迫害」。對這一新國族主義，1937至1945年的中日之戰是象徵資源[14]。國族主義與受害心態的強大結合，為《色｜戒》在中國招致的怒火提供了燃料。那些批判也反映了一種焦慮，就是電影對一套不容置疑的道德敘事構成了威脅。那套敘事現在與國族不分，而不是階級。在這一敘事之內，演藝必須透明而明確，對國族的忠誠是大是大非，不容討價還價。自我和國族認同緊密相連，國族大義豈容私情。那些

---

11 感謝 Y. S. Lee 李毅勛提供劍橋大學博士論文待定稿讓本人參考："Kuang Yaming 匡亞明 1906-1996: A Cadre's Life"（2009）。

12 參閱 John Fitzgerald, *Awakening China: Politics, Culture, and Class in the Nationalist Revolution*（Stanford, CA: Stanford University Press, 1996）。根據 Fitzgerald 的研究，1924年之後的國民黨即奉該信念為基準。

13 Rana Mitter, "Old Ghosts, New Memories: China's Changing War History in the Era of Post-Mao Politics," *Journal of Contemporary History* 38.1（January, 2003）: 118.

14 Ibid., pp. 120-21

批判的共同主題是將李安打成自晚清以降就卑躬屈膝，擁抱西方和日本大腿的那批人，無藥可救[15]。彭小妍和張小虹在本書的兩章中，對此有精闢的見解。

這種反應直接與文化記憶的運作方式相連。正如荷蘭文化理論學者鮑爾（Mieke Bal）提醒我們的：「文化記憶的形成是發生於現在的活動，將過去不斷地修飾、重新描述，甚至還會繼續形塑未來……文化記憶，好也罷歹也罷，連結過去與現在、以及未來。」對鮑爾，最重要的是，連結的過程容許對「過去的艱難時刻，或已成禁忌的時刻」做調解與修改。此外，文化記憶「不僅是你碰巧是載體的某件事，而是你實際在**展演**的那件事。」[16]本文將探討演藝的兩個面向：其一發生於小說與電影之內；其二是，在一更大的脈絡中，即眾聲喧譁的文化記憶形成過程，小說與電影本身發揮演藝表演功能的方式。北京「烏有之鄉」（網站）網民的反應提醒我們：在調解過程中有許多大議題得商量。

為了展開討論，筆者必須對〈色，戒〉這篇小說提出一種讀法，再以它作為討論電影《色｜戒》的基礎。小說篇名中的標點符號，就是以逗號斷開「色」與「戒」兩個字，似乎在抵制敘事[17]。不像〈傾城之戀〉或者〈封鎖〉這樣的篇名，它們都表明了敘事的開展或空間，而〈色，戒〉則是兩個並列但涇渭分明的範疇。然而，篇名的視覺效果也表明「色」與「戒」分居一翹翹

---

15 見「烏有之鄉」網民評論電影《色｜戒》的文字。筆者感謝Julia Lovell的指引。

16 Mieke Bal, "Introduction," in *Acts of Memory: Cultural Recall in the Present* (Hanover, NH: University Press of New England, 1999), p. vii.

17 參閱本書第11章，張小虹對小說和影片標題的標點有深入的討論。

板（押韻！）之兩端。這兩個字同時出現在《論語・季氏篇十六》：

> 孔子曰：「君子有三戒：少之時，血氣未定，戒之在色；及其壯也，血氣方剛，戒之在鬥；及其老也，血氣既衰，戒之在得。」[18]

發人深省的是，在這人生三大弱點中（雖然是男性觀點），「色」與「鬥」、「得」並列，小說中亦如是。小說篇名與儒家文本有這樣的呼應，便不言而喻地將小說置於張愛玲的蒼涼美學之中。蒼涼是一種情緒。軟弱的凡人「為要證實自己的存在，抓住一點真實的，最基本的東西」；作家描寫這種經驗的文字引發的情感就是蒼涼。在〈自己的文章〉中張愛玲說明了這種美學：許多作品「注重人生的鬥爭，而忽略和諧的一面。其實，人是為了要求和諧的一面才鬥爭的」；「鬥爭者失去了人生的和諧，尋求著新的和諧」；「許多作品裏力的成份大於美的成份。力是快樂的，美卻是悲哀的」[19]。比悲壯的作品更勝一籌的，是描寫不完美的人物，他們能引起蒼涼感，因為蒼涼是一種啟示，引人回味[20]。因此篇名與孔夫子的教誨呼應，包含雙重嘲諷：因為王佳芝明明是想演好女英雄的角色，而張愛玲的蒼涼美學卻排拒壯烈，到了最後卻是王佳芝自己破壞了英雄戲碼。

---

18 王雲五主編，《四書今注今譯》（臺北：臺灣商務印書館），頁260。
19 張愛玲，〈自己的文章〉，《流言》（臺北：皇冠文化，1968），頁19。
20 同前注。

　　張愛玲的美學綱要複製了朱光潛對儒家講實踐、道家重觀照的區別，它本身反映了中國美學中極富生產力的張力。二十世紀的中國小說走向實踐美學而非觀照美學，眾所周知，容後討論。

　　王佳芝必須從事的英雄行徑，是勾引易先生的欲望、讓他屈服於自己的色慾。為達此目的，她必須扮演的角色出身1930年代中國的中上階級，熟稔都會紅塵生活。電影裡，王佳芝與穿斗篷、戴金飾一塊兒打麻將的太太們周旋，風度翩翩，令評論家感到驚奇，有些人甚至表示難以相信。在小說裡，她們的舉止、甚至打麻將的習慣都是政治現實塑造的：她們穿著斗篷，以金鍊條代替大衣鈕扣，不村不俗，又可以穿在外面招搖過市，炫耀在淪陷區貴得畸形的金鎖鍊。因此，這種打扮成為「汪政府官太太的制服」[21]。此外，汪政府初期，官員被迫維持低調，在家打麻將以打發時間。但是，故事裡還有一更為基本的層面，就是張旭東所說的「自然史」（natural history），它位於上海現代史可辨識的篇章之下，從未有人記錄過[22]。這一自然史包括非正式的紀錄，以及長時段的私密生活世界和記憶[23]。張旭東在研究王安憶的《長恨歌》時發展出這個概念，也可以用來分析張愛玲筆下的上海私密生活世界。這樣的生活世界裡常有不測事件，有時任憑不測事件擺布，然而即使褪去一切幾乎熟悉的事物，仍然有一個核心，不外生活常規。最有名的例子之一是，在〈傾城之戀〉近尾聲處，敘事者寫道：「他不過是一個自私的男子，她不過是一個

21　張愛玲，〈色，戒〉，《惘然記》（臺北：皇冠文化，1995），頁10。

22　Xudong Zhang, "Shanghai Nostalgia," *Positions* 8.2（2000）: 349-87.

23　Ban Wang, *Illuminations from the Past*（Standford: Standford University Press, 2004）, p. 214.

自私的女人。在這兵荒馬亂的時代，個人主義者是無處容身的，可是總有地方容得下一對平凡的夫妻。」我們看見這一平凡人生的層次出現、融入〈色，戒〉的敘事，而且在好幾處把情節變得更複雜。

　　小說的各個層次，包括歷史脈絡、演藝、和「自然史」，由篇名的兩個字別在一起，以「色」為共通點。「戒」比較複雜，一則，戒提醒「小心！」──防範危險、防範彼此；這讓易先生與王佳芝充滿生氣。再則，戒又指「戒指」，它是推動故事的關鍵；它代表的不只是一件商品，而是各種不同的社會關係及其規範。小說自第一句起，光芒四射的鑽戒便穿梭在麻將牌之間，正如斗篷與金鎖鍊，是財與權的做派（performance）。做派有好幾個面向。王佳芝假扮他人以虛構的身分坐上麻將桌，因此她是在表演，扮演一個角色。但在另一層面上，做派是我們的社會存有的一部分，我們投入角色，多少都得做作，須知階級、家庭、族群身分、和其他社會制度都藉我們扮演的角色複製。法國社會學家布赫迪厄（Pierre Bourdieu）認為社會群體透過他所謂的「慣習」（habitus）自我複製，這個想法在這兒頗發人深省。「慣習」指個人「社會化的主體性」，即一套行為和態度，使個人得以規畫人生、應付挑戰[24]。我們或許能將「慣習」概念與張旭東的「自然史」連結。布赫迪厄有時讓我們覺得：「慣習」會讓個人的反應制式化，個人變成自動機器，最後無法控制自己的行動。然而，布赫迪厄對歷史化的堅持使他的理論不致淪為決定論，反

---

24 Pierre Bourdieu and Loic Wacquant, *An Invitation to a Reflexive Sociology* （Chicago: University of Chicago Press, 1992）, p. 126.

而使它有力：

> 某些人誤會慣習即命運，它不是。慣習是歷史的產物，是
> **開放的意向系統**，不斷受制於經驗，因此不斷受經驗影響，
> 它的結構因而增強或修正。[25]

換言之，經驗和變動的環境能改變一個人對外界的理解、對自我的理解、以及能動性。

大體而言，張愛玲的小說是在探索主角王佳芝涉及的各種類型的演藝，因為她在色的建構和戒的必要之間舉棋不定。最後，她被一枚戒指套牢了。在慣習的層面上，這枚戒指可視為安全的量表，示意贈予者對兩人關係的大手筆投資，可是在戰爭的脈絡中，這枚戒指卻成為毀滅她的劊子手。張愛玲的敘事是以演藝與戒指兩個主題組織起來的。在故事剛展開處，易太太意在言外地埋怨先生小氣，不給她買一只火油鑽。易先生陪笑道，十幾克拉的「石頭，戴在手上牌都打不動了」[26]。

佳芝離開易家不久，先到一家咖啡館給她的同志打了個電話，然後到公共租界的凱司令咖啡館等易先生。這裡透過倒敘，讓讀者知道他們第一次幽會時，易先生說過「我們今天值得紀念，這要買個戒指」[27]。佳芝的任務就是帶他到珠寶店，不管他還記不記得那句話，他們計畫在那兒刺殺他。佳芝坐在咖啡館裡，

25　Ibid., p. 133.

26　張愛玲，〈色，戒〉，《惘然記》（臺北：皇冠文化，1995），頁12。

27　同前註，頁17。

為他買戒指的提議找理由，也為自己順水推舟找理由：他一定了
解她想從他那兒得到什麼，而且「她不是出來跑單幫嗎？順便撈
點外快也在情理之中」。這樣看來，在權力均衡的遊戲中，他似
乎居於弱勢，因為他在意這段露水姻緣。意味深長的是，他先前
拒絕為妻子買鑽戒。佳芝不安地坐在咖啡館，她想像對面卡式座
位上盯著她看的男子是在估量她是不是演電影話劇的演員。作者
以「自由間接式」點出，事實上「她倒是演過戲，現在還是在
臺上賣命，不過沒有人知道，出不了名。」[28] 她曾跟著嶺大搬到香
港，與同學在香港大學演過一齣慷慨激昂的愛國歷史劇。下了臺
她興奮得鬆弛不下來，在城裡逛了幾個小時才平復。「賣命」意
謂著為他人所用，或者被迫卯足了勁兒幹，因此讓人懷疑在某
個層面上佳芝是被利用了：演藝引人入勝，但是不完全屬於她。
接下來的故事告訴我們：一個激進的學生小集團策畫了一條美人
計，讓佳芝去引誘易先生，那時他與汪精衛的其他親信正在香港
盤桓。這個計謀一開始很順利，佳芝私下留了電話號碼給易先
生，就等他安排幽會。那一晚佳芝再度因「一次空前成功的演
出」而情緒高亢，「下了臺還沒有下裝，自己都覺得顧盼間光豔
照人。」[29]

這個重要的句子，對照兩段之前的敘述，意思就更明白了：
佳芝知道一起打牌的易先生對她有意，因為她「從十二三歲就有
人追求，她有數」。換言之，雖然佳芝演出了一個角色，在「慣
習」的層面上——那是有一部分潛藏於意識之下的層面——她已

---

28 同前注，頁18。
29 同前注，頁19。

忘其所以，居然化身為她正在扮演的尤物。

　　當年張愛玲在〈童言無忌〉（1944）中，做過一個有趣的評論，將衣著與演藝連結在一起：

> 　　對於不會說話的人，衣服是一種言語，隨身帶著的一種袖珍戲劇。這樣地生活在自製的戲劇氣氛裡，豈不是成了「套中人」了麼？（契訶夫的「套中人」〔Man in a Case〕，永遠穿著雨衣，打著傘，嚴嚴地遮住他自己，連他的錶也有錶袋，什麼都有個套子。）

　　因此她說：「生活的戲劇化是不健康的。像我們這樣生長在都市文化中的人，總是先看見海的圖畫，後看見海；先讀到愛情小說，後知道愛；我們對於生活的體驗往往是第二輪的，借助於人為的戲劇，因此在生活與生活的戲劇化之間很難劃界。」她繼續以自己的經驗為例，加以說明：

> 　　有天晚上，在月亮底下，我和一個同學在宿舍的走廊上散步，我十二歲，她比我大幾歲。她說：「我是同你很好的，可是不知道你怎樣。」因為有月亮，因為我生來是一個寫小說的人。我鄭重地低低說道：「我是……除了我的母親，就只有妳了。」她當時很感動，連我也被自己感動了。[30]

　　同樣地，佳芝也被自己在易先生面前的演藝感動了。既然是

---

30 張愛玲，〈童言無忌〉，《流言》（臺北：皇冠文化，1968），頁14。

她下定了犧牲的決心色誘易先生，同夥兒要求她和梁潤生上床學習性事，她便不可能拒絕。但是，她沉浸在演出的餘輝裡，「連梁閏生都不十分討厭了。大家彷彿看出來，一個個都溜了，就剩下梁閏生。於是戲繼續演下去。」而且，「也不止這一夜」[31]。換言之，雖然佳芝與梁共度那一夜在某種程度上是為了任務，也是為了給溜走的觀眾一個交代而做的表演，她與梁共效於飛亦是她想像中的幽會的代替品，或前奏，未來她與易先生會自然而然地上床。在這一廂情願的想像裡，易先生這個敵人似乎已經褪去了一些敵人氣息。這並不能解釋佳芝為什麼還要和梁繼續演下去。或許那是她對自己色誘易先生的演出十分滿意，想獲得更多經驗。然而，不久易家夫婦突然離開香港，佳芝和梁之間便鬧僵了。她痛責自己糊塗，甚至懷疑打從一開始，她就遭到同夥兒算計。大家都躲著她，她跟這一夥人都疏遠了，還擔心自己有沒有染上性病[32]。分別轉學到上海後，他們又來找王佳芝參與那樁未了公案，她也義不容辭。「事實是，每次跟老易在一起都像洗了個熱水澡，把積鬱都沖掉了，因為一切都有了個目的。」現在，佳芝坐在凱司令咖啡館裡，緊張地期待謀刺的高潮，與一位演員在舞臺上靜待開幕的心理一般。等待是難熬的，但是她知道，「上場慌，一上去就好了。」[33]但是易先生的車一到，敘事卻記錄了一件非常不起眼的事：車開過來，框在商店「櫥窗裏的白色三層結婚蛋糕木製模型」裡。佳芝上了車，說想去珠寶店修耳環，

31 張愛玲，〈色，戒〉，《惘然記》（臺北：皇冠文化，1995），頁20。

32 同前注，頁21。

33 同前注，頁22。

便將怯場轉換成演藝，成為任性、撒嬌的愛人。她說住他家裡不方便交談，還是回香港算了。

可惜他們進了珠寶店後佳芝對劇情就失控了。易先生提醒她原先就要買個戒指做紀念的，要她挑一只好的鑽戒。這是關鍵的轉折點。佳芝十分明白她飾演的是易先生的情婦，而且必須演得逼真；恐懼和緊張扭曲了她的時空感，以至於「背後明亮的櫥窗與玻璃門」成了電影銀幕[34]。決定了要買的鑽戒之後，佳芝和易並坐著，都往後靠了靠，「這一剎那間彷彿只有他們倆在一起。」雖然在一個層面上佳芝仍在盤算如何為刺殺任務繼續演下去，以完成任務，在另一層面她捫心自問：「難道她有點愛上了老易？」她聽說過權勢是一種春藥，但是不覺得這話適用在自己身上——她是完全被動的。她不相信老易吸引她的是性，因為「從十五六歲起她就只顧忙著抵擋各方面來的攻勢」。她從來沒有機會問自己對他「覺得怎樣」[35]。至於易先生，陪女人買東西是老手，他知道金錢會提升他的魅力，只是逢場作戲難免憮然。這時，打動佳芝令她突然想到「這個人是真愛我的」是他臉上有點悲哀的微笑。

根據我的讀法，在買好鑽戒這一刻，他倆便沉入「自然史」的層面，擦出愛情的火花，那是上海中產階級慣習的物質、文化常規的產物。他們遵循二十世紀的求偶儀式，為彼此表演，那些儀式的腳本都寫在好萊塢電影裡，當然還有其他地方。對佳芝，那框住老易車子的結婚蛋糕是她未來情感方向的不祥之兆。易先

---

34 同前注，頁27。

35 同前注，頁29。

生的演出中規中矩，符合他的社會地位，他支配女人、買戒指給她們，但是這並不排除他可能動真情。我們不妨重複張愛玲的看法，「生活與生活的戲劇化」是兩回事，但是兩者很難劃界。

當然，冷峻而客觀的現實是：佳芝是情報員。因此，一旦佳芝滑落都會生活的「自然史」層面，就現出原形，對於來自慣習的提示做出了錯誤的回應，那些回應來自早先的經驗，其中有些還是想像出來的。她犯下致命的錯誤──警告老易。易先生先是一呆，明白了之後也立即反應──根據他職場的策略需求，以及已經整合到他慣習裡的反射反應──將所有同謀者處決，包括佳芝在內。然後易先生回到家裡，牌桌上的太太們正在為到哪兒用餐發愁呢。稍後，易先生的反思顯示他的色欲已經被權力運作轉變了。李安對這篇小說的詮釋似乎以這一點為核心。易先生陷入沉思：「她還是真愛他的，是他生平第一個紅粉知己。」他覺得她的影子會長伴他左右，安慰他。雖然最後她恨透了他，「不過無毒不丈夫。不是這樣的男子漢，她也不會愛。」他們「是原始的獵人與獵物的關係，虎與倀的關係，是最終極的佔有。她這才生是他的人，死是他的鬼」[36]。

李安認為「為虎作倀」是解讀這篇小說的鑰匙：佳芝成為易先生的倀，因恐懼而離不開他，即使死了還繼續為他效力，與虎吻犧牲者的靈魂一樣[37]。於是恐懼成為兩人關係的特色標記。本書葉月瑜的精采論文為我們說明了李安如何詮釋色與戒，例如在影片第二場床戲中穿插警犬鏡頭。但是這一恐懼的源頭是什麼？

36　同前注，頁33-34。

37　Ang Lee, "Preface," pp. vii-ix.

影片提供了一些答案。

　　張愛玲寫作〈色，戒〉歷時二十年以上，李安有一針見血的評論。他在英文版小說、劇本合集的序言裡寫道，張愛玲「一遍遍改寫」就像「受害者一再經歷創傷」。要是參照荷蘭文化理論學者鮑爾（Mieke Bal）對創傷和敘事的關係的討論，李安的見解特別值得玩味。敘事記憶是主動的，處於現在，而創傷事件與主體常相左右，卻無法變成記憶或敘事；更確切的說，記憶只是機械地重演創傷。許多人相信創傷事件會壓抑在個體意識裡，巴爾不以為然，她認為創傷事件也可能與個體解離。解離後，它們就不會成為敘事記憶主流的一部分（文化記憶就會），因為當事人無法藉社會行動對第二個人訴說。我並不是說張愛玲本人受到了創傷，而是海峽兩岸的政治傾向排除了對創傷事件的任何公開敘事，直到後毛澤東時期情勢才改觀。換言之，兩岸官方對文化記憶的控制使這個故事根本不能說，因而與文化記憶解離。

　　1978年〈色，戒〉首度問世，有些評家抱怨易先生刻劃得不夠壞，張愛玲「是非不明，忠奸不分」[38]。後來〈色，戒〉修訂版收入短篇小說集《惘然記》，張愛玲在序中回應了這些指控，說明她是如何呈現反面人物的。她寫道，文藝的功用之一，特別是小說，是「讓我們能接近否則無法接近的人……小說可以不尊重隱私權」，使讀者對其中人物產生認同，「像演員沉浸在一個角色裡，也成為自身的一次經驗」[39]。然後她問道，描寫反面人物：

---

38 龍應台，〈貪看湖上清風──側寫《色｜戒》〉，《亞洲週刊》21卷37期（2007），頁36-37。

39 張愛玲，《惘然記》（臺北：皇冠文化，1983/1995），頁3。

是否不應當進入內心，只能站在外面罵，或加以醜化？時至今日，現代世界名著大家都相當熟悉，對我們自己的傳統小說的精深也有新的認識，正在要求成熟的作品，要求深度的時候，提出這樣的問題該是多餘的。但是似乎還是有在此一提的必要。

對敵人也需要知己知彼。不過知彼是否不能知道得太多？因為了解是原恕的初步？如果了解導向原宥，了解這種人也更可能導向鄙夷。缺乏了解，才會把罪惡神化，成為與上帝抗衡的魔鬼，神祕偉大的「黑暗世界的王子」。至今在西方「撒旦教派」「黑彌撒」還有它的魅力。40

張愛玲認為因了解敵人而鄙夷他們，比起先前連他們的存在都不能提的迷信拒斥要好。這個看法顯示她是有意識的在擴大文化記憶，使過去失根的創傷可以整合進去。這並不意味著對故事裡的菁英世界的懷舊。事實上，令人毛骨悚然的虎／倀譬喻，不只能描寫易先生和佳芝的關係，小說開頭、結尾處牌桌上的太太們之間，難道用不上？她們喋喋不休的對餐廳、對菜色品頭論足，還開「吃豆腐」的玩笑，充滿威脅和競爭的調子。這些閒話和張愛玲早期作品中的美學（流言、親密的私密時刻）有別，以衝突的背景為特色。

此外，從張愛玲作品的出版史來看，〈色，戒〉與她1940年代寫的小說不同，那些作品1960年代在香港、臺灣，1980年代晚期在中國重印，導致張愛玲熱，蔚然成風。有些中國文學評家

---

40 同前注，頁4。

解釋，她走紅的原因源自她對日常生活的咀嚼，引起的共鳴是某種道德破產的結果。例如王曉明讚揚張愛玲閱盡人世般的悲涼情懷與對生活的細緻感受，又不以為然地強調「一開始她就擺出了一個背向歷史的姿態」，與二十世紀中國文學的歷史進程背道而馳[41]。1980年代張愛玲在中國「復出」，獲得熱烈歡迎，是因為「整個社會正處於價值空虛日益深重的狀態」。張旭東進一步指出，張愛玲受推崇是因為「有些人想重新定義現代中國的文化傳統，不願受中華人民共和國官方系譜制約」。對這些人，上海所代表的現代性遠比中國革命與社會主義所宣稱的更具「普適性」。「1990年代的中國，懷舊與（反）烏托邦狂熱糾纏，擁抱全球資本及其意識形態，上海摩登的外貌和常態進入知識界和商界，成為歷史記憶的標準版本。」[42]

雖然〈色，戒〉與張愛玲1940年代的小說不像出自同一套路，要是我們引入一個政治維度，便可更充分的說明以下論點：她早期的小說在後毛澤東時期受歡迎，因為那是迎接全球化的一種方式。從政治角度觀察，這些小說滿足了一切歸零、重新開始的需求，將一直被視為反動的年代與文化重新整合到一種文化記憶裡，在其中對物質環境與日常生活的留戀取代了鬥爭與政治。同樣的改變也在其他地方進行著。全球化迫使文化記憶從衝突與過去的歷史轉移、聚焦於現在與未來，1985年的比特堡（Bitburg）事件就是一個例子。那一年5月初美國總統雷根赴歐參與二戰結

41　王曉明，〈張愛玲的幸運〉，《王曉明自選集》（桂林：廣西師範大學出版社，1997）。

42　Xudong Zhang, "Shanghai Nostalgia," *Positions* 8.2（2000）: 353-54.

束四十週年紀念活動[43]。他不想訪問納粹集中營，理由是不想喚醒記憶，還說不該讓德國繼續背負罪惡感[44]。他決意到西德比特堡軍人墓地獻花，引起強烈抗議，因為戰爭期間犯下暴行的納粹黨衛軍也埋骨於斯。他先在比特堡美軍基地發表演說，企圖療傷止恨，把德國軍人視為受害者，與猶太人一般。納粹浩劫就這樣轉化成某種天災，而不是人禍，合該安息。比特堡事件表明全球化有賴於將過去經驗標準化的辦法，使過去成為未來的共享背景，而不是需要確認、或持續警覺的爭端。1983年〈色，戒〉修訂版出版，可視為比特堡事件的前兆，只不過發生在中國脈絡中。

以此視之，「烏有之鄉」網民對李安電影的國族主義式反應，可視為對比特堡事件的質疑；是針對全球化造成的不平等的反動，畢竟從小說問世（1978）到它搬上銀幕（2007），已過了三十年。我們必須要問的問題是：電影如何轉化小說，以表達自己的一套反思？

張小虹將海峽兩岸的反應定調為中國—憤怒、臺灣—眼淚的對比，發人深省。中國的憤怒，以「烏有之鄉」網民為代表，是「漢奸」問題挑起的；臺灣的眼淚發自情感：關乎愛國情操而不是背叛。李安和馬英九，身為外省第二代，基於愛國情操，為發現了值得獻身的完美國族而流下熱淚：既非中國也非中華民國，而是銀幕上的日據上海。（請見本書第11章張小虹的討論）李歐

---

43 前一年，德國總理還不能參加在法國舉行的諾曼第登陸40週年慶典。參閱 *Bitburg in Moral and Political Perspective*, ed. Geoffrey Hartman（Bloomington: Indiana University Press,1986）。

44 Ibid., pp. viii-xvi.

梵認為：李安對通敵這個題材極為著迷，並做了深入研究，簡直成了他的執念。（請參閱本書第1章）

　　張小虹的解讀提示我們，這部電影不只探討通敵，也不只愛國情操，而是兼顧兩者，藉想像折射出某些二十世紀的中國歷史經驗，那個經驗的特色是壓迫式的國內政治。根據葉文心的研究，上海日據時期的政治最惹人注目的似乎不是「競逐國家權威的各方人馬進行的有組織的鬥爭──汪偽政權對抗重慶國府、日本人對抗中國人、國民黨對抗共產黨；而是國家對人民的壓迫力量的制度化」[45]。已故美國漢學家魏斐德（Frederick Wakeman）在同一本論文集中接著告訴我們，抗戰期間建置的都市控制機制在戰後都由國民政府接收，然後是中國共產黨[46]。這樣的戰爭遺產會被接受，魏斐德指出，是因為發展國家的壓迫力量正是兩大政黨夢寐以求的目標。馬英九和李安落淚，可能是（在一黨獨大的國家中）對歷史記憶累積的挫折與傷感而發，以及對銀幕上化身為王佳芝的上海的留戀。李歐梵曾說，傷感是李安作品的一大特色，也是「李安那一代臺灣年輕人心理組成的特色。他們在1950年代、60年代初成長，正值蔣介石威權統治時期」。（參閱本書第1章頁49）

　　對於傷感（sentimentalism）與壓迫（coercion）的聯繫，周蕾做過精采的分析，她強調sentimentalism的中譯「溫情主義」有一個獨特的元素，就是中庸與壓抑。既然「把這個重要的意義

45　Wen-hsin Yeh, "Introduction: the struggle to survive," in *Wartime Shanghai*, ed. Wen-hsin Yeh（London and New York: Routledge, 1998）, p. 20.

46　Frederick Wakeman, Jr., "Urban Controls in Wartime Shanghai," in *Wartime Shanghai*, ed. Wen-hsin Yeh（London and New York: Routledge, 1998）, pp. 139-60.

——中庸——置於前景，所謂溫情也許……**特指妥協的傾向或氣質，甚至湊得過且過，尤其是壓迫性或者難以忍受的事**」[47]。壓迫往往來自內部，國內或者家庭。這麼一來，葉文心的觀察便非常有意思：重慶國府內效忠蔣介石的軍統，利用傳統通俗歷史小說（如《三國演義》、《水滸傳》）的社會虛像和語言，如忠孝節義，培養成員向家天下效忠的情操。情報員必須按效忠模式行動，為兄弟義氣或單位犧牲與服從，稍有違逆就會遭嚴厲懲處[48]。這不正是對這些忠誠模式產生傷感反應的另一個理由？即使它們是間接出現的，而且是在一部淒涼的間諜片中。

　　電影裡，愛國情操和通敵涇渭分明的對立，小說裡張愛玲只是點到為止。電影裡，學生在香港大學演的愛國劇以及話劇社社長鄺裕民，展現了十足的愛國情操。鄺裕民的名字除了提醒觀眾「富民」的古典理想，還有中國在二十世紀追求的目標：「富國裕民」。將易先生和鄺裕民的人生兩相對照，都是二十世紀中國歷史經驗塑造了自我的例證；或者更精確的說，他們是觀察政治界面如何塑造個人的範例。汪偽政府中人的政治忠誠充滿焦慮，因為他們身在敵營，前途未卜，易先生展現了那種焦慮；鄺裕民則展現話語（discourse）的力量（特別是愛國話語）及局限。鄺裕民還讓我們看到話語的力量是透過演藝動員的。

　　李安認為演員的任務是將感情注入角色，在表達（演出）的那一刻完全受那一感情的擺布，鄺裕民「演出」激進的學生領袖

47　Rey Chow, *Sentimental Fabulations, Contemporary Chinese Films*（New York: Columbia University Press, 2007）, p. 118.

48　Wen-hsin Yeh, "Urban Warfare and Underground Resistance," in *Wartime Shanghai*, ed. Wen-hsin Yeh（London and New York: Routledge, 1998）, pp. 119-137.

就是個好例子。且不論電影裡的話劇，鄺裕民的演藝最能發揮效果的時刻，就是動員觀眾可能早已熟悉、卻不著邊際的話語。最清楚的例子就是他向同學提出刺殺計畫的那場情緒高亢的戲。梁閏生問道：「可是我們有誰知道殺人怎麼殺啊？我們只有在舞臺上殺過！」鄺裕民激情答道：「等你親眼見到一個漢奸……殺人一點也不難。」接著他引用汪精衛年輕時做的詩句：「引刀成一快，不負少年頭。」[49] 在這裡，引用汪精衛的詩句除了諷刺之意，還有一明白的潛臺詞：話語、修辭皆「自有其生命」。只要能釋放情感、經驗情感，文字的出處就不重要了。同樣地，在先前的一場戲裡，鄺裕民直斥易卜生的《玩偶之家》（*A Doll's House*）為「布爾喬亞的東西」。自從1937年國共達成第二次合作形成統一戰線之後，任何經驗老到的政治演員都不可能語帶輕侮地使用「布爾喬亞」一詞，因此，我們不妨推斷他並不是自覺的左翼分子，而是個沒有確定意識形態的愛國人士而已。他慷慨激昂的話語產生了行動，包含冷血地殺了老曹。然而，一旦他接受了軍統的組織規訓，話語就引退了。每一次他出現在老吳身邊，都居於下屬地位，無法憑衝動行動。老吳冷酷地燒掉佳芝請他寄給父親的信，鄺裕民什麼都沒說，就是一例。同樣地，佳芝與老吳那場緊張的戲裡，老吳堅持行刺易先生的時機尚未成熟，指示佳芝繼續釣住易，無視佳芝已身心俱疲的狀況，鄺裕民據理力爭無效。先前佳芝問他：「結束以後我們可不可以都離開這裡？」他只能回答：「我不敢說，不知道。」

　　另一方面，易先生體現了國、共兩黨無所不用其極的政治鬥

49　1910年，汪精衛因謀刺清攝政王載灃被捕，在獄中寫下的詩句。

爭，及抗戰期間日益惡化的派系鬥爭。張愛玲為這個小說人物設想過好幾個名字，都放棄了，最後才稱他「易先生」；「易」的意思是「變化」。這個姓氏表達了張愛玲在小說英文版本裡的一個細節：「特務不分家」，因為他們很容易轉換陣營[50]。（易先生的原型是丁默邨。他在1920年代後期從共產黨投效國民黨；1930年代初擔任國民黨CC派情報機構「中統」的特派員；然後成為蔣介石軍事委員會情報機構的主管之一。1938年下半年，丁的部門遭裁撤，心懷不滿，於1939年2月投效日本人[51]。當然，無論李安的電影還是張愛玲的小說都與丁默邨的真人真事兜不攏；丁／鄭事件對作家而言，不過是個發端而已。）

鄺、易兩人也許再現了政治活動的不同面向（也可能只是年少與老成在同一個政治脈絡中的不同表現），但是他們與王佳芝的互動才是電影意義的關鍵。王佳芝和這兩個男人的關係，說明了被時代的政治需求塑模的主體性所受的限制。為達到這一目的，李安必須賦予佳芝更多的主體性，遠超過張愛玲在最後版本中增添的七百字。從這一觀點，我會超越英國影評人伍德（Michael Wood）對這部電影的立場，他認為李安像希區考克一樣，在電影中拿「身分」（identity）說事。對伍德，這部電影的意義在於其中所有人物都活在這樣的世界裡——「演藝就是一切，也就是一切你能確知的東西」；而不是王佳芝「無法發現（演藝行動之後的）自我，我們也無法在銀幕上發現：對她、對

---

50 〈色，戒〉英文版 "The Spyring" 刊登於《瞄》（*Muse*），《諜戒》專刊（2008年3月）。

51 Wen-hsin Yeh, "Urban Warfare and Underground Resistance," pp. 127-28.

我們，那只是個假設而已」[52]。伍德也許是對的，無奈婉轉纏綿的鋼琴主題旋律在電影中出現了五次，似乎是為了提醒觀眾佳芝內心正在反思而精心設計的，或示意某種轉折。而五次中有四次都在佳芝乘車途中，因此坐實了轉折的詮釋。

這一旋律第一次出現在佳芝與同學逃難到香港的途中，時為1938年。王佳芝的主旋律逐漸切入，賴秀金正在說戰爭給了她離家見世面的機會。兩個女孩交換了眼神；旋律持續到交代時空──香港──的長鏡頭，傳達她期待的心境。那一旋律第二次出現時，發展得更為完整，那時佳芝正在香港的電車上，和鄺裕民交換著溫柔的眼神。要是在承平時期，她一定會與鄺裕民墜入愛河：稍早的一幕戲，卡車上的女學生注目身著軍服、開赴前線的年輕學生，鏡頭就定在鄺的身上。電車那幕戲是在演出愛國劇之後，佳芝與鄺演對手戲，她在劇中高喊「中國不能亡！」振奮了觀眾。我們不妨說，佳芝扮演的農家少女就是中國的化身。事後回想這令人泫然欲泣的一幕，也是他們彼此最親近的一刻。佳芝的臺詞提到死去的兄長，鄺聽了熱淚盈眶，而我們已經知道他的哥哥的確死在沙場上。他們的演出流露失去親人與渴望報國的真情，感動了觀眾，也加深了自己的感動。散場後這群興奮不已的學生演員走在小雨中，高唱「畢業歌」，那是為1934年的電影《桃李劫》[53]寫的。電車上，賴秀金哄佳芝吸了一口菸，再把那根

---

52 Michael Wood, "At the Movies: *Lust, Caution,*" *London Review of Books* 30.2（January 24, 2008）: 31.

53 本片由應雲衛執導，電通公司製作。電通成立於1934年，直接受共產黨督導。見 Yingjin Zhang, *Chinese National Cinema*（London and New York: Routledge, 2004）, p. 68。

菸遞給大夥兒輪流吸上一口，佳芝避開喧鬧坐到前面去。這時她的主題旋律又流瀉出來，她一人獨坐，顯然陶醉在自己的思想和情感中，鄺裕民緩和輕柔的走到她身邊。他們沒交談什麼，只是互相微笑。

那一旋律再度出現時，學生們正在香港的租屋裡打包，那裡是為了佳芝扮演的麥太太租下的。讓人驚訝的是，佳芝坐著，身穿一件淡紫色的旗袍，其他人穿著工作服忙進忙出。當天稍早，「易太太歡天喜地打電話來辭行，十分抱歉走得匆忙，來不及見面了。」佳芝掛上電話，沮喪又失望，我們不禁揣測：這是因為她再也見不到易先生了，還是行刺計畫告吹了？她的旋律持續著，沒有人理會她，她起身抽菸。旗袍、菸、和音樂的組合，暗示佳芝多少已經內化了麥太太這個角色。莫非她不做一聲，以及先前的失望徵象，傳達的是她想要做麥太太，但是現在不再有理由繼續扮演這個角色？

意味深長的是，她與易先生共處時，這個主題旋律從未出現，卻在影片尾聲的兩個重要關頭出現。先是，她不顧上司老吳的訓斥，說出和易先生做愛的感受：

> 他比你們還要懂戲假情真這一套。他不但要往我的身體裡鑽，還要像一條蛇一樣的，往我心裡面愈鑽愈深……只有忠誠的待在這角色裡面，我才能夠鑽到他的心裡。每次他都要讓我痛苦的流血、哭喊……他才能夠感覺到他自己是活著的。在黑暗裡，只有他知道這一切是真的。

老吳怒氣沖沖地走了，鄺熱淚盈眶的看著她，然後也走了。

佳芝一人環顧室內，音樂響起，持續著，鏡頭切入夜景，佳芝在車裡，正在外白渡橋上，即將進入虹口區赴易先生的約會，那裡有日本俱樂部與料理店。這似乎是個轉捩點。雖然她答應老吳會遵照命令行事，顯然她不能信任同志會接應她。老吳只告訴她：「情報工作人員心裡只有一個信念，那就是忠誠——忠於黨、忠於領袖、忠於自己的國家」並堅持要她繼續冒生命危險搜集情報，尋找美國提供國府的一批先進武器。鄺裕民一如既往，幫不上一點忙。音樂將鏡頭過渡到佳芝和易先生在居酒屋那場充滿柔情的戲（稍後再做討論）。佳芝離開珠寶店、坐上三輪車、告訴車伕到福開森路，這個旋律再度響起。那天下午她一上易先生的車，易先生告訴司機的目的地也是福開森路，我們可以推論，那是易先生為她安排的金屋藏嬌之處。鏡頭跟著三輪車穿梭街道，音樂昂然增強。「回家啊？」車伕笑問道，佳芝回答：「欸！」這時音樂暗示：手上戴著戒指的佳芝，滿心全意都在易先生身上。

我們應該如何解讀佳芝和易先生的關係？李安似乎有兩個目的：其一，兩人的關係等於老虎與獵物的關係，他認為這是理解這篇小說的關鍵。其二，更寬廣地說，他想表現更多張愛玲熟悉的 1940 年代上海「自然史」特色，以及它的蒼涼韻味，張愛玲自己的小說這方面反而很貧乏。在頗滋物議的床戲中，虎與俔的關係顯而易見，尤其是形同強姦的第一場戲：老易彷彿受控制、貶損、懲罰的欲望驅使，雖然在第二、三場戲，佳芝變得比較主動，想控制局面，因此與小說裡始終被動的佳芝截然不同。小說裡，佳芝和易先生挑好戒指後，坐在珠寶店裡，她想起那句下作

的話，說是到女人心裡的路通過陰道[54]。她不信，但是就是在想到這裡之後，她捫心自問「難道她有點愛上了老易？」在電影裡，這個想法在佳芝對老吳的激烈講話中展開。那一大篇話表明，為了演好她的愛國角色，她必須臣服於老易的色欲，並且在這個過程中愛上他，**而老易知道此愛為真**。因此，色欲具體化成為「真」情，雖然兩造了然於心它是假的，或者基於假戲。佳芝想提醒老吳的危險是，某種類型的演藝能自我創生，可是老吳無法明白。教人啼笑皆非的是，老吳倒是看出佳芝與先前兩位布下美人計的女同志不同：「王佳芝的優點就在於她只當自己是麥太太，不是弄情報的。」

雖然那些折騰人的床戲令人反感，易先生是殘酷老虎的這一面，被飾演他的梁朝偉削弱了。梁朝偉適合詮釋善感又體諒人的角色（如《花樣年華》）。顯然李安想讓這位身陷卑劣戰時處境的無情特務頭子有一副人的面孔。這些床戲似乎是多餘的，理由之一是：他們一些對話中的親密感，令人想起張愛玲的蒼涼美學，可是床戲卻不能證實他們的親密。例如他們在香港第一次共進晚餐，易先生告訴她，聊些「雞毛蒜皮」對他：「真是很難得。我往來的人都是社會上有頭臉的，整天談國家大事，千秋萬代掛在嘴邊……他們主張什麼我不管，從他們眼睛裡我看到的是同一件事……恐懼。」雖然這麼早就這樣坦白，有些不近情理，攝影和演藝卻加強了親密的印象。他們在上海重逢，佳芝對他說：「三年了，仗還沒有打完。還能活著見面，也不容易！」佳

---

54 這是辜鴻銘（1857-1928）的名言，他在歐洲接受教育，屬於保守派。請參閱本文集第3章和第6章孫筑瑾及陳相因的討論。

芝的話將兩人定位為普通人，因為他們無法控制的巨大力量被迫分開，如今偶然的機緣讓他們再度聚首。易先生在第一場床戲展現的暴力，可以解釋成他想將自己人生的兩半合而為一：無情的審問者與可能的愛人。這表示他在尋求知音，他必然已察覺佳芝就是那個能理解他的人。第二場床戲時，易先生粗暴地告訴佳芝，他想聽她說「我恨你」，因為他會相信她的話，他已經很久不相信任何人說的話。佳芝應道：「那你一定非常寂寞。」他答道：「可是我還活著！」易先生對自己的人生說得最明白的那一次，是佳芝到他辦公的地方等他，兩人一起乘車到幽會處，途中他說他鎮日裡都在想她，無法專心，甚至刑訊剛抓到的一個重慶特務，腦子裡浮現的竟是他壓在佳芝身上。那重慶特務是易先生從前黨校的同學，最後血噴了他一皮鞋。本書第6章陳相因對此有所討論。從某一方面看，這是全片最不具說服力的一幕，因為司機就在他前座，他應該不會在下屬面前透露自己的這種心事。然而，這場戲成功的顯示易先生已經開始卸下心防，他日見增長的情感糾葛正威脅著他的角色——以獸行拷問情報的官員，自己也成了野獸。

　　不久之後便是日本居酒屋裡那場著名的戲。在那裡易先生和佳芝認識到彼此有共同的文化和國族認同，雖然投效的「派系」不同。導演的場面調度強化了大有不勝之態的情緒：房間舒適而明亮，易先生坐在榻榻米上，那個姿勢透露他的脆弱。這場戲可以解讀為那個時代的文化記憶，但是包括的人物更多；在戰爭的悲傷戲劇中形形色色的演員都扯平了。就連居酒屋裡我們驚鴻一瞥的醉酒日本男人、賣力工作的藝妓都是受害者。

　　然而，導演另外還有一個強化點，把情勢搞得更複雜。佳芝

並不只是唱歌，她唱作俱佳，像在舞臺上演出一般。結果，像
她在香港演的話劇一樣，觀眾的反應出乎意料。那晚易先生送
她回家，她下車前，給了她一個信封，讓她拿到靜安寺月光集
市（Chandni Chowk）珠寶店去。第二天佳芝把信封拿去給鄺和
老吳。那時我們便了解，她和老吳爭論之後和她到虹口之間的過
渡，佳芝的旋律表示的是：她已經打定主意全力服從軍統上司，
即使明知得不到任何回報。以後見之明，佳芝在第一次床戲中屈
服於易先生與她屈服於軍統其實如出一轍：她都必須自我唾棄。

　　伍德在《色｜戒》的影評最後寫道，他在看這部電影的時
候，覺得一切似曾相識，他看到的既不是上海也不是香港，而
是法國片呈現的二戰期間遭德軍佔領的法國。換言之，那不是
真正的法國，而是「一個寓言的地貌，一個想像的區域，在那
裡良知、通敵、和抵抗的戲碼一直在上演」[55]。李安不是最近造訪
這個地方的唯一導演。荷蘭影片《黑書》（*Black Book*, 2006）和
《色｜戒》有些相似：一位猶太少婦為地下反抗軍當間諜，以女
歌星的身分作掩護，色誘一位納粹黨衛軍軍官，最後愛上了他。
反抗軍與德軍中都有派系，情節因而複雜。盟軍來了之後並未
帶來歡樂，反而揭發一些反抗軍英雄其實是叛徒，而剛解放的
群眾則對他們心目中的通敵者施虐報復。導演說，他的電影與
好萊塢電影不同，《黑書》裡只有灰色人物，沒有一個完全是
壞人或好人。這句話曾被廣泛引用。然而，那個令人不安的故
事並沒有令人完全絕望，因為電影的開場戲與終場戲都發生在
1956年的以色列。由於我們在整部電影中一直認同主角（歌星）

55　Michael Wood, "At the Movies: *Lust, Caution*," p. 31.

艾麗（Ellie），我們知道以色列這個國族是敘事驅力（narrative imperative）。因此，即使影片表明以色列不會是個全然安全的庇護所（蘇伊士運河危機即將爆發，又有火箭攻擊），影片的結局卻意味著將來有希望。

相形之下，《色｜戒》卻沒有這等好事。採石場可怕的槍決場面，毀了前面每一場戲滋生的浪漫情緒與魅力，觀眾只留下一肚子疑惑，正如張愛玲引用的李商隱詩句「此情可待成追憶，只是當時已惘然」。（請見本書第3章）電影對佳芝行動的最終結果未置一詞，也沒有以幸福的未來中國勾銷它。不想繪出一幅人民可以過正常生活的幸福中國藍圖。大部分通俗劇情片裡，到了終了主角都會獲得某種勝利，《色｜戒》卻不是這樣，道德和愛國情操都沒有勝出，因此佳芝的致命錯誤──背叛──就不容忽視了。相關問題中，容易回答的是她「為何」這麼做？本文已經試圖說明。更重要的問題是：這是怎麼發生的？李歐梵認為：這部電影表明李安個人企圖與中國現代史「被壓抑的」一章交鋒（參閱本書第一章頁39）。影片中，一如張愛玲的小說，易先生對謀刺的反應是出於恐懼的無情。小說裡，佳芝死後，易先生以虎／倀的關係比擬他倆教他顯得卑鄙。電影裡，虎／倀的比方適用於一切的關係。原來影片探索的不只是一章受壓抑的歷史，而是人際關係的結構以及演藝的模式──在戰時，生活在父權、威權體制的黨國中，究竟有哪些選擇？在關鍵時刻，在舞臺上表演愛國情操使演員得以感覺或表達深藏內心的感情，不然那些感情就一直埋藏在那裡，而且可能與愛國情操沒什麼關係。最後的結局是由人際關係的結構控制的：那些結構鼓舞愛國情操的動員力量，以遂自身的目的或者因應情勢而做的選擇，那些目的、選擇又都

植根於「慣習」和「自然史」。也許床戲在電影中居於核心（又
令人反感）的理由是，那是李安與過去交鋒的一部分：他親自
飾演老易／老吳的父權角色，規訓演員使出渾身解數，不餘遺
力[56]。於是我們不妨這麼說：李安讓藝術模仿人生，以達成透過
演藝與真相和解的目標。

---

56 Roseanna Ng, "Eleven Days in Hell," in *Lust, Caution: The Story, the Screenplay, and the Making of the Film*, Eileen Chang et al. (New York: Pantheon Books, 2007), pp. 255-258

8

「真正的」王佳芝

《色｜戒》中的表演與真實

柯瑋妮（Whitney Crothers Dilley）

　　我一再接受挑戰，因為我堅持要活在灰色地帶，並對生命真誠無欺。[1]

——李安，2007 年 12 月 2 日，《華爾街日報》關於《色｜戒》之專訪

　　李安的電影經常處理位於道德灰色地帶的主題。一而再，再而三，李安似乎深受此類主題吸引，探索欺騙與真實：《囍宴》（1993）、《色｜戒》（2007）；自我認同與社會責任的衝突：《理性與感性》（1995）；社會規範和接受真實自我之間的角力：《綠巨人浩克》（2003）、《斷背山》（2005）、《胡士托風波》（2009）。最近的作品《少年 Pi 的奇幻漂流》（2012）探討記憶與說故事之間的複雜差異，以及創傷對記憶造成的投射或改寫。在這些作品中，李安勇於探索「灰色地帶」，挑戰觀眾對牛仔、乖女兒、和孝子等非黑即白的既定認知。《色｜戒》挑戰的是忠誠與背叛的概念，以及何謂「許可的愛」。李安的電影中，許多角色都有雙重面目，或者掙扎著隱藏真實自我。有些欺瞞始於善意，例如《斷背山》中的牛仔戀人起初掩藏內心情感以求自保，並為了家庭，選擇遵從當時保守的社會風俗。後來，傑克（Jack）和艾尼斯（Ennis）情不自禁又無可避免地模糊了道德界線，無意間傷害了妻女。有些欺瞞則出自惡意，例如《色｜戒》。然而，王佳芝演出的色誘戲碼卻毀於她對易先生燃起的意外情愫。監製、編劇夏慕斯（James Schamus）在《色｜戒》小

1　Emily Parker, "Man without a Country," *Wall Street Journal*, December 1-2, 2007, A13.

說、劇本的導言中,將詮釋王佳芝的角色比擬為鏡像遊戲:「王佳芝……陷身於電影之鏡與文學之鏡之間。李安將自己的電影之鏡反射到張愛玲的精采作品時,便身陷這個鏡像遊戲中。」[2] 我們感到的困惑,是一名女演員在電影中表演一個正在演出的女演員造成的──我們能完全理解她的動機與心理嗎?

　　筆者認為,閱讀這部電影時,時時參照巴代伊(Georges Bataille, 1897-1962)的禁忌與犯禁理論,有助於探索王佳芝這個角色的「真面目」,分辨她的真情假意。巴代伊認為,社會禁忌的存在會促進旨在犯禁的行動;禁忌有助於創造有秩序的社會,但是也開啟了犯禁的可能性。巴代伊認為情色交融的動作與宗教的犧牲儀式相似,是行為主體企圖「與自我的關聯性脫鉤」,亦即中斷主觀、理性的體驗。巴代伊把性行為視為手段,以達到「存有之連續性」(continuity of Being)──我們已經失去了的那種原初力量──而在井然有序的理性世界與被流放的「理智他者」(other of reason)之間,那一力量能閉合兩者的間隙。同樣地,王佳芝只有透過表演才能找到真正的自我。在她混跡的菁英社會圈子,以易太太(陳沖飾演)為首,充滿了裝腔作勢、謊言。然而王佳芝扮演麥太太,麥太太與漢奸易先生從事犯禁的性行為,透過這個扮演她抵達了真實。王佳芝施展性魅力與表演的功力,尋得了真我。

　　王佳芝這個人物同時有兩個身分,這個雙面性使她心力交瘁,終於到達無法掌控現實的地步(或者說,無法分辨哪一個現

2　James Schamus et al., *Lust, Caution: The Story, the Screenplay, and the Making of the Film*(New York: Pantheon Books, 2007), p. xv.

實對她來說才是「真實」）。於是她必須顛覆一個角色，放棄原來的自我，跳入「理性的他者」，扮演麥太太。如此方能解釋她在電影最後所做的斷然決定。

一、巴代伊：禁忌與犯禁──強化犯禁的誘惑

抗戰期間，日本佔領之下的上海正是禁忌與犯禁的場域，正好用巴代伊的理論來詮釋。巴代伊是法國哲學家、作家、文學理論家。他也討論過戰時充滿仇恨的政治現實。巴代伊以冷戰歷史描述犯禁，並將自己的理論奠基於歷史脈絡中，因此適合用來分析日據時期的政治心理學。冷戰期間，美蘇諜報機構鬥爭下的複雜國際政治，與中日政治史有相似之處，因為犯禁的個人等於敵人。犯禁的個人即敵人創造了緊張的陰謀與極為緊張的情緒，因為會危及受困國家的國家安全。《色｜戒》點明了禁忌與犯禁的相互作用；透過巴代伊的理論閱讀《色｜戒》有助於說明這一共生關係。此外，在巴代伊的理論中，犯禁的欲望是由禁忌本身創造的：

> 禁令的對象首先是垂涎的對象，那是禁令本身造成的：如果禁令本質上是針對性而發，必然會引人注意對象的性價值（或者說，情欲價值）。[3]

3　Georges Bataille, *The Accursed Share*, trans. Robert Hurley, Volume II（New York: Zone, 1993），p. 48.

　　換言之，禁令本身使犯禁行為產生價值。對巴代伊而言，恐懼本身賦予犯禁極大的價值：「恐懼擴大了我們和犯禁之間的間隙，並使犯禁籠罩在興奮的氛圍中，犯禁因而獲得了新的意義。」[4]事實上，《色｜戒》中王佳芝與易先生的關係，將恐懼經驗賦予犯禁行動價值，表現得淋漓盡致。

　　巴代伊的神聖與世俗概念也補足了他禁忌與犯禁的論點。巴代伊認為，俗世由工作和理性組成，是充滿禁忌的世界。但是在聖域中，人尋求一失落的整體性，即只有在死亡中才能發現的連續性（continuity）。巴代伊解釋道，聖域無法企及，超出我們的觸角，人在聖域中尋找的整體性，「只能以巨大犧牲為代價」才能尋獲[5]。王佳芝的犧牲，是付出生命。

　　巴代伊認為，情色有其目的：「情色的最終目標是融合，所有的界限都消失。」[6]於是巴代伊推論，情色的犯禁價值是動搖主體性經驗，與聖域冥合。這樣的冥合，如同宗教的犧牲，將抹除個別性，那是與死亡有關聯的消抹。對那個關聯，巴代伊澄清道：「若兩個愛人因愛而合為一體，必然涉及死亡的概念……這個死亡的氛圍正是激情的本義。」[7]

　　巴代伊也論述過情色與花費／犧牲的關聯，說明驅動犯禁的情色需要消耗巨大能量、冒死亡風險：「情色活動有時教人噁心：也有時高貴、超凡、不沾染性的成分。但是情色明白展現了

4　Georges Bataille, *Eroticism: Death and Sensuality*, trans. Mary Dalwood（San Francisco: City Lights, 1986）, p. 48.

5　Georges Bataille, *The Accursed Share*, Volume II, p. 119.

6　Georges Bataille, *Eroticism: Death and Sensuality*, p. 129.

7　Ibid, p. 20.

人類行為的一個原理：我們的欲望會耗盡我們的力氣與資源，必要時，甚至願冒生命危險。」[8]

《色｜戒》觸及的一個禁忌是：婚外性行為；與巴代伊同調，正因為婚外性行為是禁忌，於是禁止婚外性行為便籠罩在刺激、危險、恐懼的氛圍中。謀刺漢奸的年輕學生缺乏性經驗，證據是他們只有一個人不是處子。電影中，這導致了一場尷尬的戲：由梁閏生指導王佳芝床笫之事，因為只有他嫖過。其他學生都是童身，因此事後面對王佳芝非常尷尬；他們躲著她，不敢跟她說話。王佳芝獻出了身體和童貞之後，沒想到易家突然離港返滬，她的犧牲似乎完全白費了：她已遭玷污、人生毀了、也喪失了未來。

不倫性關係禁忌與諜報任務之間有一重要關聯。王佳芝提到，希望她與老易的床笫之私以「血和腦漿」噴得她一身的想像畫面結束。這可以與巴代伊愛即「犧牲」（一個準宗教概念）的想法對照來看。難道王佳芝覺得老易的死與她的愛國行動是她的救贖？她對重慶特務頭子老吳這麼說道：

> 這是為什麼我也可以把他折磨到撐不下去，我還要繼續，直到我精疲力竭崩潰為止……每次最後他身體一抽倒下來，我就在想，是不是就在這個時候，你們是不是應該衝進來朝他的後腦勺開槍，然後他的血和腦漿就會噴濺我一身。

另一個不可忽視的重要面向是，在劇本中，對易先生和王佳

8　Georges Bataille, *The Accursed Share*, Volume II, p. 104.

芝這兩個人物有同樣的暗示：他們都已經死了。易先生知道自己已是個死人，只是個醜陋的、疏離的漢奸，誰都不能信任。戰爭結束後，他不會有未來：即使當過日本人的走狗，日本人不會接受他，中國人則會以叛國罪起訴他。他不再是人（non-person），沒有國家，也沒有長期的忠誠對象。同樣的，王佳芝也是死人。老吳把她給父親的信燒了那一幕便是暗示，老吳毀掉了她在世的證據，提醒我們她的生命微不足道。此外，老吳還提到先前已經死了兩位女諜報員，他的態度漫不經心，口氣簡慢，暗示王佳芝最後難逃一死，令人寒心：「我們前後有兩個受過嚴格訓練的女同志，釣了他一陣子，結果都讓他摸了底，被弄死了不說，還供出了一批名單。」9

　　王佳芝扮演的角色是獻身抗日大業的愛國諜報員，一開始她天真地相信自己在情感上可以承受雙重人生的壓力。然而，她越來越入戲，犧牲掉越來越多個人，她的自我。你瞧她化身為麥太太之後，舉止、品味都改頭換面，例如勞碌一天之後會抽菸，喪失年輕學生的清純模樣（如她的朋友嘗試最新流行舞步的那場戲）。王佳芝已經被她扮演的人物吞噬了；她的風度認真、優雅、體面。清純學生王佳芝已「死」，在她的同學殺了老曹之後我們看得格外清楚：她跑入夜幕，消失在黑暗中，沒有跟任何人說一句話。她喪失了童貞，天真，以及身分。等到她再度出現銀幕上，面色蒼白、生氣情緒盡失，彷彿活屍。

　　張愛玲的小說反映了愛與犧牲、性與死亡的巴代伊連結：她

9　Ibid. p. 193.

「有犧牲的決心」[10]、「事實是，每次跟老易在一起都像洗了個熱水澡，把積鬱都冲掉了……」[11]張愛玲的故事裡，禁忌與犯禁的想法反映在王佳芝的同學的反應，那是在易家突然離港返滬，色誘計畫無疾而終的時候。她感到「跟他們這一夥人都疏遠了，總覺得他們用好奇的異樣的眼光看她」。[12]

　　不過，最能體現巴代伊情色交融、情色與死亡的關聯等概念的，是李安在電影裡安排的性愛戲，春光四溢、淋漓盡致。這些引起爭議的片斷使這部片在美國被列為NC-17（十七歲以下不得觀賞），在臺灣則是限制級（未滿18歲禁止觀賞）。但是李安仍堅持這些性愛戲有其必要，目的在呈現王佳芝、易先生這兩個角色的關係非常複雜。NC-17與限制級都會影響票房收入，可是監製李安與夏慕斯為了故事的完整決定冒這個險，雖然張愛玲的原作只模糊提到他們的性愛。（李安承認，性愛戲是他的創作。）《色｜戒》有三場性愛戲，總長約十分鐘，出現在全片（一百五十七分鐘）的中後部分。每一場露骨的性愛戲都隱喻王、易兩角色的關係的不同階段。他們之間的親密程度逐漸加深，顯示易先生逐漸接受王佳芝，把她當做可信任的人。那是故事發展的關鍵。（關於那些性愛戲，有興趣的讀者不妨參閱本書葉月瑜、陳相因的分析。）

　　第一場性愛戲，易先生展現了施虐傾向與暴力，是為了讓觀眾明白他是什麼樣的人：他位居要津，可是說來也怪，又很脆

10　張愛玲，〈色，戒〉，《惘然記》（臺北：皇冠文化，1995），頁20。

11　同前注，頁21。

12　張愛玲，〈色，戒〉，《惘然記》（臺北：皇冠文化，1995），頁21。

弱，因為他活在一個充滿仇恨的時代。易先生必須把王佳芝弄得痛苦不堪，「才覺得自己是活著的」，這是王佳芝的觀察。易先生不信任他人，只因他身處的無情現實——他是漢奸——他必須壓抑自己的情感，誰都不可交心。於是在第一場性愛戲中，易先生壓制王佳芝，不讓她看著自己的臉，將對她的不信任表露無遺。這場性愛彷彿強暴；易先生簡直視她為妓女。然而，到了性愛結束的時候，王佳芝卻把易先生的支配行動當做情色交融的過程，臉上綻放難以覺察的微笑，對這位剛在自己身上發洩過的男人動了心，他看來需要自己。第二場性愛戲，情勢逆轉：王佳芝要脅離開，易先生處於下風。他的態度變了，因為他裸露出更多身體，像是開始卸下心防。同時，王佳芝施展渾身魅力吸引他，獲得了更大主宰空間。

就刻畫兩人關係的本質而言，最後一場也就是第三場性愛戲最為關鍵：在這場戲裡，兩人藏在心裡的模糊念頭全都暴露了。易先生的槍就在床邊，王佳芝大可藉機殺了他。然而，即使時機那麼理想，她卻放棄機會，繼續和易先生做愛。那時她終於贏得了易先生的全然信任。此外，這場戲展現的柔情蜜意，與前兩場戲的暴力截然有別。最後，易先生不再是支配角色；這場戲大部分時間都是王佳芝居於上位，這是一視覺隱喻，表示她主控全局，在兩人關係中占了上風。這場戲飽含情緒，顯露兩人最深層的連結，模糊了「佔有者」與「被佔有者」的界線。

二、麻將、上流社會和西方文化的影響

李安的電影一開始就是一桌麻將。這場戲技術上困難又複

雜，動用了四架攝影機，還要照顧不同的角度。張愛玲的〈色，戒〉也以一桌麻將開場：

> 麻將桌上白天也開著強光燈，洗牌的時候一隻隻鑽戒光芒四射。[13]

　　李安的電影以同樣的影像開始：細節精確地再現到銀幕上，非常到位。張愛玲刻意著墨了四位牌搭子的衣著；這是張愛玲的風格，強調飾品與上流社會的優雅，讓人想到1940年代的上海主流時尚，那可是上海的金色年代。張愛玲也會留意上層階級高雅的家具擺設，刻畫它們的細節，成為她作品的標記。這些細節為她的描寫增添了真實性，也為李安的電影提供了豐富的視覺線索。

　　這場麻將戲定的調就是爾虞我詐場；麻將桌上的四位太太正在競技，不只比牌技，還要比衣著裝飾，財務與地位。她們坐上牌桌，炫耀自己的地位，麻將只是比拚的「遊戲」之一──麻將是隱喻，指涉有錢太太們的競爭、鑽營、與布局。每一位太太都想證明自己高人一等。這一開場戲具體而微地透露了張愛玲的故事的整個情節：每個人都有祕密；每個人都心有旁鶩；誰都不能信任房間裡的其他人。人際關係奠基於業務與社會義務的複雜聯繫，因此她們沒有真情可言。正相反，她們說話總是皮裡陽秋、口蜜腹劍，以表面膚淺的言語搶占上風。她們討論該由誰請客吃飯，上哪個館子，以及上海通膨經濟中高貴的上流社會飾品。這

---

13 同前注，頁10。

場戲概括了王佳芝與上流社會的疏離：在她方才進入的浮華世界中，她是個外人。這場戲的重要元素，如太太們的穿著與飾品，展示了她們的社會階級；獨有王佳芝缺了一枚鑽戒，格格不入：

> 牌桌上的確是戒指展覽會，佳芝想。只有她沒有鑽戒，戴來戴去這只翡翠的，早知不戴了，叫人見笑——正都看不得她。[14]

小說一開場張愛玲筆下的眾生相突顯了裝腔作勢與詐偽。她以短句添加細節，穿插提示大小、形狀、顏色、模樣的詞——那些輕輕帶過的細節，只有她這種大家門第出身的人才會那麼敏感。頭幾頁的描述裡，她使用顏色：雪白、嬌紅、靛藍、土黃、磚紅。張愛玲的小說以對服裝、飾品、家具、裝潢、照明的描寫著名；她對細節極為敏感，展現了對時尚與品味的高雅修養，那無疑來自當時上海的富裕階層。看她描寫麻將桌上太太們戴的金鍊條，可見一斑：

> 淪陷區金子畸形的貴，這麼粗的金鎖鍊價值不貲，用來代替大衣鈕釦，不村不俗，又可以穿在外面招搖過市。[15]

張愛玲對王佳芝的穿著打扮悉心描寫：「小圓角衣領只半寸

---

14 同前注，頁13。

15 同前注，頁10。

高，像洋服一樣。」[16]同時還記下她：「臉上淡妝，只有兩片精工雕琢的薄嘴唇塗得亮汪汪的，嬌紅欲滴。」[17]在前面引用過的段落裡，王佳芝覺得手上的戒指太寒酸，與牌搭子手上光芒四射的財富象徵沒得比。張愛玲還仔細描寫窗簾，刻意強調了鋪張之處：

> 房間那頭整個一面牆上都掛著土黃厚呢窗簾，上面印有特大的磚紅鳳尾草圖案，一根根橫斜著也有一個人高……西方最近興出來的假落地大窗的窗簾，在戰時上海因為舶來品窗簾料子缺貨，這樣整大疋用上去，又還要對花，確是豪舉。[18]

同一段還說，這種圖案的窗簾，周佛海家裡有，所以易家也有。周佛海可是汪精衛一人之下的人物，於是大家有樣學樣。戰時的這種「豪舉」，除了一小撮享有特權的人，外界根本難以想像。

電影開場的麻將牌局也發揮了戲劇功能，如同在張愛玲的小說裡。微小的線索與細節加總後令讀者疑心易先生的出軌（「易先生乘亂裡向佳芝把下頦朝門口略偏了偏[19]」）。但是接下來的細節，王佳芝暗藏玄機的話以及做賊心虛，讓原先的疑心有了分量。馬太太話中有話的評論（「我就知道易先生不會有工夫」），讓王佳芝「神經過敏」，張愛玲寫下了她的心事，對後續情節透露了驚鴻一瞥：

---

16 同前注，頁10。
17 同前注，頁10。
18 同前注，頁12。
19 同前注，頁13。

是馬太太話裡有話，還是她神經過敏？佳芝心裡想……這太危險了，今天再不成功，再拖下去要給易太太知道了。[20]

電影開場的敘事忠實捕捉了這一氛圍，觀眾也必須拼湊故事的全貌。

李安在電影裡特別強調王佳芝化身為麥太太之後的二元、分離經驗：她進入了一個講究奢華與高調消費的無國界世界，與她平日的身分與經驗不啻天上人間。在易家的圈子裡，王佳芝扮演的是菁英階層的世故婦女，有出身中國大家門第的風範；教人啼笑皆非的是，她必須說流利的英語，熟悉西方世界的風格與品味。中國上流社會中的西化元素，用以彰顯王佳芝身陷的險境，也將她變成異己，亦即與她本來的身分分離。

我們必須注意的是，社會地位涉及傳統與現代之間、以及中國與西方之間的相互作用。電影中出現六種語言：中文、日語、英語、印度語（Hindi）、上海話、粵語——這是全球化效應在二十世紀早期的一例，當年的上海有許多文化、語言共存。例如高級珠寶店的老闆和經理是印度人，彼此以印度語溝通。然而，英語才是上海上流社會的語言：王佳芝進入店裡，從頭到尾都說英語。最後，她從印度老闆手裡拿到了戒指，那位印度人打斷了王佳芝和易先生的中文對話，用英語說：Congratulations, Miss!（「恭喜妳，小姐！」）像是在祝賀佳芝的婚約。這句對婚約的英語賀詞，為這幕戲增添了意外的情緒元素。王佳芝在凱司令咖啡廳設下刺殺易先生的陷阱，也使用英語；她用英語向服務生要

---

20 同前注，頁14。

求使用電話。懂得多種語言的人物是諜報電影的共同元素（世界級的諜報員必須通曉幾種語言）；此外，王佳芝能順暢的轉換語言，突顯了她的實力。許多街道名與商店名也都是英文；如王佳芝逃離暗殺現場時，指示車夫前往「福開森路」（Ferguson Road）。這些英語為民初的上海與殖民地香港的風華增添了異國風情。

除此之外，李安精心挑選了五部不同的電影，證明王佳芝深受西洋電影文化的影響，尤其是黑色電影。李安安排她進電影院看了兩部美國片；一部是《寒夜情挑》（*Intermezzo: A Love Story*, 1939），另一部是《斷腸記》（*Penny Serenade*, 1941）。《寒夜情挑》的故事敘述一位已婚男士（萊斯利·霍華德〔Leslie Howard〕）與女兒的鋼琴教師（英格麗·褒曼〔Ingrid Bergman〕）墜入情網；七歲大的女兒被迫夾在母親的心碎與她對父親的熱愛之間。王佳芝觀影時淚流滿面，反映了她的孤獨，因為父親拋下她到英國去了，再婚、展開新生活，似乎對自己的女兒毫不疼惜。值得注意的是，這部美國電影是催化劑，將王佳芝埋藏在內心深處的情感釋放出來——她覺得自己遭到背叛。此外，電影院牆上有幾部電影的海報：《月宮寶盒》（*The Thief of Bagdad*, 1940），王佳芝瞥了一眼；《碧血煙花》（*Destry Rides Again*, 1939）；以及《深閨疑雲》（*Suspicion*, 1941），那是王佳芝在電影散場後看見的。《深閨疑雲》中，女主角是一位年輕的英國女人（瓊·芳登〔Joan Fontaine〕），她懷疑新婚丈夫（卡萊·葛倫〔Cary Grant〕）意圖殺害自己。這部片子充滿黑色電影的特徵：朦朧的黑暗以及讓人不敢獨處一室的緊張，呼應《色｜戒》的基本布局。

在電影的前段，王佳芝第一次登臺演出話劇之後，激動、充滿活力，在雨夜裡陶醉到深夜；她興奮得睡不著覺。這個話劇經驗吸引王佳芝愛上演藝：她享受征服觀眾的力量，那是她在舞臺上感受到的力量。第二天，她不由自主回到前一晚成功演出的舞臺，她信步走著，在布景假樹之間若有所思，直到鄺裕民和同學從樓座觀眾席召喚她參加會議。這是隱喻，他們召喚她「回到現實」，要她協助真實的暗殺計畫。電影中，鄺裕民說殺一個有血有肉的漢奸，比起博取觀眾的眼淚更加寶貴，無異提醒大家現實與演藝分屬不同領域，不可一概而論。

雖然演藝的魅力似乎是驅使王佳芝的動力，她自己的情感也出了力。電影中，王佳芝事敗被捕時必須吞下的氰化物藥丸是個隱喻，值得玩味。藥丸在電影中出現了兩次：第一次是在王佳芝認為自己是老易的假情侶之後（她是演藝者）；第二次則在她認為自己是老易的真情侶之後（她正在享受真愛）。她並沒有遵照指示吞下藥丸。拒絕自殺為國盡忠是這個故事的隱喻性結論：王佳芝拒絕扮演諜報員角色之後，才成為真正的自我。她停止表演，讓自己真誠地面對自己此時此刻的情感。彷彿是為了確定這一點，這場戲立即跳接香港大學的一幕戲，鄺裕民和同學把她從舞臺上叫下來的那一刻。這像是她和演藝再度說再見，這一次是從舞臺的另一側，從她演出的諜報員角色，回到自己真正自我的自由。

三、李安其他作品中的雙重性，以及「真正的」王佳芝

在李安的其他電影中，雙重性是共同元素，如《綠巨人浩

克》中，布魯斯（Bruce Banner）的瘋狂科學家父親是雙面人；《理性與感性》中，韋勒比（Willoughby）教人難忘的背叛。在李安的電影中，雙面人物通常有自我認同的問題，以至於必須隱藏自己的內在世界。不過，有時他們為了自保而說謊。《冰風暴》裡與人通姦的父親班（Ben Hood）便是一例，他與鄰人妻子（雪歌妮・薇佛〔Sigourney Weaver〕飾演）的不倫關係與尼克森水門案同時並陳，那可是更大規模的欺騙，典型的腐敗與失德。其他的雙面人物包括《與魔鬼共騎》中由馬克・魯法洛（Mark Ruffalo）所飾演的壞人角色，他逃過一死，反而恩將仇報。

說到雙重身份，《囍宴》中的偉同可視為原型人物，那是李安1993年的作品。偉同是華人，是孝子，是同志。在電影中，偉同與美國愛人排演了一齣假結婚戲碼，好讓一再催婚的父母安心。（他不願向父母坦白真相，是擔心他們失望。）這部電影結構複雜又深刻，其中有五個主要人物，每個人都有不欲人知的祕密。到最後，雖然偉同希望隱藏同志身份，仍被父親識破。可是父親不讓兒子知道自己知情，卻給了兒子的愛人賽門一個紅包，歡迎他成為一家人，算是「法律上的兒子（son-in-law）」。父與子都有祕密瞞著對方，攜手演出一場合乎傳統倫理的戲，既不拆穿婚禮也不追究兒子的性向。這一未解的張力推動了全片；甚至直到最後父親返臺時這一張力仍然未解，父親仍未向兒子透露他已知情。唯有《囍宴》的觀眾全視全知，明白真相。

李安作品中另一位雙面主角是《臥虎藏龍》中的玉嬌龍。她的複雜動機在片中創造了動人的張力：一開始玉嬌龍是一知書達禮的富家千金，隱藏了一身好功夫；然後，她蒙面竊取青冥劍；

最後甚至裝扮成男人、隱藏身份。她不僅變異裝扮，心理也經歷微妙的轉折，透露更大的深度與衝突，例如她與新疆沙漠大盜羅小虎的悲劇戀情，而她與李慕白的關係頗有戀父情結的味道。在另一層面，片名「臥虎藏龍」這一常用成語雖然是指潛藏著的奇人異士，我認為也可以指涉潛藏在禮教底下的暗流，包括情感、熱情、與祕密欲望。這些被壓抑的欲望，儘管潛藏，強而有力又難以理解，也許會不經意地浮現，或者大幅改變人生。例如玉嬌龍和羅小虎在沙漠洞穴中以突然而出人意表的方式表達欲望，因為他們年輕、狂野、又任性。玉嬌龍難以約束的欲望為其他人帶來麻煩：她盜取青冥劍，只為測驗自己的能耐；她逃跑、打扮成男人，只圖享受行俠江湖的刺激，不願接受父母安排的婚事。此外，她的莽撞無意中置李慕白於險境，以至於死。到了電影最後一幕，玉嬌龍衝動地從橋上一躍而下，墜入深谷。整部片子一層又一層揭開了玉嬌龍的性格，也越來越深入她錯綜複雜的心理。

　　李安電影的特色是衝突，影響主要人物身分認同的一個衝突領域就是是父／子或父母／子女的關係。舉例來說，這正是《綠巨人浩克》的出發點，這部電影反映了希臘悲劇的形式：父親犯了錯，受罪的卻是子女。同樣地，《斷背山》裡艾尼斯的父親採取的恐同行動（帶孩子看被打死的同志）為兒子灌輸了一輩子難以擺脫的恐懼，使他成為感情障礙者。《囍宴》裡，偉同是為了討父親的歡心，才隱藏自己的性向，辦假結婚。《色｜戒》也有父／女衝突：王佳芝的父親拋棄了她，使她走上離經叛道的尋愛之路。李安在電影中對這一父／女衝突刻意著墨，超過張愛玲原作：這與李安對代溝、親子關係特別著迷，是一致的，他在作品中常常探討這個主題（其他的例子是《推手》、《飲食男女》）。

《色｜戒》編劇王蕙玲和夏慕斯增添了細節：王佳芝的父親離婚、赴英再婚、拒絕女兒前往加入新家庭。於是在李安的電影中，王佳芝完全被父親排拒，讓她震驚也使她的身分認同變得複雜；這與布魯斯（浩克）、偉同、艾尼斯的掙扎並無二致。

李安曾說，拍攝期間《色｜戒》演員裡他最認同的並不是飾演易先生的梁朝偉，而是飾演王佳芝的湯唯。問到他怎麼會選擇湯唯，李安答道：

> 她的性情非常接近故事裡描述的王佳芝——她像我父母那輩的人，那樣的人現在不多了。她並不美得令人驚豔，但她試演的成績最好，而且她有種特別的氣質。最重要的是，她就彷彿是我的女性自我——我覺得自己簡直就是她，甚至能夠想像我發現了真正的自我。因此這個故事的主題有我個人的認同。[21]

李安接受麥當諾（Moira Macdonald）的訪問，也談到了創作《色｜戒》的動機，特別是他從王佳芝這個人物得到的靈感。他指的是電影開始不久的一場戲，描寫王佳芝第一次登臺演出話劇之後，亢奮、激動，在雨夜裡陶醉到深夜。李安回憶自己在國立藝專（現國立臺灣藝術大學）的人生首演。那也是一個雨夜，他親身經歷了舞臺表演的感動，以及感動觀眾的滿足，像神遊太虛，不似在人間；他的人生因為演藝而改變了，突如其來、再也回不了頭。他把自己當做王佳芝，說道：

21　Nick James, "Cruel Intentions: Ang Lee," *Sight & Sound*, 18.1（2008）p. 50.

> 基本上，**我就像那個女孩**（王佳芝）。**她正在覺醒，她感**
> **受到那股力量。**演戲好玩的地方就是，你會獲得力量……小
> 時候，我很壓抑，從來不准我碰藝術，只能專心學業。我大
> 學入學考試落榜，先到國立藝專準備重考。因緣際會上了臺
> 表演。那成了我以後一直做的事。突然頓悟下半輩子要做什
> 麼。所以，當我在小說裡讀到這一段，我就決定要把它拍成
> 電影。（粗楷體字為筆者所標注）[22]

　　這裡李安透露了他拍攝這部電影的動機與王佳芝的轉型時刻
有關：她愛上了演藝的力量。李安強調演藝令人覺醒的力量，以
及透過表演發現真實之道。這與巴代伊的觀點類似：人透過打
破禁忌的犯禁力量，並放下主體性，尋求原初的「存有之連續
性」。李安的電影往往包括有自傳元素；例如《囍宴》中的父子
衝突源自李安與父親的真實對話，父親為他設定的高標準他難以
達成。同樣地，《色｜戒》中也有自傳元素，那就是演藝有發現
真相的力量。李安對有心人發出的訊息是，他現在仍然以說故
事、戲劇、和拍電影來發現真相。「真正的」王佳芝就是李安本
人，這一祕密可不是祕密了吧。

　　的確，李安曾在訪談中說過：「我整個人都濃縮在電影裡
了。」[23]電影探索的灰色地帶，超越道德上絕對的「是非黑白」，
執意於理解人的真實經驗，表達了李安內心最深層的情感。猶如

22　Moira Macdonald, "Ang Lee and the Power of Performance," *The Seattle Times*
　　（October 2, 2007, 11）.
23　張靚蓓編著，《十年一覺電影夢》（臺北：時報文化，2002），頁6。

安妮・普露（Annie Proulx）的〈斷背山〉中，艾尼斯在戀人死後的心情描述：「他所知道的事實，和他願意相信的，中間有著巨大的鴻溝，但他無力改變。既然改變不了，只好接受。」同樣地，《色｜戒》中，李安探索王佳芝的禁忌之戀，如何深陷交織於道德衝突矛盾中。李安坦誠的探索，一而再再而三深究生命的難題，引領觀眾摸索如何解答大哉問；在過程中，他面對的正是自身生命的真實。

（三）
認同政治及全球文化經濟

9

黑色邊戒

林建國

　　李安《色｜戒》在美國發片，市場反應靜悄悄，反而在太平洋另一端，觸發了一場內戰，引起內地極端國族主義者們對他圍剿，從意識形態上點名李安就是國家所要撲殺的頭號賤民。李安因為挑戰主流意識，被人碾成肉餅，這種事不是第一次，當年拍攝《與魔鬼共騎》（*Ride with the Devil,* 1999）便是。片中他對美國南北戰爭應該如何解讀一事發難（不是只有「拯救黑奴」），出資的環球影業公司身為美國當家體制，沒把電影看懂，迅即就將此片「丟進了垃圾桶」[1]。李安生於離散家庭，父母受到國共內戰（1945-1949）波及，流落到「叛離的一省」臺灣，深知失去社會政治根基的痛楚。這樣的出身，使他「對於輸家，充滿自我執迷」[2]，並在《與魔鬼共騎》裡「同情『選錯邊』的一方」[3]。李安就像是片中傑格・羅德（Jake Roedel）和丹尼爾・霍特（Daniel Holt）兩人的綜合體：羅德從他那群「熱愛林肯」的德裔親友脫隊，霍特則是恢復了自由身的黑人；只因他們的南方朋友全是對付北方佬的游擊隊員，兩人都捲入戰爭，一起對抗北軍。這些朋友逐一遭到殲滅之後，他倆得過且過，沒有固定身分，淪為退伍軍人、倖存者，或者（理應是，但不必然就是）老百姓。在漫長而又充滿疑義的「流變」（becoming）裡過渡，他們所處的「存在」（being）狀態，只有一個名詞可以形容：「魯蛇」（"losers"，

1　Michael Berry, "Ang Lee: Freedom in Film," Interview with Ang Lee, *Speaking in Images: Interviews with Contemporary Chinese Filmmakers*（New York: Columbia University Press, 2005）, pp. 338-39.

2　參考本書第1章〈李安的《色｜戒》及其迴響〉。Leo Ou-fan Lee, "Ang Lee's *Lust, Caution* and Its Reception," *boundary 2* 35.3（Fall 2008）: p. 226.

3　Whitney Crothers Dilley, *The Cinema of Ang Lee: The Other Side of the Screen*（London: Wallflower Press, 2007）, p. 122.

輸家）。

在《色｜戒》裡，李安做了更艱難的嘗試：這群「魯蛇」被拋進一個黑暗而又宿命，原生自美國本土的電影傳統之後，還能如何冷靜自持。當《色｜戒》在美國的反應是如此的靜悄悄，氣氛不免詭譎；亞洲這廂，出於一股集體怨懟（collective ressentiment）所帶來的不安躁動，一樣充滿詭譎。意外的沉默反應，外加令人難堪的躁動——這股情緒，彷彿復刻自古典好萊塢電影裡的某種黑色主調；引發這股情緒的原因，又在人們對這種電影的調性不知不覺。針對這點無知，李安曾努力開示，解讀的鑰匙就落在他電影中的一套華服上。

一、衣裳的哲學

李安在一次訪談中評論了張愛玲寫作〈色，戒〉的「殘暴意圖」（是為訪稿標題），針對電影《色｜戒》裡的服裝母題論析，不幸都被攻訐這部電影的影評家們錯過。李安論道：

> 對西方人而言，上海是個罪惡城市，是東方的卡薩布蘭卡，這點我了然於胸。因此，要是你把旗袍放入影片，現代款式的旗袍——比較短，搭配短袖子——然後讓她頭戴一頂洋帽，外罩一件風衣，看起來難免充滿異國風情，連中國人都這麼覺得。穿旗袍得小步行走，披著風衣就得昂首闊步，你又該怎樣處理這個組合？[4]

4　Nick James, "Cruel Intentions: Ang Lee," *Sight & Sound* 18.1（Jan. 2008）: 50.

　　旗袍和風衣，王佳芝兩件都穿上了，假扮成麥太太，等著要跟不倫戀人易先生一起前往位於福開森路上的密所幽會。途中，王佳芝要求改道，取易先生送的鴿子蛋鑽戒。早些時候，她電話

圖9.1　王佳芝身穿旗袍

圖9.2　王佳芝身穿風衣

傳訊抗日同志，要他們就近埋伏。易先生為 1942 年日據上海傀儡政府的情報頭子，手段殘暴。王佳芝風衣內藏著她的殺手本能，很快就要將他伏誅。

　　然而藏匿王佳芝旗袍底下的，卻是她的感官記憶，肌膚上每個毛孔，迴盪著與易先生纏綿的銷魂記憶。之前在日本居酒屋裡，難得一見的溫存時光，深深感動了這兩個寂寞的靈魂。隨後在珠寶店，那抹溫柔彷彿還停留在易先生的睫毛上，王佳芝情難自己，低聲要他「快走」。易先生衝下樓，奪門而出，鑽身座車逃離現場之後，她才鬆了一口氣，獨留現場，再也不是麥太太，而是她自己。她胡亂沿著商店櫥窗行走，最後攔下一輛三輪車，決定駛往福開森路，然而為時已晚，路障攔街，誰都無法通行。王佳芝一手觸摸著氰化物藥丸自忖，一時還不想死。

　　當天晚上，王佳芝依舊身穿旗袍和風衣，與同志們被押到南郊石礦場一個巨大的坑邊行刑。此刻，旗袍與風衣成了一個可怕的組合：旗袍將葬身在她的風衣裡，而埋葬風衣的，則是無邊無際的黑夜。

　　過程中，我們看著王佳芝「流變」（becoming）為她不想成為的身份。活著時，她身著旗袍與風衣，一副神祕的致命女郎（*femme fatale*）模樣。神祕，因為令人摸不清她的意圖，就像她的風衣，總是模稜的符號，既是威脅，又是誘惑。她很清楚愛上了「錯誤」的男人，要面對苦命女人（woman-in-distress）不堪的下場，要承受隨此倫理抉擇而來的孤獨[5]。當然，想要的話，她

5　霍吉斯在〈戰爭黑色電影的興起與衰落〉（The Rise and Fall of the War Noir）中，對於致命女郎與苦命女人的差異做了劃分，參見 Daniel M. Hodges, "The

還是可以從風衣底下掏出槍來射你，但她也能愛你。看起來如此不一致的性格，在黑色電影（*film noir*）裡俯拾即是，滿滿一票個性如此頭尾不符的苦命女人[6]。麥耶爾（David N. Meyer）總結道：在黑色電影的世界裡，「女人比男人更殘暴，也更依賴男人；她們不可託付，又比誰都更值得託付。」[7]

套用西蒙・波娃（Simone de Beauvoir）《第二性》（*Le Deuxième Sexe*）的名言，我們可以說：「女人不是生來就是女人，而是經由後天，『流變』為致命女郎，或是苦命女人。」[8]過程全在王佳芝的風衣裡。

傳統上，風衣與黑色電影早就結下了不解之緣，但是《色｜戒》的觀影人敏銳全無，只剩下兩種討人生厭的反應：一種抑鬱（depressive），另一種是焦躁（manic）。這兩種反應的觀眾都只看見王佳芝穿的旗袍，沒看見她的風衣。抑鬱反應則出自某種青春期的窮極無聊，最想做的，就是把王佳芝的旗袍脫掉，一如

Rise and Fall of the War Noir," in Alain Silver and James Ursini eds., *Film Noir Reader 4: The Crucial Films and Themes*（New Jersey: Limelight Editions, 2004），p. 220。

6　例如，《梟巢喋血戰》中歐香尼西（Brigid O'Shaughnessy）──由阿斯特（Mary Astor）飾演──的這個角色，齊澤克這麼解釋道：「歇斯底里本身表裡不一的面向，一整個系列全在她身上表露無遺」。參見Slavoj Žižek, *Looking Awry: An Introduction to Jacques Lacan through Popular Culture* (Cambridge, Mass.: MIT Press, 1991), p. 65。

7　David N. Meyer, *A Girl and a Gun: The Complete Guide to Film Noir on Video* (New York: Avon, 1998), p. 19.

8　「女人不是天生命定的，而是後天塑造出來的。」《第二性》（*Le Deuxième Sexe*）卷2，第一章，邱瑞鑾譯（臺北：貓頭鷹出版社，2015），頁487。

《紐約客》影評人安東尼‧連恩（Anthony Lane）的非非之想。
他寫道：

> 我覺得我有責任為那些想看（《色｜戒》）的人們提供他
> 們需要的資訊，那就是：95。根據我的手錶，自電影開演到
> 第一場性愛戲，花了95分鐘。由此你就知道如何計算你該
> 入場的時間。[9]

　　連恩這段自白，與其說他好色，不如說他好笑，外加白目，
特別是相較於網路與非網路上對於此片的謾罵。後面這些謾罵反
應則是充滿焦躁，出自內地極端國族主義份子，佛雷特（Patrick
Frater）有此評論：

> 〔《色｜戒》的〕政治內容，使左派攻擊溫和派，使電影
> 被貼上叛徒標籤。還有學生陳情文化部要求禁演，理由是電
> 影同情日本殖民統治。其他說法，包括認為電影壞了中國堅
> 貞婦女同胞的名聲。[10]

　　對於極端國族主義者，《色｜戒》不過是他們仇恨清單中最
新的一個品項。往上溯源，就是列強侵略中國的記憶，而這些記
憶，就像馬克思所說，仍像惡夢一般，糾纏著活著的人的腦子。

9　Anthony Lane, "Nocturnes," *The New Yorker* (22 Oct. 2007): 187.

10　Patrick Frater, "Asian Love 'Lust'; Yanks More Cautious," *Variety* 409.6 (24 Dec.
　　2007 - 6 Jan. 2008): 5, 34.

本文目的，只就電影論電影，所以僅將《色｜戒》視作李安對於「主旋律」電影的精準打擊，一種在中國境外普遍未受到注意的電影類型。簡言之，「主旋律」電影有國家撐腰背書，創作有其政治動機，豢養出一代又一代的粉絲，是門大有賺頭的生意。內地眾多一流導演，如張藝謀、馮小剛等人，都曾跟風拍攝。「主旋律」電影雖然開發出了各種亞型與主題，整體而言，「許多主旋律電影都是大型戰爭片，說的是中國共產黨〔在內戰中〕打垮國民黨的故事」[11]。新中國建立的勝利神話，必須不斷以電影作品以及電視連續劇複製，才能讓中國公民深刻理解他們每天存在的意義。一如李維史陀（Claude Lévi-Strauss）在《野性的思維》（*La Pensée Sauvage*）所說：「當代法國人必須相信〔法國大革命〕這個神話，才能發揮他們〔作為法國公民〕的歷史功能」[12]。同樣的批評也適用於美國南北戰爭，儘管這場內戰角色多重，但其神話功能迄今魔力不減，牢牢套緊每個美國人。

　　乍看《色｜戒》，故事的開展就像一部主旋律電影，畢竟影片如實呈現了國民黨內的兩方敵我，由老吳和易先生作代表，兩人同樣腐敗。一如觀眾所預期的，女主角很愛國，奮力抵抗敵人。主旋律電影粉絲極可能就視她為共產黨特工，雖然電影沒有這麼暗示。問題來了：他們不能理解，在這場正義之戰裡，黨怎麼突然缺席了，讓她一人身陷敵營？那不就構成對黨的不滿了

---

11 Yingjin Zhang, *Chinese National Cinema*（New York and London: Routledge, 2004）, p. 286.

12 Claude Lévi-Strauss, "History and Dialectic," *The Savage Mind*（Chicago: University of Chicago Press, 1966）, p. 254.

嗎？王佳芝還上了敵人的床，簡直是叛國。然而，就電影論電影，事態沒有那麼嚴重：引發不滿，不過是因為粉絲們想看主旋律影片，看到的卻是黑色電影。

中國電影界裡發生了如此激烈的纏鬥，西方世界的黑色電影研究卻不知不覺，還在昏睡，仍舊沉湎於過去，其主要提問停在：「黑色電影曾是什麼？曾經做了什麼？」所以，若我們說，《色｜戒》在西方地區以外引起的政治擾攘，黑色電影是唯一解讀的鑰匙，肯定令人傻眼──黑色電影研究自己恐怕也會傻眼。紀一新論道：「不曾有過一部電影能像《色｜戒》這樣，在中、港、臺及其以外地區，如此描摹出人們生活型態與觀影經驗的整體圖像。《色｜戒》是個變化多端的話題之作，在國族情操與民族圖像上引起的爭議，能使觀影人各有辦法介入。」[13] 這個爭議，如果黑色電影也參與其中，我們要問：它是怎麼參與的？為何發生在此刻？尤其要問：為何某種集體憤懣正是黑色電影首要打擊的對象？如果《色｜戒》也能歸作其他類型電影（如諜報片或戰爭驚悚片），還會是黑色電影嗎？要是答案可正可反，這告訴了我們有關《色｜戒》一些什麼？更重要的是，又告訴我們黑色電影是什麼？

我們很快發現，問題出在黑色電影研究對於黑色電影是什麼（是個類型？還是運動？）迄無定論，甚至有人懷疑它是否真的存在。每部黑色電影，無論新舊，都面臨著同一個哲學拷問：它究竟是個存在，還是虛無？《色｜戒》還有一個麻煩：作為一

---

13 Robert Chi, "Exhibitionism: *Lust/Caution*," *Journal of Chinese Cinemas* 3.2（Jun. 2009）: 185.

部黑色電影，它質疑著那個叫做「國家」的集體建物。黑色電影以上這些奇異特質，最要命的，恐怕在於不論是感覺「抑鬱」或感覺「焦躁」的觀眾，對於黑色電影的這些特質都是無感。至少，他們對於風衣這個黑色元素就無感。現在，對《色｜戒》具有黑色電影特質同樣無感的，還有這群出自學界仍在「昏睡」（soporific）中的觀眾。

　　某種程度上，身為觀眾的我們都是昏睡之人，然後被《色｜戒》的突然到來驚醒。驚醒我們的還有這些問題：為何此刻出現了一部黑色電影？為何居然是黑色電影？還沒搞清楚之前，我們就被推進了隧道視域（tunnel vision）——跟致命女郎王佳芝一樣，看不見周邊景觀。我們迎接她痛苦的死亡，猶如這是我們的死亡。面對這種結局，我們毫無準備；至少沒想過結局會是這種。筆者以為這是李安精心設計的「殺手」（hit man）情節，彷彿他拿著一把榔頭在拍電影，從身後重擊我們。這把榔頭正是尼采那個歷久不衰並且稱作「流變」的主題——令人流變為女人，流變為苦命，流變為黑暗（becoming noir）。若不是王佳芝遇見了易先生這種既黑又狠的角色，她的「流變」下場斷不會落得如此不堪。任何人碰上了易先生，都要面臨同樣賤斥的命運，有如著了神話裡那一小撮女妖的魔法：美杜莎的頭，瑟希之宴，賽蓮之歌。遇上易先生這種終極法西斯情人，他就是一把榔頭，你非死不可——你得流變為禁錮在風衣裡的苦命女人，只能在旗袍底下懷念他的愛撫，以及他的吻所留下的種種甜美記憶。須知，這把重擊觀眾的榔頭並非來自中國，而是出自一個美國電影傳統的鍛造。這個傳統就是黑色電影。

二、流變為黑色（電影）

　　《色｜戒》一片破空而來，自然勾起我們的記憶，想當年黑色電影是如何以「流變」之身，在電影史上首度問世。第一代影評人認出那是黑色電影之前，必無心理準備，不知黑色電影是種新的表現手法，須作新的分類，需要新的方法，以及追求新的觀影經驗，並從這經驗中，讓觀影人「流變」為新的觀眾品種。筆者以為，要為黑色電影的「存在」定調，此一「流變」過程乃其先決條件。下文將會指出，《色｜戒》的到來，不只要仿造黑色電影在歷史上以「流變」之身出現的那一刻，而且野心更大，想去具現那一刻的歷史。於是，《色｜戒》作為黑色電影的「存在」，必須暫且按下不表，才能在觀影過程中，促成這部作品之「流變」為黑色電影，以及閱聽人「流變」為黑色電影的觀眾。這個獨特過程筆者希望能在此分析，梳理目前仍莫衷一是的黑色電影定義。黑色電影與政治的關係也會更加聚焦：黑色電影以其「流變」之身，並無法背書悲劇對於「公共利益」的倫理投入。在古希臘，悲劇肩負著恢復社會、群體、家國秩序的任務，進而鞏固彼等的「存在」；黑色電影的功能則相反，難怪《色｜戒》會與極端國族主義者們爆發內戰，後頭將有更多說明。

　　以上所言，黑色電影學者雖曾零零星星觸及，但並未整理出統一的說法；即便有，也僅點到為止。所有評論之中，立場最接近本文的是克魯尼克（Frank Krutnik）。對他而言，黑色電影從來不是一個自立自足之物，而是好萊塢生產線上源源不絕的一個副產品；出自「冷硬」（hardboiled）的驚悚片，後來才被吸納進

入「1940年代『黑色現象』（*noir*-phenomenon）成為核心」[14]。正面看待《色｜戒》的影評家們似都服膺此一觀點，以至於他們未提《色｜戒》是否為黑色電影，反而說明了克魯尼克的看法，在觀念上仍有所不見。首先，他認為「黑色現象」是個進行中的轉變過程，從以下引文中他的用詞「浮現」（emerging）、「流變」（becoming）即可看出：

> 所謂的「黑色風格」，起先是在B級片的脈絡裡浮現，然後在犯罪電影中流變為常態，到了1940年代才被更有地位的A級驚悚片採納。[15]

是以克魯尼克無法接受黑色電影作為一個「存在」，因為那是虛構，包括作為「一個類型，或是犯罪電影的一個次類型系統或者時代變種，或是一個電影運動，或是『電影史上一個特定時期』」等等都是。最多他只接受，「『黑色（電影）』有其類型、風格與週期性的表徵」，一如他的「黑色現象」一詞所示，用他的話說，只在「描述一個系列的複雜風格變化，作為1940年代好萊塢電影的一個特色，尤其發生在犯罪驚悚片此一廣泛的類型場域裡」[16]。克魯尼克引用了法國影評家波爾德（Raymond Borde）與肖默東（Étienne Chaumeton）的洞見來加強自己論點，說他們

---

14 Frank Krutnik, *In a Lonely Street: Film Noir, Genre, Masculinity* (London and New York: Routledge, 1991), p. 25.

15 Ibid., p. 23.

16 Ibid., p. 24.

也支持「黑色現象的混雜本質」觀點[17]，並說「『冷硬』驚悚片」位於此一「混雜本質」的中心，成為「1940 年代『黑色現象』的核心」[18]。

　　然而，貿然套用克魯尼克的觀點來談《色｜戒》，或有兩處相悖之處。首先，如前所述，影評人傾向忽視《色｜戒》的「黑色」面向，僅將之定位為驚悚片。如此一來──這是問題二──迴避了黑色電影，也就認同了克魯尼克對於「『黑色神祕』（noir-mystique）誘惑力」的堅決排拒。他的理由是「黑色（電影）是個歷史產物」[19]，是個驚悚片的意外枝節。當年驚悚片發生了變化，能夠流變為「黑色現象」的「核心」，這點有電影史可以證明，然而「黑色神祕」卻不行；對克魯尼克來說，後者只是海市蜃樓，並無實體。由於狹隘的歷史主義研究方法作祟，使他無法看見以「黑色神祕」作為概念，有助於討論「黑色現象」裡產生的新觀眾。這群新觀眾被某種新的自覺形塑，而這種自覺，被克魯尼克負面地稱作「著迷」（fascination）。這群新觀眾原來是對一個新的「附件」著迷了，一種過去在驚悚片裡找不到的「神祕」氣息。儘管克魯尼克看見黑色電影成形過程中的「流變」軌跡，自己卻抗拒「流變」為黑色電影觀眾，這種觀眾具有看見黑色電影如何從驚悚片中分離的敏銳度。對於這股「黑色神祕」，下文另有討論，到時我們將提出批判，說明「神祕」雖無實體（沒有「存在」），卻是「流變」所不可或缺的角色。

17　Ibid., p. 27.

18　Ibid., p. 25.

19　Ibid., p. 28.

於是，一旦影評家們不把《色｜戒》視為黑色電影，這種把自己「流變」為新的主體的自覺便從他們身上撤離。儘管他們描繪片中的肅殺氛圍洞察敏銳，就是沒提黑色電影。寫得最到位的是法蘭奇（Philip French），他認為《色｜戒》是「一部憂鬱的間諜驚悚片，深受好萊塢黑色電影的影響——特別是希區考克，以及充滿東方式爾虞我詐的異國通俗劇」[20]。更有趣的觀點落在《色｜戒》的類型無法判定，因為電影的「出現有如一個悖論——幾乎是一部不含驚悚元素的驚悚片，誘人卻又儼然令人無法接近」[21]。這點讓我們想到李安在《視與聲》（Sight and Sound）訪談中，談到他是如何處置《色｜戒》的類型地位：

> 老派、浪漫的黑色電影，令人沉迷於離奇情節之中——如《絕代佳人》（Laura, 1944）或《美人計》（Notorious, 1946），便兼有以上兩個特質。而《色｜戒》的角色模仿的正是這一點：無論是在舞臺上群情激昂地演愛國劇，還是王佳芝後來去看卡萊·葛倫與英格麗·褒曼的電影，然後模仿學習他們的態度等等都是。我寧取浪漫而又極致的黑色電影，較不喜歡1940年代後期的片子，尤其那些在希區考克之後拍攝的，全顯得越來越不友善，失去豐富圓潤的情感。[22]

20　Philip French, "Lust, Caution," *The Observer*. Online Posting, 6 Jan. 2008. http://www.guardian.co.uk/film/2008/jan/06/features.review2（accessed 24 June 2008）.

21　Joe Morgenstern, "'Lust, Caution' Is Sumptuous, but Frosty and Repetitive," *The Wall Street Journal*. Online Posting, 7 Oct. 2007. http://online.wsj.com/public/article_print/SB119153793828549497.html（accessed 24 June 2008）.

22　Nick James, "Cruel Intentions: Ang Lee," *Sight & Sound* 18.1（Jan. 2008）: 49.

　　這段話透露幾件事，值得細細咀嚼。在《色｜戒》裡，我們看到《寒夜情挑》（*Intermezzo: A Love Story*, 1939）的英格麗・褒曼，《斷腸記》（*Penny Serenade*, 1941）的卡萊・葛倫，外加驚鴻一瞥的希區考克《深閨疑雲》（*Suspicion*, 1941）海報，全是刻意安排，共同影射褒曼與葛倫未來要合作的《美人計》。這些影片除了《美人計》，都不是黑色電影。《深閨疑雲》尤其不是，因為波爾德與肖默東書中即曾挑明：「我們堅持把《深閨疑雲》歸作謀殺電影」，而非黑色電影[23]。雖此，兩頁之後，他們又說：「典型的黑色電影，最早的一部是1941年上映的《梟巢喋血戰》（*The Maltese Falcon*）」，外加其他幾部[24]。大體而言，他們的論見已經廣受黑色電影學者們採納。我們不禁要問：在《色｜戒》的脈絡裡，黑色電影又在哪裡？李安似乎是透過了希區考克、褒曼、葛倫，拐彎抹角指涉「未來」的一部黑色電影，藉此凸顯他電影中的「此時此地」：1939至1942年的這段黑色電影蘊釀期。換言之，一部黑色電影正在《色｜戒》裡發生，清清楚楚攤在我們眼前，使得《美人計》這麼一部「未來」的黑色電影，得以在出現之前就有了意義。如此一來，黑色電影以「流變」之姿現身，而《色｜戒》就是這一宗「流變」的事件。

　　這就解釋了何以李安偏愛古典時期的黑色電影，這些作品推出時正值二戰。霍吉斯（Daniel M. Hodges）有更適切的稱呼：戰時黑色電影。他寫道：「黑色電影是在戰爭的暴風雨雲下開始

---

23 Raymond Borde and Étienne Chaumeton, *A Panorama of American Film Noir, 1941-1953*, Trans. Paul Hammond（San Francisco: City Lights, 2002）, p. 31.

24 Ibid., pp. 33-34.

的」[25]。黑色電影這樣的發端，又跟兩個母題緊扣：性別與政治。霍吉斯指出，戰時黑色電影與戰後黑色電影之分，在於「致命女郎」往「苦命女人」的身份轉變[26]。在王佳芝身上，我們看到這麼一個有趣的轉變與交替（或曰交易），全與戰爭有關。真正的王佳芝無家可歸，不受家庭束縛，可以自由流動（是為套上風衣的致命女郎）。扮演麥太太時，她則被易家人「馴服」在居家環境裡；為了抗敵大業，她更非如此被雙重「馴服」不可（是為穿上旗袍的苦命女人）。凡此種種交易，都因戰事之故，沾上濃濃的政治味。這點很像《美人計》，作為一部諜報與戰爭的黑色電影。愛情就發生在這樣的戰爭脈絡裡，使得政治與欲望的關係更加複雜，後面將進行申論。但正如前引訪問稿所示，李安面對好萊塢而有此操作，心中並非沒有他的政治盤算。《色｜戒》也是他努力在對好萊塢所做的喊話，因為好萊塢拍過一票以上海為名的黑色電影，從《上海風光》（*The Shanghai Gesture*, 1941），到《上海小姐》（*The Lady from Shanghai*, 1948）皆是，然而都沒有如實呈現上海的真貌。洛杉磯、舊金山、紐約都是定義了黑色電影的城市，李安也想把上海推入這張城市清單裡。上海也就變成他的選擇，由他納進他黑色電影的「流變」計畫，但卻不按好萊塢慣有的路數行事。照理說，過去的好萊塢，應要拍出有關上海而又可跟《色｜戒》分庭抗禮的黑色電影，事實上並沒有。李安這部影片如何「流變」為《色｜戒》，劍指好萊塢當年政治上的

25　Daniel M. Hodges, "The Rise and Fall of the War Noir," in Alain Silver and James Ursini eds., *Film Noir Reader 4: The Crucial Films and Themes*（New Jersey: Limelight Editions, 2004), p. 214.

26　Ibid., pp. 214, 220.

失敗，無法變出《色｜戒》。時至今日，好萊塢還是辦不到。甚至早年那些能夠忠實呈現其歷史狀態的黑色電影，好萊塢今天再也拍不出來（不信的話，看一看甜滋滋的《鐵面特警隊》〔*L.A. Confidential*, 1997〕；《藍衣魔鬼》〔*Devil in a Blues Dress*, 1995〕稍微好一點）。

於是，當李安說他「寧取浪漫而又極致的黑色電影，較不喜歡1940年代後期的片子」，這句話便有了新意。正如當今大部份影評家都同意的，早年的黑色電影，特別是戰時黑色電影，散發某種「自發自在」，後來的黑色電影沒有這種特質。主要理由或許是「當時片廠或觀眾，並未使用這個詞〔黑色電影〕」，只因它本來「就是沒有存在過的電影類型」[27]。根據波爾德與肖默東，一九四九年是分水嶺，之後黑色電影沒落，過於警覺自己的身分，也就顯得更不自在[28]；某種程度上，這反映了李安所言，變得「越來越不友善」。儘管精采的黑色電影與新黑色電影持續出籠，這些後期的作品即便是拍得最好的，還是逃避不了這點惡評：不友善。

以上討論，目的不在於耽溺過去，描繪一個「沒有存在過的」好萊塢，而在於抵達一個悖論式的自覺，即：任何自覺，都有代價。好萊塢付出的代價是再也拍不出原汁原味的黑色電影——當年這些作為好萊塢最好的一批作品。我們之前把李安比作「殺手」，說他拿著尼采的榔頭拍片，重新評價所有價值，現

---

27 Elizabeth Cowie, "*Film Noir* and Women," in Joan Copjec, ed., *Shades of Noir: A Reader*（London and New York: Verso, 1993），p. 121.

28 Raymond Borde and Étienne Chaumeton, *A Panorama of American Film Noir, 1941-1953*, p. 83.

在可有好幾層意義。首先，他拿好萊塢開刀，對它重新評價。如此一來，更新了我們對於黑色電影研究的看法。關於黑色電影研究，無論你喜不喜歡，它奠基於一個自覺者必輸的邏輯，藏有以下「眉角」：自覺越多，輸得越多；然而要是毫無自覺，則又輸得更多。在面對自己這個學門裡出現的這種獨特的黑色電影情節，黑色電影研究很可惜的是努力地去不知不覺。所以當《色｜戒》破空而來時，幾乎沒人認出那是黑色電影，看不出它作為黑色電影的意義，更看不出李安為何流變為「殺手」，拿著榔頭敲人。在學術界裡這麼說，難免要跟當今黑色電影研究這個學門對質，因為那裡住著一群還在「昏睡」（soporific）中的人們。

三、黑色電影研究的現況：沉睡不醒

巧合的是，影評家們對於霍克斯（Howard Hawks）《夜長夢多》（*The Big Sleep*, 1946；原意：沉睡不醒）這部作品的著迷，就具現了這種「昏睡」狀態。哈里斯（Oliver Harris）刊在《電影期刊》（*Cinema Journal*）上的論文，詳述黑色電影歷久不衰、令人著迷的特質之餘，引用沃克（Michael Walker）的話寫道：「對於沃克，《夜長夢多》是一部『關於好萊塢的電影』，影評家們一再回味，『像是回顧一宗懸案，一條看來取之不盡、教人著迷不已的源頭活水』」[29]。言下之意，似有這樣的雙重訊息：《夜長夢多》隱喻了我們對於黑色電影的著迷；由此推

---

29 Oliver Harris, "Film Noir Fascination: Outside History, but Historically So," *Cinema Journal* 43.1（Fall 2003）: 3.

之，《夜長夢多》也就定義了黑色電影研究，好玩、風趣、沒完沒了。哈里斯的「著迷」概念，學理支持雖有多種來源，但齊澤克（Slavoj Žižek）對於歷史主義的排拒一議，最能支撐他的論證。他循齊澤克的說法，指出歷史主義「可以被定義為『歷史性減去真實層上的非歷史性核心』（historicity *minus* the unhistorical kernel of the real）」。而這核心，向主體（觀眾、影評家）施展了神祕的力量，著迷也就跟著發生。由於黑色電影通常是以正面說法定義，沒考慮到真實層上被減去的部分，便造成既有定義「似乎有些內在地受到阻礙」（齊澤克語）[30]。是以哈里斯寫道，對黑色電影的著迷（*film noir* fascination），必須事關歷史性加上「非歷史性核心」。誠如他論文題目所示，「對黑色電影的著迷」位在「歷史之外，但還是歷史性的」。如此一來，在哈里斯的看法裡，便也稀釋了克魯尼克早先純粹從歷史主義立場，對於黑色神祕（*noir*-mystique）的攻訐[31]。

　　儘管哈里斯遵循拉岡模式，忠實鋪敘了「著迷」一議，恐怕他「對黑色電影的著迷」辯解，齊澤克難以苟同。至少後者不會支持「在電影場域裡，產生對於1940年代美國黑色電影懷舊式的著迷」[32]。齊澤克反而如此接續：在這種懷舊模式中，「我們著迷的是〔1940年代〕如神話般『純真』的觀眾的凝視」，以致「我們視當下這一刻為神話般過去的一部分」。《體熱》（*Body Heat*, 1981）一片作為《雙重賠償》（*Double Indemnity*, 1944）的

---

30 Ibid., p. 7.

31 Ibid., p. 4.

32 Slavoj Žižek, *Looking Awry: An Introduction to Jacques Lacan through Popular Culture*, p. 112.

重拍之作，可以為證：

> 若不考慮這種「1940 年代的凝視」，《體熱》就只是一部關於當今世界的當代電影。這麼一來，作品就變得完全不可解。這部片子令人著迷，純粹因為它以神話般過去的眼光看著現在。[33]

不僅如此，這種「1940 年代的凝視」，除了有種發自真實層的神祕力道拉扯著我們，這凝視同時也被屏蔽。換言之，「著迷的功能在於：對我們矇蔽他者一直凝視著我們的事實。」[34] 黑色電影作為懷舊對象，指的正是「眼睛與凝視之間的對立被隱藏」，包括現在與過去、陳腐與神話、現實與真實層之間的對立，直到「他者的凝視以某種方式遭到馴化、『體面化』」[35]。至於哈里斯，他想要論證的是，「對黑色電影的著迷」同時蘊含（歷史性的）現實以及（非歷史性的）真實層兩個面向。齊澤克雖不至反對，但更想揭穿的是：這種屏蔽真實層的「體面化」努力，不過是用來加劇觀眾的懷舊之情。懷舊，正是「對黑色電影著迷」所帶來的盲點。齊澤克一語道破的是，著迷的基礎純粹是建立在神話上。

然而必須指出，對於哈里斯的核心關懷——觀眾，齊澤克的批判仍有未及之處。尤其是齊澤克似乎忽略了一個事實：不同世

---

33 Ibid.
34 Ibid., p. 114.
35 Ibid.

代的觀影人都能把黑色電影視作一個清晰可辨的實體，未必掉入他所貶斥的懷舊陷阱。茲舉一個極端例子，波蘭斯基（Roman Polanski）的《唐人街》（*Chinatown, 1974*）。此片大力動用懷舊情愫，喚起了卡維堤（John Cawelti）所稱的「傳統〔私家偵探〕類型的基本特徵，這樣才能引領觀眾去理解，自不量力而又毀滅性的神話才是這種類型電影的化身」[36]。電影中被摧毀的是神話，「英雄控制世界」的「幻象」。此幻象源自《梟巢喋血戰》，後來被其他私家偵探黑色電影所敷演流傳[37]。最終留下來的，是去掉神話而又森冷無情的黑色電影，外加觀影人變得更為敏銳的觸覺，統一了各個世代的觀眾，周而復始地培養他們流變為黑色電影的子民。

毫無疑問，觀賞《夜長夢多》時，「其當代大眾對於此片圓滿的結局頗為自得」[38]。哈格彼恩（Kevin Hagopian）也同意，對影評家們而言，「錯綜複雜的劇情」恰是此片「令人滿意的主因」。不過他進一步釜底抽薪寫道，此片劇情毫無難解之處，他只用一個段落，就把所謂的劇情謎團完全破解[39]。對他而言，「最

---

36 Virginia Wright Wexman, "The Generic Synthesis: *Chinatown*." *Roman Polanski* (Boston: Twayne, 1985), p. 93.

37 Ibid., pp. 95-96.

38 Raymond Durgnat, "Paint It Black: The Family Tree of the *Film Noir*," in Alain Silver and James Ursini eds., *Film Noir Reader* (New York: Limelight Editions, 1996 [1970]), p. 38

39 Kevin Hagopian, "'How You Fixed for Red Points?': Anecdote and the World War II Home Front in *The Big Sleep*," in Alain Silver and James Ursini eds., *Film Noir Reader 4: The Crucial Films and Themes* (New Jersey: Limelight Editions, 2004), pp. 33, 44.

難拿捏的」反而是「戰火下混亂社會和影片之間的關係」[40]。其他大部分影評家們都迴避了戰爭的話題，認為影片「錯綜複雜的劇情」才是最為難解之謎。一旦這種對於劇情的著迷，決定了影評家們與黑色電影的關係（如哈里斯），黑色電影研究便只有陷入「沉睡不醒」（"big sleep"）。

四、尼采式的轉向

　　一旦持續沉睡，其他影評家們意見便大都不相干了。同樣不相干的還有：著迷「黑色神祕」一派與否認有黑色電影這回事的歷史主義一派之間的分歧。有趣的是，正是「著迷」派與「歷史」派的分歧造成黑色電影有了各種定義，一如鮑德威爾所說的：「批評家們把黑色電影定義為類型、風格、運動、循環，甚至調性或氣氛」[41]。然而在現實中，這些定義大體同義──每個都是沉睡不醒的案例。誠如哈理斯早先引述齊澤克的話所示，理由在於黑色電影主要是以正面說法（positive terms）定義，所求的是肯定其存在（being）。問題是，黑色電影作為存在，從未抵達，沒有就位。據此分析，這種永遠處在他方的狀態，換成尼采，大概就會被稱作流變（becoming）。

　　以上描述，與康納德（Mark T. Conard）的開創性論文〈尼

40　Ibid., p. 41.

41　David Bordwell, "The Classical Hollywood Style: 1917-60," in David Bordwell, Janet Staiger, and Kristin Thompson eds., *The Classical Hollywood Cinema: Film Style and Mode of Production to 1960* (New York: Columbia University Press, 1985), p. 75.

采與黑色電影的意義與定義〉所提論點最為接近。他從既有
的黑色電影定義開始做了一番調查，將之粗略歸入兩大對立
陣營：一方把黑色電影視作類型（genre），另一方視之為傳統
（convention），不是類型[42]。他緊隨尼采，指出任何為黑色電影正
名的動作，其「真理」皆歷經偽造，因為用來定義黑色電影的
「恆久不變的超凡之界」其實找不到支撐[43]。他結論道：「根據尼
采，令真理變得有問題、令定義變得不可能的⋯⋯正是使黑色電
影之所以成為黑色電影」，是某種「不可定義」之物[44]。

　　然而如此論斷，康納德留下這番印象：尼采不過是個粗俗的
虛無主義者，否定了一個歷史實體——無論作為類型還是傳統
——完全有被定義的可能。第一位使用 *film noir*（黑色電影）這
詞彙的學者是法國影評家法蘭克（Nino Frank）[45]，他將《雙重賠
償》、《絕代佳人》、《梟巢喋血戰》與《愛人謀殺》（*Murder, My
Sweet*, 1944）[46]等美國電影納入這個詞彙名下。其劃分迄今依然
有效，但是他點名的這四部電影，卻無法使用正面說法解釋何
以必須歸作一類，除了我們發現影片之中是「如此的無情，如

42　Mark T. Conard, "Nietzsche and the Meaning and Definition of Film Noir," in
　　Mark T. Conrad ed., *The Philosophy of Film Noir* (Lexington: University Press of
　　Kentucky, 2006), pp. 9-12.

43　Ibid., p. 18.

44　Ibid., p. 20.

45　Mark T. Conard, "Nietzsche and the Meaning and Definition of Film Noir," p. 21;
　　Raymond Borde and Étienne Chaumeton, p. 1.

46　Nino Frank, "A New Kind of Police Drama: The Criminal Adventure," trans. Alain
　　Silver, in Alain Silver and James Ursini eds., *Film Noir Reader 2* (New York:
　　Limelight Editions, 1999), p. 15.

此的仇女」[47]。相形之下，席爾佛與烏席尼（Alain Silver and James Ursini）選用了「黑色電影風格」（the *noir* style）一詞作為他們其中一本專書書名，反而是所有支持黑色電影作為類型的動人名號之中，最為正面的稱謂。如此命名雖然給力，卻也顯得遠遠不足。反之，把黑色電影稱作「傳統」（convention），作為定義又不夠精準，太過包羅萬象，不夠約束，無法撐起黑色電影作為一個可以永續經營的範疇。

為了回應類型觀更具規範性的訴求，藉此提出比傳統觀更有約束力的定義，我們必須問道：何以黑色電影不能受限在一個稱謂之下、一個範疇之中？黑色電影並非不存在，而是成功地從命名或象徵化一類的動作中逃逸。正當黑色電影不斷移動，從一個畫面跳到另一個，它就在時間裡持續，但可能不使用存在的形式。借用德希達的話，「並非等同之相同」（this *sameness* which is not *identical*）[48]：集結在黑色電影名下的影片，也許不具備相同的類型元素（致命女郎、光影明暗對照法），卻是可以彼此等同（「如此的無情，如此的仇女」），而這使其等同的質地，足以構成一個傳統。易言之，「相同」可於一端與「傳統」合榫，「非等同」的另一端則說明一個事實：只有類型觀中的正面說法是不夠的。

對於現代哲學思想，以上所提並不新鮮。事實上，我們前面便借用了德希達，指涉了尼采意義裡的流變（becoming）一議。

---

47 Ibid., p. 17.

48 Jacques Derrida, "Différance," *Speech and Phenomena and Other Essays on Husserl's Theory of Signs*, trans. David B. Allison（Evanston: Northwestern University Press 1973）, p. 129.

這又把我們帶回到康納德，他有關尼采的一個精闢闡釋，卻被他自己忽視了。他寫道：

> 〔如尼采所主張的〕這個不變的世間事物，正與此地此時的、我們四周不斷變化的世界對立（形式與殊象、天與地等等之對立），並作為我們理解人類存在、我們的道德觀、我們對未來的期許等等事物的源頭或是基礎。[49]

可惜的是，康納德一時不察，將注意力從「此地此時」、「我們四周不斷變化的世界」，移轉到以下更為負面的效應：「存在作為一樁虛構，原是透過涉及理性與語言的捏造而生」[50]。如前所述，此一移轉，很快就讓我們掉進黑色電影「不可能下定義」的虛無之境。反之，要是我們能將黑色電影看作「不斷變化的世界」之中，一個受到「理性與語言」壓抑的例子呢？則「不可能下定義」便洩漏了以下天機：黑色電影既是「不斷變化的世界」之一例，必然就已在某個他處繁衍了。

現在我們知道，黑色電影無論類型還是傳統，必然要使有關自己的定義（知識）、作為有關自己存在的說法，當做一場騙局。甚至可說，那是有關一個實體僵化狀態的僵化知識。但是黑色電影作為流變事件，又更複雜：為了使它成為「可知的」（knowable），「『知識』（knowledge）就必然是其他東西」——總之，就不是有關僵化存在的知識。或許這便是康納德想要指出

49　Mark Conard, "Nietzsche and the Meaning and Definition of Film Noir," p. 18.

50　Ibid.

的；然而他的看法成立，不是因為黑色電影「不可能下定義」，而是黑色電影作為流變事件，一直難以捉摸，甚至強遭封殺。

如此一來，我們更能理解德希達何以——以及如何——在尼采意義的流變基礎上，產生出一個更為精密的運作機制：延異（*différance*）。延異沒有名字，比存在更原始（primordial）。當德希達寫道：「我們權宜性地將並非等同之相同命名為延異」，我們必須將這句話，理解為同樣從中運作的流變之「定義」[51]。遵循史碧華克所作的德希達式發言：「性別身分即性別延異」[52]，我們同樣可以主張：「類型身分即類型延異」。但是為什麼不也同時主張「類型身分即類型流變」呢？如果黑色電影的類型觀帶來的限制看似很大，我們在這裡則提供了何以如此的解釋，何以「完美」的黑色電影永遠不會到來，仍在流變之中。又因為黑色電影本質上必須是流變，即便黑色電影到來，可能還是不會有人認出它來。

再次回到《色｜戒》的例子。我們大可舉出眾多理由，將之視為驚悚片，不必就是黑色電影。這種理解，乃與存在的概念連結：從一開始，你就是你；你在時間之中持續，一成不變。然而在《色｜戒》裡，我們一再看到，整部片中任何一個事件——陰謀、刺殺、戀愛——所發生的不只是事件本身；事件所以重要，不在它本質為何，而在這事件可以繁衍出更多枝節。於是，《色｜戒》既是驚悚片，又不只是驚悚片；其所蘊含者，乃是

---

51 Jacques Derrida, "Différance," p. 129; 並請參見他論「流變」的部分，p. 136。

52 Gayatri Chakravorty Spivak, "Feminism and Deconstruction, Again: Negotiations," *Outside in the Teaching Machine*（New York & London: Routledge, 1993), p. 132.

「流變為驚悚片」（becoming-thriller），不是只停在「身為驚悚片」（being-thrille）。既是類型又「超乎類型」，黑色電影就是流變自身，因為蘊含了「流變為黑色（電影）」（becoming-*noir*）。不像驚悚片只是作為「身為類型」（being-genre）之中的一個類型，黑色電影以流變之姿「存在」（*film noir* "is" becoming）。我們看片之前，《色｜戒》以黑色電影之姿「存在」（"is"），這個知識沒有道理，它來得太早，時機不對；等到我們知道《色｜戒》是以黑色電影之姿「存在」（"is"），這番理解又太晚，我們已經無助地落入了定義的窠臼。太早與太晚之間的夾縫中，就是我們的流變，只是我們對此一無所知——直到我們的流變劃下句點，僵化而成我們的存在。

即便如此，我們仍得強調，在存在（being）的存在論（ontological）層面，《色｜戒》就類型而言，是不折不扣地以驚悚片與諜報片之姿「存在」（"is"）。說這部影片「流變為黑色」，沒有削弱它在類型上的這個事實，理由是：「流變為黑色」比它「流變為類型」更為「原始」（primordial）。這也解釋了，如前所述，這部影片不只是驚悚片（或不只屬於其他任何一種類型範疇）。所以正如摩根斯坦所言，《色｜戒》有個「悖論：是一部幾乎沒有驚悚元素的驚悚片，看來散發誘惑，又堅定地要拒人於千里之外」[53]。「身為類型」如今必須含有「流變為類型」的成分。

---

53 Joe Morgenstern, " 'Lust, Caution' Is Sumptuous, but Frosty and Repetitive," *The Wall Street Jurnal*. Oct. 7, 2007. http://online.wsj.com/public/article_print/ SB119153793828549497.html（accessed 24 June 2008）.

《色｜戒》作為「流變為黑色」，現在必須看成是一宗事件
（event）：事件之中黑色電影現身了——既非一部黑色電影（a
film noir）、這部或那部黑色電影（*the film noir*），而是黑色電影
作為整體，作為一個傳統。於是，有關這宗事件的「知識」，永
遠無法令人滿意，也不完整，因為在存在論的層面上，總讓人不
斷琢磨，此一事件究竟是驚悚片、間諜片、犯罪片、戰爭片，或
是情色片。凡此種種之總和，皆不等同於或是足以構成這部電影
作為一宗事件。表面上，各個這些類型的組成成分沒有遭受變
更，但是黑色電影仍然以一股蠻力之姿，在這些每個類型裡爆
發，但又保存各個類型身分的完整。以下德勒茲與瓜塔里對於流
變樣態所作的描繪，再適切不過：

　　行所無事，卻事事改變，因為流變不捨晝夜，一再穿過它
〔事件〕的組成成分，復原了在他處他時所實現的這宗事
件。[54]

　　每個類型都有歷史，只有黑色電影沒有。最早與最晚的一
部，只要它們各是一宗成功的黑色電影事件（*event* of *noir*），所
傳遞的意義都一樣，形成的痛苦或傷口並不受到時間的隔閡。職
是之故，黑色電影研究凡是做得好的，不時帶來一股清新之感，
或臨場感，彷彿黑色電影昨日方才誕生。我們此處見證的必是
「流變為黑色」，因為它無歷史；以事件言，它是原始，比電影

---

54 Gilles Deleuze and Félix Guattari, *What Is Philosophy?* Trans. Hugh Tomlinson
　and Graham Burchell（New York: Columbia University Press, 1991）, p. 158.

還「悠久」。凡此種種，造成了黑色電影是椿獨特的經驗，能夠
與另一個古老而又跨歷史的「存在」對話：作為藝術類型的「悲
劇」。

五、黑色電影現狀，或曰德勒茲（與拉岡）

　　眾所周知，自西洋史的誕生開始，悲劇一直是個政治性的藝
術類型。在希臘城邦（polis）裡，「悲劇應該就是一間實驗室，
讓新出現的法律與政治概念，諸如自治、理性、律法，進行實
驗」[55]。《色｜戒》確實勾起觀眾某種悲劇情懷，但是我們很快會
證明，影片流變為黑色電影之後，很難被歸類為西方類型理論中
所理解的悲劇。如此無意否認，作為影片或是言論，《色｜戒》
有其政治意義。引起中國極端國族主義份子狂躁反應的，不在
《色｜戒》不夠政治，而在影片沒有遵循悲劇的既有成規，作其
政治實踐。

　　回到《色｜戒》作為流變為黑色這回事，我們得分辨該影片
所走的兩條平行路徑：一條涉及環境（milieu），另一條涉及主
體。每前進一步，流變的基調變得更為宿命，情境更為孤絕，不
能用悲劇來想像。德勒茲研究電影，確認了流變的幾個層面與可
能性[56]；但在流變為黑色（筆者用語，非德勒茲）一事裡，我們
首先察覺到的是環境正在「墮落」（degradation）的大勢。德勒

---

55 Gabriela Basterra, *Seductions of Fate: Tragic Subjectivity, Ethics, Politics*
（Basingstoke and New York: Palgrave Macmillan, 2004）, p. 4.

56 Gilles Deleuze, *Cinema 2: The Time-Image*, trans. Hugh Tomlinson and Robert
Galeta（London and New York: Continuum 2005）, p. 137.

茲論及黑色電影時寫道：「墮落標示了人正在出入那些沒有法律保護的環境，那裡充斥假的意見一致、假的社會群體，而他為求融入，只能維持一組假的行為因應」[57]。黑色電影中這種墮落很是普遍，我們姑且稱之為「流變為環境」（becoming-milieu）。無須解釋，影片中人回應這種環境，必然是以他們獨特的方式，作出一番自我轉變。法蘭奇論及李安總體作品時說：「李安一再出現的關懷，往往是變動的時代裡，人在面對危機。」[58]《色｜戒》裡的情況更為尖銳，因為故事發生在日據上海，「時空明顯都脫了序」[59]。女主角王佳芝，在她「流變為環境」的過程中，勢必經歷一個我們稱作「流變為黑色電影之女」（becoming-noir-woman）的過程，或簡稱「流變為女人」（流變為致命女郎，苦命女人，或者兩者皆是）。「流變為女人」（becoming-woman）不必指她在「墮落」，而是指她作為女性主體之運作功能整體上的削弱。「流變為女人」與「流變為環境」兩者合一，在我們眼前形成定義了「流變為黑色」的宿命之路，解釋了德勒茲何以不將焦點放在環境自身，而是更為聚焦在身為「天生魯蛇」的人物身上，看他們面對「真正該有的」環境在失落時，是如何地去反應[60]。

---

57 Gilles Deleuze, *Cinema 1: The Movement-Image*, trans. Hugh Tomlinson and Barbara Habberjam（London and New York: Continuum, 2005）, p. 149.

58 Philip French, "Lust, Caution," *The Observer*. Online Posting, 6 Jan. 2008. http://www.guardian.co.uk/film/2008/jan/06/features.review2（accessed 24 June 2008）.

59 Leo Ou-fan Lee, "Ang Lee's *Lust, Caution* and Its Reception," *boundary 2* 35.3（Fall 2008）: p. 227.

60 Gilles Deleuze, *Cinema 1: The Movement-Image*, p. 149.

　　這群人物的反應，才是真正令黑色電影的「流變」發揮到淋漓盡致。如此一來，勢必牽涉到他們作為主體，與他們所作的倫理抉擇，尤其當這些人是一群德勒茲所說的「天生魯蛇」。雖然如此，西方現代哲學對於主體性的完整掌握，未竟全功；尤其德勒茲與瓜塔里於《千重臺》（*A Thousand Plateaus*）一書所提的「流變為女人」一議，幾乎只有自由聯想，所持的主體性看法失之過簡，不符我們所用[61]。我們唯有跟哲學分道，踏進精神分析此一更為宿命的領域，去解釋主體所作的倫理抉擇。其中最有力的篇章，要數拉岡（Jacques Lacan）《精神分析的倫理》（*The Ethics of Psychoanalysis*）一書，他在書末討論了「善的服務（the service of goods）與〔主體裡的〕欲望中心，兩者的對立」[62]。拉岡論道：「為了獲得欲望（access to desire）所付出的代價，才是唯一的善。」[63]於是，要小心了：可要防範這種善的服務，要你付出的代價，絕對不是你付得起的。是以拉岡堅持人們該捫心自問：「是否你已遵循內心的欲望而行動？」[64]如有，則依據拉岡，你必會同意這項主張：「政治是政治，但是愛永遠都會是愛」[65]。

　　以上結論，出自拉岡早期的觀點，在上述同個講習之中，

61 Gilles Deleuze and Félix Guattari, *A Thousand Plateaus: Capitalism and Schizophrenia*, trans. Brian Massumi（Minneapolis and London: University of Minnesota Press, 1987）, p. 276.

62 Jacques Lacan, *The Seminar of Jacques Lacan. Book VII. The Ethics of Psychoanalysis 1959-1960*, ed. Jacques-Alain Miller, trans. Dennis Porter（New York and London: Norton, 1992）, p. 319.

63 Ibid., p. 321.

64 Ibid., p. 314.

65 Ibid., p. 324.

閱讀索弗克里斯（Sophocles）的《安蒂岡妮》（*Antigone*）時所作。在這部悲劇裡，拉岡認為發生了善與欲望、政治與個人之間的衝突。然而巴斯特拉（Gabriela Basterra）發現，後來拉岡做了修正：「在拉岡的閱讀裡，安蒂岡妮所作所為，依然還是『善的服務』」[66]。如此理解，顯見悲劇終究要扮演的，依然是為善、社群、國家而支持背書的角色。誠如巴斯特拉所述，「〔古希臘〕神祇們作為權威教條的駭人空洞性遭到拆穿之後，法治的根基必將崩潰──這種理解，社群必須找到一個盲點去抹除，而悲劇主體的出現，就在具現這個盲點。」[67]換句話說，主體所以是悲劇，因為這主體想保留「善的服務」，讓這服務繼續運作。

　　相形之下，黑色電影之中尋無蹤影的必然就是這種「善」。賈維（Ian Jarvie）與史考伯（Aeon J. Skoble）就曾各自探究黑色電影中（令人啟疑的）道德守則，以及緊扣著這守則而來的悲劇情愫。由於黑色電影中的人物「不按原則行事」，不像悲劇人物如克里昂（Creon）和安蒂岡妮，會在社會體制裡堅守信念，賈維也就斷言道：「黑色電影作為悲劇是失敗的」（*film noirs* fail as tragedy）[68]。他更一網打盡地說：「黑色電影是失敗的」（*film noirs fail*），因為黑色電影「以犧牲社會責任作為代價」，擁戴「個人的道德守則」[69]。事實上，賈維對於黑色電影的非難，與我們認知

66　Gabriela Basterra, *Seductions of Fate: Tragic Subjectivity, Ethics, Politics*, p. 52.

67　Ibid., p. 35.

68　Ian Jarvie, "Knowledge, Morality, and Tragedy in *The Killers* and *Out of the Past*," in Mark T. Conard ed., *The Philosophy of Film Noir* (Lexington: University Press of Kentucky, 2006), pp. 179, 183.

69　Ibid., pp. 178-179.

中悲劇的一個重要社會角色相同：恢復社會的正常秩序。他論點失效之處，在於「黑色電影不是悲劇」一事（這點我們同意）並非一宗失敗事件。另一端，史考伯則指出，「古典意義裡，且又符合亞里士多德道德正確觀的悲劇」形式，少有黑色電影採用[70]。雖此，黑色電影中經常見到的「鮮明的道德模稜兩可」立場，並不意謂黑色電影腐敗墮落，而是說明「倫理決策過程仍在操作」，讓黑色電影成就自己的「道德清醒」[71]。史考伯的觀點與我們的發現更為一致，說明黑色電影正好因為沒有流變為悲劇，所以保持了道德上的頭腦清晰，讓自己形成批判，對象正是悲劇以及悲劇所服侍的社會機制，譬如國家。

如此發現，帶來以下無以迴避的後果：致命女郎，或是任何一個在黑色電影中的主體，只要經歷了「流變為女人」，也就帶有她自己的「道德清醒」。只是她沒有悲劇的角色幸運，因為面對的是環境的墮落。她既生活在這環境裡，又是這環境讓她淪為「天生魯蛇」。又或許她是幸運的：由於她的「道德清醒」，不會傻傻地去維持一個「善的服務」，因為在黑色電影的世界裡，沒有值得她去服務的「善」。於是她不會變得悲劇，也就保有她欲望的完整，但也因此必須付出代價（代價可能就是她的小命），但又不同於悲劇中的犧牲經驗，她如果死掉，什麼回報也得不到。阿勒瓦（Richard Alleva）未提黑色電影，但在稱頌李安作品時卻表示：「即使像《伊底帕斯王》（*Oedipus Rex*）這種令人

---

70 Aeon J. Skoble, "Moral Clarity and Practical Reason in Film Noir," in Mark T. Conrad ed., *The Philosophy of Film Noir* (Lexington: University Press of Kentucky, 2006), p. 47.

71 Ibid., p. 48.

心碎的悲劇，仍在地平線上最遠處保存了一絲絲希望。在《色｜戒》裡根本就看不到地平線。」[72]

六、國家與娼妓

循此論點，我們必須重新思考我們的立場，應該如何看待致命女郎帶來的極致威脅。誠如齊澤克所論：「致命女郎真正具有威脅之處，不在於她對男人是致命的，而在於她代表了一種『純粹的』、非病態的主體，可以完全承擔她自己的命運」[73]。她所以是「非病態的」，在於她不讓善的服務，或是任何像國家一類的社會體制，為她承擔命運。

國家因為「善的服務」，造成國家（nation）究竟有多麼「下賤」（"obscene"），齊澤克與柯普潔（Joan Copjec）論析黑色電影時，已經做了精確的論證[74]。其實，黑色電影當年初在美國嶄露頭角時，就已對美國這個國家概念做了針砭[75]。了解這點，鮑德威爾便沒有將黑色電影定義為「有連貫性的類型或風格」，

72 Richard Alleva, "Hope Abandoned: Ang Lee's *Lust, Caution*," *Commonweal* 134.20（23 Nov. 2007）: 21.

73 Slavoj Žižek, *Looking Awry: An Introduction to Jacques Lacan through Popular Culture*, p. 66.

74 Slavoj Žižek, *Looking Awry: An Introduction to Jacques Lacan through Popular Culture*, pp. 162-65; Joan Copjec, "The Phenomenal Nonphenomenal: Private Space in *Film Noir*," *Shades of Noir: A Reader*（London and New York: Verso, 1993）, p. 174.

75 Sylvia Harvey, "Woman's Place: The Absent Family of Film Noir," in E. Ann Kaplan ed., *Women in Film Noir*（London: BFI, 1980）, p. 25.

而是一系列「離經叛道的特殊範例」，用以「挑戰主流價值」[76]。所以，為了判別影片是否黑色電影，我們必須能夠先行打破美式樂觀主義與清教徒主義帶來的美麗迷障[77]。畢竟，如果要定義黑色電影，「所展示的乃是美國夢的對立面」[78]。沒有比黑色電影更反美國（un-American）的電影傳統，或是找到更反美國的傳統或信仰體系[79]。黑色電影代表了托克維爾（Alexis de Tocqueville）更黑暗的一面在抓狂：無怪乎這種影片只能用法語來命名。假使黑色電影主要是以它的反美國性來作定義，則國家就成為解開黑色電影基因組成的關鍵。

國家與黑色電影之間根本的共生關係，波爾德與肖默東即曾如此指出：

> 〔古典的〕黑色電影很大程度上是「反社會的」……這個〔黑色電影的〕世界，在戰火下的世界裡顯得格格不入，此戰火中〔二戰的〕美國大兵，正為了保衛某種社會秩序與某

---

76 David Bordwell, "The Classical Hollywood Style: 1917-60," p. 75.

77 Raymond Durgant, "Paint It Black: The Family Tree of the *Film Noir*," in Alain Silver and James Ursini eds., *Film Noir Reader* (New York: Limelight Editions, 1996), p. 37.

78 R. Barton Palmer, *Hollywood's Dark Cinema: The American Film Noir* (New York: Twayne, 1994), p. 6.

79 參見奧爾巴哈（Jonathan Auerbach）的《黑暗疆界：黑色電影與美國公民身分》（*Dark Borders: Film Noir and American Citizenship*）的導論〈黑色電影的反美國性〉。Jonathan Auerbach, "The Un-Americanness of Film Noir," *Dark Borders: Film Noir and American Citizenship* (Durham and London: Duke University Press, 2011), pp. 1-26, 205-13)。

一套價值觀而戰。〔黑色電影〕與官方意識形態之間，存在著明顯的分歧。[80]

面對國家與官方意識形態時發生的這種「格格不入」之感，在我們所能找到的華語黑色電影之中俯拾即是，劉偉強與麥兆輝合導的《無間道》（2002）正是最適切的例子。如果我們僅僅將之視作驚悚片，不過就是好警察／壞警察故事的極佳範本，配以優異的劇本與精湛的演出。然而，如果我們也將它看成黑色電影，則其政治主張便一躍而出。譬如影片中有段交手對話，梁朝偉所飾演的臥底警察向劉德華的角色提出要求：「請把我的身分還給我。」劉德華飾演與黑社會暗通款曲的警察，充滿自我懺悔地回絕他道：「我只是想當個好人。」知其所以然的觀眾都知道，這也可以是香港人民與特別行政區政府之間的交手對話。特區政府由一群受過英國教育的菁英組成，他們之前為殖民地主人效力，如今轉為中華母國效忠服務。當你，身為香港主體，向特區政府請求保留原有身分，特區政府唯一可能的回答，卻是說他想當個好人；如果堅持請求，你就會像梁朝偉的角色一樣，被其他好警察開槍打死在電梯裡，殺死你時，他們根本不知道你是他們的一份子。

同樣，《色｜戒》也是一個好間諜／壞間諜的故事。但事實上，無論王佳芝還是易先生都心知肚明自己只是娼妓。娼妓，一如蓋世太保一類的惡棍，經常用來定義一個墮落腐敗的世界，易先生具現的就是娼妓般的蓋世太保。那麼王佳芝呢？代表重慶國

80　Raymond Borde and Étienne Chaumeton, *A Panorama of American Film Noir*, p. 29.

民政府的老吳，將王佳芝推出去當娼妓不也同樣腐敗？執行這項受指派的無恥任務，王佳芝難道不也跟著腐敗？我們此處提出的這種道德判斷，如果受到這部電影支持，又如果王佳芝與易先生只在自甘墮落，出賣身體去享受肉慾上的歡愉，再又如果電影上噴發的是股純粹而又直接的犬儒憤世之情，那麼《色｜戒》便不是黑色電影。是否黑色電影的關鍵，在於王佳芝和易先生（或曰娼妓），發現他們相愛。這個愛情，出自這部黑色電影裡墮落的環境，得來不易，充滿意想不到的轉折，透過影片中聳動的性愛場面令人具體可感。他們也就因此以一個意料之外的方式認愛，接著在日本居酒屋的那場戲裡餘波蕩漾，來到高潮。在那裡他們頓有所悟，驚覺到他們未來的命運已成定局：無論作為娼妓，還是作為情人。

　　雖說犬儒憤世之情充斥在黑色電影裡，電影中仍須有個重要時刻，與犬儒憤世拉出重大的一道距離。這個時刻揭示的是兩個主角內心深處，其實藏著無可救藥的天真，一種對於愛的渴求，用以對抗犬儒憤世，不幸卻被李歐梵誤以為是電影中無謂的「多愁善感」[81]（參見本書李歐梵的篇章）。常常我們是在亨佛萊·鮑嘉（Humphrey Bogart）所扮演的私家偵探角色，或是與他有所牽扯的致命女郎身上，窺見這抹天真，然後很快就被黑色電影的世界吞噬。當這天真越熾烈，黑色電影的世界就越致命。

　　以下且引一段波爾德與肖默東的話，形容鮑嘉電影中一再出現的特質：

81　Leo Ou-fan Lee, "Ang Lee's *Lust, Caution* and Its Reception," *boundary 2* 35.3（Fall 2008）: 234.

　　　　《梟巢喋血戰》開啟了他一系列電影中出現的「沒有結果
　　　的愛情」：浪漫得極其狂暴，這番轉瞬即逝的愛與感情，給
　　　了那些即將背叛他並且會殺害他的女人……[82]

　　這段描繪，似乎同樣適用於《色｜戒》。電影中同樣有個
「沒有結果的愛情」在上演，有個女人如娼妓般出賣自己的身
體，準備刺殺她的情人。片中那個「沒有結果的愛情」，同樣
「浪漫得極其狂暴」。波爾德與肖默東還一度形容鮑嘉臉上掛著
「悲傷而又絕望的神情」[83]，但似乎達格納特（Raymond Durgnat）
的措辭更為精準，提到的是「鮑嘉死人臉孔般的詭異表情」
（"Bogart's deadpan grotesque"）[84]。我們以為，由梁朝偉飾演的易
先生，在電影最後一幕王佳芝被送往刑場之後，流露的正是這種
「死人臉孔般的詭異表情」。在這裡，李安安排易先生像鮑嘉那
樣，行屍走肉般佇立在陰影之下，清楚說明《色｜戒》無論在調
性還是形式，已經流變為黑色電影。
　　行文至此，我們必須回頭討論流變（becoming）這個議題，
只因某種宿命論正迫在眉睫。我們很清楚，從張愛玲原作到電影
改編，黑色電影都用不著發生。觀眾之中許多人，甚至連最專業
的影評家，都沒覺察他們看的是一部黑色電影。那麼，為何要把
影片拍成黑色電影？如果求的是個悲劇結局，把影片拍成悲劇就
好，恐怕更有利於「善的服務」：意即，應該讓王佳芝如一般悲

82　Raymond Borde and Étienne Chaumeton, *A Panorama of American Film Noir*,
　　pp. 34-35.

83　Ibid., p. 35.

84　Raymond Durgnat, "Paint It Black: The Family Tree of the *Film Noir*," p. 43.

劇電影那樣，死得更有意義、更具崇高目的，而不是為了沒人能懂的理由（像鴿子蛋鑽戒）而死。中國極端國族主義者們應該是這麼想。這時該留意他們對於這部電影的譴責，他們的憤懣（ressentiment）不無洞見，說明了國家及其意識形態，必須使得一部驚悚片非得流變為黑色電影不可。如果這群極端國族主義者們辦得到，他們必對李安軟硬兼施，要他乖乖拍出一部單純的驚悚片就好。李安先發制人，出招回應就是賞給他們一部黑色電影。

　　或許中國極端國族主義者值得我們投以同情的眼光，理解到他們與區區一個電影導演翻臉這件事，正是一齣悲劇。德里克（Arif Dirlik）就曾溫情寫道：

〔中國〕國族主義本身的問題……必須放在帝國主義的全球脈絡之下檢視。這些日子以來，當中國人自己就他們的獨立自主有了足夠的安全感，足以忘卻帝國主義對他們上一代人的影響時，卻很少有人願意提起，過去帝國主義還是一個巨大威脅時，是如何形塑了中國國族主義行進的路徑……[85]

　　德里克此處所見，換個說法就是：很少有人「具有足夠的安全感」，看出他們的國族主義，純粹只是對帝國主義的反動（reaction）。最糟糕的情況是，沒有安全感時，他們會豢養出尼采在《道德的系譜學》（On the Genealogy of Morality）裡所說的

---

85 Arif Dirlik, *After the Revolution: Waking to Global Capitalism* (Hanover and London: Wesleyan University Press, 1994), p. 35.

「奴隸道德」（slave morality）。這種道德「需要有個對立的外在世界⋯⋯其行動（action）基本上就是反動」[86]。尼采並說：「奴隸道德在原則上對於所有的『外在』、『他者』、『非自身』都是說『不』；而這個『不』，正是它的創意之作」[87]。而在這「不」裡潰爛發膿的正是奴隸們的憤懣：「憤懣屬於那些在行動上本該得到回應卻遭到拒絕的人們，最後只能用想像的報復作補償」[88]。所以當國家機器耽溺於自己無助的狀態（「在行動上本該得到回應卻遭到拒絕」），必然也就耽溺在自己的憤懣之中，針對《色｜戒》一片採取了「想像的報復」。

《色｜戒》作為李安發動的內戰，或可如此看待。然而出於某種意外的情節翻轉，迅即招致電影之外的災情。當李安像片中的情報頭子老吳吞下苦果，被迫避走國外時，飾演片中王佳芝這個罪不可逭之娼妓角色的湯唯，在戲外即遭到政府當局（the state）禁止出現在電影中及其他媒體，她的演藝生涯有如片中所示，被丟棄到南郊石礦場的深溝裡。政府當局由國內最出色的一群菁英組成，對於電影與現實世界的差異，到底為何荒腔走板地分不清楚，原因難以理解。或許出於某種奴隸道德裡的憤懣之

---

86 Freidrich Nietzsche, *On the Genealogy of Morality*, ed. Keith Ansell-Pearson, trans. Carol Diethe（Cambridge and New York: Cambridge University Press, 1994）, pp. 21-2.

87 Ibid., p. 21.

88 Ibid. 裴開瑞曾就此「不」做了探討，詳其〈如果中國說不，中國還能製作電影嗎？或者，還是電影成就了中國？重新思考國族電影與國家機制〉。Chris Berry, "If China Can Say No, Can China Make Movies? Or, Do Movies Make China? Rethinking National Cinema and National Agency," *boundary 2* 25.3（Fall 1998）: 129-50.

情，讓他們自願被極端國族主義者們挾持，享受淪為「苦命政府」（state-in-distress）之後那份難得的天真。如此被《色｜戒》逼到牆角，當局就只剩下最後一個還擊手段：既然男人都跑光了，剩下那個女的就必須死。歡迎來到中國，這個國家已經變成一部黑色電影。

10

女人作為隱喻
《色｜戒》的歷史建構與解構*

彭小妍

---
* 本文原載《戲劇研究》2期（2008年7月），頁209-36。

　　那個幸福的年代，只有相信，不知懷疑。沒有身份認同的
問題，上帝坐在天庭裡，人間都和平了。

——朱天文，《荒人手記》

前言

　　儘管《色｜戒》在兩岸三地屢創票房佳績，其中的歷史觀點
卻引起華人世界激情爭議。大陸網站普遍認為電影裡的漢奸形象
太好，有辱民族大義，是「漢奸文藝」，甚至有人說：「中國人
已然站起，李安他們還跪著。」[1]這不只是一般網友的意見，中國
學者聲討李安繼張愛玲（1920-1995）之後「以赤裸卑污的色情
凌辱、強暴抗日烈士的志行和名節」的，也族繁不及備載[2]。臺灣
方面，宋家復在聯經的《思想》上所發表的評論，則指出電影
展現臺灣第二代外省人的歷史觀[3]。主張臺灣主體論者，臺前人物
對電影均三緘其口，這當然是李安「臺灣之光」的光環使然。
《色｜戒》在威尼斯獲得金獅獎，新聞局依慣例錦上添花頒發獎
金。但是不少臺獨人士批判，李安以中國人的抗日歷史為主題，

1　黃紀蘇，〈中國已然站著，李安他們依然跪著〉，http://blog.voc.com.cn/sp1/
　huangjisu/093426390318.shtml，2007年10月24日。2008年1月3日閱覽。

2　黃紀蘇，〈就《色，戒》事件致海內外華人的聯署公開信〉，http://blog.voc.
　com.cn/sp1/huangjisu/235548414940.shtml，2007年12月13日；王琦濤，〈人
　性論、近現代中國的歷史寓言與國族建設再探討（最新修訂版）〉（上、
　下），http://www.xschina.org/show.php?id=11501、11502，2008年1月16日。
　2008年2月3日閱覽。

3　宋家復，〈在臺北看李安「色｜戒」〉，《思想》8期（後解嚴的臺灣文學）
　（2008），頁305-12。

因此「不愛臺灣」。要是他們聽說了香港《亞洲週刊》總編輯邱立本的論斷，或許會跌破眼鏡，因為他認為李安「顛覆了民進黨、共產黨和國民黨的歷史論述」[4]。

的確，電影的宣傳反覆強調李安對重建歷史的執著，是整部影片的賣點之一。根據龍應台對李安的採訪，影片中上海老街的重現，建築材料「是真的」，街道兩旁的法國梧桐也是「一棵一棵種下去的」[5]。連女主角用的LV皮箱和一桌一椅等，都力求還原當年。影片推出後，不少人遺憾電影這方面不如預期。但對我而言，電影本來只能重現想像中的真實，凡此種種只是影片精心堆砌的時代品味（mannerism），無可厚非。本文想討論的問題是，第一，《色｜戒》在歷史觀點上表現了什麼立場，使得兩岸三地的華人群起爭執，紛擾不休？我認為，電影表面上重建了國民黨政權在臺灣宣導的史觀，但實際上又同時一一解構，而建構和解構都是透過女主角體現的。也就是說，女人在影片中是一個隱喻（metaphor），透過這個隱喻，我們見證了歷史的建構和解構，以及愛國情操與愛情的「覺醒」、破滅。文末會進一步說明，這位女主角沒有自我，毫無防備地吸收國家論述和愛情論述，象徵的正是李安心目中的「純真年代」。

其次，電影引起熱烈討論的原因之一，是它改編自張愛玲的

4　邱立本，〈李安——2007最被誤讀的人物〉，http://blog.sina.com.cn/s/blog_4e80b0c901008omt.html，2007年12月21日。2008年1月4日閱覽。

5　龍應台，〈如此濃烈的「色」，如此蕭殺的「戒」〉，《中國時報‧人間副刊》，2007年9月25日，A3版。有關電影重現上海風華的歷史場景，參考李歐梵，《睇色，戒：文學‧電影‧歷史》（香港：牛津大學出版社，2008），頁65-85。

原著。李安是否表達了原著的精神，是否辜負了原著？讀者會發現本書的各位作者對此意見不一。是否如同張小虹所說，李安的三場床戲「拍足了」——也就是充分詮釋了——小說中描寫女性情慾最大膽、甚至令人不堪的一句話：「到女人心裡的路通過陰道」[6]？我認為，重點不是看影片是否忠於原著，而是要看在原著之上，電影究竟添加了什麼，改寫了什麼。

電影的敘事結構大致和小說相同，由麻將間開場進展到咖啡廳的謀刺，中間插入的長段回溯，為電影的主要部分。最後又回到謀刺的咖啡廳現場，接著便是在珠寶店終告失敗的謀刺場景。整個敘事結構意在解釋故事的謎團：女間諜為何放走已落入陷阱的漢奸，讓他全身而退？雖然如此，我會指出電影和小說在兩個主角的角色塑造和理念傳達上，其實有非常顯著的歧異。電影的添筆改寫了整個故事，也是我們理解李安企圖以影片表達的理念的關鍵。除了最引人注目的床戲，本文分析小說所沒有的幾個其他場景，例如麻將政治、刺殺老曹（易先生司機）、女主角看電影、居酒屋獻唱等，嘗試理解電影如何透過女人的隱喻，建構與解構抗日歷史和愛國主義。

《色｜戒》在華人世界引起了熱烈討論，已經造成一個驚人的文化現象。本文要問的是，兩岸三地的人民，何以對一部電影的反應呈現如此強烈且互不相容的分歧？在結論一節，筆者將以「生命歷程」（existential process）的概念，說明一個文化產品的創作，是集體意識與個人主體性之間複雜互動的結果。個體會

6　張小虹，〈大開色戒——從李安到張愛玲〉，《中國時報‧人間副刊》，2007年9月28-29日，E7版。

受集體意識的制約或銘印，但是集體意識一旦處於混亂狀態，外
在環境中有不同的話語並立、競爭主導地位，那麼，以荷米・
巴巴（Homi K. Bhabha）的術語來說，個體便會在「交錯空間」
（interstices）中展現自我。在跨界交錯情境中成就的藝術創作，
很可能會受到主流論述（master narratives）忠實信徒的忽視或誤
解。

一、「搶救歷史」：誰的歷史？

　　電影何以代表「第二代外省人的歷史觀」，何以「顛覆了民
進黨、共產黨和國民黨的歷史論述」？這當然必須回歸到解嚴後
臺灣歷史建構的論爭。拙作〈再現的危機：歷史、虛構與解嚴後
眷村小說〉指出，解嚴後民進黨臺灣主體論展開，國民黨歷史論
述遭到顛覆。第二代外省作家及電影人如張大春、朱天文、朱天
心、侯孝賢等，在慘綠少年時堅信國民黨的統一論述，如今信仰
破滅，卻眼見新興的臺灣主體性歷史論述以同樣的手法操弄人
民。於是他們拒絕認同任何政黨的歷史論述，選擇在作品中暴
露歷史的虛構本質。他們指出語言已喪失了指事（signifier）功
能，以凸顯再現危機的概念：歷史敘事與文學作品都無法再現外
在所指[7]。李安的《色｜戒》如果置於此一脈絡中，我們就能有更
好的理解。

　　在討論電影本身之前，有幾點必須先釐清。首先，如果

7　Hsiao-yen Peng, "Representation Crisis: History, Fiction, and Post-Martial Law
　　Writers from the 'Soldiers' Villages'," *Positions* 17:2（July 2009）.

說《色｜戒》企圖再現「中國抗日戰爭」或「第二代外省人史觀」，不如說是展演了國民黨在戰後臺灣所建構的集體抗日記憶。民進黨史觀頌揚日本殖民統治促進了臺灣的現代化；相形之下，國民黨五十年來的殖民統治一事無成，所作所為皆在壓制臺灣本省人。這樣的史觀對日本殖民則幾無批判空間。《色｜戒》重建的抗日歷史，不只是外省人的共同記憶，本省人也耳熟能詳。在1960、70年代冷戰氛圍中成長的學子，無論是第二代外省人或本省人，同樣受國民黨反共抗日歷史和大中國論述的薰陶。借用傅柯（Foucault）的詞彙，政府這種歷史建構的「技術」（technology）有如鋪天蓋地，無孔不入；學校朝會、週會、節慶的師長訓話，教科書、影視廣播的宣導，文學影劇的薰陶，共產主義和日本被描繪成無孔不入的頑強敵人，潛藏各處伺機而動，人人皆必須揭露告發。臺灣的年輕學子在潛移默化中同仇敵愾，信念堅定，個個沉浸在這種「愛國」的氛圍中。但解嚴之後，抗日很快成為過時的論述，大中國論述更成為「聯共賣臺」、「不愛臺灣」的代名詞。《色｜戒》重新捕捉了長期遭到非議的集體記憶，馬英九與李安在公開場合哽咽流淚，正是因為重新體驗了這樣的記憶[8]。馬英九生於香港，一歲時即隨家人來臺，李安則是第二代外省人，父母在二次世界大戰後從中國大陸來到臺灣。前總統李登輝的評論雖然沒有擊中要害，但足以凸顯其中的複雜癥結。他說：「若有機會很想拍一部片參加奧斯卡獎，反映年輕人

8　雙城主義，〈《色，戒》之臺灣萬象〉，http://www.wretch.cc/blog/linyijun/19893282，2007年9月28日。2008年2月1日閱覽。

現在的想法，而不是像李安導演說過去的故事。」[9]此言差矣！說過去的故事，目的不正是反思當下？

龍應台採訪李安後，指出這部電影表現了李安對搶救歷史的執著：

> 它（《色｜戒》）是李安個人的「搶救歷史」行動……他……把四〇年代的民國史——包括它的精神面貌和物質生活，像拍紀錄片一樣寫實地紀錄下來。他非常自覺，這段民國史，在香港只是看不見的邊緣，在大陸早已湮沒沉埋，在臺灣，逐漸被去除、被遺忘、被拋棄，如果他不做，這一段就可能永遠地沉沒。他在搶救一段他自己是其中一部分的式微的歷史。[10]

「搶救歷史」是解嚴以後，為「發現臺灣」而標榜的口號，搶救的是臺灣的歷史。國民黨執政期間，臺灣史是禁忌，解嚴後官方民間紛紛出錢出力搶救歷史，作家全集、口述歷史等蔚為大觀，加上1997年臺灣史教科書的修訂，臺灣自主論史觀儼然成形。二十餘年來，國民黨的大中國歷史觀已經計畫性、結構性的「被去除、被遺忘、被拋棄」。認同臺灣和認同中國本來不應該是問題，解嚴後卻被迫變成一個殘酷的選擇題。李安透過《色｜戒》所搶救的，是他成長期間耳濡目染的歷史記憶，是他和同時

---

9 林河名，〈阿輝伯拍片上癮　想進軍奧斯卡〉，《聯合報》，2008年1月8日，A2版。

10 龍應台，〈如此濃烈的「色」，如此蕭殺的「戒」〉。

代人曾經堅信不疑的愛（中）國主義。那是朱天文《荒人手記》
所悼念的、具有堅定信仰的純真年代：「那個幸福的年代，只有
相信，不知懷疑。沒有身份認同的問題，上帝坐在天庭裡，人間
都和平了。」[11]這種歷史記憶，在民進黨執政後成為禁忌，卻是李
安和同時代人生命歷程的一部份，即使歷經外在社會、歷史變
遷，它仍然頑固地潛伏在個人的潛意識中，難以擺脫，在不意間
或適當時機，終將流露。

二、演劇與愛國主義

　　李安企圖透過電影重建他生命歷程中所接受的歷史論述，但
是，電影表現的並非他年輕時期的堅定信念，而是事過境遷的重
新詮釋。電影一方面悼念他那一代人「只有相信、不知懷疑」的
純真年代；另一方面展現歷經認同磨難、思想成熟後，對任何國
家機器論述威權的質疑。《色｜戒》重新檢視的，是第二代外省
知識分子對歷史建構本質的反省，而非部份第一代外省人（如榮
民）對愛國主義毫無保留的信仰。電影在這方面的表達，如果看
它在張愛玲原著之上添加和改動了什麼，比較容易理解。

　　電影對抗日戰爭的集體記憶固然懷抱深刻同情，卻處處揭露
歷史記憶和愛國主義的建構本質。最重要的設計，是嶺南大學學
生劇團在香港的舞臺表演。這個線索在張愛玲的原著中是存在
的：「她（王佳芝）倒是演過戲，現在也還是在臺上賣命，不過
沒人知道，出不了名。在學校裡演的也都是慷慨激昂的愛國歷史

11　朱天文，《荒人手記》（臺北：時報文化，1994），頁55。

劇。」[12]這句話中,「現在也還是在臺上賣命,不過沒人知道,出不了名」,當然是暗藏玄機,點出王佳芝心知肚明,她如今扮演間諜也是粉墨登場,但卻是名符其實的「賣命」;事跡一旦敗露,是會送命的。Julia Lovell翻譯小說時,將「賣命」譯為 "playing a part"(演出角色),並未完全傳達出原作之意[13]。「不過沒人知道,出不了名」,遺憾演間諜不能出名,透露的是她的虛榮本性:她追求的是鎂光燈的焦點。王佳芝這種性格,是電影中沒有的。電影與小說對王佳芝刻畫的異同,我們下一節再詳加分析。

　此處電影面對的直接問題是:文字成為影像後,如何呈現愛國歷史劇的「慷慨激昂」?李安以攝影機鏡頭的移動答覆了這個問題。劇團演出的那場戲,鏡頭不斷迅速切換,建構出愛國主義的感染氛圍,臺上的演員與臺下的觀眾因而熱血沸騰。從這一場戲,我們也可看出電影想要表達的理念。例如,臺上演出抗日宣傳劇時,扮演女主角的王佳芝在劇終高喊「中國不能亡」,觀眾也同仇敵愾,憤而起立同呼口號。這時攝影機鏡頭迅速反覆切換了至少九次:從臺上、到臺下個別觀眾起立相繼呼口號;從臺上看臺下,全體觀眾響應呼口號;從臺下看臺上;到幕後;從臺下全體觀眾、個別觀眾又回到舞臺上,充分展現愛國情緒的相互渲染功能。舞臺上激情演出的男女主角,使得熱血沸騰的觀眾忘情地起立高呼響應。幕後操作舞臺聲音效果的兩位學生,看到觀眾反應,又驚又喜。最後鏡頭回到舞臺上,我們看見男女主角因觀

---

12 張愛玲,〈色,戒〉,《惘然記》(臺北:皇冠文化,1995),頁18。

13 Eileen Chang, *Lust, Caution: A Story by Eileen Chang*, trans. Julia Lovell(New York: Anchor Books, 2007), p. 17.

眾的熱情回應而震驚，繼而感動莫名。

愛國情緒依賴集體意識與它激起的情緒激盪；個人只是接受、傳遞集體意識觸發的連鎖反應中的一環。其中任何一環拒絕共鳴，便會威脅群體的一致性——如果臺上的女主角不賣力演出，愛國戲碼如何感動觀眾？這是電影建構的主要隱喻：男主角（鄺裕民）是愛國戲劇的導演，女主角如果不合作，愛國戲碼就演不下去了。同理，如果國家歷史論述是男人建構的，女人就是這個論述最忠實的支持者；一旦女人拒絕扮演忠貞信徒的角色，國家論述焉能不瓦解崩盤？

張愛玲的原著反覆提起王佳芝在下戲後的亢奮情緒：「廣州淪陷前，嶺大搬到香港，也還公演過一次，上座居然還不壞。下了臺她興奮得鬆弛不下來，大家吃了宵夜才散，她還不肯回去，與兩個女同學乘雙層電車遊車河。樓上乘客稀少，車身搖搖晃晃在寬闊的街心走，窗外黑暗中霓虹燈的廣告，像酒後的涼風一樣醉人。」[14] 電影中，參與公演的男女同學也結伴吃宵夜慶功，一起「遊車河」。但是，電影並未顯示主動要搭車遊街的是王佳芝。她總是跟著夥伴，或受慫恿。這是電影在王佳芝身上刻意著墨的重要人格特質。

電影中，學生首場演出後，加入了張愛玲原著完全沒有的戲，這場戲極能傳達李安的創作理念。先是王佳芝在舞臺上徘徊流連，似是不忍曲終人散。這時，劇團同伴從二樓中間的觀眾席召喚她：「王佳芝，上來啊」（鄺裕民、賴秀金語）。她聞聲轉頭回眸凝視二樓的眾友人。她的臉部特寫，大而無辜的雙眼，令

---

14 同前注。

人動容。這一幕強烈暗示了集體意識的召喚。電影結束的時候，在王佳芝與同志被捕受刑之前，又重複了一遍她回應召喚的臉部特寫：「王佳芝，上來啊」。重複這一特寫鏡頭，是為了強調王參與愛國行動是基於同儕壓力——或不妨說集體意識的攛掇（圖10.1）。

　　另一場戲，也顯示王佳芝對參與愛國行動的遲疑與被動。電影中大家共商刺殺漢奸，疊掌發願共赴國難時，只見她在一旁急切地觀看，躊躇不前。直到賴秀金使了個眼神，點頭鼓勵她，她才鼓起勇氣伸手疊在同學手掌之上。電影提醒我們，電影中的重要行動，王佳芝都是被動參與的：她同意擔任間諜是為了支持朋友；學校遷到香港不久後，她同意上臺演戲，如出一轍。結果，舞臺上的表演延伸到真實生活，跨越了舞臺與真實人生的界限。愛國戲劇的成功使這批乳臭未乾的大學生決定組織刺殺漢奸易默

圖10.1　「王佳芝，上來啊」（鄺裕民、賴秀金語）

成的特工隊。整個過程中，電影反覆強調了扮演間諜與上臺演戲的異同：「這可不是排練，沒有機會重來一次」（鄺裕民語）。這在原著小說裡只有暗示，並未明講。「扮演」（performativity）成為貫穿電影的一個母題，一再出現。

值得注意的是，電影一面暴露愛國主義的建構本質，一面又讓愛國主義落得荒謬無比。這是原著未曾著墨的，顯然是電影的原創設計。幾名大學生，視間諜行當為舞臺表演的延伸，口出戲言，彷彿這也是一場戲罷了：「佈置一下，弄幾件家具，來個女傭。麥先生要鬍子不要？」（歐陽靈文語）[15]。扮演麥先生的歐陽靈文似乎還沒有意識到，諜報可是攸關生死的表演。梁閏生問道：「我們有誰知道殺人怎麼殺啊？我們只有在舞臺上殺過！」鄺裕民答道：「等你親眼見到一個漢奸，一個出賣國家和同胞尊嚴的人，你就會知道殺人一點也不難。我們只怕殺得不夠多，不夠快。」當然，談何容易。下面我要分析的兩幕戲，原著小說沒有，完全是電影的創作，是我們理解李安創作意圖的關鍵。

易先生送王佳芝回家，差點被騙進學生租來的屋裡。王在門口挑逗他，使出渾身解數，想讓他進門，她的大學生同黨在房裡氣急敗壞，手忙腳亂。他們什麼武器都拿出來了，連廚房的菜刀都出籠了，令人噴飯。這幕戲和後來殺死「叛徒」老曹的一幕戲，前後呼應，都在強調他們不過是業餘間諜罷了。易先生的司

---

15 Hui Ling Wang and James Schamus, "*Lust, Caution*: A Screenplay," in *Lust, Caution: The Story, the Screenplay, and the Making of the Film*, Eileen Chang et al. (New York: Panetheon, 2007), p. 100: "A bit of fixing up here, some new furniture there⋯ Lai Xiu jin can wear a pony tail and be the servant⋯ And a mustache for Mr. Mai, maybe?"

機老曹懷疑學生圖謀不軌，闖到他們住處，威脅告發，意圖勒索。眾人逼不得已只好殺他。王佳芝正好在二樓陽臺，目睹整個過程，表情驚惶不已——這一幕戲，王佳芝是旁觀者，顯示她的人格特質大有深意，我們下一節再談。生平第一次殺人，並不如這些大學生想像那麼容易。四個大男生迅速制服老曹，但拿槍的賴秀金驚恐萬分，無法扣下扳機。鄺裕民拿了刀，但是在老曹胸口刺下的第一刀，卻反彈割傷了自己。電影院的觀眾有人忍俊不住，笑了出來。銀幕上幾個人你捅一刀我捅一刀，總殺不死老曹。他倒地似乎死了，又爬起來，朝門的方向移動。梁閏生在他背上補了幾刀，他腳步踉蹌，還能從房間走到樓梯口，再失足跌下，趴在臺階上奄奄一息。學生狼狽萬狀。沒想到老曹的軀體震了一下，在樓梯口和其他人一起觀看的賴秀金，顫抖地尖叫：「他還沒死！」[16]電影院裡笑出聲的觀眾更多了。最後，鄺裕民下樓梯擰斷了老曹的脖子——傳統諜報影片中冷面殺手必須具備的拿手工夫。好不容易殺了老曹，鄺裕民卻汗流浹背，膽戰心驚。這場戲可視為幾個大學生進入間諜搏命生涯的「入門儀式」（rite of passage），但是徹底走了樣（圖10.2）。

這麼冗長的殺人戲——銀幕上大約持續了六分鐘——凸顯了一群菜鳥間諜的「業餘操演」。這是挪用動作驚悚片裡，壞人老是死不了，一再反撲，嚇壞觀眾的老橋段。例如好萊塢電影《致命的吸引力》（*Fatal Attraction*, 1987）裡一直不肯死的壞女人。但在《色｜戒》裡，這個橋段變成了一個通俗鬧劇（melodrama）；扮演糊塗情報員的大學生令人覺得可悲又可笑。值得一提的是，

16　Ibid., p. 147: "He's still alive,"

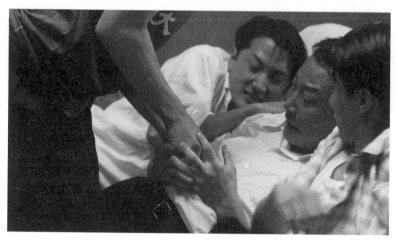

圖10.2　殺老曹：進入間諜搏命生涯的「入門儀式」

大陸版的《色｜戒》把這場血腥戲完全剪了，變成老曹一刀斃命。這樣剪接，當然沖淡了電影解構愛國主義的意圖。

三、一個不合作的女人

　　電影《色｜戒》中，扮演這個母題反覆出現，女主角在不同場合的裝扮最能演示這一點。學生身分的王佳芝，總是一襲寬大的藍色旗袍，和所有女學生一樣，臉上沒有化妝。例如小說沒有的那些戲：嶺南大學遷移到香港途中；在香港大學上課時；在香港刺易無功而返後，回到上海時。這些場景中，王佳芝顯得單純天真，和一般女大學生沒什麼兩樣（圖10.3）。相對的是，舞臺上濃眉大眼、紅豔腮幫的誇張化妝，以及扮演間諜時的鮮豔朱唇及風格化裝扮（圖10.4）。潛伏在易家色誘漢奸時，風情萬種的

圖 10.3　學生樣貌，沒有任何妝扮的王佳芝

圖 10.4　扮演間諜時的鮮豔朱唇及風格化裝扮

貼身旗袍，像歷史服裝秀一般，不讓王家衛的《花樣年華》專
美於前。咖啡廳裡密謀刺殺行動時，束腰式的米色風衣和窄緣

黑帽，讓人聯想到麥可·寇蒂斯（Michael Curtiz, 1886-1962）的《北非諜影》（*Casablanca*, 1942）片尾男主角的穿著。王佳芝寇蒂斯風格的裝扮擺明了她正在扮演間諜。然而，大學生扮演的女間諜卻在關鍵時刻放走了落入陷阱的漢奸。她為何鑄下大錯，非但自己送了命，還連累同志？小說和電影對女主角性格的描繪相當不同。我們先看珠寶店的一幕，小說大約花了近六頁的篇幅（接近全篇的四分之一）描寫這個場景。電影中易先生事先安排她到珠寶店訂鑽戒，小說中王佳芝假裝臨時起意要修理耳環，騙易先生在約會途中一起進入珠寶店。整個故事由敘事者以全知觀點娓娓道來，在敘事者對角色的心理敘述（psycho-narration）中，張愛玲插入自由間接敘述（free indirect style）以展現女主角的思維。這時，王佳芝一開始嫌這家小店不夠體面；一個沒有引號的問題呈現的是女主角心裡的話：「這哪像個珠寶店的氣派？易先生面不改色，佳芝倒真有點不好意思。」[17]店家本來出示的是一般貨色，見他倆不感興趣，便拿出了一只六克拉的粉紅鑽戒。一看見這個超大的粉紅鑽，她內心鬆了一口氣，敘事者再以自由間接敘述展現她的心理，不用引號：「不是說粉紅鑽也是有價無市？她怔了怔，不禁如釋重負。看不出這爿店，總算替她爭回了面子。」[18]接下來幾行之後，她又想：「可惜不過是舞臺上的小道具，而且只用這麼一會工夫，使人感到惆悵。」[19]使用這些自由間接敘述，是為了揭露她的虛榮。另一個例子是開場打麻將的

17　張愛玲，〈色，戒〉，頁25。

18　同前注，頁27。

19　同前注。

一幕，王佳芝見牌桌上各太太都戴著名貴鑽戒，不免自慚形穢：「牌桌上的確是戒指展覽會，佳芝想。只有她沒有鑽戒，戴來戴去這只翡翠的，早知不戴了，叫人見笑——正都看不得她。」[20]

小說中的王佳芝，正因為虛榮心重，看重物質，錯把高價的禮物當做愛情。在珠寶店中，和印度老板說妥了十一根金條的價錢後，冒出的兩句嘆語，看語氣，也是王佳芝心裡的話：「只有《一千零一夜》裡才有這樣的事。用金子，也是《天方夜譚》裡的事。」[21] 幾行之後，接著是兩句有關男人、女人和愛情的名言：「到男人心裡去的路通過胃」、「到女人心裡的路通過陰道」，本書前面幾章都曾討論過。這些都是王佳芝的自我分析，結果引導出一個石破天驚的問題：「那，難道她有點愛上了老易？她不信，但是也無法斬釘截鐵的說不是，因為沒戀愛過，不知道怎麼樣就算是愛上了。」[22] 讀者必須注意的是，以上都是王佳芝心裡的話，由敘事者一再琢磨，目的在說明：這顆六克拉的粉紅鑽，讓未經人事的王佳芝對易先生動了心。

正是因為這顆超級鑽戒，讓她誤讀了易先生這時的表情「是一種溫柔憐惜的神氣」：「他的側影迎著檯燈，目光下視，睫毛像米色的蛾翅，歇落在瘦瘦的面頰上，在她看來是一種溫柔憐惜的神氣。」[23] 這使得她在生死攸關之際做出了錯誤的判斷：「這個人是真愛我的，她突然想」於是要他「快走」[24]。在情場上，很多

---

20 同前注，頁13。
21 同前注，頁28。
22 同前注，頁29。
23 同前注，頁30。
24 同前注。

事都不便說破。王佳芝對易先生的內心毫無所知。然而就在這關鍵時刻之前，小說讀者第一次進入易先生的思緒，也是以自由間接敘述以及敘事者的心理敘述揭露。相形之下，王佳芝實在天真得可悲；愛的致命吸引力完全來自於王佳芝誤讀了易先生的表情。請看這一段引文：

> 他不在看她，臉上的微笑有點悲哀。本來以為想不到中年以後還有這樣的奇遇。當然也是權勢的魔力。那倒還猶可，他的權力與他本人多少是分不開的。對女人，禮也是非送不可的，不過送早了就像是看不起她。明知是這麼回事，不讓他自我陶醉一下，不免憮然。
>
> 陪歡場女子買東西，他是老手了，只一旁隨侍，總使人不注意他。此刻的微笑也絲毫不帶諷刺性，不過有點悲哀。他的側影迎著檯燈，目光下視，睫毛像米色的蛾翅，歇落在瘦瘦的面頰上，在她看來是一種溫柔憐惜的神氣。
>
> 這個人是真愛我的，她突然想，心下轟然一聲，若有所失。[25]

以上引文中的實線為筆者所加。除了近結尾處「這個人是真愛我的」是王佳芝的內在思緒，其餘都是敘事者的心理敘述。未加實線的部分則是自由間接敘述，展現易先生的內心思緒。讀者可以輕易將代名詞「他」轉換為「我」，整個段落是易先生對自

---

25 同前注。小說的英文翻譯本讀錯了這段文字。「他不在看她，臉上的微笑有點悲哀」、「此刻的微笑也絲毫不帶諷刺性，不過有點悲哀」。

己說的話。以上引文第一句「他不在看她、臉上的微笑有點悲哀」是敘事者告訴我們，王佳芝正注視著易先生的臉；但是「臉上的微笑有點悲哀」是敘事者的判斷——因為幾行以後，我們知道王佳芝將易先生的表情誤解為「溫柔憐惜的神氣」。敘事者先分析易先生買禮物給女人的態度，以及他此刻的悲哀感受（陪歡場女子買東西……有點悲哀），然後告訴讀者王佳芝正在審視著他的臉龐（他的側影……瘦瘦的面頰上），最後讓讀者明白王佳芝對他表情的致命誤讀（在她看來是溫柔憐惜的神氣）。在Julia Lovell的英文翻譯中，讀錯了其中一句話："But there was, she noted again, no cynicism in his smile just then; only sadness"（但是她注意到，此刻他的微笑絲毫不帶諷刺性，不過有點悲哀）。原文中指出易先生表情悲哀的，應該是敘事者，而不是王佳芝；王佳芝把易先生的悲哀表情誤解為溫柔憐惜了。Lovell此處的英文翻譯中插入了 "she noted again"（她注意到）一句，是畫蛇添足[26]。

張愛玲的小說，從頭至尾都是從王佳芝的觀點看世界，只有在珠寶店這一幕以及小說結尾，我們才短暫地進入易先生的心裡。由於角色的觀點與插入其中的自由間接敘述沒有明白區隔，使得小說相當隱晦，不只一般讀者，連知名評家也難免誤讀[27]。

---

26 Eileen Chang, *Lust, Caution: A Story by Eileen Chang*, trans. Julia Lovell, p. 45.

27 如李歐梵的意見：「張愛玲用這種間接『障眼法』來鋪陳這個既色情又諜影重重的故事，從表面上看既不色情也不驚險，我第一次讀時，不到一半早已不耐煩了。（中略）其實張愛玲煞費苦心，處處在敘述技巧上加以『戒』心（control），先不露聲色，甚至有聲有『色』，角色的性格輕描淡寫，甚至情節也隱而不張，幾乎全被帶描帶論的全知性的敘述語言取代了。」參考李歐

此處易先生感到悲哀，是因為他原以為王佳芝與和他慣常往來的「歡場女子」不同，對他有真情，「本來以為想不到中年以後還有這樣的奇遇」。他本來是想「自我陶醉一下」的，但結果還是給她帶到珠寶店，不得不順勢買鑽戒送她，和送禮給歡場女子一樣，因此「不免憮然」，也因此他此刻的微笑「有點悲哀」。這段自由間接敘述透露出他和女人的關係，目的是讓讀者明白：易先生是情場老手，給女人送禮只不過是誘惑她們的例行戲碼罷了，王佳芝卻誤以為昂貴的鑽戒等於愛情——這可是致命的錯誤。一個沒有談過戀愛的女人怎能與情場老手匹敵？在這個間諜與愛情的遊戲中，王佳芝毫無勝算。小說中，她以色誘敵，易先生卻以鑽戒攻破了她的心防。

　　李安的電影對女間諜和漢奸的關係，大體上「忠於」原著。可是，小說可以用自由間接敘述來流露角色的私密想法，電影只能靠演員的表情和肢體語言表演。要是電影中的王佳芝以旁白說出：「難道我愛上了他」，或「原來這個人是愛我的」，未免太殺風景。男女主角表演稱職，是電影成功的關鍵。電影中珠寶店的一幕，梁朝偉含情脈脈地注視著女主角，不僅捕獲了女主角的心，觀眾也不免怦然心動。最讓人津津樂道的，當然是那三場小說沒有的床戲。對這三場床戲採正面評價的評家大多同意，在集體意識高漲的大時代氛圍中，這三場床戲展現赤裸裸的私密關

梵，〈《色，戒》：從小說到電影〉，《書城》（2007年12月），頁57-62；後收入李歐梵，《睇色，戒：文學・電影・歷史》，頁22-23。其實如果仔細推究，張愛玲小說敘事重要的技巧，是在全知敘事中不斷插入自由間接敘述，因此形成閱讀障礙。在成書時，李在書中第一部份即加入針對小說中所使用的自由間接敘述的討論，見頁11-25。

係，具有重大意義。例如宋家復說：「歷史長流之外，孤決呆滯地存在」，超越了任何黨派、地域和時代理念，只剩兩人世界[28]。或如張小虹所說：「民族國家意識動盪大時代中的徬徨無助，都轉化成情慾強度的極私密、極脆弱、極癲狂」，因此這三場床戲「拍足了」那句女性主義者肯定詬病的名言：「到女人心裡的路通過陰道。」[29]更有意思的是陳相因的分析，她認為女性在這三場床戲中的不同體位（被強迫從後進入、男上女下、女上男下）象徵女性的自覺：由被動順服到主動參與、從愛國意識到自我意識。對陳相因而言，整部電影展現了王佳芝「女性『自覺、自決與自絕』的主體性」，而「李安在處理王佳芝最後放走易先生的情節，鏡頭裡的王佳芝表現更多的是因為看清了真實、明瞭了真情，還有覺知了自我。」[30]這樣的說法，由床戲（自覺）到放走漢奸（自決）、到王佳芝自投羅網（自絕），前後呼應，似是相當圓滿。但是，我想問的是，這三場床戲再現了男女間的「真實與真情」嗎？放走了易先生，真的是王佳芝「看清了真實、明瞭了真情，還有覺知了自我」？在我看來，整部影片中，王佳芝一步步踏入的陷阱，不只是愛國主義，還有愛情。她的「自我」事實上是由兩個概念制約、設定（programmed）的：愛國主義與愛情。在這兩方面，她都扮演了預期的角色——犧牲自己；她為國家為愛情犧牲了自己。

　　要理解這樣的解讀，就必須分析電影和小說所塑造的女主角

---

28 宋家復，〈在臺北看李安「色｜戒」〉，頁310。

29 張小虹，〈大開色戒——從李安到張愛玲〉。

30 陳相因，〈「色」，戒了沒？〉，《思想》8期，頁298。

形象的顯著差異。前面我已經討論過小說中女主角的主要性格特質。小說裡的王佳芝愛慕虛榮，知道自己在舞臺上是明星，也是教男人心動的美女；在同學中，她愛熱鬧愛跳舞。她總捨不得舞臺上的輝煌，演完戲慶功，吃宵夜、遊街，常是王佳芝主動。扮演間諜，她也同樣入戲。例如在香港她第一次在易家打麻將，她留下電話號碼，好為易先生介紹做西裝的裁縫；她回到寓所，同學們正過來等著她報信，她建議大家慶功[31]：

> 一次空前成功的演出，下了臺還沒下裝，自己都覺得顧盼
> 間光豔照人。她捨不得他們走，恨不得再到哪裡去。已經下
> 半夜了，鄺裕民他們又不跳舞，找那種通宵營業的小館子去
> 吃及第粥也好，在毛毛雨裡老遠一路走回來，瘋到天亮。[32]

小說中，王佳芝感嘆扮演間諜「出不了名」[33]；電影中，她擔任間諜主要出於同儕壓力，根本沒有為自己扮間諜的天份沾沾自喜過。她天性不是個愛玩的女孩。她似乎舞也跳得不好；同學跳舞胡鬧時，她靜坐一旁，微笑做壁上觀。同樣的，同學吃宵夜遊

---

31 1978年10月1日域外人在《中國時報‧人間》人間版上發表〈不吃辣的怎麼
　　胡得出辣子──評《色，戒》〉一文，張愛玲11月27日反駁的文章中指出：
　　小說中，因為怕易太太突然來訪，同學們不與王佳芝和小麥同住，而是另外
　　有住所。見張愛玲，〈羊毛出在羊身上──談《色，戒》〉，收入張愛玲著，
　　陳子善編，《色，戒》（北京：北京十月文藝出版社，2007），頁295-99。但
　　是電影改成所有同學與王、麥同住。
32 同前註，頁278-79。
33 同前註，頁277。

街時王佳芝也是跟著走的。她也在賴秀金慫恿之下，生平第一次抽菸，因為賴對她說：「搞藝術，菸不會抽不行的。嚐口，演戲用得上。」王佳芝個性遜順，最明顯的指標出現在珠寶店那場戲。電影中，王佳芝試戴鑽戒之後，想把它取下來，說：「我不想戴這麼貴重的東西在街上走。」這句話小說裡面沒有，顯示電影中的她不愛慕物質虛榮；很難想像小說裡的王佳芝會說出這句話。

　　在愛情上，女間諜為何自以為愛上漢奸？最重要的是，她為何認為漢奸也愛她？小說寫得露骨，讓王佳芝自忖「到女人心裡的路通過陰道」，讀者想必難以共鳴。此外，以鑽戒為性命交關的轉捩點，太直接，反而讓人覺得敘事者在諷刺王佳芝的虛榮、無知。電影則細心鋪陳王佳芝在珠寶店裡回心轉意的那場戲。除了三場赤裸裸的床戲，還添加一系列情節，刻畫女主角一步步掉入愛情陷阱的過程。原著小說暗示王佳芝誤把金錢當愛情，電影敘事卻對王佳芝陷入任務與愛情的絕望掙扎、難以自拔，展現了深刻的同情。

　　例如小說沒有交代王佳芝的身世背景——她打哪兒來？出身什麼樣的家庭？等等。電影則提供了重要的細節：她年輕時母親亡故；父親帶了弟弟去英國，卻沒有錢帶她去；在香港刺易不成，她回到上海，住在舅媽家，舅媽似乎也不關心她。孤苦伶仃的女主角渴望愛情的心理，這就埋下了伏筆。電影對王佳芝性格最重要的添筆，是她看好萊塢愛情片的兩場戲。第一部是1939年英格麗・褒曼（Ingrid Bergman, 1915-1982）和李斯利・霍華（Leslie Howard, 1893-1943）主演的《寒夜情挑》（Intermezzo: A Love Story, 1939）。那時嶺南大學剛遷到香港不久，學生們正準

圖10.5　王佳芝觀看電影《寒夜情挑》時淚流滿面，強忍哭泣

備上演抗日愛國劇，要「敲鑼打鼓」，喚醒悠哉度日的香港人。
王佳芝獨自看電影，強忍哭泣（圖10.5）。這一煽情鏡頭有什麼
意義呢？在前一幕，王佳芝發現父親在英國結婚了，寫了一封祝
福信給他。她看的這部愛情片，說的是一個女人愛上了有夫之
婦，最後不得不分手，男人回到妻子身邊。王佳芝淚流滿面，顯
然是觸景生情，自憐身世——母親死了，父親又娶了別的女人，
無意接她去團圓。當然，只有獨自在電影院裡，王佳芝才能這樣
宣洩情緒[34]。看完這部電影之後，就是她在舞臺上演出的戲。在
舞臺上，為了家國被日帝蹂躪，她毫無顧忌地淚流滿面。這樣的
激情演出，不正是她可以忘情宣洩的時刻？總之，電影塑造了一

34 Michael Wood,"At the Movies: *Lust, Caution,*" *London Review of Books* 30.2
（January 24, 2008），p. 31.

個脆弱、易感的女主角，正是易先生這種愛情玩家最容易得手的獵物。

王佳芝看另一部好萊塢愛情片時，已經由香港回到淪陷的上海念書。易先生因工作調動離開香港，使得學生刺殺漢奸的計畫無疾而終。看這場電影之前，王佳芝在學校裡不情不願地上日文課。電影散場後，鄺裕民在電影院門口等她，要說服她加入刺易的未竟之業。這次她看的電影是1941年愛琳・敦妮（Irene Dune, 1898-1990）、卡萊・葛倫（Cary Grant, 1904-1986）主演的《月夜情歌》（*Penny Serenade*, 1941；中國大陸翻譯成《斷腸記》），也是不圓滿的愛情故事。女主角回憶在她工作的唱片行，男主角來買唱片而相識、相戀的過去。這一幕最重要的部分是，電影演了一半，突然插入日本鼓吹大東亞共榮圈的宣傳片，讓觀眾大為掃興。但是，將看似毫不相干的兩類影片先後並陳，對筆者而言卻意味深長，亦即：愛情與意識形態都是宣傳建構的產物。

電影《色｜戒》以兩幕觀影戲強調：舞臺表演和宣傳影片建構了愛國主義，正如好萊塢愛情片建構了愛情。王佳芝愛演戲，也愛看好萊塢愛情片。愛國戲碼灌輸了為國犧牲的理想，而愛情片灌輸了最後使她送命的愛情憧憬。福樓拜（Gustave Flaubert, 1821-1880）的《包法利夫人》中，愛瑪因讀了過多愛情故事，為了浪漫愛情的幻象而自毀人生，不正是前車之鑑？《紅樓夢》裡的賈母，不是嚴禁年輕女子看才子佳人小說，以免被男歡女愛的憧憬誤導？

在王佳芝的角色塑造上，電影和原著小說最顯著的不同是，刺殺計畫敗露了之後，電影中的王佳芝竟然仍要乘人力車回到和易先生約會的福開森路。這豈不是被愛情沖昏了頭，自投羅網？

張愛玲的小說中，女主角放走易先生後，則是選擇回到愚園路親戚家避鋒頭。電影對這個情節的改動當然是個重要指標：這個被愛情沖昏了頭的小女生，顯然對易先生的感情深信不疑，天真得想回到約會地點。但是電影另有一個細節，小說中沒有：在前往約會地點的路上，遇上封路，王佳芝感到大勢不妙，從風衣領口扯出組織給她預藏的自殺藥丸，預備隨時自盡。看來她知道，放走易先生必有性命之憂。但電影結束時，我們知道她終究沒有吞下毒藥。是來不及，還是她相信易先生會保護她，因而沒有吞下？電影沒有交代，也許是想告訴觀眾：在危機中，人的直覺並不完全受理性控制。這時，銀幕上重現了先前同學召喚她的那幕戲，「王佳芝，上來啊」。這是提醒觀眾：她下海，全是因為集體意識的召喚。但是，電影如何解釋被召喚的女人卻在關鍵時刻不合作，壞了救國大計？

　　試想王佳芝等大學生不過二十歲出頭。她到香港時，是大一生（電影裡的細節，小說裡沒有）。三年後在上海，頂多二十一、二歲，絕非受過正式訓練的情報員（鄺裕民語）。黨國竟「吸收」他們，要他們出生入死，豈非失策在先？電影中，刺奸計畫逐步實施，王佳芝感到自己的信念動搖了，屢次向「組織」要求盡快實行刺殺行動，這是小說裡沒有的細節。一次是在電影院裡，她懇求鄺裕民：「能不能叫他們快點（行動）？」最露骨的一次，是她向鄺裕民與老吳坦白自己幾乎已無法把持，讓兩個大男人驚詫羞愧，無法卒聽：「他不但要往我的身體裡鑽，還要像一條蛇一樣，往我心裡面愈鑽愈深。」但是代表組織的老吳堅持要她繼續臥底，取得更多有用的情報。觀眾眼見著她一步步掉入愛情的陷阱，越陷越深，終於無法自拔。這幕戲中王佳芝的

自白，將張愛玲的小說沒說清楚的地方說清楚了：王佳芝為何自問，「難道我愛上了他？」比起小說敘事者的嘲諷——到女人心裡的路通過陰道——電影中王佳芝以自白、求救透露的焦慮和無助，更令人同情。

電影中最「傳統」也最「負面」的角色，大概是國民黨特務老吳。學生全都被捕遇害，只有他全身而退。鄺裕民為王佳芝陳情，要求提前行動，老吳滿口的愛國口號、振振有詞，儼然正義化身，觀眾聽來卻十分刺耳：「情報工作人員心裡只有一個信念，那就是忠誠！」這也是小說裡沒有的細節。政黨、政治組織以易受感染的青少年為革命先鋒的，不知凡幾——國民黨的青年軍、民進黨的太陽花學運、文化大革命的知青和紅衛兵、非洲的童兵（child soldiers）等等。以愛國主義之名，多少青年犧牲了人生與性命？《色｜戒》並未言喻的訊息是：愛國主義是殘酷的——以集體意識操縱群眾、讓群眾送死的人，是唯一能全身而退的人。看過2007年馮小剛的賀歲片《集結號》，就會明白「組織」不可靠；到了緊要關頭，「組織」總是不惜犧牲個人。中國影片很少批判國家機器，好萊塢電影中這一主題早就形成套式，例子不勝枚舉。

四、漢奸形象

漢奸易先生的形象，在電影和原著小說裡也不一樣。小說中，易先生似乎是典型的漢奸，毫無悔意。此外，他好色，以金錢與權勢獵取女人，一旦遭到背叛便下手殺人，又快又狠。處死王佳芝一夥人之後，他對自己居然有魅力讓一個女人犧牲自己的

性命來救他，洋洋自得，呼應了他在珠寶店裡的想法：「她還是真愛他的，是他生平第一個紅粉知己。想不到中年以後還有這番遇合。」[35] 他這時的想法，任何天真的女人都會為之戰慄：「她臨終一定恨他。不過『無毒不丈夫』」；「她這才生是他的人，死是他的鬼」[36]。而李安的電影中，易先生雖然好色，精於以金錢、權勢獵取女人，王佳芝死後，他卻似乎非常不捨。最重要的是，他並不是中國人眼中的典型漢奸。

易先生的特務機構周旋於日軍、南京汪精衛（1883-1944）魁儡政權、和重慶國府之間，所以他的「忠誠」是個弔詭的問題。共產黨似乎在電影中缺席了。但是從鄺裕民批評易卜生（Henrik Ibsen, 1828-1906）的《玩偶之家》一劇是「布爾喬亞的東西」看來，共產黨的普羅論述其實無所不在。電影中易先生漢奸的形象非常「曖昧」。表面上他與日本人合作，擔任魁儡政權的情報頭子，他似乎也協助重慶的間諜。他寧願讓重慶特務痛快地死在自己手裡，也不讓他們慘遭日本人凌遲：「他（日本憲兵隊）沒說要死要活的，給他一個痛快。」他書房裡掛的照片，是孫中山（1866-1925）、汪精衛和他自己——即使汪精衛的魁儡政權與日本和談，汪並未更改國號、國旗和國歌，是我們熟悉的歷史事實。此外，國父孫中山的遺囑是汪精衛執筆的。上海淪陷後，人在屋簷下，與日本人合作似乎是不得已的生存手段。居酒屋的一幕，各路人馬都到那兒尋歡，王佳芝說她知道老易約她來這種地方，是要她做他的妓女，老易卻向她表白：「我帶妳到這

---

35 張愛玲，〈色，戒〉，頁30、33。

36 同前註，頁34。

裡來，比妳懂怎麼做娼妓」。周旋在國、共、汪政權、和日本佔領軍之間，他以娼妓自況，顯然內疚於心。

居酒屋裡王佳芝為老易演唱周璇（1918-1957）的〈天涯歌女〉，是兩人關係的轉捩點。這場戲張愛玲小說中沒有，但對我們理解電影裡的王佳芝在珠寶店裡改變心意的那場戲，至關重要。相對於先前激情、扭曲的三場床戲，唱歌這一幕充滿柔情蜜意，鐵石心腸也要融化。這場戲極為成功，兩位演員居功厥偉，他們的精湛表演令觀眾對兩人情意相通，感同身受。湯唯飾演的王佳芝，歌聲不假修飾，體態娘娘娜娜，梁朝偉飾演的老易雙眼泛紅，熱淚盈眶，又悄悄拭去。易先生在這一瞬間流露的弱點與真情，不僅感動了王佳芝，恐怕觀眾也會油然而生不忍之心。有了這幕戲，她後來放走情人也就理所當然了。

特務工作沾滿血腥，電影中的易先生顯然內疚神明。充滿爭議的S/M床戲可以解釋成轉移壓力（王佳芝說：「他才能夠感覺到他自己是活著的。」）。在飯館勾引王佳芝時，他說和她「這樣輕鬆的說話……真是很難得。」他坦承，和他往來的有頭臉的人眼中，他看到的只有「恐懼」。送王佳芝鑽戒，雖是和女人來往的例行公事，王被捕後，他卻不親自審問，破壞慣例。十點行刑，他聽見鐘響，全身一震——竟然是個有「良心」的漢奸。

電影提出的問題是：歷來所謂的「漢奸」，是否應重新評價？於是電影中的「麻將政治」就不能等閒視之。電影和小說一樣，以麻將戲開場，也以麻將戲結束。但是在小說中，麻將戲只是展現當年的麻將文化與官太太的奢華服飾，幾乎沒有政治意涵。在電影中，第一場麻將戲就完全不同了；那些汪政權官太太們的對話透露了重要的訊息。除了時事，對「漢奸」的作為，也

提供了新解。這場麻將戲值得細看：

> 「說到搬風，忘了恭喜你。梁先生升官了。」（馬太太）
>
> 「啥子了不起的官囉，管大米的。」（梁太太）
>
> 「現在連印度米託人都還買不到，管糧食可比管金庫屬害。你聽易太太的就對了。」（馬）
>
> 「聽我的？我可不是活菩薩。倒是你們老馬應該聽聽我的，接個管運輸的，三天兩頭不在家，把你都放野了。」（易太太）
>
> 「我可沒閒哪，他家三親四戚每天來求事，走廊都睡滿了。」（易：「吃」）給找差事還不算，還要張羅他們吃喝，我這個管後勤的還沒薪餉可拿。」（馬）
>
> 「就是。」（梁）
>
> 「人家麥太太弄不清楚了，以為汪裡頭的官，都是我們這些太太們牌桌上派的呢。」（易）
>
> 「那可不就是嗎。」（王佳芝）
>
> 「這些日本人可想不到喔，天皇頭上也還有個天嘛！」（梁）（笑聲）

　　表面上，官太太們各自炫耀自己丈夫的權勢和影響力，事實上她們的對話透露了兩個重點：一、傀儡政權的「漢奸」在兵荒馬亂、物資缺乏的時刻，擔負了維持社會秩序、供應民生需求的責任；二、「漢奸」政權所建立的權力結構並不是日本人完全控制得了的（天皇頭上也還有個天）。張愛玲的小說裡，官太太在麻將桌上，談的是時尚與鑽戒。我這裡討論的麻將政治，完全是

電影的創作。在這場戲裡，忠奸的界線模糊了。但是，把漢奸如此刻畫成令人愛恨交織，中國大陸觀眾卻無法接受，因為在中國大陸國族主義凌駕一切。難怪這部電影在中國大陸會招來「美化漢奸」的罵名[37]。

五、女人作為純真年代的隱喻：解構愛國主義與愛情

《色｜戒》不僅解構了歷史，也解構了類型影片（genre movie）。它看起來是愛國片、間諜片、A片、和文藝愛情片，實際上解構了一切。英國影評人伍德（Michael Wood）說得好：

> 在宣傳上，《色｜戒》是有關性和間諜的影片，性和間諜的鏡頭非常多，偶爾看起來還滿像那麼回事的。不過電影中所有有趣的戲都無關乎性與間諜，而是時代品味、角色扮演、眼神、和沉默。[38]

《色｜戒》的確有間諜片的所有元素：諜報機構、漢奸、施展美人計的女間諜、刺殺、電話暗語、自殺藥丸、間諜風衣、間諜必備的語言能力（王佳芝能說普通話、廣東話、上海話、英語）等等，但一切都變了調。影片一開始，就是德國警犬和荷槍實彈的警衛，氣氛肅殺，和幾個大學生演出的間諜遊戲，形成荒

---

37 參考劉建平，〈《色｜戒》撕裂了我們的歷史記憶〉，《新華文摘》（2008年4期），頁91。

38 Michael Wood, "At the Movies: *Lust, Caution*," *London Review of Books* 30.2（January 24, 2008）, p. 31.

謬的對比。表面是間諜驚悚片，實際上卻是反間諜電影。

　　張愛玲一貫反愛情、反親情倫理。小說〈色，戒〉反的是愛國主義，可是故事最後留下了一個謎，沒有解答：女間諜為何會相信漢奸是真愛她的？我認為，小說描寫的是一個天真、虛榮的女人：為虛榮而上臺演戲，為虛榮而扮演間諜。她把性與金錢（鑽戒）當做愛情，一時心軟一念之差選擇了情人，背棄黨國。李安的電影如何詮釋這個謎？他的女主角，在我看來，多愁善感，天真未鑿，因此才會相信情人是真愛她的。無論愛國主義還是愛情，她都扮演了傳統女人自我犧牲的角色：先是犧牲自己救國家，然後是犧牲自己救情人。在這兩個層面上，她都沒有所謂的「自我」。無論愛國論述還是愛情憧憬，她都一步步踏入陷阱，喪失了自我；或者我們應該說，她本來就沒有自我。人生如戲，戲如人生，她只是在特定時空中，演好別人要她扮演的角色。

　　電影訴說的，不正是幾千年來都未曾演化的「女人」的故事？根據正史的列女傳，女人生來就是為支撐男人建構的家、國而活；傳統的羅曼史中，女人總是為愛而死，忠貞不渝。1990年上映的電影《滾滾紅塵》，劇本由導演嚴浩、作家三毛（1943-1991）創作，說的也是一個女人在抗戰期間愛上漢奸的故事；女主角為了救他不惜背負罵名、犧牲自己。電影裡，林青霞飾演的女主角沈韶華是個作家，她問道：「女人的身體是不是都跟著心走呀？」張曼玉飾演的月鳳，為了愛情追隨情人參加地下工作，最後犧牲了生命，也曾說過這樣的名言：「小心，我們女人要小心。一個女人找到心愛男人的時候，就是最危險的時候。」無論三毛是否看過張愛玲的作品，寫的一樣是女人為愛犧牲自己的永

恆主題。電影《色｜戒》中，王佳芝因為對鄺裕民有好感，參加了愛國劇團當上女主角，又做了間諜；王佳芝愛上了易先生之後，必須在國家與愛情之間選擇，她選擇了愛情，因此徹底顛覆了愛國論述──女人一旦不合作，男人如何獨撐一片天？電影中，愛國主義的覺醒和解構，都繫於一名女子；我們也在她身上，看見愛情的覺醒與毀滅力量──要是女人不再相信羅曼史，誰還會為男人犧牲？李安在《色｜戒》中以女人為隱喻，同時暴露了愛國主義與愛情的建構本質。

　　溫文爾雅的李安，誰想到竟然如此反骨？由於他對愛國主義與愛情有深刻的同情，才能將一個反權威反傳統的故事，拍成一部貌似愛國片、愛情文藝片、甚至通俗劇的愛國悲劇。這正是李安生命歷程的樞紐──若非曾是真實信徒，焉能解構信仰？李安透過女人的隱喻，悼念他這一代人年少無知時的天真、善感。換言之，他認同王佳芝。無怪乎李安接受採訪時，會聲稱：「王佳芝（湯唯）就彷彿是我的女性自我。」（She's like the female version of me.）[39] 張愛玲對女人、女人所代表的，一直很冷酷；她的作品中從無純真。但是李安大不相同──每個人的心裡面，不

---

39 Cf. Nick James, "Cruel Intentions: Ang Lee," *Sight and Sound*（Jan. 2008）, http:// old.bfi.org.uk/sightandsound/feature/49419（accessed on Sep. 17, 2008）. 李安說明："She（Tang Wei）'s very close in disposition to how Wong Chia Chi is described in the story - she's like one of my parents' generation, which is pretty rare these days. She didn't seem strikingly beautiful but she did the best reading and there was something about her. Most of all, she's like the female version of me - I identify with her so closely that, by pretending, I found my true self. So the theme of the story has a personal identification for me and I found a vibe of hers that's very close to myself."

都曾擁有過那片純真[40]？從這個角度來看，王佳芝在李安（或他們那個世代）心中代表的是一個純真年代。那個純真年代也是朱天文所悼念的：「那個幸福的年代，只有相信，不知懷疑。」[41]

　　李安的《色｜戒》解構了愛國主義和愛情。我們不妨參考李安的自我分析：

　　　　壓抑是我的電影的主要元素……反對某些東西比順從要容易些……有人說我不遵守或扭曲類型（I bend or twist genres）……我想，我本身就是扭曲的（I am twisted）。對外國人來說，這是微妙的。你既然沒受過當地文化規範，（拍電影時）就可以盡情貼近真實（authentic）。那是外來者（the outsider）的優勢。[42]

40　電影編劇王蕙玲指出：「李安在拍片時……一再提醒攝影師一定要拍出青春學子的純真、青澀和慘澹情懷，因為李安自己當年就是因為那樣既燃燒又投入的話劇經驗，才知道自己一輩子都是要為戲而生的。這也就是當鄺裕民一叫『王佳芝，上來啊』時，她的精氣神就都被喚了出來，就再也回不了頭的感覺一樣。」王蕙玲訪問稿，〈編劇就像《世說新語》〉，收入鄭培凱主編，《色｜戒的世界》（桂林：廣西師範大學出版社，2007），頁27。

41　朱天文，《荒人手記》，頁55。

42　Anne Thompson, http://www.hollywoodreporter.com/hr/search/article_display.jsp?vnu_content_id=1001477928（accessed on Jan.10, 2008）. "Ang Lee's 'Brokeback' explores 'last frontier,'" Nov. 11, 2005: "Repression is a main element of my movies," says Lee. "It's easier to work against something than along with something." … "People say I bend or twist genres," Lee says. "I think I'm twisted. It's a tricky thing for foreigners. You're not molded to cultural convention. You can do it as authentic as you want. That's the advantage of the outsider."

　　這段話，是《斷背山》上映後記者質疑他扭曲了西部片類型時，李安的答覆。他所謂的「外來者的優勢」，指的是他以華人身分在美國拍西部片，是「外來者」，而外來者沒有傳統包袱。他以好萊塢導演身分拍攝中國武俠片《臥虎藏龍》，在胡金銓（1931-1997）、張徹（1924-2002）之後創新了武俠片，有口皆碑。以《色｜戒》而言：李安以臺灣人身分拍攝從未親身經歷的中國抗日歷史，以好萊塢導演的身分創作臺灣電影，不是「外來者」的作品嗎？正因為他外來者的心態和眼光，《色｜戒》才能超越任何既定模式，不落俗套。

　　據說《色｜戒》在上海首映時，最後觀眾起立，掌聲久久不絕於耳。在中國，一開始佳評如潮，李安被視為「華人之光」，但不久他便成了「華人之恥」[43]。根據李安，對他的批判起於完整版光碟在中國出現之後，逐漸一發不可收拾[44]。完整版與大陸上映的剪輯版有17分鐘之差（158分及141分），剪掉的是三場激情床戲，以及大學生殺死老曹的戲──冗長笨拙的殺人過程濃縮為一刀斃命。讓大陸觀眾憤怒的，似乎是女主角享受性愛的畫面，因為它「污辱」了女諜報員的忠貞情操；業餘特務殺漢奸的通俗劇元素則貶損了國族主義。

　　好萊塢和西方電影中，忠奸難分是一個永恆的主題。例如2006年9月1日在威尼斯影展首映的荷蘭電影《黑書》（*Black Book*），和《色｜戒》有異曲同工之妙，故事內容是二次大戰中

---

43 參考戴錦華，〈時尚·焦點·身份──《色·戒》的文本內外〉，《藝術評論》（2007年12期），頁5-12。

44 2008年4月12日李安電話採訪。

一位荷蘭猶太女郎因緣際會成為反抗軍的間諜，色誘納粹軍官卻愛上他。和《色｜戒》一樣，女主角在片中有全裸的鏡頭，那位納粹軍官則企圖保全一些反抗軍份子。覬覦她的一名同志戰後成了英雄，其實在戰時卻是陷害猶太人、謀財害命的納粹奸細。這部影片在2006年荷蘭電影節囊括最多獎項，也是當年荷蘭最賣座的電影；2008年，荷蘭觀眾票選為荷蘭最佳影片。女主角卡莉絲・范・荷登（Carice van Houten）的精湛演出，受到國際影評肯定[45]。以寬容、甚至幽默手法處理納粹浩劫的影片，也不在少數。例如1997年的義大利影片《美麗人生》（*Life Is Beautiful*），描述一名猶太父親以想像力和幽默感幫助幼兒度過集中營的悲慘歲月。又如1993年《辛德勒的名單》（*Schindler's List*），描寫納粹黨員辛德勒利用廉價的猶太勞工賺錢，結果卻以自己的工廠協助他們逃生，拯救了千餘條人命。有關猶太人大屠殺的影片，早已跳脫了善惡分明的窠臼。

　　華人世界中，香港、臺灣的電影就比中國開放得多。例如港片《無間道》（2002）中，一名高階警官，竟是潛伏在警界的黑幫份子；一名黑道份子，卻是派往黑幫臥底的警察。《無間道》探討身分的錯亂、忠奸的混淆，後來美國導演史柯西斯（Martin Scorsese）將它重拍成《神鬼無間》（*The Departed*），2006年秋上映，結果贏得四個奧斯卡獎項，包括最佳影片、最佳導演[46]。相形之下，中國大陸放寬對藝術創作和思想的箝制，目前仍遙遙

45 *Black Book* (film), http://en.wikipedia.org/wiki/Black_Book_(film)（accessed on Jun. 2, 2008）.

46 *Infernal Affairs*, http://en.wikipedia.org/wiki/Infernal_Affairs（accessed on Jun. 2, 2008）.

無期。

　　在中國大陸，由於政府傳媒的強勢宣導，晚清以來中國遭到列強侵略與日本侵華戰爭的歷史創傷，至今尚未平復。這也是中國政府迴避人權問題的手段。現在任何涉及西方、日本的糾紛都可能立即激發群眾的民族主義情緒。2008年3月10日西藏暴發多起大規模抗議事件，西方媒體的報導在中國掀起了反帝國主義的騷動。五四以來，中國民眾堅信國族至上，漢賊不兩立。因此《色｜戒》裡的忠奸難分是不可原諒的。

　　集體意識是歷史與政治的產物。香港自1990年代以來，認同議題成為文學作品與電影的主要關懷焦點，無疑源自九七大限的刺激。臺灣歷經日本殖民統治、國民黨政權、民進黨政權，又面對中共的強大壓力，認同的焦慮也不在話下。集體意識由無數的個人意識組成；個人意識一方面受集體意識的引導與制約，另一方面也呼應並強化集體意識。集體與個人形成交錯縱橫、難分難解的網絡，舉世皆然。像中國大陸這樣的社會，有一個論述居於支配地位，壓制了其他弱勢論述。而像臺灣這樣的社會，集體意識分裂成互相衝突的論述，彼此競爭。李安力求安身立命，卻遭到生吞活剝，於是排斥任何主流論述，終於選擇留在荷米・巴巴所謂的「交錯空間」中，或薩依德的「邊緣狀態」（condition of marginality）中[47]。那是「外來者」的領域。外來者因為必須順服而不斷受壓抑的折磨，渴求自由而不斷受焦慮的折磨。力爭上游而「成功」的外來者能把壓抑、焦慮的情緒轉化為創意的源頭。

---

47 Edward Said, "Intellectual Exile," in *The Edward Said Reader*, eds. Moustafa Bayoumi and Andrew Rubin（New York: Vintage Books, 2000）, p. 380.

　　李安的生命歷程就具有外來者的心態。社會中的各種論述表面上涇渭分明，而個人的生命歷程往往會令人質疑那些界線。我所謂的「生命歷程」和指紋一樣，人人不同。李安是1953年在臺灣屏東出生的外省人，在兩方面他都是非主流：一、在臺灣，他屬於少數的「外來族群」；二、他的出生地在南臺灣，而不是政經文化中心臺北市。他成長於公教家庭，父親是中學校長，卻追求父親並不鼓勵的電影事業。他大專聯考兩次落榜，終於考上國立藝專念戲劇與電影，卻是親友認為不光彩的行業。他無法滿足臺灣社會對年輕人「正常發展」的期待，1978年到了美國，再度經歷了外來者格格不入的焦慮。進入伊利諾大學念戲劇後，他才發現他的英語口音是當不成演員的。於是他改行學導演，最後闖出了一片天。李安成為國際大導演的故事，我們都耳熟能詳了[48]。

　　北京大學教授戴錦華在《色｜戒》影評中指出，冷戰結束後間諜片繼續盛行，涉及間諜的國際事件與國際新聞越來越多，與全球化有關。「全球化時代最重要的一個特徵是流動……資本在流動。文化在流動。人群在流動……你對生存土地的忠誠和對你與生俱來的民族的歸屬之間，有時並不是那麼和諧的。」[49]。李安

---

48 李安的成長歷程，參閱 Whitney Crothers Dilley, *The Cinema of Ang Lee: The Other Side of the Screen* (London: Wallflower Press, 2007), pp. 5-17；張靚蓓編著，《十年一覺電影夢》（臺北：時報文化，2002）。柯瑋妮在談論李安成長歷程時，以"the outsider"（外來者）作為標題。

49 戴錦華，〈《色，戒》身體‧政治‧國族——從張愛玲到李安〉，2007年11月10日為北京大學學生做講座的紀錄。http://pkunews.pku.edu.cn/zdlm/2007-12/24/content_119527.htm。2008年1月29日閱覽。

的成功當然可視為全球化的結果。但是從這個觀點看李安，只解釋了「李安現象」何以能跨越文化，並不能說明他藝術成就的關鍵。要理解其中關鍵，還是要回到李安身為「外來者」的生命歷程。外來者之所以眼光獨具，主因在他的發言位置：他總是處於不同的語言、文化、思想、歷史、與傳統之間。薩依德所謂的邊緣狀態和移民意識（émigré consciousness）[50]雖然造成壓抑、焦慮，同時也導致見人所不能見、感人所不能感，因而釀成了創造的活水。外來者所處的交錯空間，充斥不確定與偶發機緣。他隸屬多個社會，和每個社會的連繫都不密切，因此角色分裂、前途未卜是家常便飯──這正是選擇處於邊緣狀態必須付出的代價。

　　對李安而言，《色｜戒》是臺灣電影，但是電影的製作涉及來自香港、中國、美國的資金、工作人員、與卡司，美國影藝學院拒絕它代表臺灣影片競逐最佳外語片。然而，無論《色｜戒》展現了多少好萊塢製片模式的全球化，骨子裡它再現的是臺灣解嚴後備受壓抑的非主流歷史觀點。我認為，與其追究小說和電影是否忠於女情報員鄭如蘋、漢奸丁默邨的「歷史原型」，不如問：在2007年的臺灣，重提抗日歷史有何意義？電影在臺灣首映，賣座空前，翌日李安聞訊在記者面前崩潰流淚，這，不就是近鄉情怯──一旦得知知音眾多，終於才一解抑鬱以致崩潰？在去中國化、國旗羞於飄揚的時代，如何能訴說我們共同的不捨：愛（中）國主義已然瓦解、純真年代不再？

50　Edward Said, *Culture and Imperialism* (New York: Alfred A. Knopf, Inc., 1993), pp. 332-333.

11

愛的不可能任務
《色｜戒》中的性—政治—歷史

張小虹

　　《色｜戒》中的這句話是誰說的？

　　一群嶺南大學話劇社的學生，在寄居的香港大學禮堂成功演出抗日愛國劇。激勵人心，亢奮之餘，領頭的學生鄺裕民提議，以刺殺「日本人走狗」汪精衛手下特務頭子易某為目標，進行下一齣真實人生的「愛國行動」。此計一出，眾人茫然，擔憂自己只會演戲不會殺人，一不小心就把玩票弄成了玩命。鄺便以一句「引刀成一快，不負少年頭」的話語，激勵士氣，於是眾人疊手為盟，成功形塑了「愛國」話劇社的「想像共同體」。

　　但眼尖的電影評論者立即指出此電影橋段的「歷史引證失誤」。按這句話典出「慷慨歌燕市，從容做楚囚，引刀成一快，不負少年頭」，乃是反清志士汪精衛刺殺攝政王載灃失敗被捕入獄後的獄中賦詩，而《色｜戒》片中這群愛國大學生慷慨激昂的預謀刺殺對象，正是他們眼中賣國賊汪精衛陣營裡的特務頭子，為何反倒引用汪精衛的詩句來壯膽[1]？但這顯然並非《色｜戒》編導的「歷史無知」，以至於忘記這句話乃典出汪精衛的獄中賦詩。為何《色｜戒》編導決定以大漢奸的詩句當成愛國行動的口號？是為了刻意呈現片中愛國大學生的「歷史無知」？抑或是意欲呈現昔日刺殺清廷重臣的愛國志士、今日已成親日聯日的賣國賊走狗之「歷史反諷」[2]？然而這些意圖揣測並非本文所擬進一步

1　參見李怡，〈《色，戒》的敗筆〉，《蘋果日報》，2007年10月2日。

2　汪精衛為中國近現代史中最受爭議的人物之一，曾為國父孫中山先生的革命左右手，亦為「國父遺囑」的起草人，後與蔣介石不合，引爆國民黨內的「寧漢分裂」，1937年出任國民黨副總裁，主張「和平運動」（和平建設國家），1940年在南京成立由日本扶持的中央政府，並出席由日本主導的大東亞會議，1944年病逝日本。汪精衛從「辛亥革命英雄」到「親日大漢奸」的

探究的方向，而此「誤引」深藏玄機，也絕非表面上的「歷史無知」或「歷史反諷」所能處理。因而本文將以此「誤引」作為切入《色｜戒》愛國諜報片之出發點，嘗試將以上的疑問句變成推動思考、發想理論的修辭問句，讓問題變成問題意識，以展開本文對《色｜戒》愛國主義與政治潛意識「迂迴路徑」（detour）的理論化企圖。換言之，我們不是在為這句「誤引」找尋答案，撥亂反正，而是將錯就錯把這句「誤引」當成電影的「文本徵候」去建構、發展、折疊出新的理論概念，讓此處的「誤引」像「誤讀」（misreading）或「誤識」（misrecognition, *méconnaissance*）一樣，成為對／錯、真知／無知二元對立之外開展創造性思考的契機。

　　首先，讓我們先就文字層面來解讀這句在抗日到保釣等愛國運動中一再被重複引述的話語。「引刀成一快」強烈表達出不惜為國族拋頭顱、灑熱血的果斷剛烈，「不負少年頭」則是將青春與死亡欲力做緊密結合。而此話語所蘊蓄出的強大能量，正在於將愛國、青春、肉體、死亡做貼擠，激越出「民族情感」（national affect）與「情感民族主義」（affective nationalism）相互建構的強度[3]。若將這句話語放在《色｜戒》的情節發展上觀

歷史定位，一直頗受爭議，而以汪政權為主要場景設定的電影《色｜戒》，亦被部份批評家讀成帶有為汪翻案的政治企圖。本文並不擬直接處理此歷史定位的爭議，亦不認為《色｜戒》複雜幽微的愛國主義與政治潛意識可以簡化為「翻案」一詞。有關《色｜戒》片中「愛國」、「賣國」的迂迴路徑與汪精衛和國民黨的內在糾葛，將在本文第四部份詳加處理。

3　「情感民族主義」乃德國理論家施米特（Carl Schmitt）之用語，強調民族主義真正具有摧毀力的乃其「情感能量」（如納粹政權），並將「政治」（the

察，它乃提喻式也同時「一語成讖」地標示了這群愛國學生刺殺漢奸行動的功敗垂成，最後全體都在上海南郊石礦場「慷慨赴義」了。但若將這句話語放在當前「國族建構論」的文化批判脈絡下觀察，它則豐富展現了在「民族乃民族主義之發明」[4]、「民族國家乃想像共同體」[5]等「虛構論述」之外的踐履性、肉身性與情感性之重要，提供了二十一世紀當下時空重新思考「愛國主義」、「國族主義」、「穿國主義」（transnationalism）、「世界主義」與「全球主義」的一個理論轉折點。

但在進入電影文本分析之前，讓我們先就「愛國主義」一詞在西方語境與中文語境中的可能差異，先做說明。西方語境中的patriotism與nationalism多被當成同義字，可相互交換使用，

political）重新界定為投注在單一認同（例如國族主義神話）上情感能量的聚集與消散，而此集體能量的匯集將「挖空」實體，成為一純粹的強度，於是此「政治認同」將超越平凡無奇的日常生活，將個體從慣習與常規中抽離，進入存有威脅下的「例外狀況」，一個暴力與法律無法分辨的區域。參見Carl Schmitt, *The Concept of the Political*, trans. G. Schwab（New Brunswick: Rutgers University Press, 1988）。就當前論述國族主義的文化批判理論而言，國族主義多被視為「想像體」、「發明體」的虛構，而施米特的「情感民族主義」乃是強烈凸顯民族主義作為「虛構神話」之外，其作為「情感能量」的重要面向，故本文對此「情感民族主義」的援引，將企圖結合民族主義的建構論與情感論：先有民族主義再有民族，先有「愛」再有「國」，「國」在每次的「愛」中出現（「愛國」作為一種「情感踐履」），讓所愛之「國」既是「想像共同體」，也是「情感共同體」。

4 參見艾瑞克‧霍布斯邦（Eric J. Hobsbawn）著，李金梅譯，《民族與民族主義》（*Nations and Nationalism Since 1780*）（臺北：麥田出版，1997）。

5 參閱Benedict Anderson, *Imagined Communities: Reflections on the Origin and Spread of Nationalism*（London: Verso, 1991）。

前者的拉丁字源 *patria* 指向「父土」（fatherland）、「家鄉」或「故土」，後者的拉丁字源 *natie* 則與「出生地」、「血脈」、「民族」、「族裔」相連。但就西方政治哲學的發展脈絡而言，「愛國主義」與「民族主義」二辭仍有細緻的歷史演變差異，像霍布斯邦（Eric J. Hobsbawn）在《民族與民族主義》（*Nations and Nationalism Since 1780*）一書中的說法：

> 根據1726年版的「西班牙皇家學院辭典」（這是其首版），patria（家鄉）或另一個更通用的辭彙 tierra（故土）意謂「某人出生的地方、鄉鎮或地區」，有時也意指「莊園或國家的領地或省分」。以往對 patria 的解釋，跟 patria chica（祖國）所廣涉的涵意比較起來，前者的意義是相當狹隘的；但這樣的解釋在19世紀之前非常流行，尤其是在熟諳古羅馬史的學者之間。到了1884年之後，tierra 一辭的概念才跟國家連在一起。1925年後，我們才對崛起於現代的愛國主義（patriotism）寄以情感上的聯繫，因為愛國主義將 patria 的定義又重新改寫成是「我們的國家，綜其物質與非物質的資源，無論在過去、現在及將來、都能享有愛國者的忠誠」。[6]

此說法清楚指出，在西方，隨著十九世紀民族國家的歷史發展，「愛國主義」由原先狹隘定義下小規模的「愛鄉」、「愛土」開展成廣延定義下大規模的「國家」情感聯繫。換言之，「愛

6　艾瑞克·霍布斯邦，《民族與民族主義》，頁22-23。

國」的對象由父土、家鄉延展到祖國、國家，「愛國主義」由「父土之愛」、「鄉土之愛」轉換成「祖國之愛」、「國家之愛」，而其中的關鍵正在於十九世紀興起的歐洲民族國家如何將「民族主義」成功地融入國家愛國主義：「姑不論民族主義跟十九世紀的歐洲國家之間到底具有什麼關係，在當時，國家都是把民族主義視為獨立的政治力量，完全不同於國家愛國主義，而且必須與它取得妥協的勢力。一旦國家能順利將民族主義融入愛國主義當中，能夠使民族主義成為愛國主義的中心情感，那麼，它將成為政府最強有力的武器」[7]。此以國家之名的情感總動員，便是讓以族裔作為血緣親族團體的民族主義，與原本強調捍衛國家領土完整、政府主權的愛國主義相互交融。

但在中文語境的歷史脈絡中，「愛國主義」一詞字面上直接標示所愛的對象即「國」（國家），而較無「父」、「父祖」、「父土」的字源聯想，反倒是「民族主義」較有「民族」、「族裔」血緣相連、文化傳承的聯想。像強調「中華民族」、「炎黃子孫」一脈相傳的反滿革命，乃是以「民族主義」為號召。而強調抵抗日本軍國主義武力犯華（侵犯國家主權與國土完整）的抗日戰爭，則是以捍衛國家的「愛國主義」為號召，然而此抗日「愛國主義」卻也同時融合了民族存續的深沉焦慮，國亡族亦滅、族滅家亦毀，故亦是民族主義的情感動員[8]。因而本文對「愛國主義」一辭的運用，並不嚴格區分其與「民族主義」的差異，但會特意

---

7 同前注，頁121。

8 有關滿清末年中華民族、炎黃子孫的「國族建構」，可參見沈松橋，〈我以我血薦軒轅：黃帝神話與晚清的國族建構〉，《臺灣社會研究季刊》28期（2000），頁1-77。

凸顯「愛國主義」中「愛」與「民族」的連結方式，讓「愛國主義」所愛之國，並不只是政治共同體的「主權國家」，而是「國家」與「民族」相連的「國族」或「族國」（the nation-state），更是血緣文化連結想像中的「祖國」。而「祖」國中的「祖」（其象形字源演變可溯及男性陽具、原始靈石與父權宗法社會的祖宗牌位、祠堂宗廟），正結合了西方「愛國主義」字源中原本蘊含的「父祖」、「父系」與「民族主義」中有關血緣、家族、親屬和土地的想像，讓「愛國主義」在本文的使用脈絡中，不僅是「民族主義」的情感基礎與動員表現方式，亦是緬懷先祖、一脈相傳的「國族」之愛、「祖」國之愛。

　　而對此「愛國主義」作為「祖國之愛」的探討，將圍繞在電影《色｜戒》一片中有關「愛」的「召喚」（interpellation）與「影像機制」（cinematic apparatus），依次展開兩組中心議題的提問9。第一組提問：愛國主義作為一種「影像再現」與愛國主義作

9　出自馬克思主義理論家阿圖塞（Louis Althusser）的理論概念「召喚」，強調意識形態對主體的形構，而最明顯的例子便是主體轉身回頭（嚴格說乃是在轉身回頭的瞬間成為主體），回應（接受）警察的呼叫。在阿圖塞的原始版本中，並沒有特意凸顯情感的面向（即便早已有批評家指出此「轉身回頭」回應警察呼叫本身所預設的「罪惡感」），但本文在「召喚」概念上的援引，卻正在於開展其情感面向的可能理論化空間，而在正文接下來的分析討論中，不僅將鋪展愛國主義如何召喚愛國主體（其存在並不先於愛國主義的召喚，主體乃與召喚同時產生），並特意凸顯「愛」的情感強度，如何透過「社會性」與「關係性」進行反覆接觸與建構（情感持續的運動與依附，亦即情感作為語言行動的反覆引述，不是一次召喚就可完成），以挖空任何愛國主義「內在性」、「本質性」的預設。而本文對「影像機制」概念的使用，既包括電影的各種鏡頭運動與剪接，也包括此鏡頭運動、剪接與意識形態的構連，亦即把「影像機制」視為另一種阿圖塞式的「意識形態國家機器」

為一種「影像機制」有何不同？如果《色｜戒》所鋪陳的不只是一個愛國學生殺漢奸的故事情節，那該片的鏡頭剪接與場景調度如何愛國、如何殺漢奸？第二組提問：「愛國」的「愛」與「愛人」的「愛」究竟是不是同一種「愛」、同一種「精神機制」（psychic mechanism）？而「愛國」與「愛人」之間又可以有什麼樣的連結與悖反？會因愛國而愛人、因愛人而愛國，抑或因賣國而愛人、因愛人而賣國，還是徹底打散其中所預設的因果關係與次第等級？以下便將就這些（修辭）問句與問題（意識），分別從「愛」的聲音召喚、「愛」的視覺縫合、「性」的身體政治與「歷史」的內在皺摺等四個方向，展開對《色｜戒》「愛國主義」的探討。

一、愛的召喚：臺上、臺下、樓上、樓下

在當代的情感研究中，「愛」一直被當成最具「沾黏性」的情感符號，不論是透過浪漫愛或同胞愛等形式，皆能順利將不同的個體沾黏在一起[10]。正如佛洛依德在《群體心理學與自我分析》（*Group Psychology and the Analysis of the Ego*）中指出，「愛」對群體認同的建構至為關鍵，各種形式的「愛」，即使不導向性的結合，都享有同樣的「力比多能量」，能將主體強力推向所愛對

（Ideological State Apparatus, ISA），而就本文具體開展的論述焦點而言，亦即愛國主義「情感召喚」與「影像機制」間的構連。

10　參閱 Sara Ahmed, *The Cultural Politics of Emotion*（New York: Routledge, 2004）。

象 [11]。而此社會結盟（social bond）之所以成形，正在於每一個單獨的個體「將他們的自我理想（*ego ideal*）置換成相同單一的對象，並循此在他們的自我中相互彼此認同」[12]。而佛洛依德亦強調，不同形式的「愛」彼此之間可以相互轉換，並在身分認同與對象選擇之間開展出十分繁複糾結的關係 [13]。以下我們將從《色｜戒》的電影文本做切入，看「國族」作為一種群體認同，如何透過「祖國之愛」的召喚而成形，而「祖國之愛」又如何與「男女之愛」做情感形式的「傳會」（transference），成功形構出由小我到大我的「情感共同體」[14]。

　　首先，讓我們回到《色｜戒》一片中最明顯的愛國主義場景：以鄺裕民為首，號召了一群大學生，在禮堂舞臺上演出愛國劇為抗戰募款。此「戲中戲」愛國劇的情節內容相當簡單，村女（大一女學生王佳芝飾演）搭救受傷的抗日軍官（鄺裕民飾演），懇求其為她死去的哥哥報仇，然而此「戲中戲」愛國劇的「鏡頭語言」卻相當細膩，成功縫合出愛國情感的集體認同。關鍵的剪接邏輯出現在村女最後的一句臺詞，「我向你磕頭，為

---

11 Sigmund Freud, *Group Psychology and the Analysis of the Ego*, trans. James Strachey（London: International Psycho-Analytical Press, 1922）, p. 38.

12 Ibid., p. 80.

13 Ibid., p. 64.

14 在當代精神分析的用語中，「傳會」乃指情感由一表象到另一表象的移置過程（參見Freud, *The Interpretation of Dreams* [1900], p. 562），後來延伸至精神分析醫師與病人在治療過程中的關係。而後在拉岡的相關理論中，「傳會」的情感面向逐漸遭到否定，以凸顯「傳會」在象徵秩序的結構與辯證。本文對「傳會」一詞的運用，仍著重於其情感移置的面向，但也同時關注「愛國」與「愛人」的「傳會」在想像層與象徵層的可能連結與轉換。

國家，為我死去的哥哥，為民族的萬世萬代，中國不能亡」，此時鏡頭立即掉轉一百八十度切換到臺前的一名白髮老人，起身舉起右手高喊「中國不能亡」；接著鏡頭再掉轉一百八十度切回臺上，由臺後往臺前取鏡，從舞臺演員的背面框進舞臺前觀眾紛紛起身，此起彼落地高喊「中國不能亡」；接著再掉轉一百八十度由臺下往臺上拍，將激動跪地的舞臺演員與激動起身的觀眾框在一起；然後切換到幕後學生噙淚感動的中景，觀眾起身高喊的中景與一名女性觀眾高喊的近景；最後帶回舞臺前方，再次將激動的演員正面與觀眾背面放入同一景框。

　　此段蒙太奇剪接之所以精采細緻，正在於其影像運作的剪接邏輯，完全是跟隨「中國不能亡」一句臺詞的重複疊句來開展。臺上臺下之所以可以打成一片，形成視覺景框上的「愛國共同體」，正是透過「中國不能亡」的「聲音縫合」（acoustic suture）；不僅縫合了臺上臺下、男女老幼，一同為瀕臨死亡的「中國」而同感悲憤；更縫合了「中國」作為一種政治共同體的「象徵符號」與「中國」作為一種情感共同體的「所愛對象」，讓「愛國情緒」成為所愛對象即將失落、即將滅亡時的哀悼與悲憤，並進一步將此哀悼與悲憤轉化為抗日救中國的力量[15]。而此

15 「縫合」為當代精神分析電影理論的重要術語之一，強調古典敘事電影如何透過正／反拍的連續剪接，讓觀眾對角色產生想像認同而成為觀視主體，亦即進入特定角色的觀視位置或與特定影像機制連結，以便能「天衣無縫」地同時進入影像的表意過程與主流意識形態的運作。雖然在當前的電影研究中「縫合」多被運用在觀視過程或觀視主體之探討，但《色｜戒》作為某種程度的「後設文本」（愛國話劇的「戲中戲」，電影中的電影與電影院，學生「扮」演員「扮」觀眾「扮」間諜等），讓「敘事─世界」（diegesis）之中便

段愛國劇的聲音蒙太奇與影像剪接，也同時標示了「情感」的運作不在外，亦不在內，而在人與人之間的關係接觸。因而此處「中國不能亡」的群情激動，不是已然存在的「內在」愛國情感被激發，也不是已然存在的「外在」愛國情感在流動，而是「中國」作為一個情感召喚的對象，在臺上臺下、臺前臺後傳遞，在個體與個體的關係之間被相互建構、相互加強。正如女性主義文化研究學者阿蜜德（Sara Ahmed）所言，「情感」（emotion）的拉丁字源 emovere，乃指「移動、移出」；情感不是「心理」或「內在性」的表達，情感乃「社會性」（sociality）與「關係性」（relationality）的接觸與建構。而情感的「運動」（movement）與「依附」（attachment）更是相互辯證：「移動我們，讓我們有感覺的，也是將我們聚集在同一地點，或給予我們一個居住之所」[16]。此段愛國劇正見證了愛國情感如何經由「運動」而「依附」在「祖國」之上，而「祖國」作為所愛對象，亦持續在群眾

已有所謂的觀視主體（愛國主體）的形構過程可供探討，而此「後設文本」之「中」而非之「外」的「觀眾」（包括電影裡大禮堂裡的觀眾，電影院裡的觀眾以及殺漢奸如「兒戲」的演員即觀眾等等），正是本文在援引「縫合」理論時最主要的分析對象。

16 Ahmed, *The Cultural Politics of Emotion*, p. 11. 阿蜜德在此處的論點，成功地透過字源追溯，將「情感」由傳統內在於個人心理的固定樣態，開放成為人與人關係之中的動態流動，更進一步解構動態／靜態、進行／停止之間的二元對立：「運動」即「依附」，因「運動」而「依附」，因「依附」而持續「運動」。但其對「依附」作為「地點」、「居住之所」的表達，仍充滿「空間想像」的固著，而本文在論及愛國主義「祖國之愛」時所意欲解構的，正是「祖國」作為一種「空間想像」的存在。在本文的第四部份，將針對愛國主義所啟動迂迴複雜的歷史路徑，來解構「祖國」作為單一地點的「空間想像」。

中「運動」。而更重要的是，此「愛國劇」的「運動」乃是同時經由攝影機的「運動」與剪接的「運動」，完美結合景框與聲軌來達成「愛國共同體」的縫合，讓此「愛國劇」不僅只是在「再現的情節內容」上愛國，更是在「再現的影像機制」上愛國。

與此同時，我們也不能忽略此「愛國劇」場景所凸顯的情感「踐履性」（performativity）。「中國不能亡」作為此場景中最主要的「語言行動」（speech act），有效地以「中國」為語言符號，將家、國、民族沾黏在一起，成功地鼓動觀眾起立高喊並進行後續解囊捐獻等具體愛國行為，亦激發啟動了這群在舞臺上表演的學生演員，進行後續舞臺下抗日愛國殺漢奸的真實行動。此「語言行動」再次凸顯「情感」能施為，能做事，具能動性與身體強度的特質，而非僅為生理或心理的強烈情緒反應而已。《色｜戒》透過愛國劇的演出與愛國行動的實踐，再次成功印證「愛國」作為一種情感，不是與生俱來，也不是內在於心、根深柢固，更不是一次召喚就可一勞永逸，而是必須在日常生活實踐中不斷被召喚，不斷被引述，不斷被踐履。學生們之所以要「表演」（perform）愛國劇喚起民心，正因愛國情感乃是一種「踐履」（performative），必須一而再、再而三地被召喚、被重複、被實踐。因而《色｜戒》一片透過「愛國劇」對「愛國主義」的最大建構與解構，不僅在於反諷地經由拙劣誇張的舞臺妝，矯揉造作的文藝腔與話劇腔，一方面凸顯學生劇團的因陋就簡與1940年代話劇表演的套式，一方面拉出時代距離感，展開「深情的疏離」與「疏離的深情」之間的擺盪（但似乎更反諷的是，該片在讓人看到這些「破綻」的同時，又無礙於愛國召喚的「縫合」），更在於《色｜戒》透過戲中戲「愛國劇」的呈現，後

設地讓「愛國」作為一種情感的重複引述、一種語言行動重複
踐履之動態過程曝光，讓過程中隱而不見的「常模重複」（the
repetition of norms）曝光，解構了「愛國」作為與生俱來、天經
地義或根深柢固的本質化傾向。（請參考本書中彭小妍有關演劇
與愛國主義的討論，以及有關「王佳芝，上來啊」的集體召喚）

　　接下來就讓我們進入電影另一個「愛的召喚」場景。成功
演出「愛國劇」激勵人心並徹夜狂歡慶功後，第二日清晨王佳
芝又重新回到演出的舞臺，看著假樹假雲，流連於昨日精采的
演出。此時鏡頭照向王的背面，傳來畫外音「王佳芝」（鄺裕
民的聲音），配合著王轉身回看正面特寫（非常阿圖塞式的主體
「召喚」），鏡頭再切到禮堂二樓其他同學的身影（鄺與另一名
女同學賴秀金立於前方），並由賴秀金對舞臺上的王喊出「上來
啊」，而此「王佳芝」、「上來啊」緊密相連的聲音召喚與鏡頭切
換，更以「倒敘」的方式，再次出現在片尾王佳芝被圍困在封鎖
線內，暗自抽出預藏在風衣衣領中的毒藥，卻陷入猶豫的剎那。
此段召喚之所以如此重要，正在於它決定了王佳芝由大學生到女
間諜、由生到死的命運，此召喚的前半段「王佳芝」乃由王所心
儀暗戀的男同學鄺裕民所發出（浪漫愛想像的召喚），此召喚的
後半段「上來啊」則是由王的寢室好友賴秀金所發出（同儕愛
的召喚），而上樓後的王佳芝，即便沒有切身的國仇家恨，卻在
「愛的傳會」中（由愛人而愛國，因愛友而愛國），做出「我願
意和大家一起」的決定，於是讓學生話劇社共赴國難的「想像共
同體」與殺漢奸的「愛國行動」得以順利成形。

　　而此處「愛的傳會」早在影片的前半段就埋下多處伏筆。當
王佳芝與賴秀金等一群女大學生相遇在嶺南大學撤往香港的卡車

上時，青春浪漫熱情的賴秀金朝著往大後方撤退的國軍士兵隊伍激動大喊「打勝仗回來就嫁給你」，這句作為激勵士氣的「語言行動」，成功揭露了「由愛國而愛人」的傳會方式以及此方式中特殊的性別製碼：女人「為國獻身」的最佳方式，不是拋頭顱灑熱血，而是以身相許，不論是此處想要嫁給愛國士兵的衝動或是日後情節發展王佳芝扮女間諜色誘漢奸的戲碼，女人的愛國總與女人的性身體相連。爾後賴秀金、王佳芝與鄺裕民在香港大學的迴廊相遇，王對鄺的好感乃是透過賴對鄺的好感之「模擬慾望」（mimetic desire），而王不僅在話劇試鏡選角時，在幕後偷偷凝望著鄺裕民在舞臺上的側影，接下來的鏡頭更立即切換到王獨自一人，在電影院裡觀看好萊塢浪漫通俗劇《寒夜情挑》（Intermezzo, 1939）痛哭流涕的畫面，以說明電影「愛情戲」和後來的舞臺「愛國劇」一樣，都是愛的召喚、愛的練習、愛的傳會，在銀幕上與銀幕下、舞臺上與舞臺下深情流轉，讓「男女之愛」與「祖國之愛」相互傳會，更讓後來「王佳芝，上來啊」這句「愛的召喚」成為可能。

當然我們也不要忘記，正是在這一段樓上樓下「愛的召喚」場景中，學生領袖鄺裕民「誤引」了汪精衛「引刀成一快，不負少年頭」的詩句，這句話語作為一種「語言行動」，和「中國不能亡」、「王佳芝，上來啊」一樣，都有多重的「行動」意涵：第一層的行動最顯而易見，直接指向語言所啟動的實際行為，坐而言起而行（加入團體、捐款救國或刺殺漢奸），第二層的行動則較隱而不顯，指向發話當下「存有」（being）與「感情」（feeling）的連結，「愛國主體」與「愛國共同體」的形成，亦即發話當下所造成的語言形構效應，即使是在任何實際明顯的外在

行動發生之前。第三層的行動則最具解構力，指向行動作為一種重複引述，必須不斷進行，像愛情電影不斷召喚感動流淚的女人，愛國戲不斷召喚激動起身的觀眾，團體組織不斷召喚願意為國為愛獻身的女學生。《色｜戒》中的「愛國行動」之所以複雜幽微，不僅只是因為愛國而採取行動（演話劇，慷慨解囊或殺漢奸），也不僅只是因為此行動造成主體的重新建構[17]，而是愛國必須是一種不斷重複加強、重複引述的踐履行動。而也只有在這多層次的「愛國行動」中，我們才有可能將所謂的「誤引」做第一回合的創造性閱讀：「引刀成一快，不負少年頭」乃是愛國作為一種語言踐履行動的「再次引述」，該詩句作為「民族主義」、「愛國主義」的「常模」（為國犧牲生命的理想典範），必須不斷被引述（以便師出有名，以便接續正統），而每次對該詩句的引述（不論是在抗日戰爭、保釣運動或其他愛國運動），都是回返「民族主義」、「愛國主義」正統精神傳承的重複衝動，其所凸顯的正是「踐履的歷史性」（the historicity of performativity）、愛國行動的歷史性傳承。

二、愛的迴視：斷裂與縫合

然而《色｜戒》在如上所述的愛國主體召喚與愛國共同體形構外，另外還有一種平行發展的「愛的迴視」，展現另一種愛的影像語言機制：透過「視覺往復」（visual reciprocity）達到愛的

---

17 James Schamus, "Introduction," in *Lust, Caution: The Story, the Screenplay, and the Making of the Film*, Eileen Chang et al. (New York: Panetheon, 2007), p. xii-xiii.

想像縫合。論文第一部份所著重的「愛的召喚」與此部份所欲發展的「愛的迴視」將有所不同，前者主要透過聲音進行縫合（「中國不能亡」，「王佳芝，上來啊」），後者主要透過視覺進行縫合（我看妳妳看我），前者在眾人之間傳遞，而後者則在兩人之間形成迴路。但若要了解此「愛的迴視」之所以迥異於片中的其他觀看模式，我們必須先針對《色｜戒》作為諜報片類型的影像機制進行解析。其開場的第一個鏡頭，乃德國狼犬的臉部特寫，接著再由狼犬精銳的雙眼往左斜上方拉起，帶到牽狼犬特務警衛的臉，以及臉上警覺地先看左再看向斜前的一雙眼睛。下一個鏡頭則切換到二樓陽臺持槍警衛的背影（觀看者亦被觀看），躑步到盡頭再轉身成正面。接著再切換到另一陽臺，除一名持槍警衛巡邏外，還有另一名警衛用望遠鏡眺望前方，此時鏡頭再快速向左拉搖，帶進另一名也用望遠鏡眺望的士兵。接下來鏡頭帶回地面上的士兵們與買菜的婦人們，再往前拉進四名抽菸聊天的便衣警衛，貌似隨意，但卻不忘用眼角餘光搜尋。這一系列的鏡頭剪接，沒有正反拍的主觀鏡頭，所有的看都只有出去、沒有回來，既沒有確切的主體，也沒有特別鎖定的客體，只是一連串看、又看、再看的切換傳遞，讓畫面的前後左右四面八方皆為可疑，創造出在特務警衛的監視、被監視與相互監視外，彷彿還有一個與攝影機同樣隱形的視點，在看不見的地方看、在不被監視的地方監視而充滿懸疑。

因此從開場的第一組蒙太奇鏡頭開始，《色｜戒》就呈現了「螳螂捕蟬，黃雀在後」的視覺監控接力，作為其諜報片類型的基本觀看模式。而此「螳螂捕蟬，黃雀在後」的影像機制，更進一步與電影敘事的伏筆相互呼應。像是話劇社大學生在混亂之中

殺死易先生手下曹副官，爾後才發現他們的所作所為，在他們完全不知情的情況下，早已被某情報單位所掌控，後來此情報單位不僅出面幫他們收拾了爛攤子，更吸收了他們加入組織（此乃鄺裕民與王佳芝在上海重聚時鄺所做的陳述）。或是像片尾張祕書向易先生報告逮捕愛國話劇社成員的經過，間接暗示易先生作為情報頭子本身的一舉一動也都受到監視與掌控，捕蟬的螳螂之後，永遠有不現身、彷彿全知全能的黃雀在伺機而動。

　　而這種視覺監控接力也同時出現在王佳芝進入凱司令咖啡館的系列鏡頭中。戴帽穿風衣的女間諜王佳芝過街，先是警覺回頭張望，鏡頭切到路另一端的神祕男子（我方？敵方？還是純粹路人甲，身分不明）也在張望，鏡頭再切回王的臉部，完成第一組正反拍的主觀鏡頭（王佳芝的主觀鏡頭）。但接下來的鏡頭剪接，起初像是重複前面的正反拍主觀鏡頭，卻在最後出現大逆轉：先拍王的臉部張望，再拍對街的男子，再拍另一處的男子，此時若再切回「預期中」（已有前一組鏡頭做準備）王佳芝的正面，則又是同樣的正反拍主觀鏡頭的建立，但此時銀幕上切回的卻是王佳芝的背面，王佳芝已從觀看的主體，變成被監視的客體，而此監視的視點卻來路不明、敵我難分。換言之，《色｜戒》的鏡頭不僅是在拍間諜，《色｜戒》的鏡頭本身也必須成為間諜，而片中時時警覺戒備、無片刻鬆懈的氛圍，正是由「間諜—鏡頭」（鏡頭如何再現高度警戒狀態下的男女諜報員）與「鏡頭—間諜」（鏡頭的切換與剪接如何創造懸疑緊張氛圍、如何讓觀視點詭譎莫測）相互完美搭配而成。

　　有了對《色｜戒》中這種特有諜報片影像機制的理解後，我們便可進入王佳芝與易先生共赴珠寶店的場景，亦是該片所謂

「放走漢奸」的情節高潮，觀看此「螳螂捕蟬，黃雀在後」的視覺監控與焦慮恐懼，如何在短暫的片刻轉化成愛的想像融合、愛的深情迴視。首先我們看到易先生擁著「麥太太」王佳芝過街，王先回頭觀看，鏡頭快速帶過五個街景一隅，再接回王的主觀鏡頭，王再回頭，再前視，接著用慢動作續拍易王過街的背側影，到了珠寶店門口，與陌生男子擦肩而過，進門後又有一組王觀看店內兩名陌生男子的正反拍主觀鏡頭，再經由走位滑過帶進易的主觀鏡頭（此場景中易的唯一主觀鏡頭，且不甚完整，帶回的乃是易的側後背影）。在這一系列的鏡頭轉換中，王佳芝有兩次完整的主觀鏡頭，易先生有一次不完整的主觀鏡頭，而所有被王與易觀看的人，也都在觀看彼此與環境，營造出敵我不分，無處不是間諜、殺手的危機意識與緊張氛圍。

　　而當兩人上樓坐定，印度老闆取出已鑲嵌完成的六克拉粉紅鑽戒交給王佳芝，鏡頭便進入一個獨特的時刻：王與易二人相視而望，雖有第三者印度老闆在場，卻只以簡短的畫外音處理，鏡頭前只有王在右、易在左，王戴上鑽戒又欲取下而被易制止，並看著王說出「妳跟我在一起」的允諾，王感動地看著易迷惘遲疑，終於說出「快走」的警告，易一怔卻頓時領悟，飛箭般衝出店外，終結了此短暫時刻中他和王之間「愛的迴視」。對此場景的批評分析，那顆六克拉粉紅色鑽戒當然是重要的，它不僅回應到《色｜戒》片名曖昧多義性中的（粉紅）「色戒」，更是將鑽石作為「慾望的轉喻」與鑽石作為「愛情的隱喻」相互疊合。在影片的前半段，王佳芝扮演的香港「麥太太」周旋於易太太與其他汪偽政府的官太太之間，演練各種華衣美服、佳肴珍饌的奢華消費模式，而一群官太太在麻將桌上最主要的「炫耀式消費」，

便是鑽戒的大小與光頭。此處鑽石作為物質慾望的符號，成功地與其他「象徵秩序」中的階級物質符號相互轉換，但在此珠寶店的場景中，鑽石更進一步由「象徵秩序」中物質的轉喻，成為「想像秩序」中愛情的隱喻。而此刻讓鑽石的愛情／慾望、想像／象徵、隱喻／轉喻相互塌陷的關鍵，就在易先生那句愛的話語「妳跟我在一起」。它不僅讓鑽石變成了愛情的信物，更是以「妳跟我在一起」置換了王佳芝當初加入殺漢奸愛國行動的關鍵話語「我願意和大家一起」。「一起」所允諾的親密連結，正是「孤」苦無依的王佳芝（父親攜弟遠赴英國，舅母私自賣掉王父親留給王的上海房子）、「孤」立無援的王佳芝（無動於衷的上級指導員老吳，只會暗地燒毀王的家書，只會當面要求王絕對忠誠、強制王稍安勿躁，讓王求助無門，而昔日心儀的對象鄺裕民亦只能在旁束手無策）所最渴望、所最需求的，昔日她為了要和同學「一起」而成為執行殺漢奸計畫的愛國者，今日她為了要和易先生「一起」而成為放走漢奸的叛國者。

　　而更重要的是，此句作為敘事發展的關鍵臺詞，亦成功轉換為電影語言，當易先生說「妳跟我在一起」的同時，攝影機也在說「妳跟我在一起」，不僅用景框將此二人框在一起，更用定鏡捕捉兩人的目光交流，看似王佳芝的主觀鏡頭，又似兩人「世界即視界」的相互凝望。過去王佳芝所經歷的「愛的召喚」都只有「召喚」而無「回應」，都只有去愛的感覺而沒有被愛的感覺（愛人、愛友、愛國家到頭來還是一樣孤苦無依、孤立無援），連最早對鄺裕民的情愫，也因羞怯而閃躲迴避了四目深情相視的機緣。但在王與易的關係發展中，卻是蘊蓄出越來越多視覺的親密互動，尤其是前一場在日本酒館王為易唱〈天涯歌女〉一曲，

透過歌詞營造出「患難之交恩愛深」的亂世兒女情感，再加上王的空間走位與王易身體姿勢交纏擁吻的安排，不斷進行目光的交換，最終易亦因感動而落淚。而此場景中「愛」作為「視覺往復」的呈現，不僅讓我們看到了易先生因愛而多情而脆弱，也看到了王佳芝因被愛而感動而動搖。也許《色｜戒》在電影敘事的部份，未能透過獨白、對話或心理活動成功「解釋」愛國大學生王佳芝為何放走漢奸易先生，但在電影影像機制的部份，卻已用鏡頭語言大聲宣告了王佳芝的「易」亂情迷，既是愛情想像的「一起」，也是視覺往復機制的「一起」，王與易瞬間被封鎖在愛的迴視之中，幸福且迷惘。而諜報片中的愛之所以如此驚心動魄，正在於一時之間的情感脆弱，便足以致命。

於是《色｜戒》讓我們看到了愛的任務，也讓我們同時看到了愛的不可能任務：愛讓間諜任務成為可能（因愛人、愛友而愛國而抗日而殺漢奸），愛也讓間諜任務成為不可能（因愛人而放走漢奸，因愛人而叛國）。在當代精神分析理論中，有所謂「愛的不可能」，所有愛的阻難障礙，都成功維繫了「愛成為可能」的幻象，讓愛的可能正來自於愛的不可能[18]。而在當代的政治哲

18　其中最著名的莫過於拉岡對「宮廷之愛」（courtly love）的討論，可參見 Jacques Lacan, *Feminine Sexuality*, ed. Juliet Mitchell, trans. Jacqueline Rose (New York: Norton, 1984)。對拉岡而言，愛的不可能亦來自於愛作為自戀的欺瞞與幻影，愛乃是給予自身所不擁有的（"to give what one does not have"）。而此精神分析「愛的不可能」，也被成功推展到「國族之愛的不可能」：國族之愛原本允諾了回應，但此回應卻一再懸宕，而此回應的遲遲無法實現，反倒強化了個人對國族情感的持續投注，將此「理想自我」朝向未來不斷後延（Ahmed, *The Cultural Politics of Emotion*, p. 131）。而這種論述模

學理論中，亦有所謂「愛國的不可能」，將愛國主義中的理性與
非理性因素相對立，視其為自由民主國家的「存有僵局」[19]。而本
文所謂「愛的不可能任務」，亦是在此思考脈絡之下，將「不可
能」做精神機制上的探討，而非僅僅只是外在環境險惡而任務無
法達成，或業餘玩票女間諜的所託非人等「變動」因素的「不可
能」。因而《色｜戒》用電影鏡頭講述了一個愛國主義的故事，
也同時用電影鏡頭講述了一個愛國主義不可能的故事：愛國主義
之所以可能，在於「愛」作為「自我理想認同」的可能，而愛國
的大我之愛與愛人的小我之愛，並不存在「愛」作為「自我理想
認同」上任何本質上的差異，那麼有愛國主義的愛，就有愛上漢
奸的愛，愛上敵人的愛。從「中國不能亡」，「王佳芝，上來啊」
的聲音召喚與情感共同體縫合，到「妳跟我在一起」的視覺往復
與情感迴路，《色｜戒》中可以載舟亦可覆舟的愛，讓愛國成為
可能，也終於讓愛國成為不可能。

式，也被批評家部份移轉成對《色｜戒》的解讀方式之一：「正是因為他懷
疑她，所以他慾望她。就此而言，他的慾望與她的慾望相同：他想要**知道**
她。在張的作品中，色與戒便成為彼此的功能，不是因為我們慾望危險之
物，而是因為我們的愛是一種**行動**，以至於不論如何真誠，愛總是一個可疑
的對象」（James Schamus, "Introduction," p. xii；強調為原文所加）。

19 可參見 Alasdaire MacIntyre, *After Virtue: A Study in Moral Theory* (Notre Dame,
　　Indiana: University of Notre Dame Press, 1984)。書中強調愛國主義為一種「豁
　　免倫理」（豁免於理性批判之外），能讓人為了公共福祉、國家利益而「無條
　　件」犧牲個人利益，違反以自我意識與理性批判作為現代性國家的本質。換
　　言之，愛國心這種非中介、非反省的情感行為，無法由現代性國家的理性自
　　由主義所證成，卻成為現代性國家作為政治共同體的最大（非理性）凝聚力。

三、性的諜對諜：肉體與國體

　　論文的前兩部份，分別就聲音縫合與視覺縫合的角度，探討國族之愛與浪漫之愛在《色｜戒》一片中弔詭的依存關係，但此愛的召喚、愛的迴視究竟與《色｜戒》上映至今引發最多爭議的大膽床戲有何關連？性與愛有何不同？性的影像機制與愛的影像機制又有何不同？若如上所述《色｜戒》中「愛的任務」乃不可能，那「性的任務」呢？究竟是性的攻防戒備較難，還是愛的攻防戒備較難？而在目前有關《色｜戒》床戲的批評論述中，似乎都傾向將「國體」與「肉體」相對立，並依此對號入座出「集體」與「個體」的對立、「大我」與「小我」的對立、「文明」與「自然」的對立。而此二元對立模式更發展出兩個截然不同的批評取徑。一個是強調《色｜戒》一片中男歡女愛的「肉體」打敗了民族大義的「國體」，「以赤裸卑污的色情凌辱，強暴抗日烈士的志行與名節」，乃是篡改歷史、污蔑愛國女英雄的賣國行徑，值得全力撻伐[20]。另一個更為主流的讀法，則是強調《色｜戒》一片中赤裸真實的「肉體」打敗了抽象虛無的「國體」，開展出由色到情、由慾生愛、由壓抑到解放、由被動到主動的（女

20　此類閱讀傾向將張愛玲小說與李安電影裡的王佳芝，讀成對抗日愛國女英雄鄭蘋如的影射，故憤而怒斥此美化漢奸、醜化（性慾化）女英雄的電影乃「漢奸電影」。相關的討論可參見大陸〈烏有之鄉〉網站中黃紀蘇〈中國已然站著，李安他們依然跪著〉、〈就《色｜戒》事件致海內外華人的聯署公開信〉等文，可參見http://blog.voc.com.cn/sp1/huangjisu/093426390318.shtml（accessed on July 15, 2008）。

性）情慾覺醒過程[21]。（請參考本書中彭小妍與陳相因的篇章）雖然此二批評取徑乃朝完全相反的方向發展（前者將性當成煉獄、後者將性當成啟蒙，前者將性當成墮落，後者將性視為救贖），但「肉體」與「國體」作為論述發展的二元對立模式，卻是完全一致、口徑相同。

　　但在本文以下針對《色｜戒》「床戲性政治」的探討中，第一個要打破的正是「肉體」與「國體」的二元對立，以強調「肉體」不在國家民族大義之外（不論是作為墮落的煉獄或浪漫的烏托邦），「肉體」總已是「國體」的一部份，沒有跳脫權力身體部署、權力慾望機制之外的純粹「肉體」，亦不存在以此「肉體」作為絕地大反攻「國體」的可能。就某種程度而言，《色｜戒》的床戲之所以必須採取有如施虐／受虐（S/M, Sadomasochism）的身體強度，正在於凸顯被「國體」穿透的「肉體」如何成為「性無感」的「肉體」，而此「肉體」的「性無感」又如何必須透過S/M的身體強度來重新找回屬於身體的官能感覺。

　　《色｜戒》片中易先生的「性無感」明顯來自其作為汪偽政府情報特務頭子的身分。雖然片中並無任何直接呈現他嚴刑拷打

21　可參見陳相因，〈「色」，戒了沒？〉，《思想》8期（2008年2月），頁297-304的精采分析。《色｜戒》上映之初，筆者亦曾撰文〈大開色戒：從李安到張愛玲〉（《中國時報・人間副刊》，2007年9月28-29日），探討該片性、性別與身體情慾的糾葛，彼時的分析較為強調該片「致命性」的性愛不僅徹底摧毀既定的道德體系與價值系統，更反諷點出「到女人心裡的路通過陰道」，用鏡頭逼搏出亂世中身體暴亂情慾的最高強度，徹底凸顯「性」的顛覆性。而本篇論文則是回到「愛」與「愛國主義」的角度，重新審視《色｜戒》中「性」與「愛」的張力與交織，凸顯「性」本身可能的制約性與工具性而非絕對的基進性。

犯人的畫面，但卻間接帶出此非人性的刑求暴力如何「扭曲」了他的感官身體，而此行屍走肉的無感身體，更在性交過程中轉化為以「刑房」為「行房」的「施虐」主體。正如王佳芝對上級指導員老吳的告白中指出，「每次他都要讓我痛苦得流血哭喊，他才能夠滿意，他才能夠感覺到他自己是活著的」，此處易的「施虐」已不再指向性慾過強或獸性大發，此處易的「施虐」乃被呈現為過度刑求暴力所造成的性障礙，被「國體」徹底「扭曲」的無感「肉體」。而王佳芝的部份也甚為明顯，她為愛國而決定「犧牲」自己的「貞操」，先是在香港和同學中最窩囊的梁閏生上床，三年後又在上海和大漢奸易先生上床。王佳芝的「性」從開始就是一心一意為「愛國」服務，她的第一次性經驗是為國「獻身」，完全沒有身體的感覺，只為迅速解決她作為「處女」的身分（以免已婚「麥太太」的假身分被拆穿）。而在後來她與梁的「性的彩排練習」中，越來越有感覺的王佳芝也越來越清楚，此身體感覺乃是愛國的試煉，必須嚴格被界定在「為國獻身」的範疇之中，嚴格被監控在「性」與「愛」的分離狀態之下（她與同學梁閏生性交，卻絕不與梁閏生發生任何曖昧情愫，甚至梁閏生乃是她最看不起的人）。王為了愛國，必須將自己卑微地放到「妓女」般的位置，不僅是因為梁的性經驗來自嫖妓，同時也是因為此有性無愛的交易、此沒有名分卻有違社會價值的決定、此在密室發生卻為全屋同學所默許的關係，都讓王自覺有如妓女般被歧視，爾後更因易突然離港而讓王自覺白白犧牲了貞操，遂帶著此「性的創傷」失意離開香港回到上海。

因而當易與王在上海重聚時，性交場景所呈現的S/M強度，與其說是「性壓抑」或「性變態」的身體如何做愛，還不如說是

因「國體」而「性無感」的「肉體」該如何做愛來得更為準確。而《色｜戒》床戲之所以精采，正在於此超高難度的嘗試：因「賣國」而「性無能」的情報特務頭子與因「愛國」而「性冷感」的女諜報員，如何在激越的床戲之中「諜對諜」。有了這層基本的了解，我們便可對《色｜戒》片中三場重要床戲進行分析，以凸顯其中性、權力、性別與身體戒備之間的緊張複雜關係。第一場床戲具體展現施虐與被虐的突如其來。原本拿了鑰匙上樓的王佳芝，正在好整以暇觀察環境，突然被躲在房間暗角的易先生嚇到，本想刻意表演一場寬衣解帶的戲碼反客為主，卻被易先生接下來啟動的性暴力行為再次嚇到。易先生像嚴刑拷打犯人一般，將王雙手用皮帶捆綁，推在床上。然而此段 S/M 床戲的真正高潮，不出現在易先生從後方強行進入王身體的剎那，而出現在完事之後易先生離去，衣衫不整卻絲毫沒有委屈哭泣的王佳芝，躺在床上一動不動，鏡頭接著帶到此時王嘴邊突然出現的一抹笑容便戛然而止（可參考本書陳相因的篇章，圖6.1）。一再想要反客為主的王佳芝，表面上是被易的施虐強勢一再攻破、一再反主為客，但此時的笑容，卻是印證了王自覺終於攻破易的心防而初次達陣，就算王的笑容不是反客為主的勝利笑容，至少也是高深莫測的神祕笑容，第一回合的諜對諜，鹿死誰手尚未分曉。

　　第二場床戲發生在易先生家中王佳芝「麥太太」居住的客房，在簡短交談後（王對易表達恨，而易對王表達信任）兩人再度陷入身體的強度交纏，易嘗試用雙手端著王的臉，強迫她直視他的眼睛，王卻努力閃躲，避開易的偵測目光，幾個兩人身體交纏卻臉面相背的鏡頭，呈現兩人在欲仙欲死的當下，如何還能各懷鬼胎（他懷疑她？她算計他？），而就在王的身體高潮後，

鏡頭切到王脆弱激動的面容，說出「給我一間公寓」，再切到易「詭異」的笑容（是因「征服」了王而笑？還是以性滿足了王而笑？還是性的強度讓他終於鬆懈而笑？）。但真正最詭異的，不是易的笑容，而是王的要求。在到達身體高潮的剎那，王的要求像是「愛的要求」（demand for love），彷彿是王不敵易的性攻勢而俯首稱臣，決意要當他的情婦，與他長相廝守。詭異的是，當下此刻王在最真實、最無法偽裝的身體高潮反應中所作的要求，也正是王在間諜美人計中下一步所將肩負的任務（向易要求一固定的公寓，以便事先安排殺手埋伏）。如果尼采的名言是「女人在到達性高潮的同時，也能偽裝性高潮」（以男性憎女的方式強調女人的善於偽裝），那王佳芝作為玩票性質的女大學生間諜，在菜鳥與高手、表演與真實間，反倒讓人更難以捉摸，用尼采的話改寫，難不成王佳芝「性的任務」正是在「女間諜在偽裝性高潮的同時，也能到達性高潮」或「女間諜在到達性高潮的同時，也能不忘記自己身為間諜的任務」。

　　而更重要的是，此段床戲中「國體即肉體」性政治的關鍵，不在廣為媒體所炒作的「迴紋針體位」，而在鏡頭剪接。正當王與易在床上翻雲覆雨時，鏡頭切換到易寓所外偵查巡邏的狼犬，此狼犬的特寫出現在《色｜戒》全片開場的第一個鏡頭，而此時再度出現，自是寓意深長。（有關此德國狼犬的剪接鏡頭如何與愛森斯坦的蒙太奇理論相連結，以及「色」與「戒」的並置對比，請參見本書葉月瑜的篇章）片頭的狼犬特寫，帶出了《色｜戒》作為諜報片類型的戒備緊張氛圍，而此處穿插在性愛鏡頭之間的狼犬鏡頭，再次以畫龍點睛的方式，提喻《色｜戒》一片中所有的「色」都是在「戒」備狀態之下進行，此「戒」備狀態不

僅指向外在環境的警戒森嚴，也同時指向人物角色內在生理與心理的戒慎恐懼。「戒」慎恐懼乃為《色｜戒》一片的情感基調，愛在「戒」中發生，性在「戒」中進行，既有亂世的風聲鶴唳、戰爭的暴力恐懼，也有偷情怕被拆穿的東遮西掩，更有床第之間諜對諜的步步為營。

而第三場床戲則是將此諜對諜的戒慎恐懼，繼續往瀕臨崩潰的臨界點推進，讓「性」與「愛」分離的努力充滿掙扎，讓「死亡的陰影還從床邊的手槍折射出來」[22]。此段的燈光、取鏡、音樂與剪接節奏越加呈現此「黑色床戲」的深沉抑鬱與內在恐懼，沒有色情挑逗的偷窺，只有戒備中的攻防張力與脆弱疲憊，而此「肉搏戰」越來越辛苦，越來越難以掌控攻防優勢，越來越逼近「身體失守即任務失手」的臨界點[23]。在此場景中王甚至用枕頭矇住易的眼睛，讓怕黑、失去視覺掌控力而倍感脆弱無助的易達到高潮，而王亦因此而無助哭泣。此時「肉體即國體」的「性壓抑」，不是壓抑性慾而不去從事性行為，也不是極度壓抑之後的極度解放，而是如何在「性」之中而非「性」之外去壓抑，如何在最赤裸的肉體交纏、最銷魂蝕骨的性高潮歡愉中，還能自持不被攻陷，還能繼續從事間諜行動？此段床戲與前兩段床戲相同之處，在於沒有來自聲音或影像的任何縫合：床戲中的眼神沒有愛的傳會，只有窺探與對窺探的閃躲；床戲中只有身體的呻吟，沒有交談，沒有召喚。但此段床戲之前與之後的伏筆，卻使得此段

---

22 李歐梵，《睇色，戒：文學・電影・歷史》（香港：牛津大學出版社，2008），頁60。

23 有關《色｜戒》作為「黑色電影」（film noir）的精采探討，可參見本書林建國的篇章。

床戲的份量更為舉足輕重。前一場景交代了易在黑頭包車內用手愛撫王的身體，邊講述在牢裡審訊犯人的過程，再次將行刑與行房做平行推展，將刑求暴力的施虐受虐，轉化為性愛場景的施虐受虐，讓性無感身體達到性高潮的亢奮強度。而此床戲的後一場景，則是王焦慮地向上級指導員老吳求救，哀求組織早點動手，並不顧顏面地激動向老吳與鄺裕民告白身體的即將失守，她說易像蛇一樣往她身子裡鑽，就越往她心裡鑽，越鑽越深，她說她被迫必須「忠誠」的待在她的角色裡，「像奴隸一樣讓他進來」，筋疲力竭，瀕臨崩潰，只希望組織能在此時衝進來，朝易的後腦勺開槍，讓易的腦漿噴濺她全身，一切才能宣告結束。

《色｜戒》一片花了整整十一天一百五十六個小時專心拍攝這三場床戲之用心，不僅在於徹底放大所有諜報片最難以啟齒、最難以鋪陳、也最難以把持的「床上任務」，更在於凸顯王佳芝作為女諜報員「性的任務」之艱難。但就此「性的任務」而言，她並沒有失敗，她仍盡所有的努力將「性」與「愛」分離，她在與易的強度肉體交媾後，仍敦促組織快點行動，並在咖啡店打電話通報，她並沒有因為「性」而放走了易。但王佳芝「愛的任務」卻失敗了，最後真正「鑽」到她心裡去的是「鑽石」而不是男人的陽具，乃是透過眼睛（愛的視覺往復）而非陰道（性交）。而成功「鑽」到王佳芝心裡的「鑽石」，乃是由眩目耀眼的奢華物質消費符號，變成了讓人情生意動的愛情隱喻，一心一意只戒備了性的大學生女間諜，對愛卻無設防，也無法設防。如果如前所述，愛人與愛國乃是同一種愛的想像認同機制，那《色｜戒》一片便是如此反諷地再次告訴我們，愛國主義最大的罩門是愛而不是性。

四、愛的皺摺：祖國之愛與情感動力

　　本文在前面有關愛的召喚與性的對諜之討論，多將焦點集中在女主角王佳芝的身上，說明其如何在「戒」色的同時，卻對愛繳了械。但另外一方的「漢奸」易先生呢？《色｜戒》難道真的如中國大陸的毛派批評家所言，乃是「美化漢奸」易先生的無恥之作嗎？導演李安透過對易先生作為「漢奸」的另類陳述，究竟講了一個如何不一樣的愛國故事呢？「漢奸」易先生「賣國」之餘，也有可能「愛國」嗎？本文的最後一部份，便是將討論焦點由「女人的故事」轉到「男人的故事」，看看《色｜戒》中易先生的人物刻劃與影像再現，究竟對中國近現代史有何顛覆，也同時看看《色｜戒》導演李安如何在解構愛國主義的同時，開展出另一種迂迴曲折的「祖國之愛」。

　　有關易先生作為「漢奸」的角色刻劃，自《色｜戒》上片以來便引起極大的爭議。他作為親日汪政權的高官，卻從影片一開始和張祕書的對話（神祕失蹤的軍火），就已呈現易對日本上級可能的陽奉陰違與對日本統治的曖昧忠誠（就算不是直接雙面諜的暗示）。於是觀眾看不到日本軍人侵華的血腥暴行，也看不到特工總部內刑求的血腥暴行，反倒是看到香港演技派憂鬱小生梁朝偉的「明星文本」，看到外表冷漠無情、內心脆弱無助的易先生「角色文本」，以及片中一再凸顯戰爭動亂大時代下的無力感與邊緣性。尤其是在日本酒館中易先生聽王唱〈天涯歌女〉的動情場景，他不僅將日本軍國主義的執行者比做喪家之犬，更慨嘆自己的「為虎作倀／娼」，比任何人都還懂「怎麼做娼妓」，無怪乎正反雙方的批評家，皆一致認為此乃「人性化」漢奸的處

理，只是贊成的一方強調此角色刻劃讓原本多為扁平的「漢奸」角色呈現人性的心理複雜度，而反對的一方則凸顯此角色刻劃「美化」了漢奸的走狗性格[24]。

　　但《色｜戒》對漢奸真正幽微複雜的處理，恐怕並非在於表面上被肯定或被攻訐的「人性化」問題。特務情報頭子易先生，確實不是刻板印象中無人性的賣國賊，而他「為虎作倀／娼」的政治情境，也確實展現大時代中個人的無奈與渺小，但若我們張大眼睛觀察銀幕上易先生所處的公私領域與穿著打扮，恐怕會發覺《色｜戒》一片對汪政權、對抗日戰爭、對愛國行動有比「人性化」更為基進的處理模式。從影片一開頭的特工總部大廳起，國旗（中華民國青天白日滿地紅旗被汪政府沿用，僅在國旗上緣加上「和平反共救國」的小黃帶）、黨旗（中國國民黨青天白日旗）、國父遺像與國父遺囑就出現在大廳正中央的位置。當鏡頭拉到總部外的建築立面時，也可由大遠景看見懸掛的國旗與鑲嵌在建築物屋頂中央的中國國民黨黨徽。而在易先生寓所的書房，不僅牆上掛著國父的照片、國父的墨寶，就連書桌前放置的也是國父的照片（鏡頭雖未就這些歷史符號做特寫，但卻透過人物角色的走位與場景調度，一一帶到）。而在片尾出現特工總部內易先生的辦公室，牆上一左一右掛著日本國旗與中華民國國旗，中

---

24 此「倀」與「娼」的雙關語聯想，出自李安在《色｜戒》英文電影書的前言，參見 Ang Lee, "Preface," in *Lust, Caution: The Story, the Screenplay, and the Making of the Film*, p. viii. 有關易先生作為汪偽政府特務頭子的歷史原型考據，可參考余斌，〈《色，戒》「考」〉，《印刻文學生活誌》3卷12期（2007年8月），頁61-68及蔡登山，〈色戒愛玲〉，《印刻文學生活誌》3卷12期（2007年8月），頁69-87。

間則又是國父肖像與照片下方由易恭錄「自由、平等、博愛」的國父遺教。更誇張的是，就連易先生與王佳芝第一次祕密幽會時，司機交給王一個內裝有公寓鑰匙的信封，信封的中央寫著2B的房號，但信封的右上角又是國父肖像。

我們當然可以解釋此信封或許原本乃公務之用，而易先生周遭國旗的無所不在、國父的無所不在，都是為了反覆強調汪政府與國民黨的淵源與汪政府努力營造出其傳承國父遺志的正統性。但當這些政治符號一而再、再而三的出現（甚至出現在偷情的信封上），那這些政治符號就不僅只是歷史的「背景」，而成為歷史的「徵候」、歷史符號「過溢」的「徵候」。《色｜戒》片中國旗與國父作為「符號的過溢」（the surplus of signs），溢出原本作為時代背景的符號功能，而隱含了《色｜戒》一片對易先生「漢奸」角色最大的改寫可能：「漢奸」或許也曾是或也正是「愛國青年」（或「愛國中年」），讓一心要殺漢奸的「愛國青年」鄺裕民與「漢奸」易先生、讓蔣介石重慶政府的特務領導老吳與汪精衛南京政府的特務頭子易先生，產生本質上忠／奸、愛國／賣國的不可辨識。當然對高舉民族主義大纛、歷史必須黑白分明的批評家而言，這絕對是又一樁比「人性化」漢奸更值得大誅特誅的罪行。

而易先生與國民黨的歷史傳承，也同時以轉喻的方式出現在易先生「中山裝」的穿著打扮上。除了穿西裝以外，易先生在特工總部與自家寓所，都曾以「中山裝」亮相，而其以中山裝亮相的場景，更多搭配著滿溢國旗、國父政治符碼的室內佈置。而此「中山裝」的視覺符碼，不僅出現在汪南京政府易先生與張祕書的藏青色中山裝（當時的中華民國文官制服），也同樣出現在

蔣重慶政府特務領導老吳的土黃色中山裝，讓「本是同根生」的「兩個國民黨」既敵對又相似，既誓不兩立又充滿太多曖昧的雷同，既須以暴力來強加區分又讓暴力之中滿溢手足相殘的痛苦與掙扎。正如易先生對在黑頭包車中等候他多時的王佳芝「麥太太」描述他上車前一刻在特工總部內的刑求過程：「其中一個已經死了，腦殼去了半邊，眼珠也打爛了。我認得另外一個是以前黨校裡的同學。我看著他兩手被吊在鐵棍上，我說不出話來，腦子裡浮現的竟然是他壓在妳身上幹那件事。狗養的混帳東西。血噴了我一皮鞋，害我出來前還得擦，妳懂不懂？」此段的敘事模式非常眼熟，它再次重複了《色｜戒》一片對刑求的血腥暴力採敘事呈現而非視覺呈現的方式，並在敘事口吻中加入敘事者亦即施暴者本人的內在痛苦掙扎，亦再次重複了易與王之間刑房與行房、性與刑求暴力的結合方式（此結合不僅出現在刑房之內暴力與性幻想場景的結合，更出現在敘事框架之中，易在黑頭包車裡邊描述刑求過程邊不斷用手愛撫挑逗王的身體），更再次重複了片中性與政治符碼的「詭異」結合，偷情的信封上可以出現國父的肖像，而在充滿刑求暴力與性幻想的牢房描繪中，卻可以間接幽微地帶出易先生黃埔軍校（黨校）出身的正宗傳承。

　　誠如李歐梵在《睇色，戒》一書中所言，「《色，戒》中所『再現』的政治，與其說是日據時期的汪政權人物，不如說是兩種國民黨的類型：一種是與日本共謀的國民黨特工，如易先生；一種是重慶指使的『中統』間諜。這兩種人物，在外表上也如出一轍，甚至都信奉總理孫中山（可見之於易先生辦公室中牆上掛的孫中山像），但政治主張截然相反。目前因檔案尚未公開，有待證實的是：這兩個政權在抗戰初期是否有祕密管道聯繫（看

來是有的）。而夾在中間的就像是像王佳芝和鄺裕民式的愛國學
生」[25]。或許正是因為此民國史中相關檔案資料的未公開解密（在
現有國民黨與共產黨的欽定歷史中，汪精衛政權都是不折不扣
的漢奸），才讓《色｜戒》成為一部歷史評斷如此混淆、民族身
分如此曖昧的「愛國片」，與傳統敵我分明、愛恨分明的「愛國
片」大異其趣。但本文想要強調的，卻不是以此「歷史未定論」
來定論《色｜戒》（以「歷史未定論」當成《色｜戒》作為另類
「愛國片」的原因或結果），而是試圖鋪陳此「歷史未定論」如
何作用於《色｜戒》的創作，而《色｜戒》的創作如何迴向作用
於此「歷史未定論」，以及此持續變動作用中所引發所牽動的情
感反應，讓「歷史未定論」成為《色｜戒》一片情感動力的施為
而非因果。而也只有在此「歷史未定論」的情感動力之中，我們
才可理解為何《色｜戒》或許不是如批評家所言一部「去政治
化」的電影（逃避日本軍國主義的侵華血腥暴行，逃避汪特務機
構刑求抗日愛國同志的血腥暴行），而是一部「另類政治化」的
電影，專注處理「愛國主義」的內在皺摺（國民黨內部「本是
同根生，相煎何太急」的手足相殘），而非「外在」的抗日或聯
共、反共的複雜歷史情境。日本的存而不論（僅有上海街頭盤查
行人的日本兵與酒館之內如喪家之犬的日本軍官），共產黨的存
而不論（國、共之間的聯合與分裂幾乎在片中徹底隱形），確實
讓《色｜戒》對上海淪陷區的「再現」出現重大歷史的殘缺與
盲點。但或許正在於此殘缺與盲點，才得以集中放大國民黨的
「內部分裂」（一方以抗日為愛國，一方以聯日為救國），並皺摺

25　李歐梵，《睇色，戒：文學・電影・歷史》，頁45-47。

出「愛國主義」的複雜紋路，不僅讓浪漫愛與祖國愛相互交生解構，更讓漢奸與愛國青年彼此曖昧相連、同根而生。而也只有在此「愛國主義」的複雜迂迴中，我們才有可能再次回到本文開頭所談論的「歷史引證錯誤」，嘗試做出另一回合的詮釋：「引刀成一快，不負少年頭」作為國族主義的「語言行動」，表面上是混淆了「愛國陣營」與「賣國陣營」（愛國大學生「誤引」賣國賊汪精衛的詩句），卻也因此同時帶出本文第一部份結尾所處理愛國行動的歷史傳承，愛國作為行動「踐履的歷史性」（必須一而再、再而三的引述常模），以及此處「愛國」本是同根生的「內在皺摺」，亦即國民黨之內抗日愛國與聯日救國的「內在皺摺」，漢奸也曾是或正是愛國青年的「內在皺摺」[26]。

　　而經過此層層推演，本文最後所要做的提問，便是這愛國主義的「內在皺摺」究竟與《色｜戒》一片的導演李安有何關連？一向被當成「光宗耀祖」臺灣之光的李安，為何因此片被中國大陸的毛派批評家斥為漢奸、國恥？李安在透過《色｜戒》解構愛國主義的同時，究竟偷渡了什麼樣的情感，而此情感又與《色｜戒》所呈現的1940年代中國有何歷史與政治的糾葛？張愛玲的漢奸故事如何迂迴曲折地成為李安「愛國主義的召喚」？什麼是屬於國際知名導演李安的「情感國族主義」，而此「情感國族主義」又如何回應當下的文化全球化論述？在張愛玲的原著小說

26《色｜戒》一片對汪精衛政府所倡導的「和平運動」略有著墨，先是在上海街頭讓原本在租界裡趾高氣昂的外國人淪落到排隊領麵包，帶出汪配合日本「收回租界」的號召，而後電影院裡短暫出現的政治宣傳片，亦喊出「亞細亞正要回到亞細亞人的手裡」，以「大東亞共榮」號召所有亞洲人團結合作，掙脫西方帝國主義的枷鎖。

中，張對愛國主義保持極端疏遠嘲諷的距離（一只鑽戒就能讓一個涉世未深的愛國女大學生意亂情迷，以呈現愛國主義的不堪一擊）。而李安在改編過程中亦用心保留了對愛國主義的反思，從拙劣化妝、誇張文藝腔的「戲中戲」愛國劇，到一群大學生以愛國行動當暑假作業，「王佳芝要穿金戴銀，你要扮抗日英雄」，「我們有槍，幹嘛不先殺兩個容易的，再不殺要開學了」，再到殺曹副官的荒唐無措。但在《色｜戒》經由這群愛國大學生解構愛國主義的同時，李安卻也對這群血氣方剛、幼稚浪漫的話劇社愛國青年，展現同情式的理解或投射（年輕時演戲的經驗），並給予他／她們足夠的時間進行「成長儀式」，更在片尾南郊石礦場的處決場景，透過大遠景一字排開的渺小身影與深不可測黑暗坑洞的悲涼氛圍，帶出「引刀成一快，不負少年頭」的大時代感慨。

　　這當然不只是李安個人的人本主義或溫情主義而已，李安不嚴格批判漢奸的同時，也不嚴格批判愛國學生。除了因為歷史的皺摺過多而無法斬釘截鐵、黑白敵我是非分明，除了藉此以便呈現動亂大時代中個人的渺小徬徨外，李安對「愛國主義」的曖昧處理，不正也是以曲折迂迴的形式，具體展現了其所處無國可「愛」卻無國不「曖」的歷史與情感處境：「在現實的世界裡，我一輩子都是外人。何處是家我已難以歸屬，不像有些人那麼的清楚。在臺灣我是外省人，到美國是外國人，回大陸做臺胞，其中有身不由己，也有自我的選擇，命中註定，我這輩子就是做外人。這裡面有臺灣情，有中國結，有美國夢，但都沒有落實。久而久之，竟然心生『天涯住穩歸心懶』之感，反而在電影的想像

世界裡面，我覺得暫時的安身之地」[27]。時間流變與地理遷徙造成
了李安無處是家的憂戚，在臺灣、中國、美國之間流離失所，但
這種美其名「全球公民」、究其實「離散主體」的處境，不正是
造就李安電影《色｜戒》的複雜深刻之處。首先，李安作為無所
歸屬的「外人」處境，直接牽動《色｜戒》無所歸屬的「外片」
處境，出現一系列參與國際影展裡外不是「本國片」的尷尬：在
威尼斯影展一度被當成美國─中國片，爾後以中華民國臺灣「本
國片」的身分報名美國奧斯卡影展「外片」獎項卻遭退件，質疑
其臺灣本土參與人員過少而不足以為代表。其次，李安作為「外
人」的處境，更讓《色｜戒》一片充滿對正統承繼的焦慮與對愛
國主義的偏執關注。臺灣作為一個實質存在的政治共同體，卻有
極端分裂的國家與民族認同處境，或許讓成長其中的李安有著最
深刻的愛國主義挫折：身為不認同臺獨建國的外省第二代，而其
原本的國族認同亦不斷受到無情的質疑、挑戰與摧毀，移民美國
後卻成為堅持保有中華民國國籍的外國人，而到中國大陸拍片卻
被當成臺胞或更糟糕的臺奸，都讓一心想要愛國的李安無國可
愛。

於是《色｜戒》愛國主義的最終弔詭，正在於提供了無法
名正言順、順理成章愛國的導演李安，一個名正言順、順理成
章的愛國情感投注：愛「一個中國」，亦即一九四九年分裂之前
的「一個中國」（即使那時的中國四分五裂，既有日本的入侵，
又有國共的分裂，更有「偽」南京政府與「偽」滿洲國的相繼

---

27 張靚蓓編著，《十年一覺電影夢：李安傳》（北京：人民大學出版社，
   2007），頁298。

成立）。而此愛一個中國的情感投注，更來自於一種特有「認祖歸宗」的情感複雜模式。此處的「祖」既指向父祖（李安聲稱《色｜戒》乃是拍父親的年代、父親的城市，而《色｜戒》一片中亦有如前所述「國父」符號的過溢），亦指向去政治實體化、去地理空間化的「祖國」，而此「祖國」乃是經由父祖傳承、血緣文化的想像去構連，經由愛國情感的歷史踐履去召喚，將國族身分認同由政治實體、地理空間、身體記憶導向另一種時間性與情感性強度連結的迂迴路徑，以愛國情感「認祖歸宗」，不再僅是單純時間性的懷舊或空間性的回歸[28]。而此處的「宗」既是一個中國的「中」之同音字，也是祖宗、宗法、正宗與正統的想像連結，從血緣到象徵秩序的一以貫之，讓《色｜戒》中的愛國主義，又重新回頭呼應西方patriotism與中文「祖國之愛」字源中的「父土」（fatherland）與「父祖」想像，既是導演李安「情感國族主義」的「認祖歸宗」，也是愛國主義一詞翻譯字源學上的「認祖歸宗」。

　　誠如李安所言，「臺灣外省人在中國歷史上是個比較特殊的文化現象，對於中原文化，他有一種延續」[29]。但在過去有關

---

28 史書美在《視覺與認同》（*Visuality and Identity*）一書中亦強調在當代華文研究中「去地點化」的重要：「根源」作為「祖先」的連結而非以地點為基準，而「路徑」（routes）則是遊蕩與無家可歸，而非指向任何以地點為基準的家、家園或家國。她更進一步強調「路徑成為根源」、落地生根的移動可能，讓移居之地成為原初之地。參見 Shu-mei Shih, *Visuality and Identity: Sinophone Articulations across the Pacific*（Berkeley: University of California Press, 2007）, p. 189-190.

29 李安，〈簡體中文版序〉，收入張靚蓓編著，《十年一覺電影夢：李安傳》，頁3。

「文化中國」花果飄零的討論中，卻往往忽略了「情感中國」所能展現超越中心／邊緣地理空間想像的複雜面向。大家只看到《色｜戒》所呈現的「舊中國」以及1940年代上海的「時代劇」（period drama），「好似離散多年的『舊時王謝』，如今歸來，似曾相識」[30]，卻忘了「舊中國」文化懷舊之中另一層更形重要「救中國」的愛國主義情感出口，讓「國族身分認同」脫離了政治實體、地理空間的圈限，而成為時間性與情感性的強度連結，讓《色｜戒》中的愛國主義創造出新的情感迴路，以「祖國之愛」的方式「認祖歸宗」。換言之，《色｜戒》作為一部至為獨特的「愛國片」，乃在於它凸顯出一種特殊歷史地理情境下至為獨特的「沒有國家的愛國主義」（patriotism without the state），並以其至為獨特的「情感政治」介入當前「沒有民族主義的民族」（nations without nationalism）[31]或「沒有國家的世界主義」（cosmopolitanism without the state）等「後國族」論述模式，亦同

---

30 同前注。

31 此乃克莉斯蒂娃（Julia Kristeva）的概念（發展此概念的專書亦以此為名），她在書中爬梳啟蒙主義法國式的「民族」可能，強調其契約性、暫時性與象徵性的特質，而唯有此「過渡」民族才能「提供其認同（以至於再保證）的空間，為了對當代主體有益，它是移轉的，一如它是暫時的（以至於開放，無禁制以及其創造性）」。參見Julia Kristeva, *Nations without Nationalism*, trans. Leon S. Roudiez（New York: Columbia University Press, 1993）, p. 42。而其他「後國族」的相關論述，亦以打破國族認同的穩固，打破疆域國界的確定為目標，以強調各種穿國流動、「悅納異己」（Jacque Derrida）、「解構共同體」（Jean-Luc Nance）的可能。而在過去有關李安電影的相關評論中，亦傾向於以「沒有國家的世界主義」來凸顯李安作為全球導演、彈性公民、離散主體的穿國文化流動性。

時回應昔日歷史糾葛、今日臺海複雜政治情勢與全球後冷戰結構
的政治文化布局。而「愛國主義」作為一個所謂早有解構共識的
「老話題」，之所以可以「舊話新說」或直搗當前（後）國族論述
之黃龍，正在於其「情感強度」所不斷開展出的新迂迴路徑。
而《色｜戒》中具歷史文化殊異性與情感政治幽微度的「沒有
國家的愛國主義」，正是本文所努力鋪陳此新迂迴路徑的核心案
例。而這種「沒有國家的愛國主義」，更進一步讓李安作為「外
人」與《色｜戒》作為「外片」的曖昧身分（無法被當前既有全
球電影、華語穿國電影（transnational cinema）與離散論述編排
收束的曖昧尷尬），徹底展現了最大強度的理論潛力，讓「外」
不再只是內／外、容納／排拒，而是內／外、容納／排拒二元對
立之外更為基進的「域外」（the radical outside outside the inside/
outside），同時鬆動愛國主義作為國家愛國主義的預設與當前
「後國族」（postnationality）與「世界主義」（cosmopolitanism）
的歐洲模式預設，以其歷史文化的殊異性與情感政治的幽微度，
成功凸顯了當前「國族主義」、「穿國主義」、「離散論述」、「全
球主義」的論述局限。在號稱「後國族」全球化時代的當下，
「愛國主義」卻如歷史的幽靈般無所不在，《色｜戒》的難能可
貴正在於呈現愛國無知、浪漫、衝動的同時，亦開展出以「祖國
之愛」認祖歸宗的情感模式，前者解構了愛國主義的崇高偉大，
後者卻在解構之中重新建構了愛的強度與愛的路徑。愛讓《色｜
戒》成為一部探討愛國主義可能的電影，兼具歷史的厚度與政治
的複雜敏感度，愛也讓《色｜戒》成為一部揭露愛國主義不可能
的電影，在曖昧的時空流變中，一切的再現都無法斬釘截鐵、敵
我分明，而這在解構與建構之間不斷持續曖昧擺盪的「曖」國主

義，或許正是《色｜戒》以其特有迂迴的「情感政治」介入當代強調國家想像、民族虛構的「國族論」與「後國族論」之真正力道與強度之所在。

作者簡介

李歐梵

中央研究院院士，現任香港中文大學講座教授。曾任教於哈佛，芝加哥，加州大學洛杉磯分校等校。著作有《上海摩登》（牛津出版社，2006）、《鐵屋中的吶喊：魯迅研究》（風雲時代出版公司，1995）、《中國現代作家浪漫的一代》（新星出版社，2005）等書。

葉月瑜

美國南加州大學電影電視學院博士，現任嶺南大學林黃耀華視覺研究講座教授。學術著作包括 *Early Film Culture in Hong Kong, Taiwan and Republican China*（University of Michigan Press, 2018）、《走出上海：早期電影的另類景觀》（馮筱才，劉輝合編，北京大學出版社，2016）、*Staging Memories: Hou Hsia-hsien's A City of Sadness*（Nornes Markus 合著，University of Michigan Press, 2015）、*East Asian Screen Industries*（戴樂為合著，British Film Institute Publishing, 2008；中譯本《東亞電影驚奇：中日港韓》，書林出版公司，2011）、*Taiwan Film Directors: A Treasure Island*（Darrell William Davis 合著，Columbia University Press, 2005; 中

譯本《台灣電影百年漂流：楊德昌、侯孝賢、李安、蔡明亮》，書林出版公司，2016）、*Chinese-Language Film: Historiography, Poetics, Politics*（Sheldon Lu 合編，University of Hawai'i Press，2005，此書獲美國圖書館學會刊物《Choice》選為「二〇〇五年最傑出學術著作」之一）、《華語電影工業：新歷史與新方法》（北京大學出版社，2011）與《歌聲魅影：歌曲敘事與中文電影》（遠流出版公司，2000）等。學術論文共計六十多篇，若干著作翻譯成中、日、西班牙與匈牙文。

孫筑瑾

美國匹茲堡大學教授，講授中國古典文學、文化思想和中西比較詩學等多年。著作包括 *Pearl From the Dragon's Mouth: Evocation of Scene and Feeling in Chinese Poetry*（U Michigan Press）、*The Poetics of Repetition in English and Chinese Lyric Poetry*（U Chicago Press），以及多篇中西比較論文及翻譯評介，刊載於美加、歐洲、港中台之主要文學、比較文學及翻譯學術期刊，如 "Problems of Perspective in Chinese-Western Comparative Literature Studies"（*Canadian Review of Comparative Literature*）,"Mimesis and Xing—Two Modes of Viewing Reality: Comparing English and Chinese Poetry"（*Comparative Literature Studies*）, "Two Views of Mutability: A Comparative Reading of Chinese and English Poems"（*Yearbook of Comparative and General Literature*）, "Cultural Dimensions of Translation: The Case of Translating Classical Chinese Poetry into English"（*Tamkang Review*）, "Wang Guowei 王國維（1877-1927）as Translator of Values（*Translation and Creation*）, "Gong Weizhai:

Letter from the Snow-Swan Studio" (*Renditions*),〈孫筑瑾教授談中西文學比較研究〉(當代海外中國研究二集)。其比較論文主軸旨在闡明文學與文化思想之密切關係，反對抽離文化傳統之比附。近年嘗試寫散文，內容以讀書心得、生活隨感所觸發之浮想為主。已在北京中華書局的《文史知識》、《博覽群書》、《中華讀書庫》及台灣《聯合報》、《中華日報‧副刊》等發表。

寇致銘 (Jon Eugene von Kowallis)

加州柏克萊大學東方語文博士，澳洲雪梨新南威爾士大學（UNSW, Sydney）教授、中文系主任。中文論著包括〈海峽兩岸的認同問題：中華民國一百周年紀念與賴聲川作品〉(收入彭小妍主編：《跨文化情境差異與動態融合：臺灣現當代文學文化研究》，2013)、《中英對照魯迅舊體詩》(春風文藝出版社，2016)、《微妙的革命：清末民初的「舊派」詩人》(三聯書店，2018)等。英文著作有 *Warriors of the Spirit: Lu Xun's Classical-style Essays of the Japan Period* (UC Berkeley, forthcoming), *Lu Xun: A Research Biography* (forthcoming), *The Subtle Revolution: Poets of the 'Old Schools' during Late Qing and Early Republican China* (UC Berkeley, 2006), "The Diaspora and Postmodern Chinese Film in Taiwan and Hong Kong: Framing Stan Lai's 'The Peach Blossom Land,'" in Sheldon Hsiao-peng Lu, ed., *Transnational Chinese Cinemas: Identity, Nationhood, Gender* (U of Hawai'i Press, 1997), *The Lyrical Lu Xun: a study of his classical-style verse* (U of Hawai'i Press, 1996), *Wit and Humor from Old Cathay* (Beijing: Foreign Languages Press, 1986), 主編 *Late-Qing Living Texts: Zhang*

Taiyan and Lu Xun in *Frontiers of Literary Studies in China*, 7: 3（Sep. 2013, Brill）.

戴樂為（Darrell William Davis）

威斯康辛大學麥迪遜分校傳播藝術博士，香港嶺南大學視覺研究系名譽教授。著有 *Picturing Japaneseness: Monumental Style, National Identity, Japanese Film*（Columbia University Press, 1996）。合著有 *Taiwan Film Directors: A Treasure Island*（Columbia University Press, 2005）及 *East Asian Screen Industries*（British Film Institute, 2008），*Cinema Taiwan: Politics, Popularity and State of the Arts*（Routledge, 2007），並著有超過40篇期刊論文及專書論文之一章。

陳相因

俄羅斯國立聖彼得堡大學語言所俄國文學史系碩士，英國劍橋大學三一學院、斯拉夫研究系與東方研究系兩系博士。現任中央研究院中國文哲研究所副研究員。曾任哈佛大學比較文學系、東亞語言文明系與斯拉夫研究系三系聯合訪問學者，以及香港中文大學中國語文學系訪問教授。代表著作為《以俄為師：魯迅、瞿秋白與曹禺的跨文化文學實驗》（即將出版），主編《跨文化實例研究：左翼文藝的世界主義與國際主義》（中央研究院中國文哲研究所，2020）與《聶隱娘的前世今生》（時報文化公司，2016）等書。

蘇文瑜（Susan Daruvala）

美國芝加哥大學博士，師從李歐梵。英國劍橋大學三一學院院士，退休前任亞洲和中東研究院東亞系高級講師。論著包括 *Zhou Zuoren and an Alternative Chinese Response to Modernity*（Harvard, 2000）、中文翻譯《周作人：自己的園地》（麥田出版，2011）、《周作人：中國現代性的另類選擇》（復旦大學出版社，2013）。專長領域包括二十世紀中國文學、中國文學美學、現代性、民國時期文學場域和電影。

柯瑋妮（Whitney Crothers Dilley）

華盛頓大學比較文學系博士，世新大學教授，專長為二十世紀比較文學和電影研究，中、英文著作屢獲國際殊榮。柯博士因編輯《中國文學中的女權主義／女性特質（*Feminism/Femininity in Chinese Literature, 2002*）》一書的開創性成就，登錄於《馬奎斯世界名人錄》（Marquis Who's Who in the World）及《美國女性名人錄》（Who's Who of American Women）。柯博士著 *The Cinema of Ang Lee: The Other Side of the Screen*（Wallflower Press, 2007），是第一本研究李安電影的英語學術專書，於 2015 年由 Columbia University Press 再版。柯博士最新著作為 *The Cinema of Wes Anderson: Bringing Nostalgia to Life*（Wallflower/Columbia UP, 2017）。

林建國

美國羅徹斯特大學比較文學博士，新竹國立交通大學外國語文學系副教授，臺灣精神分析學會榮譽會員。現任英國 *Journal of Chinese Cinemas* 編委。曾任台灣財團法人國家電影資料館《電

影欣賞學刊》總編輯。中文論文散見於《中外文學》，並收錄於
以下合集：《赤道回聲：馬華文學讀本 II》（陳大為、鍾怡雯、
胡金倫主編，萬卷樓圖書公司，2004）、《文化的視覺系統（下
冊）：文化的視覺系統：日常生活與大眾文化》（劉紀蕙編，麥
田出版，2006）、《心的顏色和森林的歌：村上春樹與精神分析》
（無境文化公司，2016）、《犀鳥卷宗：砂拉越華文文學研究論
集》（鍾怡雯與陳大為編，元智大學中文系，2016）、《見山又是
山：李永平研究》（高嘉謙編，麥田出版，2017）。英文論文散
見於 Cultural Critique（美國明尼蘇達大學）、Tamkang Review
（《淡江評論》）與《中山人文學報》，並收錄於 Lust/Caution:
Eileen Chang and Ang Lee（Routledge, 2014）。

彭小妍

哈佛大學比較文學博士，中研院中國文哲所研究員。中文論著包
括《浪蕩子美學與跨文化現代性：一九三〇年代上海、東京及巴
黎的浪蕩子、漫遊者與譯者》（聯經出版公司，2012）。英文論
著包括 Dandyism and Transcultural Modernity: The Dandy, the
Flâneur, and the Translator in 1930s Shanghai, Tokyo, and Paris
（Routledge, 2010）。主編《楊逵全集》（文化資產保存研究中
心，1998-2001）、From Eileen Chang to Ang Lee: Lust/Caution
（Routledge, 2014）、The Politics of Memory in Sinophone Cinemas
and Image Culture: Altering Archives（Routledge, 2018）、The
Assassin: Hou Hsiao-hsien's World of Tang China（CUHK, 2019）
等。著有小說《斷掌順娘》（九歌出版社，1994）、《純真年代》
（麥田出版，2004）。

張小虹

美國密西根大學英美文學博士，現任臺灣大學外文系特聘教授，曾任中華民國比較文學學會理事長，美國加州大學柏克萊校區客座教授。學術著作有《時尚現代性》（聯經出版公司，2016）、《假全球化》（聯合文學，2007）、《在百貨公司遇見狼》（時報文化公司，2000）、《怪胎家庭羅曼史》（時報文化公司，2000）、《性帝國主義》（聯合文學，1998）。另有文化評論專書《後現代女人：權力、慾望與性別表演》（聯合文學，2006）、《情慾微物論》（大田出版社，1999）及散文創作《身體摺學》（有鹿文化公司，2009）、《穿衣與不穿衣的城市》（聯合文學，2007）、《張愛玲的假髮》（時報文化公司，2020）、《文本張愛玲》（時報文化公司，2020）等十多本著作。

聯經評論

色，戒：從張愛玲到李安

2020年9月初版　　　　　　　　　　　　　定價：新臺幣550元
有著作權‧翻印必究
Printed in Taiwan.

編　　　者	彭	小		妍
著　　　者	李	歐	梵	等
叢 書 主 編	沙	淑		芬
校　　　對	謝	麗		玲
封 面 設 計	沈	佳		德

出　版　者	聯經出版事業股份有限公司	副總編輯	陳	逸		華
地　　　址	新北市汐止區大同路一段369號1樓	總 編 輯	涂	豐		恩
叢書主編電話	(02)86925588轉5310	總 經 理	陳	芝		宇
台北聯經書房	台北市新生南路三段94號	社　　長	羅	國		俊
電　　　話	(02)23620308	發 行 人	林	載		爵
台 中 分 公 司	台中市北區崇德路一段198號					
暨門市電話	(04)22312023					
台中電子信箱	e-mail：linking2@ms42.hinet.net					
郵 政 劃 撥 帳 戶	第0100559-3號					
郵 撥 電 話	(02)23620308					
印　刷　者	文聯彩色製版印刷有限公司					
總 經 銷	聯合發行股份有限公司					
發　行　所	新北市新店區寶橋路235巷6弄6號2樓					
電　　　話	(02)29178022					

行政院新聞局出版事業登記證局版臺業字第0130號

聯經網址：www.linkingbooks.com.tw
電子信箱：linking@udngroup.com

本書圖片由 Mr. Yee Productions 提供

國家圖書館出版品預行編目資料

色，戒：從張愛玲到李安/彭小妍編 . 李歐梵等著 . 初版 .
新北市 . 聯經 . 2020年9月 . 360面 . 14.8×21公分（聯經評論）
ISBN　978-957-08-5580-7（平裝）

1.張愛玲　2.文學評論　3.小說　4.影評

857.7　　　　　　　　　　　　　　　　　109010577